U0579842

布园重访

——查尔斯·莱德上尉的神圣和渎神回忆

Evelyn Waugh

［英］伊夫林·沃∠著

黑爪∠译

外国名作家文集·伊夫林·沃卷 Brideshead Revisited

漓江出版社

［英］伊夫林·沃（Evelyn Waugh，1903—1966）

↑　伊夫林·沃与母亲
↑　蓝星公学期间一张集体照里的伊夫林·沃

↑ 伊夫林·沃为哈罗德·阿克顿的《牛津扫帚》杂志画的封面

→ 伊夫林·沃的木刻画

↑　伊夫林·沃与桂冠诗人约翰·贝奇曼的妻子、旅行作家佩内洛普·贝奇曼，她的阿拉伯母马，以及有"疯男孩"之称的罗伯特·赫贝尔–柏西合影

↑　伊夫林·沃的军官证，颁发于他的飞机在南斯拉夫失事前

↑ 伊夫林·沃与伦道夫·邱吉尔在克罗地亚，在一次去铁托游击队执行军事任务途中

↑ 与伊恩·弗莱明夫妇在库珀家做客（站立者安·弗莱明）。女主人黛安娜·库珀为公认的二十世纪美人，一战前即活跃于知识分子群中

伊夫林·沃与其雕塑肖像合影

主要人物表

查尔斯·莱德　故事讲述者，贯穿整部小说的中心人物

爱德华·莱德（奈德）　查尔斯的父亲

塞莉娅·莱德　查尔斯的妻子

约翰·莱德（昵称江江）　查尔斯和塞莉娅的儿子（书中未出场）

卡洛琳·莱德　查尔斯和塞莉娅的女儿（书中未出场）

米奥科尔·莱德　查尔斯的堂叔

阿尔弗雷德·莱德　查尔斯的堂叔

菲莉帕姑妈　查尔斯的姑妈

贾斯珀·莱德　查尔斯的堂兄，在查尔斯早期的牛津生活中常常给予他规诫和训导

海特　查尔斯父亲家里的男仆

阿贝尔太太　查尔斯父亲家里的厨师（书中未出场）

塞巴斯蒂安·弗莱特　主要人物，查尔斯的好友及初恋，拥有惊人的美貌和离世出尘的青春气质，后离家远走

埃里克斯（布莱迪）·玛奇梅因　塞巴斯蒂安的父亲

特蕾莎·玛奇梅因　塞巴斯蒂安的母亲

布莱兹赫德·弗莱特　塞巴斯蒂安的哥哥

朱莉娅·弗莱特　塞巴斯蒂安的妹妹

寇蒂莉亚·弗莱特　塞巴斯蒂安的妹妹

布伦德尔　玛奇梅因侯爵在威尼斯的贴身男仆

卡拉（希克斯太太）　玛奇梅因侯爵的情人

维尔考克斯　布莱兹赫德庄园管家

霍金斯太太　弗莱特家的保姆

雷克斯·莫特拉姆　朱莉娅的丈夫，政客，金融投机家

布林达·钱皮恩　雷克斯的情人

莎拉·伊万杰琳·卡特勒　雷克斯前妻

梵妮·罗斯康姆　玛奇梅因侯爵夫人的亲戚

贝尔神父大人　牛津大学历史学者，玛奇梅因侯爵夫人的亲信，监管塞巴斯蒂安

艾德里安·波森爵士　玛奇梅因侯爵夫人的终身密友

安东尼·布兰奇　查尔斯和塞巴斯蒂安在牛津期间的好友

波艾·茂卡斯特　查尔斯和塞巴斯蒂安在牛津期间的好友、塞莉娅的哥哥

贝尔塔·凡·霍尔特　塞莉娅的朋友，卡洛琳的教母

玛戈　塞莉娅的朋友

贝柔（马斯普拉特太太）　与布莱兹赫德伯爵结婚的一个寡妇

罗宾　塞莉娅男友，后为第二任丈夫

麦凯神父　布莱兹赫德庄园所属教区的神父

孟布林神父　二战轰炸中流离失所，精神受刺激，后被朱莉娅收留

胡珀　战争期间查尔斯部下

指挥官　战争期间查尔斯上级

格兰特医生　玛奇梅因侯爵临终的医生

目录

归来（译序）

黑爪

　　一位已故的美国人，克里斯托弗·希钦斯，讲过一个发生在他身上的小段子。1984年的一天，他儿子出生不久，希钦斯怀里抱着一只送给儿子的泰迪熊回家，碰巧当天身上穿了一套亚麻色西装，走在华盛顿·D.C.的大街上，一路上不断有人冲他喊："嗨，塞巴斯蒂安！"

　　那时距离英国格拉纳达电视台的十一集连续剧《布园重访》（以下简称《重访》）被引入美国热播刚刚过去两年。塞巴斯蒂安，一个风华绝代的贵族美少年，抱着他的泰迪熊——阿洛维熙思，在牛津校园里翩然飘过。原来这一幕，惊鸿一瞥般打动的，不只是故事的讲述者查尔斯，还有大西洋另一侧的美国人。

　　塞巴斯蒂安在校园里飘过，塞巴斯蒂安在故事里飘过，塞巴斯蒂安说的话像五彩的肥皂泡飘过，塞巴斯蒂安在亲人、爱人、路人的生命里飘过，灿烂华美，但都像肥皂泡"啪"的一声，倏忽就没了踪影。

　　"可知世上万般，好便是了，了便是好。若不了，便不好；若要好，须是了。"

　　说塞巴斯蒂安是这部书中给读者留下印象最深的角色，应该少有人会不同意；说他是沃在整个写作生涯中塑造得最成功的一个角色，也不会有多少争议。他凝聚了作者对青春、优雅、爱、美貌、古怪的极端强烈而毫无保留的想象，所有这一切被物化在他一个人身上。其结果便是本文开头那一幕希钦斯的所遇，读者的注意全都在他身上，后来查尔斯生活中的朱莉娅也好，神也好，与他一比，都难免黯淡苍白。

然而塞巴斯蒂安再也没有回来，他在妹妹寇蒂莉亚的讲述中，在世外的修道院，那里有着白色的回廊，扫地、偷酒喝，生或者死已经不重要，就像《红楼梦》中的"白茫茫大地真干净"。

伊夫林·沃，是一名技艺精湛的杰出字匠，用讲究到无法替代的口气和措辞，让语言实现了它应有的功能，这是我最初读到他时心里不住发出的赞叹，也是十多年来，一直心痒想要找机会翻译他的动因。

在马汀·斯坦纳所著传记《伊夫林·沃》[1]的书封内折页上，出版社这样介绍他：伊夫林·沃现已被公认为他那个时代最优秀的小说家。这个句子里没有"之一"，作为著名的专业文学出版社 J.M.Dent & Sons 这样写介绍，笔误或者信口雌黄这二者的可能性我觉得都不大。而他作为作家的活跃年代，从 20 世纪 20 年代起直到 20 世纪 60 年代，可以简短地用一个词"20 世纪上半叶"来概括，同时代还有哪些作家，稍微对文学史有些了解的读者，我相信此时脑子里已经马上闪现出好几个光芒四射的名字。读完这本作者本人最看重的作品后，希望你会有自己的判断。

1940 年末，伊夫林·沃对妻子劳拉说："我想我应该开始写一部书，供我自己享用的书，也许不拿去发表——关于一个现代的阿卡狄亚。"[2]这封信里所说的，就是这部《重访》，一部将他的崇拜者和抨击者强烈地划分开来的小说。这部小说的问世，也被公认为是他写作生涯的分水岭，从早期犀利刻薄的讽刺，变为充满歉意和怀旧的写作风格。有人说这是他最杰出的成就，而批评者则指责他老了，没有锋

---

[1] 马汀·斯坦纳：《伊夫林·沃——早年 1903—1939》，英国 J.M.Dent & Sons 出版社，1986。

[2] 见《伊夫林·沃书信集》，1995。

芒了。更因为那时正处于中产阶级专业人士崛起，对阶层观念视若粪
土的 20 世纪，他在书中对贵族阶层生活充满诗意的描画，为他赢得了
"20 世纪势利眼"的名号。这个争论持续到今天，无论你站在争论的
哪一方，文学界对于伊夫林·沃以及这部书所取得成就的公论，却已
难再争辩。

前文提及的那一部在全球英语世界获得巨大成功的同名电视剧的
导演斯特里奇和林赛 - 霍格在谈及剧集的成功时是这样说的："当然需
要感谢漂亮的摄影，这毫无疑问；更功不可没的是出色的演员队伍（杰
瑞米·艾恩斯，安东尼·安德鲁斯，黛安娜·奎克，约翰·吉尔古德，
劳伦斯·奥利维耶……）；音乐、场景，也都无可厚非。然而，成功
的关键却恰恰在于最大程度地忠实了伊夫林·沃美妙的对话和抑扬顿
挫！"这部戏原本有编剧，而且是著名的约翰·莫蒂默爵士，最终剧
本并没有被采用，而是所有人拿着原著当剧本来对台词。

本义开头所提及的学者希钦斯在一篇 2008 年写给《卫报》的文
章中说，他发现"这部书（《重访》）有令人称奇的大容量和延展性，
每一次读，都会发现不同的深度和视角"[1]。希钦斯以博学犀利著称，
更是当代最知名的无神论者和反宗教者，写过《上帝不伟大》，抨击
过修女特蕾莎，与牛津大学教授、数学家、哲学家、神学家约翰·莱
诺克斯就"上帝真的伟大吗？"进行过公开大辩论……他与天主教结
下的"梁子"之深之久，人尽皆知。能让他细读这样一部小说数次，
并从对故土和逝去岁月的缅怀，以及人性在世俗和灵魂之间的挣扎两
条主线娓娓道来实属不易，足见此书的文字魅力。

侦探小说黄金时代的代表作家之一罗纳德·诺克斯神父，被小说
中朱莉娅关于罪恶的那一段独白深深打动，提议将这一段加入威斯敏

---

[1] 克里斯托弗·希钦斯：《都因为那场战争》，英国《卫报》书评专栏，2008。

斯特大教堂牧师退省日诵文。

当代著名小说家及文学评论家戴维·洛奇在小说《你能走多远》中刻画了一群 20 世纪 50 年代早期至 70 年代晚期的天主教徒，其中一名叫迈克尔的教皇制信徒说，他之所以在这条道上走得这么远，支撑他的主要不是那部好书（指《圣经》），而是伟大的文学，例如格雷厄姆·格林和伊夫林·沃。沃和格林这一对出生日期相距仅九个月，又同期进入牛津的天主教文学双骄，尽管在人生的每一个方面都截然相反，但有一点是一致的，人们相信 20 世纪 50 年代和 60 年代英国去做弥撒的人群中，更多怀揣的是《重访》以及格林的《爱到尽头》来当作他们的《圣经》。

沃到了晚年，越发地古怪而充满敌意。审美趣味强烈而清晰，通常带着极端负面的品位。政治上，他是一名捍卫保守主义的无政府主义者。他拒绝与现代世界产生任何关系，少有人能穿透他在自己和现代世界之间所搭起的屏障。20 世纪 50 年代末至 60 年代初 BBC 推出了一个名人访谈节目《面对面》，一共 36 期，受访人物包括数学家罗素、心理学家荣格、民权运动领袖马丁·路德·金等，做到沃这一集时，以最善于与难搞的角色打交道著称的前外交官、BBC 知名主持人约翰·费里曼事后也承认"他很不好对付"，"他不喜欢我"。这个采访节目现在网上还能看到，沃叼着雪茄，纽洞里插着玫瑰，让人忍不住想起查尔斯和塞巴斯蒂安的青春韶华。

真如他对劳拉所说，《重访》是一部他为自己写的书，既是颂文又是哀歌，思念远去的阿卡狄亚，也是对被他浪漫化的贵族阶层、对过去、对英国天主教传统的致礼。是沃对一个在他眼前变化衰败的世界所做出的回应。"平民时代"的到来，让他感到深深的恐惧，这使得他对于那个"更好的过去"生出一种豁出去的凶猛的保护欲。他在与朋友，英国贵族里芳名远播的"米特福德六姐妹"之一的南希·米特福德通信中说："如果你还希望我们继续做朋友，请在给我的信中停止使用'进步'这个词，读到它会让我恶心不安长达几个小时。"

谈到人们对他失去了昔日的犀利讽刺的批评时，他 1946 年在《生活》杂志上撰文说："讽刺只在一个稳定而具有标准价值观的社会里才可能繁盛，它针对的是前后矛盾和虚伪，通过夸张来表现和取笑那些彬彬有礼的残忍和愚蠢。而这一切，在一个平民时代里是没有位置的。"这个世界已经没有剩下什么好讽刺的了，他认为。这一年，他看见的当下是荒凉的，而未来更甚。因此他所能做的，只能是修筑一个自己的幻想世界，让美好昨天在那个已经永远逝去的阿卡狄亚重现，以此逃脱尘世牢笼。

《重访》也许不能被称作"爱情故事"，但它却是一部关于爱的书。而真正有价值的爱，在沃看来，是通过教堂——基督的新娘——对神所表达的爱。查尔斯在故事的尾声，终于找到了这一神圣的爱，以他所经历的其他虚幻、幽暗、影子一般不可捉摸的爱为代价，最初的塞巴斯蒂安，后来的塞莉娅，然后朱莉娅，甚至军队。他始终通过这些影子，在寻找真实。[1]影子是这部书的重要主题，是暗藏了美好的一种邪恶：如果将它视作目的，它是邪恶的；如果将它视作抵达目的的途径，它是美好的。于是那一个又一个"新娘"出现，被取代，查尔斯在充满影子的路上走向光明，直至看见小教堂的神坛上，设计粗陋的铜灯上，那一束红色的火苗。

查尔斯的道路上还有一个必须放弃其作为目的，而将之视作通往神的途径的"新娘"：俗世艺术。这是整部小说中最具魅惑的一位"前任"。从查尔斯还是个孩子起，就从未停止过对他的引诱。在 20 世纪

① 杰弗瑞·希思：《风景如画的牢笼——伊夫林·沃和他的写作》，加拿大 McGill-Queen's University 出版社，1982。

中期，沃公开抨击俗世艺术。"查尔斯，"寇蒂莉亚说，"当代艺术就是垃圾，对吧？"他让自己的主人公在艺术中成长，最后走出来，抛弃它，在那个时代是相当逆潮流，不时髦的一件事，以这种方式完成了查尔斯的精神跋涉，奥德修斯终于归来。

查尔斯旅途上所有的"影子"新娘，都与布莱兹赫德庄园相关。他将获取审美意义上的"至福"①，当作向布莱兹赫德庄园朝圣的终点。在查尔斯关于"青春的慵懒"那一段独白中，他相信"在布莱兹赫德度过的那些慵懒日子里，自己离天堂真的很近了"，将这种狂喜与"亲睹至福幻象"时的体验相比，"几个小时不知倦怠地坐在喷泉边，观察它的光影，追逐它的回声"，"只感到无限的欢欣，好像我身体里诞生了一个全新的感知系统，似乎那些石缝中汩汩涌出的水，当真就是我的生命之泉"。这是坐落在阿卡狄亚的魔法花园。

查尔斯在审美上的改宗，始于第一眼见到布莱兹赫德庄园。"对面的土地延伸出去，是依然有着处女贞洁的、完美的风景，中间静静地流淌着一条名叫新娘的小河。"此时的布莱兹赫德，是济慈的希腊古瓮，都是"历经寂静和悠长岁月抚育的孩子"，都带来"幸福的，幸福的爱"，塞巴斯蒂安是"树下的美少年"，查尔斯便是那"鲁莽的恋人"。②

然而这些表面的相似，是沃有意而为的"误导"。济慈的古瓮与布莱兹赫德的差别才是真正重要的。济慈的瓮，是一个凝固的阿卡狄亚，与一直处于变化中，被年代侵蚀的布莱兹赫德庄园形成完全对立的比较，而躺在查尔斯桌上玫瑰花瓣中的头骨上所铭刻的那一句"Et in Arcadia Ego"（我，也曾经住在阿卡狄亚）的另一个理解："即便在

---

① 至福，出自基督教《山中圣训》，耶稣宣讲的核心，揭开人生终极的意义和目的，足以满足人生追求幸福的无穷渴望。
② 济慈，《希腊古瓮颂》，汉语译文参照查良铮译版，有部分根据笔者理解稍作改动。

阿卡狄亚，我（死亡）也无处不在。"这才是布莱兹赫德庄园真正的偈语。与瓮上静止的图画完全不一样，布莱兹赫德不是世外桃源，只是一座被锁死在尘世中经受变迁和衰败的房子，拥有"处女贞洁"的仅仅是它所站立的那个山坡，而不是它自己。与瓮上那"无法中断你的歌"的"树下的美少年"相比，塞巴斯蒂安变老，变秃顶，变成一个酒鬼；而查尔斯，"鲁莽的恋人"，也并没有在永恒的期待中凝固，他经历了一段又一段并不"幸福的，幸福的爱"。

经此比照，沃于是否定了济慈深入人心的那个概念，艺术是永恒的。这一含蓄的否定，在书中的其他地方也能找到证据，例如在跨大西洋邮轮上那只看似冻结凝固，其实一直在融化的天鹅，唯有一个靠行骗四处混派对吃喝的小个子男人，在那里数从天鹅喙上滴下的水珠：骗子在审视骗局。

在沃对于短暂和虚无近乎病态的恐慌感受中，他对美的杰席是不稳定，甚至不可靠的。这样，他在本书中解决"美的消亡"这一凄凉悲伤的问题的方法，便令很多读者虽认同，却难以接受。他先是温柔地唤醒读者心底对永恒的美和爱的认识，随后像对待陷阱和幻影一般将它驱赶，断然拒绝济慈的"真即美，美即真"这种异教徒的艺术天堂。

侯爵夫人在一次家庭阅读时间里，读到切斯特顿①故事集《布朗神父的智慧》中一个关于鱼线的隐喻。一群钓鱼爱好者，丢了一套名贵的鱼餐具，小偷是一会儿化装成绅士，一会儿化装成仆人的弗兰宝先生。布朗神父捉住了他，拿回了餐具，却把他放了。当神父被上校问及有没有抓住小偷时，神父说：

"我抓住了他，用一个看不见的钩子，和一条看不见的线，这条

---

① 切斯特顿，英国侦探小说家，擅长犯罪心理学推理，著有"布朗神父探案小说系列"。

线长到足够让他游荡到世界尽头，可是，只要我将这条线轻轻一拽，就能将他带回。"

发生在弗兰宝先生身上的事，同样会发生在弗莱特一家那些犯错的人身上，会发生在查尔斯身上，沃希望，神恩会降临到每一个栖身于他的庇护之下的人身上。

塞巴斯蒂安是第一个被牵线拽回到神的身边的人。他就像彼得潘，拒绝长大，逃离家庭，像精灵一样用青春美貌和魅惑个性去引诱世人（查尔斯便是一例），一起走进他的虚无岛。后来在一次领地上的猎狐活动中，他骑着一匹叫小叮当的马，逃离众人，去附近的小酒馆买醉。

他仅有的渴望是能够独处："他持续无望地祈祷，无非是为了免受叨扰。"当猥琐龌龊的山姆格拉斯带他去东方旅行时，他逃开，并且事后告诉查尔斯："我会继续逃跑，越远越好，越快越好。"然而无论多远，他都没有从影子里逃开，就像孙悟空回头一看，自己只是在别人掌心翻了个筋斗。影子无时不在。第一次带查尔斯去布莱兹赫德的路上，他们在一个"没有阳光照得进来的堂屋"里"喝着啤酒"，"屋里有一只老钟在阴影里嘀嗒走着"；甚至这一天回家的路上，"似乎我们在追着自己的影子而去"；卡拉与查尔斯"坐在阴凉处"谈论塞巴斯蒂安与爱；牛津的第二年，"整个那一学期，那一年，塞巴斯蒂安和我都生活在阴影下"；从东方的旅行归来，"他坐在阴影里，灯光没有照到，炉火的温暖也没有覆盖到的地方，一家人的圈子之外。牌桌上散落着一些旅行相片"。他这种对独处的激烈渴望导致了"自恋"，抗拒任何责任和规则。终于，他的逃离将他引到了科尔特身边，一个"就像《鬼影》里的仆从"的人物。可正是在这里，故事起了转折：充满了邪恶的影子，也可以成为引领人们回归的途径。塞巴斯蒂安学会了爱，爱这个影子。这种他身上全新的"慈爱"，最终将他引回对神的全新的爱。查尔斯说过："学会去了解和爱另一个人，是一切智慧的根源。"在查尔斯看来，塞巴斯蒂安对科尔特的爱，是结局；而事实上，只是回归的起点。尽管塞巴斯蒂安依然被酒瘾所奴役，而且，始终保持着他的"魅力"，可他终于找回了神圣，不是吗？经过了那么长时间，那么强烈地同他与生俱来的"使命"相抗争，"使命"终归抓住了他，而关键点，正在于慈爱。

朱莉娅和查尔斯的阴影交织着，集中在"喷泉"一节爆发。喷泉事件的第二天晚上，他们又聚在那里，被各种假象环抱：月亮"好像蒙了一层霜"，"露台的石头栏杆也许便是特洛伊的城墙，而寂静的院子里可能就竖着希腊人的帐篷，克瑞西达躺在其中"。这是朱莉娅和查尔斯对预感将要来临的灾难，所做出的异教徒式"及时行乐"的响应，但是这种安静而暧昧的幸福假象，必将让位于某种真实的阴影，在他们两年多的爱情关系里从来没有散开过。捕兽者"干爽、温暖"的小木屋，看似逃避寒冷的祥和平静，事实上却是一个冰雪覆盖的牢笼，随时处在被雪崩压垮的危险当中。

就在这种灾难将至的气氛笼罩下，传来玛奇梅因侯爵将要归来的消息。归来，等死。围绕着他的归来，气氛沉重，一切都在错乱、夸张、虚假中进行。他选择"中国厅"作为他在人世弥留之际的最后场所。"这是一个辉煌的不宜居住的小型博物馆，陈列着奇彭代尔雕刻、瓷器、漆器以及绘品。"而他选择的床则是从前准备用来款待出行皇室用的女王床，"像一件展品，一幅巨大的天鹅绒帐，就像圣彼得大教堂里的华盖"。沃用这一个夸张到滑稽的排场，告诉读者，玛奇梅因侯爵跟他那迷人、任性的小儿子塞巴斯蒂安一样，拒绝长大，这就是一个小男孩在自己头脑中设想的最壮美浪漫的离世场景。

然而这是一部寓言，既关乎回归，更关乎启程，神恩在最后一刻终于笼罩了他。玛奇梅因侯爵的回归，是整部书至关重要的一个节点，它将全书（甚至沃的过往所有作品）一下子逆转。青年时期的玛奇梅因侯爵"像空气一样自由"，并且"为自由而战"。当他在病榻上挣扎着只为了呼吸时，他意识到，无论是空气，还是他自己，都并不自由。

雪崩终于荡平了那间"小小的点着油灯的屋子"，"消失，随着雪崩一起滚进山谷"，将查尔斯和朱莉娅从华美的牢笼中解放出来。为了神圣的目的，个人幸福服从于神恩——这是这部书面世以来最具争议之处，也是众多读者难以接受的主题，其实在他早期作品中，对世俗形象充满"恶意"的讥讽，也许正是在为这个雪崩做出铺垫。他与朱莉娅没有结婚，他没有继承这座庄园，否则布莱兹赫德与沃早期小说中其他任何一座庄园无异，只是一座没有灵魂的豪宅。这一次神介入了，"重访"了，就像居住在其中的人们一样，经由"牵线上的那一拽"，它回归了正统。

布莱兹赫德庄园是历经几代人共同建造的佳作，而神的恩典才是它的终极建筑师。是神的恩典，阻碍查尔斯成为玛奇梅因侯爵的女婿，朱莉娅的丈夫；是神的恩典将查尔斯驱赶到那个冰冷的世界，变得"没有家，没有孩子，人到中年，也没有爱"，信仰随着玛奇梅因侯爵的三位妻舅在一战中的死去，几乎消亡；现在，在二战的黑暗中，经由查尔斯复活。

《圣经》有言，虚空的虚空，凡事都是虚空。在绝对的死亡面前，一切浮华的人生享乐皆是虚无。远去的阿卡狄亚和神恩在虚空中融在了一起。

2016 年 10 月

作者的话

我不是我：你不是他或她：
他们不是他们。
E.W.[①]

---

　　① 原文为：I am not I: thou art not he or she: they are not they. 在这句作者注中，伊夫林·沃迫切地强调，《布园重访》里的角色是虚构的。然而人们（包括普通读者、文学爱好者、他的粉丝，以及评论家、学者）都倾向于认为书中的事件和人物都有现实原型。例如，书中的塞巴斯蒂安·弗莱特被普遍认为是综合了作者在牛津时期的两位朋友：阿拉斯代尔·格雷厄姆和休·莱贡。而莱贡家族位于伍斯特郡莫尔文附近的祖宅玛德斯菲尔德庄园更是被普遍认为是布莱兹赫德庄园的原型，尤其是庄园里的新艺术派小教堂，毫无疑问是以玛德斯菲尔德庄园小教堂为原型进行的描述。小说中诸多事件，也与莱贡家族的生活相吻合，而且休·莱贡的长兄以及父亲的形象，在书中角色布莱迪以及玛奇梅因侯爵身上都有明显的反映。

献给劳拉 *

* 劳拉，伊夫林·沃的第二任妻子。他们于1937年结婚，一共育有七个子女，其中一个出生后不久夭折。伊夫林·沃于1928年与第一任妻子伊芙琳·加德纳结婚，婚姻很快因为加德纳的不忠而终止，于1929年离婚。因为他俩名字相同，所以人们常常分别称他们为"黑夫林"（He-Evelyn，前面加上英文的男性"他"作为前缀）和"希夫林"（She-Evelyn，前面加上英文的女性"她"作为前缀）。

前言

这部小说此番再版，有诸多细微增补，也有大量删节。它一度令我失去自己在同代人中所享有的赞誉[1]，而将我带入一个陌生的、由读者来信和媒体摄影师组成的世界。它的主题——一组相异而又密切相关的角色获授神恩眷顾的故事——也许过于庞大，我倒并不因此有任何遗憾。我真正不太满意的是它的形式，那些明显的缺陷，应该可以归咎于此书写作时的环境。

1943 年 12 月，因跳伞招致的一个小伤，让我十分幸运地得到了离开部队一段时间的机会。一位富有同情心的军官，将我的假期延长到 1944 年 6 月，其时本书刚好完成。我带着一种在我身上罕见的狂热在写作，同时一想到又要回到战争中去，便烦躁不安。那是一段荒凉的岁月，贫瘠而惶恐——大豆和基本英语[2]的年代——结果便是让这本书充斥了一种贪婪暴食的意味：对食物，对美酒，对过去不远的那些辉煌，以及对精心修辞的华丽语言的渴求。而这些，在胃口得到

＊　　原作于 1945 年首次出版，此前言为 1959 年再版时所作。

①　　众所周知，这部作品成为文学界、评论界，以及公众对沃的评价的一个分水岭，一半的读者认为这是他最伟大的小说，而另一半的读者中，批评的焦点则集中在他的讽刺能力的丧失以及他对贵族阶层的怀念和粉饰，并有人因此给他冠以"二十世纪最大的势利眼"的称号。这些评论文章在《评论季刊》1963 年春季版以及《英国当代小说指南》中有集中收录。沃的这一句感叹，应该是就当时评论界的批评之声而发。

②　　基本英语，由语言学家、哲学家查尔斯·奥格登博士创建的一种基于英语的简化版英文，在二战胜利时，它作为和平的象征，知名度和受欢迎程度达到顶峰。

满足了的今天看来就毫无品位。我只对一些过分明显的篇章进行了修改，没有整个删除，因为那其实构成了本书的核心。

在处理朱莉娅讨论原罪时的爆发，以及玛奇梅因侯爵临终独白这两段时，我一直犹豫不决。那几个段落从来也无意被表达成由书中人物说出来的话。它们属于另一种写作方式，与此类似的，还有早期查尔斯与他父亲之间的一些场景。如果现在再写，我不会将这样的形式放进一部整体非常逼真写实的小说中。但我还是决定基本按原貌留下，因为就像书里的勃艮第红酒和月光一样，它们代表了写作时充盈在我心间的情绪；同时也因为很多读者喜欢它们，尽管这远非我所考虑的重点。

在1944年的春天，很难预料得到今天这一股对英国乡村庄园的膜拜热潮。那时看来，作为我们民族最主要艺术成就的豪华古宅，就像16世纪的修道院一样，已注定不能逃脱衰败和被掠夺的命运。因此我在其中堆砌了很多真诚的热情。而布莱兹赫德如今已经对公众开放，它的珍宝经专家之手重新布置，挂毯织品都比玛奇梅因侯爵在世时更好地得到养护。英国贵族更是维系了它在那时看来是绝无可能的一席之地。胡珀们的上升后来屡屡受阻。因此，很大程度上，这本书成为一首唱给空棺材的挽歌。但它若非彻底受到摧毁，今天绝无可能重生。这是一本送给年轻一代的读者作为二战纪念品的书，其中20年代和30年代的话题，只有浮光掠影的泛泛而谈。

E.W.

于蔻蒙·弗洛瑞[①]　1959年

---

① 蔻蒙·弗洛瑞，伊夫林·沃居住的小镇，位于萨默塞特郡，他死后葬于此地。

序幕　重访布莱兹赫德庄园

当我赶上 C 连的队伍时，他们已经在山顶了。我停下来回头向山下的营地看了看，这时透过清晨灰蒙蒙的薄雾，它正好一览无余。我们这天离开。三个月前进驻时，此地还在大雪覆盖之下，而眼下春天的第一片新叶已经开始展露。此刻我的感觉是，无论前方将有怎样的凄清荒芜，却再不会有比眼前这一切更粗糙更冷峻的景象了。我一下子意识到，这里没有给我留下一丝一毫的愉快记忆。

我和军队之间的爱情，在这里死掉了。

电车线路在这里终止。格拉斯哥①回来的醉汉们，在车里昏睡，直到旅途的终点将他们唤醒。电车站和营门口之间有一段路要走，其中的四分之一英里可以用来系好上衣扣子，把帽子戴正，以便整齐地通过警卫室；另一段四分之一英里的路，道旁的荒草地已经开始取代水泥路。这是城市的最后界限，封闭而一模一样的住宅区、电影院等在这里终止，进入穷乡僻壤。

营地矗立在不久前还是牧场和耕地的地方，山坳里的农庄房舍如今用作团部办公室，那曾经是果园的院墙上还爬满了常青藤，水房后面有半亩地上站着一些七歪八扭的老树，那里就是过去的果园。部队到来之前，这地方已经做了标记要拆。如果和平能够多持续一年，这

---

①　格拉斯哥，苏格兰西部低地克莱德河上的港口城市，以维多利亚风格和新艺术派风格建筑闻名，18 世纪至 20 世纪间因贸易和造船业兴旺，颇具传奇色彩。

一排农舍、院墙、苹果树，便都将会不复存在。在裸露的山石之间，有一条已经修了半英里的水泥路，路的两旁有棋盘格一样的沟渠，显示市政下水工程都已经设计好了。只需多一年的太平日子，这个地方就可以变成都市近郊的一片居民区。而眼下我们用来过冬的这一组棚屋还在等着被拆。

　　在路的另一端，坐落着一个略带讽刺意味的东西。那里是一座即便冬天也半掩在树丛后面的市立疯人院，它那铸铁的雕花栏杆和高贵的大门，将我们的铁丝网映衬得十分寒酸。天好的时候，我们可以看见那些精神病人，在铺着碎石子的小路上，或者宜人的草地上闲逛、跳跃。这些无忧无虑的不抵抗主义者[①]，放弃了力量悬殊的抗争，冰释一切前嫌，抛却所有疑虑，忘记全部的责任，这些毫无争议的法定文明继承人，轻松地享受着属于自己的这份遗产。我们行军路过时，一些爱打招呼的士兵透过栏杆对他们喊——"帮我把床也暖上，我就快来了！"——可是我手下新来的排长胡珀，却愤愤不平地抱怨起他们的优越待遇来。"换了是希特勒，他们早都被关进毒气室了，"[②]他说，"我承认我们有时也可以向他学学。"

　　隆冬进驻此地时，我带来一个强壮而充满希望的连队；当时他们中间盛传，我们终于从荒原被调遣到这个港区，意味着我们正在向中东进发。然而日子一天天过去，我们扫雪、平整操场，我眼见着他们从失望变得冷漠。他们闻着炸鱼铺子的味道，竖起耳朵倾听那些属

---

　　①　此处的不抵抗主义者，是作者借当时依然无忧无虑养尊处优的精神病人，暗讽当时英国主张与德国合作的一部分贵族。

　　②　本书写成于1944年6月，先于二战在欧洲的结束一年。胡珀的这句议论，意味着尽管纳粹集中营的残暴直到1944年中期，随着盟军和苏联军队逐渐对集中营的解放才逐步公之于众，但是民间在此之前已早有传闻和意识。

　　集中营早在1933年就出现在德国，最初用于关押政治犯以及反对纳粹统治的人，最终主要用于关押和消灭犹太人，同时也有苏联战俘、吉卜赛人、波兰人、天主教牧师、同性恋者、身体和智力残障人员。

于和平年代的熟悉的声音，工厂上下班的笛哨，舞厅里乐队弹奏的音乐。休息日里，他们无精打采地待在街角，一旦看见有上级军官靠近，便立即悄悄地溜走，以免被新交的女朋友看见自己向长官恭敬行礼，而丢了面子。连队办公室里忽然出现一大波各式的轻罪指控报告，以及各种因私请假申请。每天天一亮，我就在装病的嘟囔，阴沉的脸，以及挑衅的瞪视眼神中开始新的一天。

而我这个无论从哪个角度说都应该全心关注他们的人，却连自己也无力拯救。我拿什么去帮助他们？创建这个连队的上校，因为升迁的原因，已经从我们眼前消失。于是一名年轻一些、不太讨人喜欢的继任者从另一个团被调了过来。战争爆发之初那一批受训的志愿兵中剩下的已经没有几个，不是这个原因，就是那个原因，走得差不多了——有的病退，有的升职去了别的团，有的被调去做文职工作，有的志愿去做了特殊兵种，还有一个在别的战场丢了命，一个被送上了军事法庭——他们的位置纷纷被义务兵取代。如今，休息厅里无线电一整天不间断地开着，晚饭前的啤酒也耗得越来越多。一切都和从前不一样了。

此时，在三十九岁的年纪，我开始感到自己的衰老。一到晚上浑身僵硬疲乏，不愿走出营房哪怕一步。我渐渐形成了自己一整套的习惯：专用的椅子，喜欢看的报纸，晚餐前固定的三杯杜松子酒，一杯不多，一杯不少，九点的新闻之后立即上床，早上总是在起床号前一个小时烦躁不安地醒来。

就在这里，我的最后一份爱情死了。这个死亡并没有什么明显的标志。一天，就在这最后一天之前不久，我在起床号前醒来，躺在那里，在那个尼森掩体①里，凝视着眼前的一片黑暗，在同屋其他四人

---

① 尼森掩体，军事用语，由加拿大人尼森发明的一种桶式掩体。

的呼吸声和梦呓声中，脑子里开始闪现那一天我需要做的工作——那两个要参加武器培训课的下士，他们的名字添上了吗？今天还会有一长串逾期不归者的名单吗？可以信任胡珀将那一队候补军官带出去查看地形吗？——那一个小时，我躺在黑暗中，骇然意识到，自己身体里有一种东西，经历了长久的厌倦，已经死去。就像一个进入婚姻生活第四年的丈夫，忽然发现自己对曾经深爱的妻子，不再有欲望，不再有柔软的牵念，也不再因她而得意满足。她的陪伴不能给自己带来喜悦，而自己也无意去取悦她，对她的所为、所言、所想，不再抱有任何好奇。不对回归正常抱以希望，面对这种灾难般的境况，也没有任何自责。这一切我都知道，单调无味的婚姻破灭，是我们一起经历的。军队和我，从最初执着的追求，到现在，除了冰冷的法律、职责和习俗的维系之外，别的什么也没有剩下。在这场"婚姻"关系的悲剧中，我一直都是参与者，最初的"争吵"逐渐变得频繁，眼泪愈来愈无法唤起同情，每一次的和好变得不再像当初那么甜蜜，直到产生一种超然的情绪和冰冷的批评眼光，最后一切的错都在对方，而不是自己。我能捕捉到她声音里的虚假腔调，并且学会了去辨别。我能看出她眼神里因为不理解而出现的茫然和不满，以及嘴角透出的自私和坚硬。我终于懂得了她，就像一个人一定会弄明白那个三年半来，日复一日与你共享同一个屋顶的人一样，我懂得了她松散邋遢的作风，她的常规和原理，以及她撒谎时手指上那些紧张的小动作。她身上的魔法魅力被尽数剥去，现在我眼里的她，是一个志趣不投的陌生人，在我过去犯傻的某一刻，将自己与她绑定，不可分割。

于是，在我们开拔离开营地的这天早上，我对目的地毫不关心。我会继续行使我的职责，完成我的任务，但绝不会比这多出一丁点。我们得到的命令是，九点十五分在一个附近的火车停靠站上车，背包里带上当天还剩余的干粮。我需要知道的就是这些。连队副官已经随先头部队走了。物资头一天也都已打包好。胡珀仔细地检查了队伍，他们七点半开始列队，包裹堆在营房门外。自从一九四〇年那一个振奋人心的清晨，我们误以为将要去前方保卫加莱①以来，已经经历了很多次类似的行军和迁营，一年三到四次。这一次我们的指挥官采用了不同寻常的保密措施，让我们将制服和车辆上的标志全都撤掉。"这是针对活跃的军事情况，非常有价值的训练，"他说，"如果我在目的地发现有任何一个追随军营的女性，我就知道一定有人泄密。"

厨房里飘出来的烟在薄雾中消散，此刻的营地一眼望去，是一个杂乱无章的迷宫，好像一个又一个没有完成的住房规划，被叠加在了一起，多年以后被一队考古学家发掘出来。

　　　勃洛克教授考古队提供了有价值的考古证据，证明了二十世纪公民—奴隶社会与其后继的无政府部落社会之间的关系。据挖掘现场可见，一个极高的人类文明，能够修筑精巧的下水道系统，并能建造可以永久使用的高速公路，被一个极低级的种族入侵并且战胜、取代。

未来的专家们将会如此写道，我想。一转身，我向迎面走来的连队士官长打招呼："见到胡珀先生了吗？"

"今天早上一直没见过他，长官。"

我们来到已经搬空了的连队办公室，发现一扇破损清单完成以后新打碎的窗户。"长官，夜里刮风来着。"士官长说。

（所有的破损这下都有了原因。）

胡珀露面了。他是一个面色发黄的年轻人，头发从前额梳向脑

————————
① 加莱，法国北部港口城市。

后，没有发线，讲一口乏味的内陆口音，加入连队有两个月了。

连里的人都不太喜欢他。因为他工作上的事懂得又少，还喜欢在稍息时称每个人为"乔治"。可我对他有一种近乎心痛的关心，主要是因为他新来第一个晚上的遭遇。

当时新上校来这里上任不到一个星期，我们都还没摸透他的脾气。他在休息厅里喝了几巡杜松子酒，第一眼看到胡珀时，大概脑子已经有些昏昏然。

"那个年轻军官是你的手下，对吗莱德？"他对我说道，"他的头发该剪了。"

"是的，长官，"我说，他说的确实也不假，"我会监督把这件事做了。"

上校又喝了些杜松子酒，然后开始瞪着胡珀，压低嗓子说："上帝啊，现在他们都派一些这样的军官给我们！"

胡珀那天晚上好像令上校着了魔。吃完晚饭上校忽然大声说："在我就任的上一个团里，如果有哪个年轻军官像这个样子出现，其他中尉早就拥上去把他头发剪了。"

没人对这个提议显示出一丝热情，这反应进一步惹火了上校。

"你，"他对 A 连一个模样端正好看的小伙子说，"去拿把剪子来，帮那位年轻军官把头发剪了。"

"长官，您这是命令吗？"

"你上级指挥官的要求，就我所知，这是最清楚不过的一种命令了吧？"

"好的，长官。"

于是，在一股阴冷的尴尬气氛中，胡珀坐到了椅子上，后脑勺的几缕头发被剪掉。这事一起头，我就忍不住离开了大厅。事后我为此向他道歉。"这种事过去在这个团里是不会发生的。"我说。

"哦，没什么，"胡珀说，"这点事我承受得住。"

胡珀对军队不存幻想——起码不存在任何有别于他对这个世界的总体认识，像笼罩在一团雾里。经过了各种徒劳的、试图延期入伍的努力之后，他很不情愿地参军了，纯粹是被义务所迫。但他很快便接受了这个事实，用他的话说，"就像得麻疹一样"。胡珀身上更毫无浪漫可言。在他的童年世界里，没有鲁珀特王子的马，也没有克山托斯河岸的篝火。①在介于说哭就哭的童年和终于长成男人之间的那一段漫长岁月中，我们按照学校的要求，在努力地去实现坚韧、沉默、高贵时，胡珀通常是在哭鼻子。他哭，不是为了圣克里斯宾日的演讲②，也不是为温泉关战役③的墓碑。他们在学校里所学习的历史课中，已少有提及这些战役，而更多的是人道主义立法，以及近代的工业革命。加利波利、巴拉克拉瓦、魁北克、勒班陀、班诺克本、隆塞斯瓦耶斯隘口，以及马拉松战役——加上亚瑟王之死那一场西部之战④等上百个这样的名字，从这些名字里传出的号角声，即便在眼下，在我已经枯竭而浑噩的状态中，仍然会势不可挡地将我唤回那透明而充满力量的少年时代。这些，在胡珀听来，全都毫无意义。

他很少抱怨。尽管他自己是一个很难让人放心地托付哪怕最简单任务的人，可他对于效率却很有一套自以为很懂行的说辞。除此之外，他有时还会根据自己十分有限的商业经历，用诸如"工时"这样的术语，来评判军队中关于薪酬和供给的方式："要是经营生意的话，

① 鲁珀特王子，17世纪英国内战时期的人物，查尔斯王的侄儿，著名的保皇派骑士、将领；克山托斯河，荷马史诗《伊利亚特》中特洛伊的一条河。作者用这两个典，进一步指明胡珀的背景，与他本书所缅怀的受过良好教育的旧世界贵族之间的区别。
② 圣克里斯宾日演讲，莎士比亚《亨利五世》中的一段著名的亨利国王在阿金库尔战役前的动员演讲。
③ 温泉关战役，第二次波希战争中的一次著名战役。
④ 阿尔弗雷德·丁尼生勋爵著名的叙事诗《亚瑟王传奇》中，将这场战争称作"西部之战"。

这么做哪里行得通？"

我心乱如麻地躺在床上时，他已鼾声如雷。

我们在一起的那几个星期里，胡珀在我眼里变成了年轻的英格兰的象征。因此，无论何时我一读到公共言论中有关于未来需要怎样的青年，以及这个世界欠了青年们什么的时候，我总会拿"胡珀"二字来取代抽象的"青年"，从而检测这些通用的观点是否说得贴切。也因此，在那些起床号之前的黑暗中，我脑子里通常盘桓着这样一些概念："胡珀集会""胡珀青年旅社""国际胡珀合作社""胡珀宗教"。他是所有这些合金的万能试金石。

要说他有什么变化，那就是比起刚从预备军官训练营来时，军人气概更少了。今天早上，背上那些背包负载之后，他看上去已经脱了人形，那几乎像在滑动的舞步，和一直揩拭着前额的戴着羊毛手套的手，十分引人注目。

"士官长，我有话跟胡珀先生说……哦，你这半天究竟去哪儿了？我让你检查连队的。"

"我来晚了吗？对不起。今早收拾得很匆忙。"

"你的勤务员不正是用来做这些事的吗？"

"哎，理论上说，应该是。可您也知道，他有他的事要做，而且如果你和他们处得不太好，事情只会更糟。"

"好吧，现在赶紧去检查连队。"

"得嘞。"

"拜托，不要再说这个词'得嘞'。"

"对不起，我记着别说的，只是一溜就出来了。"

胡珀离开后，士官长回来了。

"指挥官过来了，先生。"他说。

我走出去迎接他。

他那猪鬃一样的红色小胡须上沾着些水珠。

"啊，这里一切都安排妥当了？"

"是，我想是的，长官。"

"你想是的？你应该肯定地知道才对。"

他的眼睛落在了那扇新打碎的窗户上。"这个列入破损清单了吗？"

"还没有，长官。"

"还没有？不知道如果我没看见的话，什么时候才会呢。"

他对我很挑剔，而这些火气很大程度上来自自卑。即便明白了这一点，也并不能因此令我释然。

他领着我走到屋后的铁丝网边，我负责的区域在那里与运输排分开。他轻轻一跃，向一个长满杂草的沟边走去，那里曾经是田埂。这时他开始用手杖在地上刨，就像人们训练挖松露的猪一样，刨出了东西就发出一声胜利的号叫。他刨出一堆完全符合士兵特征的垃圾：扫帚头，火炉盖，一个锈烂了的桶，一只袜子，一块面包，通通藏在木板下的一堆烟头和空罐头盒中间。

"看看，"指挥官说，"这将给接手这个营地的下一个团留下多么完美的印象啊。"

"这真是糟透了。"我说。

"这是耻辱。在你离开营地前，请确保将所有这些都烧掉。"

"没问题，长官。士官长，派人去运输排，告诉布朗上尉，指挥官要求将这个沟彻底清理干净。"

起初我并不肯定上校会接受我这个形式的回绝，可他竟然接受了。他站在那儿很坚定地捅了一阵沟里的肥料，然后脚跟一转，扬长而去。

"您不该这么做，长官，"士官长说，自从我进入这个连起，他就是我的顾问，"您真的不该。"

"可那些不是我们的垃圾啊。"

"也许确实不是，可您是知道的。如果您得罪了上级军官，他们一定会另外找机会发泄出来的。"

我们行军经过疯人院时，几个年长的病人在栅栏后面疯言疯语。

"走好啊伙计，我们会再见的。""我们不久就会来的。""开心点儿，直到我们来找你们。"队伍里的人们跟他们搭话。

我跟胡珀一起，行进在先锋排的队伍里。

"我说，有什么消息说我们这是去哪儿吗？"

"没有。"

"您觉得这次是动真格了吗？"

"不是。"

"又是虚张声势？"

"是的。"

"人人都说，我们这次大概真的要上战场了。我真不知道该怎么想。这事看上去总觉得不对劲，透着傻气，所有这些演练最后完全没用上。"

"这我倒不担心。少不了仗给你打的。"

"哦，您也知道，我其实也没想要怎样，就是足够以后用来证明我经历过就行。"

一列挂着陈旧车厢的火车，在停靠站等着我们。一位铁路运输官正在指挥，一队看上去疲惫的人员正在将卡车上的行军包裹往货车厢里搬。又过了半小时，一切就绪；再过了一小时，我们出发。

我手下的三个排长加上我，共用一个车厢。他们吃着三明治、巧克力、抽会儿烟，再睡会儿觉。他们中谁也没有书。起初那三四个小时，他们留意着每一个所经过小镇的名字，并且在停靠时将身体探出窗外看，后来对这也失去了兴趣。正午一次，天黑时一次，有微温的热可可饮料送来盛到我们杯子里。火车在主干线沿途平淡乏味的风景中缓缓南行。

这一天主要的一件事发生在团长的"指挥部"。我们被传唤到他的车厢里集合，看见他和副官都戴着钢盔以及全副的战时装备。他一开口就说："这是作战指挥部会议，我希望你们以正确的着装来出席。我们目前是待在火车里，但这并不说明战时纪律就可以被忽视。"我以为他会让我们回去换衣服，可他瞪了我们一圈之后说："坐下吧。"

"留在我们身后的营地，状况令人难堪。无论去到哪里，总能发现军官们没有尽职的证据。离开后的营地状况，是考验一个团部军官办事效率的最有效方式，一个团，和它的指挥官的声誉全都仰仗于此。而且，"——他真的说了这些话吗？还是我从他的眼神和语气中捕捉到的怨恨？也许他并没有这么说吧——"我可不希望我的职业声誉毁在一两个临时军官的懈怠之下。"

我们捧着笔记本和铅笔坐了下来，以便将下一步工作的详情记录下来。如果是一个敏感的人，应该已经看出来，他到目前为止，做得并不出色。也许他自己也看出来了，所以才像一个暴躁的小学校长一样，加了一句："我所要求的仅仅是忠诚合作而已。"

随后他开始念他的稿子：

"命令如下。

"主要情况：本团现正处于由 A 地转往 B 地的过程中。这是一个重要指挥行动，极易遭遇来自敌人的轰炸或者毒气攻击。

"目标：抵达 B 地。

"方式：火车将于大约二十三点十五分抵达目的地……"诸如此类。

指挥官的报复，直到最后一刻才降临在"管理"条款之下。C 连，将派出不到一个排的人员，在停靠站完成装卸任务，届时将会有三辆三吨的卡车用来搬运所有物资到新营地。工作不得间断，直到完成。其余的排，负责看管运到新营的物资，以及安排驻守营地外围的哨兵。

"还有问题吗？"

"工作期间可以安排一次热可可供应吗？"

"不行。还有其他问题吗？"

当我将这些命令告诉士官长时，他说："可怜的C连，又倒霉了。"我知道这便是我得罪指挥官的后果。

我将命令又传达给连里各排长。

"我说，"胡珀说，"这让伙计们太不痛快了，他们一准得烦透了。他总是让我们干最糟糕的活儿。"

"你负责警卫。"

"好吧。可我说，我怎么才能在黑天里找准营地的边界啊？"

熄灯后不久，随着一声凄厉的呼哨传遍整个列车，我们被一道命令惊醒。一个比较精明的上士大声喊着："第二道任务。"

"我们正在遭受芥子气喷射，"我说，"关上窗户。"然后我整整齐齐地写了一份报告，汇报没有伤亡，也没有物资受到污染，所有人员都被告知，到站后必须先清理车厢内外才能下车。指挥官这次大概满意了，我们便再没有收到他的其他指令。天黑以后，大家都开始睡觉。

似乎过了很久，我们终于抵达新营地。作为现役安全训练的一部分，下火车不得使用站台，从车厢脚踏板跳上煤渣跑道这个环节，在黑暗中引发了连队的一阵混乱。

"掉到堤坝下面的路上了。C连还是一贯地落后于整个部队啊，莱德上尉。"

"是的长官。我们在喷漂白剂时遇到点困难。"

"漂白剂？"

"给车厢外去污，长官。"

"哦，真的很有责任心嘛。省了吧，赶快推进。"

这时，我那些半醒的、生着闷气的士兵踢踢踏踏地在路上排好队。不久胡珀的排已经列队消失在黑暗中，只见军用卡车以及排成行的士兵们正在陡峭的堤岸上向下传递着物资。这时的他们，因为看见自己正在干着稍微有点意义的工作，情绪也欢快起来。我跟他们一起传了半个小时，便离开队伍去见连队副官，他正带着完成了第一趟运输的卡车回来。

"营地还不错呢，"他汇报说，"是一个带有两三个湖的私人大庄园，看样子如果我们走运的话，没准还能逮几只鸭子。村子里有一个酒吧和一个邮局，几英里之内没有其他城镇。我已经设法在从这儿到那儿之间安置好了帐篷。"

到凌晨四点，工作全部结束。我开着最后一辆军用卡车，沿着弯曲的小道出去，道路两旁的树枝悬挂下来，不时地刮着挡风玻璃，不一会儿开出小道，来到路上，再一会儿开到一个两路交汇的空地上，只见一排防风灯挂在码放成排的物资上面。在这儿卸完卡车之后，终于我们被带到营房。没有星星的夜空中，开始飘起细雨。

我一直睡到勤务兵叫醒我，仍然感到困乏，默默地穿衣整饬停当。走到门边，才想起来问了一声副官："这地方叫什么？"

他对我说出一个名字。一瞬间，好像电波忽然终止了传送，那些在我耳边喧嚣多日的声音一瞬间全部消失，一阵巨大的沉默袭来。先是一片空白，当意识开始恢复，渐渐地，耳边开始回想起甜蜜的、自然的、那些我早已忘记的声音。因为他说出的，是一个我如此熟悉的名字，一个仿佛拥有古代魔法师魔力的名字，就那么轻轻的一声，过去岁月的魅影次第浮现。

我呆呆地站在帐篷外面，雨已经停了，云层依旧低沉地悬在头顶。这是一个安静的早晨，炊烟从伙房那边升起，飘进阴沉的天空。一个曾经铺设好的小车轨被疯长的杂草淹没，慢慢地腐蚀，已经锈进泥土中去。它顺着山坡下行，在一个小山包处从视野里消失，车轨两旁是一些随意扔弃的废铁。军营的各种嘘声、交谈声从这中间升起，新的一天开始。不远处，是我更加熟悉的，一个人工打造的仙境。那是个仿佛与世隔绝的所在，被一个蜿蜒的峡谷环抱。营地躺在一个和缓的坡上，对面的土地延伸出去，是依然有着处女贞洁的、完美的风景，中间静静地流淌着一条名叫新娘的小河。"新娘"源自不足两英里外一片叫作新娘泉的农场，我们过去有时会散步去那里喝茶。它向低流淌，在与雅风河交汇前，已经颇有些规模。到了雅风河这里，一条水坝筑起，将它拦出了三个湖。其中一个小小的，仅与芦苇丛中一块浸过水的石板无异；另外两个大些，水面倒映着天上的云和岸边茂盛的榉树。这一带的树林里只有橡树和榉树两种。橡树眼下还只是光秃秃的一片灰色，而榉树上已经依稀装点起零星的绿色，那是刚刚冒出的嫩芽。绿色的林中空地，和同样是大片的绿色树林，被利用起来形成了简单又漂亮的图案。那里这会儿还有小鹿警惕地四顾张望吗？大概是为了让眼睛望出去有所着落，水边又建起了一座多利安式①的神庙，矗立在那儿，一道爬满常青藤的拱梁低垂着，将柱子连接起来。所有这一切都在一个半世纪以前，精心地被规划和种植，以便今天我们可以欣赏到它成熟时的模样。从我站的地方看过去，房厦隐在一片绿色后面。可我太熟悉了，不用看也知道它的位置和姿势，知道它斜躺在一片青柠檬树中间，就像一只小鹿藏在一丛蕨树里一样。

胡珀斜着身子靠过来和我打招呼，他敬礼的姿势古怪，好像是在学谁，结果却是一个谁也模仿不出来的动作。因为昨晚熬夜，他看上

---

① 多利安式，最早期也是最简单的古希腊建筑上的术语，特征是由不带柱基、柱上有凹槽的柱子支撑，上面覆盖平的石板。

去面容憔悴，胡子也没刮。

"B连帮了我们大忙，我让伙计们都解散回去洗漱了。"

"好。"

"那宅子就在坡上，拐过去就是。"

"是的。"我说。

"旅总部下星期就会进驻，那儿用来当营房可真是个好地方啊。我刚刚去打探了一番。很华丽，用我的话说。古怪的是，还带一个罗马天主教堂，我往里瞅了一眼，正好在进行什么祭拜活动——只有一个神父和一个老人。我在那儿浑身不自在，那更像是你的地方，不是我的。"也许我看上去没听他说，他只好说得更起劲一些，以激起我的兴趣，"台阶前还有一个大得吓人的喷泉，都是石头刻的动物一类的东西。你绝对没见过。"

"哦，胡珀，我见过。我从前来过这里。"

这些词语好像把我深深埋葬的丰富记忆都激活了。

"哦，那你都知道。我走了，去洗漱。"

我来过，这里的一切我都知道。

第一部

我，也曾经住在阿卡狄亚 *

---

* 阿卡狄亚，古希腊伯罗奔尼撒的一个地名，是那些崇拜潘神并且和着他的排箫曲调唱歌的牧羊人的故乡。在长长的岁月中，有不计其数的诗人（包括维吉尔的《牧歌集》）将阿卡狄亚描绘成具有田园风光的天堂，居住着理想化的牧羊人，这一意象被田园诗歌无数次地重复咏唱。本书第一部标题《我，也曾经住在阿卡狄亚》，原文为 "Et in Arcadia Ego"，是画家尼古拉斯·普桑的两幅代表画作的题目，通常译名为《阿卡狄亚的牧羊人》。在这两幅画的第二幅中，牧羊人聚在一个坟墓前，墓碑上用拉丁文刻着这句话，直译为"我，也曾经住在阿卡狄亚"，这个"我"，就是墓中已经死去的人。这句话常常被用来表达"我们在死亡中生存"，而这幅画被视作提醒我们死亡之永恒。

本书中，查尔斯后来在自己的房间里放置了一个头骨，其额骨上刻着同样一句 "Et in Arcadia Ego"，明确了这句话作为本书第一部文眼的地位。他们离开牛津前的生活，是他们生命中转瞬即逝的、尘世间的天堂。

第一章　初识塞巴斯蒂安·弗莱特——安东尼·布兰奇——初访布莱兹赫德庄园

"我从前来过。"我说。是啊，我来过。第一次同塞巴斯蒂安一起，那是二十多年前，六月里万里无云的一天。山坳里挤满了奶油色的绣线菊，空气中沉甸甸地充塞着夏天甜香的气味。那一天在我记忆中笼罩着一层奇异的光芒。后来我如此频繁地来往此地，各种心情之下都有，而今天浮现出来的，却是那第一次探访。

像那天一样，今天的我，又是在对目的地一无所知的情况下到来。记得那是在八人周①期间。如今的牛津，已经被一股迅疾的洪水湮没，就像沉入海底的莱昂内塞②，永不会再现。可那些日子里的牛津，依然还像一幅水彩画。在她宽阔宁静的街道上，人们走路交谈的样子还跟纽曼③时代没有什么两样；她充满雾气的秋天，和灰蒙蒙的早春，以及少有的鲜亮夏日——比如那一天——栗子树开着花，钟声高亮清澈，飘荡在她的山形墙和圆屋顶上，散发出几个世纪以来积聚在那里的，柔软的青春气息。正是这种尘世外的静谧与我们的笑声

---

① 八人周，又叫作夏季八人赛艇周，牛津大学每年5月的传统活动，为期四天的八人艇比赛，名称直译为"八人周"。

② 莱昂内塞，《亚瑟王传说》中被洪水湮没沉入海底的城邦。

③ 纽曼，史称红衣主教纽曼，天主教神学家，著名的"牛津运动"领袖和辩论家。"牛津运动"倡导英国国教——新教回归天主教义。这与作者本人结束第一次婚姻后开始信奉天主教的经历，以及贯穿本书的主题——天主教在英国社会的影响以及起伏，都暗含紧密的关联。

相谐，夹杂在欢快的喧哗声中。忽然在这个八人周，一切都被搅乱了，拥进来好几百个各式各样的妇女，她们在石子路上，在台阶上叽叽喳喳，游览、找乐，喝"克莱尔特杯"①，就着黄瓜三明治，撑着平底船在河面上来回穿梭，成群结队地拥进停靠在河岸上的大学观光游艇；她们在伊斯河②，在俱乐部，互相招呼寒暄，像古怪滑稽得令人抓狂的吉尔伯特和苏利文③闹剧，教堂里传出怪诞的合唱声。入侵者的回声弥漫在牛津的每个角落，然而在我的学院，没有回声，那里是最令人心烦的喧扰源头。为给她们举办舞会，我所住的方院，在前排房间的外面都铺上了地板，搭了帐篷，门房外摆上了棕榈树和杜鹃花，就这么把门房给彻底挡上。最糟糕的是，住我楼上那位像老鼠一样谨慎躲闪的研究自然科学的小个子先生，把他的住地借出来做女士存衣室，而一张关于存衣室的印刷告示，就悬挂在我门梁上方不到六英尺的地方。

没有比负责清扫我房间的校工对此感触更深的人了。

"这几天凡是没有邀请女士来参加活动的先生，都建议外出用餐，走得越远越好，"他沮丧地向我宣布，"你会在家里吃饭吗？"

"不，朗特。"

"说是为了体恤我们这些校工，真体恤啊！我还得去给女士存衣室买针线包。跳舞用这个干吗？我实在不明白。过去的八人周可从来没跳过舞，就像茶聚、划船还不够他们玩儿似的。先生，要是您问我，我觉得那都是因为战争，不然绝不会有这种事发生。"因为那是

---

① 克莱尔特杯，一种冰镇红酒混合饮料，由克莱尔特红酒与其他成分兑制而成，配方各异，通常情况下会有苏打水、白兰地、雪莉酒、库拉索、黑樱桃甜酒、果汁、糖等。维多利亚时期非常盛行。

② 伊斯河，泰晤士河流经牛津那一段的名称，是牛津大学赛艇活动的中心。

③ 吉尔伯特和苏利文，维多利亚时代英国的一对舞台剧词曲创作组合，他们联合创作了14部通俗喜剧。

一九二三年，对朗特以及成千上万的人来说，一切都再也不会回到一九一四年的样子了。"比方说夜里喝一两杯，"他继续絮叨，并且是一贯的正要出门，一半身子在门里边、一半身子在门外边的习惯说，"或者一两位先生在家用个午餐，这些都说得过去。但绝不会跳舞，这都是那些刚从战场上回来的人带来的习惯。他们年纪大了，什么都不懂，还不肯学。这是事实。有的还跑去城里的共济会礼堂里跳——不过那样的话，学监会把他们抓回来……哎，塞巴斯蒂安勋爵来了，我也不能老站在这儿说话，还得去买针线包呢。"

塞巴斯蒂安走了进来——鸽灰色的法兰绒上衣，白色真丝夏尔凡①领带，当时的我系着一条邮票图案的领带——"查尔斯，你们学院是怎么了？来马戏团了吗？我就差没见着大象了。我得说，整个牛津忽然之间全疯了，昨晚到处挤满了女人。你得赶紧跟我走，逃离，这里简直是危险地带。我弄了辆汽车，备了一篮子草莓，还有一瓶佩拉庄园②——肯定是你没喝过的，别假装说你喝过。它跟草莓相配简直美得上天。"

"我们去哪儿？"

"去看一位朋友。"

"谁？"

"一个叫霍金斯③的。带点钱，万一碰上什么想买的。汽车是跟一个叫哈德卡索的人借来的，要是我开车出事死了，你帮我把汽车残骸还给他，我不是很擅长开车。"

学院门外，如今的冬园，曾经的旅社对面，停着一辆两座的敞篷

---

① 夏尔凡，法国顶级衬衣及领带成品及定制商，位于巴黎。

② 佩拉庄园，全称为拉弗瑞－佩拉庄园。位于法国波尔多地区，一个历史悠久的一级葡萄酒庄。

③ 霍金斯，姓氏。这里指塞巴斯蒂安及其兄弟姐妹的保姆。

莫里斯－考利①。塞巴斯蒂安的玩具熊坐在两座之间，说："看好他，别让他晕车了。"我们随即出发。圣玛利教堂的钟声敲响九点，我们躲开一个戴着草帽，留着白胡子，安静地在高街②上逆向骑着自行车的牧师，穿过卡尔法克斯，经过车站，很快就已经在博特利路的郊外了。那时候去郊外是多容易的一件事啊。

"真早啊，不是吗？"塞巴斯蒂安说，"女人们这时还在楼上，忙乎她们下楼前那一摊子谁知道是什么的事，就是那些每天都最终会被轻松慵懒给抵消掉了的辛勤努力。我们都已经出来了，天哪，上帝保佑哈德卡索。"

"管他是谁呢。"

"他还以为会跟我们一起出来呢。可能也是慵懒把他给绊住了吧。嗯，我跟他说的是十点钟走。他是我们学院里一个很阴沉的人，过着双重身份的生活，起码我觉得是。因此他不能日夜都叫这个名字，对吧？不然就死定了。他说他认识我父亲，这怎么可能？"

"为什么？"

"没人认识爸爸，他是社交圈的麻风病人，你没听说过吗？"

"真遗憾我俩都不会唱歌。"我说。

我们在斯温顿③下了主路，这时太阳升高了些，四周都是一些干石墙和方块石修建的房屋。当塞巴斯蒂安一声不响地把车拐上一个马车道，随后停下来时，大概是十一点。天热了起来，以至于我们已经想找个树荫躲一躲，于是在一个刚刚被羊啃过的山坡上，我们在一株榆树下面坐了下来，开始吃草莓、喝酒——正如塞巴斯蒂安说的，它

---

①　莫里斯－考利，英国莫里斯汽车公司于1915年至1958年之间的轿车系列，是最初的莫里斯－牛津的升级版，更大功率，更长，更宽，配置更豪华。

②　高街，牛津的一条东西走向街道。

③　斯温顿，英国威尔特郡最大的城镇。

们是绝配美味——随后舔着肥大的土耳其雪茄，我们躺了下来。塞巴斯蒂安的眼睛望着他头顶上的树叶，而我，注视着他的侧影，灰蓝色的烟雾升起，因为没有一丝风的干扰，烟雾直接融进了他头顶那蓝绿色的树叶中间。淡巴菰的香甜，卷进四周夏天的甜味中，而那清甜、金黄的葡萄酒气，似乎将我们从身下的草地上抬起了一指宽，飘浮起来。

"这是个可以用来埋一缸子黄金的最好的地方，"塞巴斯蒂安说道，"我想我应该在曾经让我快乐过的每一个地方都埋下一些珍贵的东西，这样当我又老又丑又可怜的时候，可以回来把它们挖起来，让我记起那些快乐的时光。"

那是我入学后的第三个学期。但在我心目中，我牛津生活的起点，应该从第一次与塞巴斯蒂安相遇算起。那很偶然地发生在上一个学期的期中。我们在不同的学院，来自不同的预科学校，我极有可能过完我大学的三年或者四年，与他毫无交集。可偏偏有一天晚上，他在我的学院里喝醉了，而我的房间恰恰处于四方庭的前排。

曾经有人就这类房间的危险性警告过我，那是我的堂兄贾斯珀，在我刚入校时，他认为我需要一个详尽的牛津指南。因为我父亲指望不上，他一向回避与我有任何严肃的交谈，直到我入校前两个星期，他才无可奈何地提到了这个话题。他带着一点他惯有的难于启齿，又有些狡黠的样子说："我跟人聊起过你。有一天在雅典娜俱乐部恰好碰见你未来学院的院长，我想谈论伊特鲁里亚人①关于不朽的概念，而他想讨论给工薪阶层开讲座的事，最后我们只好折中了一下，来谈

---

① 伊特鲁里亚人，伊特鲁里亚文明，是用以指代一个发生在今意大利托斯卡纳、翁布利亚西部、拉齐奥地区一带的古代文明。始于公元前700年左右，直至公元前4世纪的罗马－伊特鲁里亚战争，被并入罗马共和国。

你。我问他，你的津贴应该多少比较合理，他说：'一年三百吧，没有理由给更多，这是大多数学生的数目。'我不太认同这个答复，因为我刚上大学时，津贴比大多数人都要多。在我记忆里，在大学里多出来的几百英镑，比在其他任何地方，或者其他任何时间都更有用：不是在这儿，就是在那儿，它总能帮到你，让你更醒目，更受欢迎。我想过给你六百。"我父亲耸了耸鼻子，他觉得什么事有意思时总是那样，又说："可我又想，如果院长听说了，可能显得有些故意冒犯和不礼貌，于是我想，就给你五百五十英镑吧。"

我感谢了他。

"是，这对我而言，的确很放纵，但最终都有回报，你知道……我想现在我本应该给你一点建议的。我自己，除了你堂叔阿尔弗雷德给过一些建议外，别人都没有。就在我上大学前的那个夏天，阿尔弗雷德专程乘马车来到博屯，来给我一些关于入学的忠告。你知道他说了些什么吗？'奈德，'他说，'有一点我要求你必须做到，那就是，在整个开学期间的每个星期天，一定要记得戴上高礼帽，一个人留给别人的印象，不会因为别的，只会因为这一件事。'你知道吗，"我父亲继续说，又深深地吸了一下鼻子，"真的是这样吗？有的人是，也有的人不是，我丝毫没看出来这给他们带来了任何不同，也没有听见任何人议论过，可我倒是记得总要戴上我的高礼帽。这证明了明智而及时的忠告会产生什么影响。我希望我能给你一些，可我没有。"

我的堂兄贾斯珀弥补上了这一欠缺，他是我父亲的哥哥的儿子。我父亲不止一次提起他哥哥时，总是半开玩笑地称他为"家族的头"。贾斯珀这时正读第四年，上一学期他只差一点就获得了划船蓝奖①，

---

① 蓝奖，是由牛津大学和剑桥大学最初形成的最高运动奖项，后遍及英国以及英联邦国家的所有大学。深蓝是牛津大学的校色，浅蓝是剑桥大学的校色。最高奖（全蓝奖）被授予蓝色外套，上面佩戴蓝色奖牌。

还担任着坎宁俱乐部①的秘书长，同时又是本科生组织的总理事，总之是学院里举足轻重的一个角色。他在我进校后的第一个星期便正式造访，并且留下来一起吃了饭。他的那一餐，量颇大，包含了蜂蜜圆面包、凤尾鱼加烤面包片，以及一个富勒②核桃蛋糕。最后他点燃烟斗，往藤椅上一靠，把我需要遵守的行为准则一条一条列出来，这些条例囊括了方方面面，直到今天我几乎还能一字一句背出他说的话。

"……你念的历史对吗？这是很受尊重的一个专业。最坏的是英国文学，其次是正经哲③。成绩呢，要么得一等，要么干脆四等，中间的等级就别去费劲了，把时间花在挣一个二等成绩上是不值得的。你得选最好的课去上——比如阿克莱特的狄摩西尼④——不管这些课是不是你们学院的……关于着装，简单地说，按照乡村庄园的着装方式就好了，一定不要穿人字呢西服或者法兰绒长裤——永远正装。去伦敦找个裁缝，裁剪也好，信誉也长久……俱乐部嘛，先立刻加入卡尔顿⑤，第二年一开始就加入格里德⑥。如果你希望参加牛津联合会⑦，这也不坏，首先在外围增加知名度，比如坎宁或者查塔姆⑧，就从在它们刊物上发表文章开始。……远离野猪山⑨……"这时，对面山形墙上方的天空忽然发出一阵耀眼的光芒，随即黯淡下去。我给炉火上加了一

---

① 坎宁俱乐部，牛津大学的一个学生团体，讨论和提倡保守派政治理想。

② 富勒，指富勒糕点公司，由美国人威廉·布鲁斯·富勒于19世纪的最后一个十年在英国创立的糕点公司，第一家商店开在伦敦的牛津街。

③ 正经哲，就是常说的PPE（Philosophy, Politics and Economics），最初由牛津大学的贝利奥尔学院设立，作为对于传统古典学的补充，因此在本书原文中，叫作 Modern Greats。

④ 狄摩西尼，古希腊政治家、演说家和雄辩家。

⑤ 卡尔顿，牛津大学的学生俱乐部之一，与坎宁相似，属于保守政治流派。

⑥ 格里德，入会门槛极高的一个牛津学生俱乐部。

⑦ 牛津联合会，一个辩论组织。

⑧ 查塔姆，牛津大学的学生俱乐部之一。

⑨ 野猪山，距牛津西南面三英里左右一个山坡旁边的小村子，风景优美，有许多文人在那里住过。贾斯珀为什么让查尔斯远离野猪山，目前文学界尚无公认的原因。

些炭，拧亮了屋里的灯，于是我堂兄的伦敦制衣，头等成绩，利安得俱乐部①领带在灯光的映衬下，显得更加令人肃然起敬……"别把指导员当成校长一样对待，把他们看作老家那些牧师就可以了……到了第二年你会发现，自己要花整整半年时间，来甩脱那些你在第一年里交的朋友……对了，还得留心那些盎格鲁天主教徒②——都是些鸡奸犯，还带着难听的口音。实际上，最好就是远离所有的宗教组织，那除了祸害之外，别的一无是处……"

终于，他要离开了，走之前他说："最后一点，换一套房间。"——这些房间既宽敞，还有漂亮的飘窗，以及油漆过的十八世纪饰板墙。作为一个新生能得到这么一套，我觉得再幸运不过了。"我见过很多学生被这种一楼前庭的房间给毁掉的。"堂兄沉重地说，"一开始人们就是进进出出，在你这儿寄存外套什么的，你难免要招呼一杯雪莉酒。等你还没意识到，你已经给学院里那些最招人厌的人开了一个免费酒吧。"

我不知道自己有没有刻意去采纳任何一点他的忠告，但很明确的是，我从没想过要换房。这里窗外盛放的紫罗兰让我的每一个夏夜充盈在芬芳之中。

当一个人回顾青春时，很容易将想象与事实相混淆，赋予它不真实的成熟，抑或不真实的纯真；就像很容易在记忆里去篡改标注在门柱上的长个儿记录的时间一样。我老是想象——有时甚至真的这么以为——我的房间装饰着莫里斯③面料以及阿伦德尔④印刷品，书架上

---

① 利安得俱乐部，一个极有声望的赛艇俱乐部，成立于1818年牛津郡，位于泰晤士河畔。
② 盎格鲁天主教，是英国国教的一个分支，其信仰和崇拜方式与罗马天主教极其相近，有时被称作"高派教会"。
③ 莫里斯，英国著名的布艺花纹设计师。
④ 阿伦德尔，存在于1848年到1897年间的一个组织，用以纪念阿伦德尔伯爵二世托马斯·霍华德，他是一位知名的艺术收藏家。协会的目的是复制推广文学艺术史上的重要作品，以提升公众的修养和品位，并提供对当代艺术家的欣赏指南。

摆着十七世纪的手稿，俄罗斯皮面和水洗丝的第二帝国法文小说。可这都不是事实。我住进来的第一个下午，骄傲地在壁炉上挂了一幅凡·高《向日葵》复制品，并且支起了一个画着普罗旺斯风景的屏风，那是我在欧米茄工作室清仓时便宜买来的罗杰·弗莱①作品。还贴出了一张马克奈特·科法②的海报和一张诗歌书店的韵律插画③，以及，最令人难堪的，摆了一个波力·皮切④陶瓷人偶，立在壁炉架上的两支黑色锥形蜡烛之间。我的书都平凡而不起眼——罗杰·弗莱的《视觉与设计》⑤，美第奇印社出版的《一个什罗普郡少年》⑥《维多利亚名人传》⑦，以及不全的几卷《乔治诗选》⑧《不祥大街》⑨和《南风》⑩——我早期结交的那些朋友也正与这些背景圆满匹配，他们是柯林斯，一位温切斯特学院毕业生⑪，胚胎学者，有着坚实阅读基础和幼稚幽默感的人，加上学院里的一个知识分子小圈子，处在一个中间文化的地带，介于华丽的唯美主义者和住在伊夫利路上以及惠灵顿广场的公寓

①　罗杰·弗莱，英国艺术评论家、艺术家，他创造了"后印象派"一词。

②　马克奈特·科法，出生于美国的艺术家，擅长图形设计，尤以伦敦公交系统以及伦敦地铁海报著称。

③　诗歌书店，是指由哈罗德·门罗在伦敦市中心创立的一个集书店和小型出版社为一体的机构，以制作发行名为"韵律插画"的小型海报出名。

④　波力·皮切，约翰·盖伊的戏剧作品《乞丐歌剧》中的人物。

⑤　《视觉与设计》，是罗杰·弗莱的一本文集，广为流传，影响力深远。

⑥　《一个什罗普郡少年》，是古典文学家及诗人阿尔弗雷德·爱德华·豪斯曼的一本诗集，收录了他的63首诗歌。

⑦　《维多利亚名人传》，作者利顿·斯特拉，著名的传记作家。

⑧　《乔治诗选》，英国当代诗歌文选系列，由诗歌书店出版，共五卷，选录了1911年至1922年之间知名诗人的作品，包括西格夫里·沙逊和大卫·赫伯特·劳伦斯。

⑨　《不祥大街》，康普顿·麦肯齐所著两卷小说。麦肯齐爵士是一位出生在英国的苏格兰小说家。

⑩　《南风》，诺曼·道格拉斯最为人知的一部小说。道格拉斯是一位英国小说家，旅行作家。

⑪　温切斯特学院毕业生，这是对曾经就读于温切斯特公学学生的称呼，有时又称作老温切斯特，以纪念该校创始人威廉·威克姆。温切斯特公学是英国第一所培养神职和公职人员的学校，开创了英国公学教育的历史。

内热切探索真理的清贫普罗学者之间。我的头一个学期就是在这个圈子里找到了自己的位置，在他们那里获得的陪伴，正是我高中最后两年所熟悉并喜欢的那种，也正是那时为后来的我做好了铺垫。然而即便就在最初的那些日子里，当整个牛津生活刚刚拉开序幕，我有了自己的房间，有了可以独立支配的支票本等这些令人兴奋的缘由时，我内心深处始终隐隐地感到，这不是牛津所能够给予我的全部。

随着塞巴斯蒂安的到来，这些灰蒙蒙的身影都悄悄隐去，融进并消失在背景中，就像高地上的羊群隐入雾沉沉的石楠树丛。柯林斯向我阐述过现代审美的荒谬："……所有来自'有意味形式'①的理论，都因其体积而要么成立，要么站不住脚。如果你允许塞尚在二维画布上展示第三维空间的话，那你必须同样允许兰塞尔的猎犬眼中闪过忠诚的光辉……"②但是直到塞巴斯蒂安随手翻开克莱夫·贝尔的《艺术》，读到"有人会在对着一只蝴蝶或者一朵花时，产生他面对一座教堂或者一幅绘画时同样的感情吗？"然后说"是啊，我就会"的那一刻，我才瞬间茅塞顿开。

在真正与塞巴斯蒂安相识前很久，我就见过他，知道他。那几乎是不可避免的，从他来到牛津的第一个星期起，他就是那一级学生中最显眼的，因为他那魅惑人心的美貌，也因为他似乎没有边界的古怪

---

① "有意味形式"，由克莱夫·贝尔在其著作《艺术》中所提出的艺术理论："艺术是有意味的形式。"这一理论对现代西方美学和艺术产生了深远影响。贝尔是英国著名的艺术批评家，也是弗吉尼亚·伍尔芙的妹夫。

② 塞尚，法国艺术家，其风格终其一生都处于发展变化之中，后期作品落入后印象派这一分类，公认他对包括马蒂斯和毕加索在内的20世纪艺术家产生了强烈的影响。兰塞尔，英国画家、雕塑家，尤其以画狗和马著称。柯林斯这句话中，以两位艺术家做对比阐述的观点并不十分清晰，疑是作者伊夫林·沃有意为之，借此表明这些知识分子复杂的思考风格，其实远不如塞巴斯蒂安从个人角度出发的简单直接观察更具启发意义。柯林斯的本意大概是说，如果我们接受人类的认知可以在二维画布上看见三维风景的话，我们就一定要同时接受人类基于知识和经验的，在艺术欣赏活动中对于意义的任何解释。

言行。我第一次与他近距离相遇，是在吉尔摩理发店门口，那一次打动我的，不是他的外表，而是他怀里抱了一个大玩具熊这件事。

"那位，"理发师说，我一边坐进理发椅，"是塞巴斯蒂安·弗莱特勋爵，顶有意思的一位年轻绅士。"

"很显然。"我冷漠地说。

"玛奇梅因侯爵的二公子。他的哥哥，布莱兹赫德伯爵上学期刚刚离开，那位就完全不同，十分安静，像个老人。你猜刚才塞巴斯蒂安少爷干什么来了？来给他的泰迪熊刷毛，还必须得用硬毛刷。不能刷，塞巴斯蒂安少爷说，得是在他赌气时威胁要用刷子打他屁股。他买了一个带象牙柄的漂亮刷子，还要刻上'阿洛维熙思'①，这是那熊的名字。"理发师利用这一段充分的时间，把一个大学本科学生的好奇心彻底打消了，只剩他自己还深深地陶醉在其中。我始终保持着审视的眼光，随后几次的惊鸿一瞥，无论是他坐在一辆汉瑟姆马车穿过校园，还是他戴着假须在乔治俱乐部就餐，都没有打动我。当时正在读弗洛伊德的柯林斯，有一大把术语，可以用来把他这些毛病都给总结了。

等后来我们终于正式相遇，情形也似乎有一丝不吉。那是三月初的一天，接近半夜，我招待学院知识分子圈里的几个人在我那儿喝温红酒，炉火熊熊，屋子里充斥着浓烈的烟味和温红酒的香料味，而我的意识，也已经被他们热烈讨论的形而上学理论搞得疲惫不堪。我推开窗户，从外面庭院里传来并不罕见的醉汉笑声和踉跄的脚步声。只听一个声音说"稳住"；另一个说"得了"；再一个说"有的是时间……

① 阿洛维熙思，塞巴斯蒂安带着泰迪熊来上牛津的事，一说取材于桂冠诗人约翰·本杰明，他1925年进入牛津大学莫德林学院时带着一只名叫阿奇博尔德·安庶庇－戈尔，昵称阿奇的玩具熊。圣·阿洛维熙思是天主教圣徒，青春守护神，这对本书关于青春，关于远去有强烈的暗示意味。"阿洛维熙思"也是牛津天主教堂的名字，在本书中数次出现。

学院……在汤姆①停敲之前"；还有一个，比其他人听起来都要清醒些：
"知道吗，我感到莫名其妙的特别不舒服，我要离开一下。"这时我
的窗户边，出现了那张我辨认出来是塞巴斯蒂安的脸。但它与我平时
所见的生动而充满活力的样子显然不同，他用已经不能聚焦的眼睛看
了看我，然后身子一斜，从窗户外把头埋进我房间。他的胃终于没有
撑住。

晚餐聚会以这种方式结束并不稀罕，事实上这种情形发生时有通
用的默认小费给校工。这是我们在不断的错误和实践中学习怎么应对
酒精。而塞巴斯蒂安在困境下的那个选择：一扇打开的窗户，却显得
尤其疯狂，而又好像有他特定的条理。但是正如我前面所说的，这场
相遇显得有些不祥。

他被朋友们搀着走到了庭院的门边。几分钟后，他的东道主，一
个我同年级的面容亲切的伊顿生②返回来道歉。他本人也有些摇晃，
而他的解释更是啰唆重复，到最后已经带着哭腔。"酒喝得太杂了，"
他说，"既不能怪喝得太多，也不是因为酒不好，就是喝混了。明白
了这一点，你就知道了事故的根源。理解了一切，就是原谅了一切。"

"是的。"我说。可第二天早上当我面对朗特的指责时，才感到有
点不公平。

"几壶温红酒，你们五个人，"朗特说，"就能搞出这样的结果来，
连窗户都来不及走近。我看那些摁不住的最好还是别碰酒。"

"不是我们这群人，是其他学院的人。"

---

① 汤姆，指牛津汤姆塔的钟，是基督堂学院入口的主要部分。按照传统，大汤姆在每晚
九点零五分时会敲响 101 次，提醒学生回房间，以示宵禁开始。那时的牛津各学院对纪律管理
已经比较严格，违纪行为由专门的官员处理，被称作学监，辅以被称作"斗牛犬"的校警。
② 伊顿生，伊顿公学学生的总称。

"嗨，不管是谁，清理起来都一样的恶心。"

"柜子上有五个先令。"

"是啊我看见了，多谢了，可我宁愿不挣这个钱，也不愿对付这一摊，随便哪个清晨。"

我拿过我的学院袍，留下他一个人忙乎，那些日子我还频繁地去听课。回到学院时已经过了十一点，只见我房间里布满了鲜花。看上去，不，事实上，把一个鲜花摊子一整天的鲜花都摆上了。可以想象得到的任何器皿，房间的每一个角落，全都用上了。朗特正用牛皮纸把最后那一束悄悄地包起来准备带回家。

"朗特，这都是什么？"

"昨晚那位先生啊，他还留了信给你。"

那信，是用康缇碳素笔写在一整张我挑来画画的沃特曼①画纸上的："我十分痛悔，阿洛维熙思坚决不理我，直到他看见我得到了谅解。所以，今天请你一定要来吃午饭。塞巴斯蒂安·弗莱特。"我意识到，这大概便是典型的他，默认我一定知道他住在哪儿。可是，我恰恰还真的知道。

"一个最有趣的先生了，为他清扫自然是我的荣幸。我想您今天一定要外出就餐了吧，先生？我对柯林斯先生和帕特里奇先生都这么说了，他们本来想带着午餐来这儿跟您一起吃的。"

"是的，朗特，外出就餐。"

那个午餐派对——事实证明确实是个派对——便是我生命中一个新时代的开始。

我去了，带着一丝忐忑不安，因为这超出了我常规的地界；并且还有一丝微弱而自负的声音在我耳边响着，是柯林斯的口气，似乎想

---

①　沃特曼，出生于肯特郡的英国造纸商。沃特曼画纸价值不菲，被塞巴斯蒂安信手拈来写便条，作者此处用以表现塞巴斯蒂安天真唯美烂漫，不谙世事。

要把我拽回去。可那些日子，我的心里一直在渴望着爱，我满怀着好奇，和那依稀而无法辨识的一丝顾虑，终于来到了这里。我会看见墙上的那一扇矮门，在我之前已经有别人找到了的这扇矮门，它将向我打开一个封闭的魔法花园，在这个灰色城市的心脏，在一个不会被任何其他窗户俯视的所在。

塞巴斯蒂安住在基督堂学院①主楼的顶层。我去的时候，他一个人正在剥刚从餐桌中央一个鸟巢里拿出来的一只田凫蛋。

"我刚数了，"他说，"正好一人五个，然后多出两个，所以我这会儿正要把这两个吃了。我今天莫名其妙特别饿。我毫无保留地把自己交到了多贝尔和古道尔②手上，此刻好像被灌了迷药一样，以至于开始怀疑昨天的一切都是在做梦，所以，请别叫醒我。"

他令人神魂颠倒，以他那雌雄莫辨、阴阳相通的美丽。这样的美，总是在最好的青春韶华时光，高唱着爱，而一旦第一阵冷风刮到，瞬间凋零枯萎。

他的房间里琳琅满目摆放着稀奇古怪的玩意儿——哥特式琴箱里装着的小风琴，大象腿造型的废纸篓，玻璃罩下的各种蜡雕水果，两个不成比例的巨大塞福勒③瓷瓶，和一些装了画框的杜米埃④绘画——这一切跟学院简朴的家具，屋子中间那张大餐台混在一起，显得尤其古怪而不协调。壁炉上面铺满了各种来自伦敦的聚会邀请卡片。

"那凶狠的霍布森把阿洛维熙思放在了隔壁房间，"他说，"也许这样也好，因为也没有再多的田凫蛋给他。你知道吗？霍布森讨厌阿洛维熙思。我真希望我有一个像你那样的校工。他今天早上对我特别

---

① 基督堂学院，牛津大学最主要的几个学院之一。
② 多贝尔和古道尔，牛津大学的一个药店。
③ 塞福勒，法国著名瓷器厂。
④ 杜米埃，法国著名画家、讽刺漫画家、雕塑家和版画家。

好，要是换个人可能会特别凶。"

聚会开始了。有三个伊顿来的新生，温和、优雅、超脱，前一晚他们都去伦敦跳舞刚回来，听起来好像是谁家一个不太惹人喜欢的男亲戚的葬礼。每个人一进门，首先注意到的是桌上的田凫蛋，然后是塞巴斯蒂安，最后才是我，带着一种不惊不诧，不特别好奇的礼貌，好像在说："我们绝不会用'我们好像从来没见过'的暗示来冒犯你的。"

"今年第一次啊，"他们说，"你从哪儿弄来的？"

"妈妈从布莱兹赫德捎来的，鸟儿们总是最先去下给她。"

当我们吃完了蛋，开始吃纽堡酱龙虾时，最后一位客人到了。

"亲爱的，"他说，"我没法早一点脱身。跟我那位荒荒荒……荒谬的导师吃午饭，我要离开的时候他很是不满，好像这事很不可思议。我跟他说，我要回去换衣服踢足足足……足球。"

他很高，身形细长，皮肤略微黝黑，一双俏皮的大眼睛。我们都穿着粗厚的人字呢和粗革皮鞋，而他，则穿一件棕巧克力颜色，细致而柔滑的西服，上面印着耀眼的白条纹，小山羊皮鞋，配一只大领结，进门时一面说话，一面褪去手上那一双黄色水洗皮的手套。几分法国味，几分美国味，可能还有几分犹太味，充满了异域情调。

这位，不需要任何介绍，他是安东尼·布兰奇，那位审美专家，从查韦尔边到萨摩维尔的梦魇①。他招摇过市时，每每总会有人指给我看，乔治大厅里也听见过他挑战秩序的声音。而此刻，在塞巴斯蒂安的魔法指引下，我竟然私底下与他相遇相识，而且发现自己对他，居然疯狂地喜欢。

---

① 查韦尔边，1887 年修建的私宅，自 1907 年起成为牛津大学女性天主教学生的宿舍。萨摩维尔，成立于 1879 年的女校，1992 年改革后开始接纳男性教师以及男性本科生。这里说从查韦尔边到萨摩维尔，意指安东尼·布兰奇在整个牛津女生中的恶劣口碑。

他从塞巴斯蒂安房中那一堆稀奇古怪的收藏品里出人意料地翻出一只喇叭来，拿着它走到了阳台上，用幽怨含情的腔调，对楼下穿着针织运动衣，闷声匆匆经过，向河边走去的人群朗诵《荒原》片段[1]。

"我，帖瑞西士，都早就忍受过了。"他站在威尼斯样式的拱梁下对着楼下的人们啜泣道：

> 就在这张沙发或床上扮演过的；
> 我，那曾在底比斯的墙下坐过的
> 又曾在最卑微的死人中走过的……[2]

然后，他轻轻踱回屋里。"我是多么让他们吃惊啊！所有的赛……赛艇手都是我的格雷斯·达令[3]。"

我们于是坐下来，啜饮君度[4]，那位最温和安静的伊顿生坐在风琴前自弹自唱："他们将她死去的武士抬回家来。"[5]

四点一过，我们开始逐渐散去。

安东尼·布兰奇率先离开。他一本正经而十分礼貌地轮流向我们每一个人告辞。在塞巴斯蒂安那儿，他说："亲爱的，我真想用带刺的

---

① 《荒原》，美国出生的英国诗人艾略特的组诗，被公认为 20 世纪最有开创性的象征主义作品。这个情节取自安东尼·布兰奇这个角色的原型之一哈罗德·阿克顿，他曾经从他的基督堂学院房间窗户探身出去，用喇叭朗诵《荒原》片段。

② 这一段译文取自赵萝蕤先生 1937 年中文译本。

③ 格雷斯·达令，取自维多利亚时代一位著名的女性 Grace Darling，她于 1838 年与她父亲一道救出了一艘沉船里的 13 个人。这里安东尼·布兰奇借用她姓名的文字意义"美好的，亲爱的人儿"，来一语双关地表达他对楼下匆匆走过的那些英俊的赛艇手的欣赏和爱慕。何况她的事迹还与船相关。

④ 君度，一款法国橙味甜酒品牌。

⑤ 出自丁尼生长诗《公主》。

箭把你扎成一个针……针……针线包①。"然后对我说："我认为，塞巴斯蒂安能把你挖掘出来真是太了不起了。你平时都藏在哪儿？我想要钻到你的洞里来，像黄鼠狼一样把你叼出来。"

其他人在他之后不久也纷纷告辞离开。我站起身来打算和他们一起走，塞巴斯蒂安说："再来一点君度吧。"于是我留了下来。随后他说："我得去一趟植物园。"

"为什么？"

"去看常青藤啊。"

这理由听起来也无可辩驳，我便随他一起去。走在墨顿②墙下时，他挽起了我的胳膊。

"我从没去过植物园。"我说。

"哦，查尔斯，你需要学的东西太多了！那儿有一个漂亮的拱梁，还有比我过去所知多得多的各种常青藤。我真不知道如果没有这个植物园，我会怎样。"

最后当我回到家里的时候，发现那里的一切跟我早上离开时一模一样，我却感觉到了一丝令我厌倦的肤浅。这在以前从来没有过，是哪里不对劲呢？除了那一束束金色的洋水仙之外，别的东西看上去都不真实。是那个屏风吗？我把它调了个方向，让它面对着墙，一下子好了许多。

那扇屏风的生命便到此为止了。朗特一直不喜欢它，几天之后把

---

① 针线包的典故：罗马天主教有一位因反抗罗马皇帝戴克里先对基督教徒迫害，而被下令绑在树桩上用乱箭射杀的圣徒——塞巴斯蒂安。他年轻、上身赤裸、身材俊美、容颜清秀但浑身扎满乱箭的形象，到了文艺复兴时期，经由众多绘画大师之手呈现在世人面前，成为历史上第一个男同性恋偶像。又因浑身扎满乱箭而被戏称为"针线包"，因此针线包这个形象是同性恋文化中的一个重要符号。布兰奇毫无疑问是一名同性恋，而查尔斯与塞巴斯蒂安之间的友谊，本书也一直含蓄地在暗示，是介于友谊与爱情之间的一种特殊感情，这也是本书主线之一。

② 墨顿，牛津最古老的学院之一，始建于1264年。J.R.R.托尔金曾经是该学院的教授，艾略特亦是该学院毕业生。

它带走，放到楼梯下面的一个什么地方，与拖把水桶为伍。

那一天便是我和塞巴斯蒂安友谊的开始，随后便有了那个六月的上午，我躺在榆木树荫下，他的身边，看烟雾从他唇边升起，飘进树的枝丫间。

眼下我们继续开着车，又过了一个小时，开始觉得饿了。在一个一半是农场的小酒馆前停下来，吃了点鸡蛋和培根，腌核桃以及奶酪。这是一个没有阳光照得进来的堂屋，我们喝着啤酒，屋里有一只老钟在阴影里嘀嗒走着，一只猫在一个空架子边打盹。

午饭后继续开，不久便到了目的地：熟铁雕花门和一些坐落在乡村绿地上的经典双翼房舍，有一条大道，以及更多的大门和宽敞的草地。车道拐了一个弯，忽然间眼前一亮，一幅神秘的画卷在我们眼前展开。此刻我们处在一个山谷顶上，脚下，半英里远的地方，灌木屏障中间，灰色和金色相映处，是一座老宅的圆顶和廊柱在闪光。

"嗯？"

"这是怎样一个居住的地方啊！"我说。

"你一定得去看它的前花园和喷泉池。"他向前探了探身子，给汽车挂上挡，"我家人住在这儿。"那一刻，即便我正被眼前的景象完全迷晕了头，也能一瞬间感到他话语里那一股不祥的寒意——他没有说"这是我家"，而是说"我家人住在这儿"。

"别担心，"他接着说，"他们都不在，你不用去见他们。"

"可我倒希望呢。"

"可他们在伦敦啊。"

我们开车绕过正面进入一个侧院——"到处都关了，我们最好从这儿进去。"——经过一个碉堡一样，有着石头地面、石头拱顶的走廊，来到用人区——"我想让你见见霍金斯保姆，这是我们来的目的。"——爬上铺了地毯的，擦洗过的楼梯，楼梯又连着一些中间铺了宽木板，两旁是粗毛地毯的过道，再穿过一些铺着油毡的过道，经过无数小楼梯井和许许多多赤红镶金色的柴火桶，走上最后几级台阶，顶上装了门。刚才远处看见的圆顶是假的，是设计来让人从下面看时，好像香波堡的圆顶。圆顶下的那一段空间几乎又构成了一整层楼，隔成很多单独的房间，这些过去都是育儿房。

塞巴斯蒂安的保姆坐在一个打开的窗户边，喷泉池就在她眼前，以及那几个湖，神庙，还有远处隐隐可见的闪着光辉的方尖碑。她双手摊开放在膝盖上，两手之间散落着一串玫瑰念珠，她睡得正香。年轻时长时间的劳作，中年时板起面孔教导这一家她看管的孩子，到了这个年纪终于闲下来并且生活有了保障，这一切都写在她脸上的皱纹和安详的面容上。

"哦，"她说，一边醒来，"这可真是没想到。"

塞巴斯蒂安上去亲了亲她。

"这是谁呢？"她说，一边看着我，"我好像不认识他。"

塞巴斯蒂安给我们做了介绍。

"你们来得正是时候。朱莉娅今天也在，他们这一段时间过得太精彩了，可这里没有他们简直无聊透了，只剩钱德勒太太，两个女孩儿，还有老伯特在，他们也很快要去度假，八月份维修锅炉，然后你去意大利见老爷，其他人出门拜访亲友，等一切又回到正轨就得十月份了。可不管怎样，我想朱莉娅一定跟别的年轻小姐一样尽情享受了她这一段好时光。然而我总是不明白，为什么偏偏要在园子里花开得正旺，夏天里最好的时光，大家都想去伦敦呢？菲普斯神父周四来过，我也对他说过同样的话。"她最后加了这么一句，好像这样就为她的观点增加了一些神圣的权威一样。

"你刚才说朱莉娅也在这儿？"

"是啊宝贝，你肯定刚好和她错过。是保守党妇女集会，本来应该是夫人去做这个演讲的，但她身体不太好。不过朱莉娅不会去太久的，讲完她就离开，等不到茶聚开始。"

"恐怕我们要再次错过她呢。"

"别这样宝贝儿，她见到你在，那该是多大的一个惊喜啊，尽管我告诉她应该参加茶聚，那才是保守党妇女集会的要旨。好，给我说说你的事，你有用功念书吗？"

"恐怕不是很用功，奶奶。"

"哦，那我想一定整天都在打板球吧，像你哥哥一样，不过你哥哥也能抽出时间来学习。他圣诞节以后就没回来过，但我估计农业博览会期间他会回来。你看到报上关于朱莉娅的报道了吗？她带了一份给我。当然那远远配不上她，可是那上头说的还是挺好。'玛奇梅因侯爵夫人带着她美丽的女儿在本季亮相……秀外慧中……是本季最受欢迎的出道闺秀。'嗯，这可真是一点也没夸张，尽管把她头发剪掉是个遗憾，可惜了她那一头秀发，跟夫人的一模一样。我对菲普斯神父说这太违背自然了。他说：'修女们也剪。'然后我说：'哦，老实说，神父，您不会想着要让朱莉娅小姐去做修女吧？'怎么想的！"

塞巴斯蒂安和这位老妇人喋喋不休地聊着。这是一个招人喜欢的房间，因为要配合穹顶的弧度，所以空间形状很不规则，墙上贴着丝带和玫瑰花纹的壁纸，墙角放着一个木马，壁炉上搁着一幅油画式石版画，画上是圣心像，一把彭巴斯草和芦苇后面藏着一个空的格架，斗橱上摆满了孩子们每次外出度假带回来送给她的旅游纪念品，全都一尘不染，显然悉心擦拭过，有雕刻的贝壳和岩石，压花印章皮制品，彩绘木雕，瓷器，木化石，带镶嵌装饰的银器，蓝萤石，云石，珊瑚，等等。

这时保姆又说："宝贝你摇摇铃铛吧，我们该吃茶了。我通常下去到钱德勒太太那儿吃，可今天就在这儿吧。我往常用的那个女孩儿跟他们去伦敦了，新来的这个就是这村里的，刚来时什么也不知道，现在已经好多了。快摇铃。"

可塞巴斯蒂安说我们必须得走了。

"不等朱莉娅？她听说了会生气的，这对她得是多大的一个惊喜啊。"

"可怜的奶奶，"我们走出育婴室时塞巴斯蒂安说，"她这辈子过得真无聊，我想过把她接到牛津跟我一起住，只是她又总会想方设法让我去教堂。我们赶紧走，我妹妹就要回来了。"

"是谁让你觉得丢脸呢？她还是我？"

"是我觉得自己丢脸，"他严肃地说，"我绝不会让你跟我家人混到一起的。我长这么大，他们一直在从我身边夺走我心爱的东西。一旦他们施展魅力将你俘获，就会让你变成他们的朋友，而不是我的了。我不会让他们得逞的。"

"好吧，"我说，"这么说我很满意。可我难道不能获准参观一下这所房子吗？"

"到处都关上了，我们是来看保姆的，亚历山德拉皇后日[①]会开放，只要一个先令。好吧好吧，你想看的话就来吧……"

他领我穿过一个粗呢毡包过的门，走进一个阴暗的长廊，依稀可见鎏金的檐口和拱形的石膏顶。随即推开一扇厚重而平滑的桃花芯木大门，带我进入黑沉沉的大厅。光线从百叶窗的缝隙里挤进来一缕，塞巴斯蒂安打开其中一扇，将它折向一侧，下午醇厚的阳光顿时倾泻进来，铺在空旷的地板上，只见一对巨大的大理石雕花壁炉，穹顶上

---

① 亚历山德拉皇后是英王爱德华七世的妻子，他们于1863年结婚。为纪念她以亚历山德拉公主的身份从丹麦来到伦敦50周年，1912年的那天被标记为亚历山德拉玫瑰日。那是一个募捐筹款活动，活动期间，由残疾人制作的人工玫瑰被拿来义卖，款项用以资助伦敦的医院。"玫瑰日"活动如今依然在举行，只是筹款用途更加广泛。

有经典的歌颂神和英雄主题的壁画，鎏金镜子两侧是人造大理石的柱子，以及一堆一堆好像小岛一样铺着防尘布的家具。这才仅仅是一瞥，就像从公共看台上偷看了一眼华灯照耀的舞厅。塞巴斯蒂安很快就把阳光又关在了外面。"你看见了，"他说，"就像这样的。"

他的情绪自从我们在榆树下喝完酒以后就变了，从我们拐了弯，他说"嗯？"以后。

"看，没什么好看的吧。倒是有几件漂亮东西，哪天我想给你看——不是现在。不过有个小教堂，你一定要看看，那是一件新艺术派风格的不朽作品。"

设计建造布莱兹赫德的最后一位建筑师为庄园增添了一些辅助建筑：柱廊以及侧翼凉亭，其中的一个便是这教堂。我们从公共门廊进去（这是另一个可供进入这栋房子的门），塞巴斯蒂安将手指放进圣水盆里蘸了蘸，画了个十字，然后跪下。我学着他的样子也做了一遍。

"你干吗这样做？"他显得有些蛮横地问道。

"出于礼貌。"

"哦，在我面前不必。你不是想观光吗？这里如何？"

整个内饰曾经被烧毁，后来整个按照十九世纪最后十年流行的工艺美术风格全部精心装饰布置过。有穿着印花棉袍的天使，蔓藤月季，鲜花灿烂的草甸，欢跳的绵羊，凯尔特文字，穿着盔甲的圣徒，这一切构成了繁复而色彩鲜亮的图案，将整个墙覆盖。还有一组三联的浅色橡木板，雕刻得好像橡皮泥的效果。圣坛上的灯以及屋里其他的金属制品都是青铜，有手工打造时留下的细密麻点，神龛的台阶上铺着草绿色地毯，撒满白色和金色的雏菊。

"天哪！"我说。

"这是爸爸送给妈妈的结婚礼物。现在，如果你看够了，我们走吧。"

在门外车道上，一辆由司机驾驶的劳斯莱斯迎面开过，车的后座上依稀是一个女孩的身影，回过头来透过窗户看我们。

"朱莉娅，"塞巴斯蒂安说，"我们正好及时走掉。"

又停下车来跟一个骑自行车的人说了几句话——"那是老伯特。"塞巴斯蒂安说——随即我们就离开了，穿过熟铁雕花门，经过那些乡村房舍，回到外面的大路上往牛津的方向去。

"对不起，"过了一会儿塞巴斯蒂安说，"我意识到今天下午对你不够好，布莱兹赫德总能给我带来这样的效果。但我必须要带你去见保姆呀。"

为什么呀？我疑惑着，只是什么也没说——塞巴斯蒂安的生活被各种这一类"当务之急"占据。"我必须要一件邮筒红的睡衣。""我必须要待在床上直到太阳照到窗户的中间。""我今晚不得不喝香槟！"——除了，"这在我身上恰恰相反"。

很长一段停顿之后，他说："我可没一直问你家的事。"

"我也没问你家的呀。"

"可你看上去充满探究。"

"嗬，因为你弄得太神秘了。"

"我倒希望我能够让一切都保持神秘呢。"

"也许我的确对别人的家庭好奇——你看啊，因为这就不是一件我对它有了解的事。我只有父亲和我。一个姑妈曾经照顾过我一段时间，可父亲把她赶到海外去了。我母亲死在了大战中。"

"哦……这太不寻常了。"

"她跟随红十字会去了塞尔维亚①，那以后我父亲脑子就变得有些

---

① 塞尔维亚是欧洲一个内陆国家，1914 年 7 月，奥匈在此宣战，触发了第一次世界大战。战争之初，英国红十字会和圣约翰公会组织义工在英国以及海外参与救助。妇女组成的护士、急救以及炊事团队被赋予了 VAD（志愿救助分队）这一名字。一战中，很多红十字会及其他组织的妇女义工在众多欧洲国家包括塞尔维亚、俄国、罗马尼亚、意大利、法国和比利时死去。

古怪，独自一人住在伦敦，没有朋友，整天喃喃自语地玩一点收藏。"

塞巴斯蒂安说："但你真不知道你都逃脱了些什么。我们一大家子人就多了，可以在德倍礼①上去挨个查。"

他的情绪这时恢复了轻松。似乎我们离布莱兹赫德远一分，他的不安就少一分，那隐秘的躁动和易怒一度几乎控制了他。开着开着，太阳落到了我们身后，似乎我们在追着自己的影子而去。

"现在五点半了，我们正好赶去戈斯托吃饭，然后去特劳特喝酒，把汽车还给哈德卡索，再沿着河走回去。这难道不是最好的计划吗？"

这就是我第一次短暂造访布莱兹赫德的完整经历。那时我可会想到，将来有一天，一个中年陆军上尉，会流着眼泪来回忆呢？

---

① 德倍礼，成立于 1769 年的出版商，出版的《德倍礼贵族年鉴》，包括了所有有头衔和爵位家庭的简史。

第二章 堂兄贾斯珀诤谏——关于魅力的警告——周日上午的牛津

夏季学期快要结束的时候，我迎来堂兄贾斯珀的最后一次造访和诤谏[①]。那天我恰好没有课，头天下午刚提交了历史论文。贾斯珀的暗黑色西装和白领带暗示着他还深陷于学期结束的考试以及论文当中，他同所有人一样，也显得筋疲力尽，又担心自己在品达的俄耳浦斯主义[②]这门课上没有发挥出最好水平。但是，他顾不得自己的诸多不便，纯粹被责任感驱使，将他带到了我的房间。被他抓住的时候，碰巧我正要出门，那会儿在忙着张罗那天晚上我做东晚宴的最后一个环节。这是用来安抚哈德卡索的几场聚会之一——因为我们把他的车停在了外面，使得他在学监那儿遇到了大麻烦，于是给哈德卡索安排聚会取乐，便成了我和塞巴斯蒂安近来的功课之一。

贾斯珀不肯坐下来说话，因为这不是一次惬意的闲聊；他背靠壁炉站着，用他的话说，要"像一个叔叔"一样和我谈话。

"……上一两个星期，我试了好几次要联系你，而我感觉你好像在躲着我。如果确实是这样，查尔斯，我也不会奇怪。

---

① 诤谏，是 1641 年 11 月 22 日英国下议院通过的一份谏书，于 1641 年 12 月 1 日呈递给英王查尔斯一世。这是导致英国内战的主要事件之一。此处用于堂兄的劝勉，带有对堂兄小题大做、煞有介事的调侃和嘲讽。

② 品达，古希腊九大抒情诗人之首。俄耳浦斯是希腊神话人物，在歌唱和七弦琴演奏上有超凡天赋。俄耳浦斯主义或称俄耳浦斯教，据称因他而起，主张灵魂不朽，轮回转世。

"你也许觉得这不关我的事，可我觉得自己有责任。你跟我一样清楚，自从你——哦，自从战争起，你父亲就不太管事了——生活在他自己的世界里。我不想坐视不管，明明一句话就可以将你拯救过来的，却眼睁睁地看着你去犯错误。

"第一年犯一些错，那在我的意料之中，我们都是这样过来的。我自己就与一个 O.S.C.U.①的人混在了一起，他在长假期间跑去为一群啤酒花采摘工布道。可是你，我亲爱的查尔斯，不知你是否意识到了，你已经被整个大学最声名狼藉的一群人深深地钓牢了。你可能以为，我住在公寓里，学院里发生了些什么事我一无所知。可事实上，我听到的太多了，连我自己也拜你所赐成为餐厅里的蔑视嘲讽对象。那个与你形影不离的，叫塞巴斯蒂安·弗莱特的小伙子，他也许并没有什么不好，我不了解。他的哥哥布莱兹赫德还是个不错的人，可你这个朋友，在我看来就很有些古怪，总是让自己被议论。当然了，他们本来就是古怪的一家子人。你知道，玛奇梅因夫妇自大战起就一直没有住在一起。不寻常的是，所有人本来都认为他们是忠诚的一对，可他带着自己的义勇骑兵队跑去法国，就再也不回来了，就像他在战场上被杀掉了一样。而她是罗马天主教徒，又不能离婚——或者是不肯，我是这么以为的，因为其实只要有钱，你在罗马是可以为所欲为的，以他们那样豪富，只能是不肯。这个弗莱特也许还行吧，但是安东尼·布兰奇——这个人你却绝对没有任何理由和借口。"

"我自己也并不是特别喜欢他。"我说。

"哦，可他总是混在这里啊，学院里严格的那一群人就很看不惯。

---

① O.S.C.U.，牛津大学基督教学生会。

基督堂对他完全不能忍受。昨天晚上又进了墨丘里①。你交往的这些人中间没有一个在自己的学院里享有一席之地，这才是最真实的测试。他们以为自己有的是钱可以挥霍，想干什么就干什么。"

"哦，还有一件事。我不知道我叔叔给你多少津贴，可我不妨猜测你一定已经花掉两倍了。所有的这些，"他一边说，一边随手一指，到处都是我放荡的证据。是真的，我已经为我的房间一扫冷峻冬装，换上了艳丽的新衣，"这个付钱了吗？"（柜子上那一盒百支的帕得加斯雪茄②。）"还有那些？"（桌上数册轻佻的新书。）"那些？"（一套莱俪③醒酒器加酒杯。）"还有那个古怪邪恶的玩意？"（最近刚从医学院买来的人头骨，这会儿正端坐在一盘玫瑰花瓣中间，如今是这张桌子的主要装饰物。它额上镌刻着"Et in Arcadia Ego"的箴言。）

"付了，"我说，很高兴终于有机会可以澄清一件，"这头骨是我不得不支付现金买的。"

"你哪有可能在学习呢。倒不是说这真的有多重要，尤其是如果你正在其他方面发展未来职业的话——可是你在吗？你在联合会或者其他俱乐部发表过演讲吗？你与任何杂志建立联系了吗？或者牛津大学戏剧会，你有去尝试谋取一个位置吗？还有你的穿着！"堂兄继续说，"你刚来我就建议过，比照乡村庄园的标准来穿衣服，而你的穿戴就像是在梅登黑德的戏院派对和郊区花园歌咏比赛之间不情愿的一个折中。

"再说喝酒吧——一个人一学期喝晕一次两次，没人会觉得不妥。

---

① 墨丘里，指牛津大学汤姆方庭里的墨丘里喷泉池。学院里有一个传统，运动型学生所谓"hearties"，爱把唯美派学生（比如安东尼·布兰奇）扔水池里，这是此处"又进了墨丘里"的典故来历。

② 帕得加斯雪茄，哈瓦那老牌雪茄，由唐热姆·帕得加斯1845年创立。

③ 莱俪，著名的法国巴黎器皿品牌。由Renê Jules Lalique创立，其设计多为新艺术派和装饰艺术风格，产品包括香水瓶、珠宝、钟、灯具、花瓶以及汽车装饰吉祥物等，已成为装饰艺术玻璃的标杆。

事实上，在特定场合他也理应如此。可我听说，你长期在正下午看上去醉醺醺的。"

话到这里，他便就此打住，责任尽到了。他自己那些考试季的烦心事此刻重新占领了他的大脑。

"很抱歉，贾斯珀，"我说，"我知道对你来说这很尴尬，可我恰好就喜欢这最声名狼藉的一群，也喜欢在午餐时喝多，另外，尽管到目前为止我还没花到津贴的两倍，但毫无疑问到这学期结束时就一定会的。对了，我通常在这个时候要喝一杯香槟，你陪我喝一杯吗？"

就这样，我的堂兄贾斯珀终于放弃了努力。后来听说，他将我这些不得体到过分的举止写信汇报给了他父亲，然后他父亲又写信给我的父亲，到我父亲这里，这整个行动就终止了，他什么措施也没有采取，可能连多想一下都没有。一半是因为他将近六十年来一直都不喜欢我这位伯父；另一半也因为，正如贾斯珀所说，自从我母亲去世后，他就一直活在自己的世界里。

贾斯珀那一席话，勾画出了我第一年的基本轮廓。当然，在此基础上尚有无数细节可以添加。

很早之前我答应过柯林斯，要跟他一起过复活节假期。但凡塞巴斯蒂安有任何暗示，我都会毫不内疚地取消早先的承诺，将从前的朋友孤零零地扔下，然而我没有收到一点暗示，于是我和柯林斯在拉文纳①度过了节俭而很有意义的几个星期。在先哲的墓葬之间，有苍凉的风从亚得里亚海上刮来。在一个可能更适合温暖季节的酒店房间里，我给塞巴斯蒂安写了一些长信，并且每天都去邮局看有没有回信。一共收到过两封，分别来自不同的地址，信中也没有任何关于他自己的日常消息，总是那种来自遥远梦境一样的风格——"妈妈和两个随行诗人都

---

① 拉文纳，意大利东北部城市，曾为拜占庭时代首都。

患了三次伤风头痛，所以我就来这里了。现在正是推雅推喇的圣·尼苛德摩节①，据说这位圣徒的殉道方式是被人将一张羊皮钉在了他的光头顶上，因此他理所当然地成为光头守护神。你去把这个故事讲给柯林斯听吧，我敢肯定他会比我们俩都秃得早。这里人太多，但是其中有一个，感谢上帝，拿着个助听喇叭②，这多少令我保持了一点幽默感。现在我必须去钓一条鱼起来了，太远不能寄给你，我会把鱼骨头留下来的……"——这封来信令我愈加烦躁。柯林斯给他正在写的论文做了些笔记，指出这里的马赛克真迹在它们的照片面前相形见绌。在这里播下的种子，日后收获了他一生的成就。许多年以后，他的第一部关于拜占庭艺术的巨作问世，我非常感动地在两页谦谦君子风范的鸣谢词中发现了自己的名字："……致查尔斯·莱德，正是在他那双具有洞察力的眼睛帮助之下，我第一次发现了普拉奇迪亚陵以及圣维塔大教堂③……"

我有时会想，如果不是因为塞巴斯蒂安，我会不会跟柯林斯一样，踩着文化水磨的轨道，一圈又一圈地转。我父亲青年时代曾经想求学于牛津的万灵学院④，在竞争激烈的那一年他被淘汰了。当然，有其他方面的成功和荣誉后来纷纷降临，但是早年的那一次失败对他的影响太大，通过他又传递到我身上，让我误以为，人生正确而自然的目标，只可能躺在万灵学院的某个地方。同样，我也会毫无疑问地在同样的关口败下阵来，但失败后，我可能会去另一个，稍微缓和容

---

① 此处典故考证不确，有可能是塞巴斯蒂安自编的笑话。的确有一名叫作尼苛德摩的圣徒，在罗马天主教和东正教中广受崇拜，但是没有史料说明他与今土耳其境内城市推雅推喇有任何关系，羊皮钉在头顶的事件更无从考证。另，该节庆日是8月3日，也与此处的复活节假期对不上。

② 助听喇叭，最早的助听器。

③ 普拉奇迪亚陵以及圣维塔大教堂是拉文纳的两座基督教古迹，均为世界文化遗产。这二者因为较为平凡的外表，一度令全世界忽略了它们内部艺术作品的美丽和伟大。

④ 万灵学院，是牛津大学的一个学院。不招收本科学生，通过一个被称为"全世界最难的考试"的入学考试来决定入学。

易一些的地方，继续我的学术生涯。这是一个完全可以想象的情形，但我相信，真正发生的可能性却极小。狂乱地从土地深处喷发出来的泉水，喷射到阳光里——那一道由渐渐冷却下来的蒸汽形成的彩虹，却有着巨石也压不住的力量。

这段复活节假期，给了贾斯珀所警告的我的急速堕落一小段缓冲。是继续下行还是往上攀登？对我来说，伴随着我习得的每一项成年人生活习惯，自己却一天比一天地更年少了。我在孤独中度过了我的童年和少年时光，有战争带来的拮据和丧亲带来的黯然神伤。整个青春期的孤独无助，大战后英国公学里的那一套拔苗助长，在这种种之上，我又为它添加了一层个性带来的冷峻和伤感。然而后来与塞巴斯蒂安共度的那个夏天，好像变戏法一样，过去闻所未闻的一个世界，就那么出现在我眼前，那就是快乐的童年。尽管这时玩具已经被丝衬衫、酒精和雪茄取代，而且我们的顽皮行径更是高居重罪榜前列，然而一种原始而茁壮的新鲜气息笼罩着我们，没有什么可以影响到我们对这种纯真快乐的享受。那个学期末，我参加了第一次考试。如果还想继续留在牛津的话，通过是必须的，经过整整一个星期禁止塞巴斯蒂安进我房间，加上熬夜、冰冻黑咖啡和黑炭饼干①，临时抱佛脚地念书，我通过了。如今那些书里的一个音节我也记不住，但我在那个学期里所获得的其他的一切，将陪伴我直到生命的最后时刻。

"我喜欢这群最声名狼藉的人，我也喜欢在午餐时喝醉。"在当时来说这就够了；现在呢，我还需要更多吗？

二十年后的今天，回想起这一切，我相信那些经历中没有什么是我会放弃，或者会做得有什么两样的。堂兄贾斯珀所获得的，是一种精密训练后，驯养斗鸡的成熟，而我则在自由自在中变成了一只皮实

---

① 黑炭饼干，在普通面粉中混入柳炭粉或者活性炭粉，再加入黄油制作的饼干。最早出现于19世纪早期的英国，用于消化不良和胃痛，因此后来又称为"消化饼干"。

苗壮的飞鸟。我可以告诉他，那时所有的那些邪恶，就像他们混进杜罗①葡萄汁里的烈酒，满是黑暗配料的强劲，它们在青春成长的过程中所扮演的角色，是在使它丰富的同时，阻碍并减缓这个过程，就像烈酒阻止葡萄汁的发酵，使它变得难喝，于是只好窖在黑暗中，一年又一年，直到终于长成，被端上台面。

我还可以告诉他，学会去了解和爱另一个人，是一切智慧的根源。但是坐在我那刚刚从结果尚未可知的品达挣扎中解脱出来的堂兄对面，看着他灰黑色的西装，白色的领带，他的学士袍，听着他阴沉老气的腔调，而我始终沉浸在窗下盛放的紫罗兰芬芳之中，感觉什么辩解都没有必要。我有自己隐秘而坚实的防范，就像戴在胸前的护身符，在危险时能够感知，能够抓住。于是我跟他说了一句并非是事实的话，我说我通常那时要喝一杯香槟，邀请他加入我。

就在贾斯珀向我递交净谏的同一天，我收到了另一份，完全不同的话题，来自一个完全没有想到的源头。

整个学期我见到安东尼·布兰奇的次数比我事实上希望接受的要多，我眼下生活在他的朋友当中，但我们这些频繁的见面多半是他的选择而不是我的，因为我对他多少还存有一丝戒备。

从入学年份来说，他不算我的学长；然而他身上似乎背负了永世流浪的犹太人的沉重包袱，他是一个名副其实的无国籍游牧民。

在他幼年时，家人曾尝试过要把他塑造为一名英国人，送去伊顿待了两年，随后在战争中，他躲过潜水艇去到阿根廷，与他母亲重聚，于是她的随身队伍中，除原本有的男仆、女佣、两个司机、北京犬、和第二任丈夫外，又增加了一个聪明而胆大妄为的青年学

---

① 杜罗，葡萄牙的一个地区，自 17 世纪起就以盛产波特酒闻名。此处所说的混了烈酒的葡萄汁，指的就是波特酒。

生。他随着他们全世界穿梭流离，成长在邪恶的滋养当中，就像贺
加斯①画笔下听差的小男孩。当世界重归和平以后，他们回到欧洲，
辗转于酒店、别墅、温泉村、赌场，以及阳光海滩。在十五岁的年
纪，为了一个赌注，他装扮成一个女孩，被带到布宜诺斯艾利斯一
个赛马俱乐部的赌桌上。他与普鲁斯特和纪德一起用餐，与考克多②
和达基列夫③则更加密切，弗班克④给他寄来带有热情洋溢题字签名
的小说，还在卡普里岛⑤挑起过三场不可调和的争斗，并且自称在切
法卢⑥玩过妖术，在加利福尼亚戒了毒，在维也纳治好了俄狄浦斯症。

　　很多时候我们在他身边都像孩子——大多数时候是这样，倒也
并非总是如此。安东尼身上有一股气焰和热情，这一点在我们其他人
身上，已经在悠长而无所事事的青春期里遗失在了游戏场上或者教室
里。他身上那繁茂生长的邪恶，似乎并不是为了自己的乐趣，而更是
为了给他人带来震撼。他光鲜华丽的外表，时不时令我联想起在那不
勒斯见到的一个乞童，蹦跳嬉笑，对着一群英国游客做出各种猥亵的

─────────────

　　① 贺加斯，多才多艺的英国画家、版画家、漫画家，作品多为讽刺当时社会的题材，同
时也以常暗含一条道德警示在每一部作品中而著称。

　　② 考克多，法国多才多艺的先锋诗人、小说家、戏剧家、电影制片人、剧作家，他活跃
于当时最前卫的文学和社交圈，他的个人交往圈包括普鲁斯特、纪德、达基列夫、毕加索、香
奈儿等。

　　③ 达基列夫，俄罗斯芭蕾舞经纪人，艺术评论家，俄罗斯芭蕾舞剧团创始人。这里安东
尼·布兰奇"与考克多和达基列夫则更加密切"应该是对同性恋关系的暗指，达基列夫是公开
的同性恋者，而考克多基本上也是公认的同性恋者。这一整部书始终保持了对同性恋的模糊、
隐晦的笔法。

　　④ 弗班克，英国小说家。本书作者伊夫林·沃青年时期十分欣赏和崇拜弗班克作品，后
来曾经公开承认过自己在风格上受他影响，到了晚年，沃在一次采访中再次提到弗班克，不过
这时他已经过了喜欢弗班克的阶段。"一个上了岁数的人还欣赏弗班克的作品，一定是出什么
问题了。"

　　⑤ 卡普里岛，意大利那不勒斯湾上的一个岛屿。自19世纪早期开始，卡普里就成为诗
人、作家、艺术家以及其他名人热衷出没的地方。到了20世纪早期，卡普里又因为它对于同
性恋超乎寻常的容忍态度，在同性恋者中驰名，广受欢迎。

　　⑥ 切法卢，意大利西西里城市。

动作。当他向我们讲述赌桌上那一夜的故事时，你几乎可以想象他翻
着眼珠，对他继父面前那一堆越来越少的赌注不露声色地一瞥的样
子。当我们在英式橄榄球场的泥堆里抱着彼此打滚时，或者狼吞虎咽
地吃着松饼时，安东尼正在热带的海滩上，给正在享受阳光浴的美人
身上抹油，或者在时髦的小酒馆里享用开胃酒。于是在我们身上已经
被驯服了的野蛮，在他体内还在猖獗泛滥。他同时又很残忍，表现出
来便是一种无知无畏，虐待昆虫的小男孩的样子，被年长的孩子抓住
教训时，垂头攥紧小拳头的不服气。

他邀我一同晚餐，当我知道就我跟他俩人单独就餐后，略微感到
有些不安。"我们去泰晤士镇①，"他说，"那里有一个很宜人的酒店，
最好的是，它还不吸引布灵顿②那些人。我们可以喝莱茵河葡萄酒，
想象我们……在哪里呢？反正不是周洛克的旅行和欢宴③就行了。不
过我们得先去喝点餐前酒。"

在乔治俱乐部的吧台前，他吩咐道："请来四杯亚历山大鸡尾酒④。"
并把四杯酒在他面前摆弄了一下，然后大声叹道"呀咪——呀咪"，
这一声把所有的眼光都吸引了过来，人们嫌弃地盯着他。"我其实猜
到你可能更喜欢雪莉，可是，亲爱的查尔斯，我今天不会让你喝雪
莉的。这是多美味的琼浆啊，你不喜欢吗？好吧，那我替你喝，一、

---

① 泰晤士镇，牛津东面大约八英里里的一个小镇。在 20 世纪 20 年代，伊夫林·沃长期住
在那里一个名叫展翅的鹰的旅馆内，这个旅馆以其餐饮著称，老板约翰·福瑟吉尔所著《小旅
馆主人日记》于 1931 年出版，更使得其声名远播。
② 布灵顿，牛津大学的一个学生餐饮俱乐部，1789 年成立之初为板球和狩猎俱乐部，
因其会员在酒精作用下的喧闹和破坏性而闻名。英国诸多政界要人皆出自此俱乐部。
③ 《周洛克的旅行和欢宴》，英国编剧、小说家、运动作家罗伯特·瑟蒂斯的系列滑稽故
事集，讲述周洛克这个伦敦东区庸俗的杂货店老板，因其对各种乡村运动的向往和热爱而引发
的故事。1831 年至 1834 年间在《新运动》杂志上连载，于 1838 年结集出版。
④ 亚历山大鸡尾酒，有时又叫"白兰地亚历山大"。据说是为乔治五世和玛丽皇后的独
生女玛丽公主的婚礼而发明的一款饮品。由白兰地、奶油以及可可利口酒组成。

二、三、四，顺着红车道它们下去了。瞧这些学生把我瞪着看！"他领着我出去，上了门外等候的汽车。

"希望别在那儿碰见大学生，我眼下对他们可没什么热情。你听说周四他们怎么对待我的事了吧？实在太顽皮了。幸好我穿的是最老的一件睡衣，那晚又是十分的燥热不堪，否则我遭的罪就大了。"安东尼说话时习惯把脸与对方靠得特别近，他的呼吸中还留着鸡尾酒的甜味和奶油味，我坐在这辆租来的车里，不由得向后仰了仰。

"想象一下，亲爱的，我独自一人，一心向学的情景。我那会儿刚买了一本叫作《滑稽的环舞》①的禁书，我知道周日去加辛顿庄园②之前，这是必读书。那里的人无疑都在谈论它，你要是说没读过眼下的热门书就显得太乏味了。这事本来还有个解决办法，那就是别去加辛顿啊，可在这一刻之前我还真没想到。于是，亲爱的，我点了一份煎蛋卷，一个桃，和一瓶薇姿水，穿上睡衣，坐下来开始读书。我得说当时我神思游荡，一边翻着书一边看着光线在我眼前逐渐黯淡，这样的情景在佩克瓦特③，亲爱的，还是颇有点意思的——眼见黑暗慢慢笼罩在石头上，就仿佛你眼睁睁地见证它的腐化衰退，我一时间想起了马赛老码头上那些斑驳的石头墙。直到忽然间被一阵哭

---

① 《滑稽的环舞》，英国小说家、诗人阿道司·赫胥黎的第二部小说，关于一战后一群波西米亚艺术家、知识分子的喜剧小说。小说题目取自16世纪晚期克里斯托弗·马洛的戏剧《爱德华二世》中的一句台词。

② 加辛顿庄园，位于牛津附近的加辛顿村，是奥托琳·莫瑞尔夫人及其丈夫、自由党议员菲利普·莫瑞尔于1914年至1928年期间居住的乡村别墅。莫瑞尔夫人是著名的社交名媛，文学艺术鉴赏家和赞助人，与阿道司·赫胥黎、西格弗里·沙逊、艾略特以及劳伦斯都有密切交往，并提供帮助。她被认为是劳伦斯小说《恋爱中的女人》中赫米昂这个角色的原型，也有猜测说她还是《查泰莱夫人的情人》中女主人公的原型。

③ 佩克瓦特，牛津基督堂学院里一个古典而优雅的四方庭。这里的本科生房间，因为宽敞，高顶，带橡木墙板而十分抢手。

喊和猫叫春一般的骚乱打断。一群大约二十个年轻人，从小广场那边拥过来，你知道他们喊的什么吗？'我们想要布兰奇，我们想要布兰奇'，就像在高呼一连串的颂词。这是怎样的一幅风景啊！哈，我知道今晚与赫胥黎先生就到此为止了，不得不说我已经开始厌倦，无论什么打扰我都欢迎。我被那吵闹声搅扰起来，可你知道吗，他们嚷得越大声，却显得越害怕。他们不断地说'波艾呢？''他是波艾的朋友''得让波艾把他弄下来'。你一定见过波艾吧？他总在我们亲爱的塞巴斯蒂安住处进进出出，是一个我们迭戈①们眼里典型的英国爵爷，最理想的婚嫁对象，伦敦的年轻女士都在追逐他，我听说他在她们面前很不可一世。亲爱的，他其实是吓傻了。一个大蠢货——那就是茂卡斯特——还有呢，亲爱的，他也是一个下流坏。复活节期间他来到勒图凯②，也不知道什么原因，竟然是我请他来的。他玩儿牌时输掉了一笔天文数字，然后就想让我替他付另一笔，他输钱后用来安慰自己取乐的费用——嗯，茂卡斯特也在那一群人里边，我看见他在楼下的路上跌跌撞撞地，边走边说：'这不好，他不在家，我们回去吧，回去接着喝酒。'于是我把头伸到窗外，大声对他说：'晚上好，茂卡斯特，你这老海绵③，今天又和一群傻小子混一起了？你是来还我那三百法郎的吧，我借给你去付给你在赌场叫的那个可怜的小婊子的？你太小气了，伺候你这么个大麻烦，才付人家那么一点儿，茂卡斯特。快上来还钱吧，你个可怜的小流氓！'

"这下，我亲爱的，好像一下把他们给点着了，只听楼梯上一阵咣咣当当，他们就上来了。大约有六个人进到我屋里来，其余的站在门外嚷。亲爱的，他们看上去太不伦不类了，刚从俱乐部结束了他

---

① 迭戈，英国人对南欧佬的蔑称，取自最常见的西班牙名"Diego"。
② 勒图凯，法国北部一个市镇。
③ 老海绵，喜欢四处借钱的人。

们那荒谬的晚餐聚会出来，人人都穿着带颜色的燕尾服——有点类似于管家制服那种。'亲爱的，'我对他们说，'你们看上去很像一群乱糟糟的马夫。'于是他们中的一个，颇有点姿色的小东西，站出来指责我那些不合常理的邪恶。'亲爱的，'我说，'我确实为你们而倾倒，但我并不贪心，所以还是等你一个人的时候再来找我吧。'接着他们开始失控地犯浑辱骂，我也被他们搞得不耐烦了。'真的，'我想，'当我十七岁也很混账的时候，文森公爵①（当然是阿尔芒，不是菲利普）因为我与公爵夫人（当然是斯蒂芬妮，不是老波比）的精神恋情与我决斗，不过我向你保证，肯定不止精神——可这会儿，向一群还长着粉刺，醉醺醺的浑小子的鲁莽屈服……'于是，我抛弃了轻松戏谑的口气，给自己也添上了那么一点点攻击性。

"于是他们说：'抓住他，把他扔进墨丘里。'你知道，我有两件布朗库西②雕塑，还有好一些别的漂亮物件儿，可不想他们乱来，于是我很平和地对他们说：'亲爱的，甜蜜的乡巴佬，如果你们懂得一点点性心理学，你们就会懂得，没有什么比被你们这样一群肉感的小伙子动粗更能带给我强烈快感的事了，这绝对是最俏皮有趣的一类狂喜。所以如果你们当中的任何一个，希望跟我一起做伴享受的话，来吧，来抓我吧。如果，话说回来，你们只是想满足某种奇特罕见的里比多，要看我沐浴，那么亲爱的莲花们，悄悄地跟我来吧，到喷泉池来。'

"你知道吗？他们看上去都傻了。我和他们一起走下楼去，没人

---

① 文森公爵，确实有一个文森城堡，坐落于法国巴黎东边，法兰西岛文森市，但没有任何关于文森公爵的记载。鉴于整部作品虽为小说，即虚构故事，但是所有历史参照都是基于史实，所以此处可以理解为，作者暗指安东尼这一段话虚实参半，有夸张吹嘘成分。

② 康斯坦丁·布朗库西，一位具有开创性，甚至引起争议的罗马尼亚雕塑家。离开祖国罗马尼亚后，他一直在巴黎工作，与毕加索、庞德以及曼·雷一起活跃于先锋派文学和艺术家群体中。

在一码之内靠近我。然后我自己进了水池，我告诉你，真清凉啊。于是我在里边玩了一会儿，摆了几个造型，直到他们转身闷闷不乐地走了。听见波艾·茂卡斯特说：'不管怎样，我们总是把他放进墨丘里了。'你知道，查尔斯，这就是他们以后三十年里会一直唠叨的话了。当他们每个人都娶了一个母鸡似的黄脸婆妻子，又生了一些像他们一样蠢猪似的白痴儿子，再穿着同样鲜艳的晚装，在同一间晚餐俱乐部喝醉以后，我的名字被提及时，他们就会说：'我们有天晚上把他扔进墨丘里了。'然后他们那些谷仓坝捡回来一样的女儿便会暗笑，想象她们的父亲，年轻时原来是那么调皮的一只小狗，怎么就变得这样平淡了呢？哎，这些让人乏味的北方佬啊！"

　　就我所知，这并不是安东尼第一次被扔进墨丘里池，但这次事件似乎让他特别在意，以至于晚餐时又提起：

　　"你不能想象这种不愉快会发生在塞巴斯蒂安身上吧，能吗？"

　　"不能，"我说，"我无法想象。"

　　"对，塞巴斯蒂安有一种魅力，"他举起他那杯德国葡萄酒靠近烛光，重复道，"如此的魅力。你知道吗？那件事的第二天，我绕道去了趟塞巴斯蒂安那里，以为我头一晚的探险活动会逗他一乐，可你猜我在那儿看到什么了——当然了，除了他那有趣的玩具熊。茂卡斯特以及他头天晚上的两个跟班。他们看上去傻乎乎的，然而塞巴斯蒂安，镇静得一如《笨拙》①里的庞森比·德汤姆金斯夫人②，说：'茂卡斯特勋爵你肯定认识的。'那几个蠢汉齐声说：'哦，我们只是来看看阿洛维熙思好不好。'在他们眼里那玩具熊跟我们一样有意思——或者，

---

　　① 《笨拙》，英国幽默讽刺周刊，创立于1841年。在19世纪40至50年代，是最具影响力的刊物，推动确立了"卡通"一词作为幽默插画的指称。

　　② 庞森比·德汤姆金斯夫人，著名的《笨拙》卡通作家乔治·杜穆里埃的一个漫画形象。杜穆里埃除创作了大量的经典漫画作品外，也是一名成功的小说家，中国读者熟悉的达夫妮·杜穆里埃是他的孙女，达夫妮著有《蝴蝶梦》和《牙买加客栈》等作品。

我应该说，比我们还稍微更有意思一些。接着他们就离开了。于是我说：'塞——塞——塞——塞巴斯蒂安，你知道刚才那几个谄媚的笨蛋昨晚怎么羞辱我的吗？要不是天气这么热，我可能会得重——重——重感冒的。'然后他说：'可怜的家伙，我觉得他们肯定是喝醉了。'你看，他多会用善意的辞藻为所有人开解，这是怎样的魅力啊。

"我看得出来，他已经将你彻底俘获，我亲爱的查尔斯。嗯，这我一点也不吃惊。当然了，你认识他远不如我时间长，我跟他一起上中学的。你肯定不会相信，不过那时人们常说他是个小婊子，也就是几个对他很了解的刻薄的男孩子。帕普①里的人，还有所有的校监，当然全都喜欢他。我猜他们实际上也都嫉妒他，只是他从没给自己惹过麻烦，而我们其他人却长期因为各种琐碎的借口，而被施以最野蛮的惩罚方式——挨打，可塞巴斯蒂安从来不会。他是我所在的学院里唯一没挨过打的男孩，我现在还能清晰地回想起当时的他，十五岁年纪的样子。你知道在别的男生脸上长满痘痘的时候，他却什么也没长过，波艾·茂卡斯特基本上看上去都溃烂了，可塞巴斯蒂安毫发无损。嗯，也许长过一两个，比如某个倔强的痘，长在后颈上？我现在想，他一定有过。一朵长了一个脓包的娇艳水仙。他跟我都信天主教，我们有时就一起去做弥撒，哦他会花好长的时间做忏悔，我于是总在想，他能说些什么呢，他从来没做错过什么事啊，起码从来没受到过惩罚啊。可能他压根就在通过那小窗缝展示魅力吧。我在一团疑云中离开了伊顿，你知道——我也不知道为什么要这么说。当时我只感到有一束刺眼的强光照着我，整个过程包括了一系列与我导师之间十分折磨人的对话。你会发现，得知一个温和平淡的老人其实明察秋毫是一件多恐怖的事，而他所知道的那些关于我的事，我过去一直以

---

① 帕普，伊顿最早的学生自主选举社团。当代的著名成员包括威廉王子、中国观众昵称为"小雀斑"的艾迪·瑞德梅因，以及政治人物博瑞斯·约翰逊。

为，可能除了塞巴斯蒂安以外没人知道。这是个教训，永远别相信面容慈祥恬淡的老人，以及迷人可爱的男学生。

"我们再来一瓶这个酒吗，或者换种别的？一种特别不一样的，要命的老勃艮第，好吗？你看，查尔斯，我是不是对你的品位很了解，你什么时候一定要跟我一起去法国，去喝那儿的酒。我们得选老窖，我还要带你到文森堡去住。我跟他过去的梁子现在都解了，他有全法国最好的藏酒。还有伯特隆亲王①，我也会带你去他那儿的。我觉得他们会让你开心，而且毫无疑问地，他们都会喜欢你。我想把你介绍给很多朋友，已经跟考可多提到过你，他都急不可耐了。你看亲爱的查尔斯，你是一件不可多得的宝贝，一个艺术家，是的，这点上你绝不要害羞。在你冷漠的，英国的，平静的外表下，藏着的是一个艺术家。我看过你藏在房间里的那些小画，它们精致秀丽；可你，我亲爱的查尔斯，如果有一天你能明白我的意思，却完全不是精致的，一点也不，艺术家不应当精致。比如我，很精致；塞巴斯蒂安，某种程度上说，也很精致。然而艺术家是永恒的、坚固的、有目标的、目光敏锐的——而且，在这一切下面深藏的，是热情的。对吗查尔斯？

"可是谁注意到你了呢？有一天我对塞巴斯蒂安谈到你，我说：'你知道查尔斯是个艺术家，他画的画很像青年时代的安格尔②。'可你知道塞巴斯蒂安怎么说吗？——'是啊，阿洛维熙思画得也很漂亮，只是他的画风更现代一些。'多迷人啊，多有趣啊。

"当然那些有魅力的人，是不需要有脑子的。斯蒂芬妮·德·文森四年前真的撩得我心痒痒，亲爱的，我连脚指甲油的颜色都弄得跟她一样，我用她的词汇，学她的动作点烟，在电话里用她的口气说话，引得公爵一直以为我是她，跟我说了好长一段的情话。可能主要

---

① 伯特隆亲王，同文森公爵一样，是安东尼·布兰奇的编造杜撰。

② 安格尔，以肖像画著称的法国画家。

正是因为这个原因，他决意要用手枪和刺刀这种老派做法来解决。我继父觉得这是我得到的最好的教育，他希望这样我能从他所谓的'英国恶习'中走出来。可怜的人，他是一个相当南美风格的人……除了公爵之外，我从没听别人说过斯蒂芬妮的不是，可是亲爱的，她真是一个不折不扣的白痴啊。"

安东尼沉浸在他这些古老罗曼史中间的时候，忽然连口吃也丢掉了。这些故事随着咖啡和酒精，一瞬间都向他飘了回来。"真正的绿荨麻酒[①]，修道士们被放逐之前酿造的那些，当它们在你舌头上滚动时，应该有五种鲜明的味道，仿佛你在咽下一个光谱。你现在是不是很希望塞巴斯蒂安也在这儿？肯定的。我呢，我希望吗？还真不知道。我们的思绪始终围绕在那个迷人的小东西身上，这是无疑的。我想我一定被你迷住了，查尔斯。我支付可观的花费，带你来这里，亲爱的，本意是想和你谈谈我自己，可到头来我们除了塞巴斯蒂安之外，别的什么也没有说。这太奇怪了，因为他除了出生在一个罪恶的家庭之外，其他根本没有什么神秘之处。

"我忘了你是否见过他的家人。我不认为他会让你见他们的，他太聪明了，那一家子非常、非常可怕。你有在塞巴斯蒂安身上感受到一丁点的可怕和令人不安吗？没有吧？也许是我的想象，仅仅因为他有时跟他们太像了。

"第一个是布莱兹赫德，那是个出土文物似的人物，像是从一个尘封千年的洞穴里钻出来的。他的脸仿佛是一个阿兹特克[②]雕塑师试图要雕塞巴斯蒂安，却出了差错的结果。他是一个受了最高等教育却

---

① 绿荨麻酒，一种法国烈酒，有时译作绿查特酒。
② 阿兹特克，是对14到16世纪间居住在墨西哥部分地区以及中美洲部分地区的一些原著民的统称，其文明被西班牙殖民入侵所摧毁。阿兹特克艺术包括诗歌、雕塑、珠宝和画画，均与神圣崇拜密切相关。

固执狭隘的人，一个偏偏有很多繁文缛节的野蛮乡下人，一个雪封的喇嘛。……你尽情想象吧。然后是朱莉娅，你知道她什么样吧，谁能抵御啊？她的照片作为必成药片①的广告长期刊登在画报上，那是一张完美的十五世纪佛罗伦廷②的标准美人脸蛋，随便谁长成那样都会试着去变得艺术化，可朱莉娅小姐不。她很聪明，像……像斯蒂芬妮一样聪明。朱莉娅小姐身上可没有任何画廊气质③，她个性鲜明强烈，行为端庄，而且十分有主见。我有些好奇她是否有乱伦倾向，对此我十分怀疑。她所向往的仅仅只是权力，应该有个裁判所来审她，把她烧掉。家里还有个妹妹，我相信目前还在上学。对这个妹妹所知有限，只知道她的家庭教师不久前发了疯，把自己淹死了。可以肯定她是个令人讨厌的孩子。所以你看看，他们没给可怜的塞巴斯蒂安留下任何可为的空间，除了乖乖地去表现得甜蜜而迷人外。

"只有当你了解了他们的父母，这个无底洞一般的谜底才能解开。我亲爱的，那一对儿可是罕见啊。你见过她吗？非常、非常美，天生丽质，清水出芙蓉，头发如今刚开始出现一缕优雅的银色，面颊苍白，没有红晕，一双巨大的眼睛——不一般大，半透明的眼睑，呈现出血管的淡蓝色，那是别的任何人都希望能用一抹眼影营造出来的效果。通常佩戴一串珍珠和几件祖传的珍贵的闪着星星光泽的珠宝，古

---

① 必成药片，最早于1842年左右面世的治疗便秘的药片，由托马斯·必成所发明。
② 佛罗伦廷十五世纪艺术，也被人称为早期文艺复兴。
③ 画廊气质，对"greenery-yallery"的意译。格罗夫纳画廊于1877年由林赛夫妇创建于伦敦，对唯美主义运动具有重要意义，因为它当时接纳了许多不受经典保守的皇家学会欢迎的艺术家，展出英国主流外的作品。1877年著名艺术批评家约翰·罗斯金造访该画廊，其后写出猛烈抨击詹姆士·惠斯勒作品的评论文章并发表，引发一桩著名的艺术家群体诉讼评论家的诽谤案。最后惠斯勒虽然只赢得了象征性的损害赔偿，但此案使得该画廊获得了"唯美运动之家"的名声，被喜剧作家组合"吉尔伯特和苏利文"写进了喜剧《耐心》，剧中包含一句唱词"greenery-yallery, Grosvenor Gallery"，使得这个词组与文艺、艺术、画廊相关，而且与画廊谐音。

雅迷人。说话的声音听起来像在祷告，既轻柔，又有力。哦，说到玛奇梅因侯爵，他也许略微有些丰满，但真是英俊啊，高贵华丽，懂得享乐，有着拜伦式的阴沉神秘，孤单闲散，绝不是那种一眼看上去就能轻易被击倒的人。是那个莱因哈特修女①害了他，亲爱的——完全彻底地毁了他。他再也不敢让他那张英俊的红脸膛出现在任何地方。他是历史意义上最后一个真正被逐出社会的人。布莱兹赫德不会见他，女孩儿们可能也不会，只有塞巴斯蒂安去看他，是啊，塞巴斯蒂安是多么甜蜜迷人啊。没人敢靠近他。为什么这么说？去年九月玛奇梅因侯爵夫人在威尼斯，住在佛利埃宫②。跟你说实话，她在威尼斯，真有那么一丁点可笑。她从不肯靠近丽都③，但总是与艾德里安·波森爵士一起，坐着刚朵拉在运河上飘荡——多有姿态啊，亲爱的，就像露卡米埃夫人④。佛利埃家的艄公是我认识的，有次我经过他们的船，与艄公目光相遇，亲爱的，他对我挤那一下眼睛，实在意味深长。她去所有的派对都穿着一种薄如蝉翼的纱衣，亲爱的，好像她在参演一部凯尔特古装戏，或者干脆是梅特林克⑤剧中的女主角。另外，她还去教堂。你应该知道，威尼斯是意大利城市中，唯一的一

---

① 莱因哈特修女，指的是戏剧《奇迹》中的一个角色，莱因哈特是剧作者之一。剧中的修女与一名骑士私奔，逃离修道院，经历了诸多奇遇，最终导致被按巫术定罪。同时，修道院的圣母玛利亚雕像获得生命取代这个修女的位置。该剧于 1924 年和 1932 年两度在伦敦和百老汇上演，作者伊夫林·沃的朋友黛安娜·库珀夫人都有演演。沃对该剧的宗教性有非常尖刻的公开评论，但是因为朋友的原因，他每次都到场。此处借修女经历，指玛奇梅因侯爵背叛天主教和被逐出伦敦上流社会。

② 佛利埃宫，此处的宫不一定是皇家官殿，也指豪华的宅邸。

③ 丽都，是威尼斯潟湖的沙滩，著名的海滨浴场所。

④ 露卡米埃夫人，法国社交名媛，其沙龙吸引了那一时期众多重要的文学和政治人物。这里安东尼·布兰普说的姿态，指的是露卡米埃夫人曾经为几位画家和雕塑家充当过模特。

⑤ 梅特林克，用法文写作的比利时剧作家、诗人、散文家，1911 年诺贝尔文学奖获得者，其作品主题主要关于死亡及生命的意义，象征主义运动的积极参与者。其主要作品为《花的智慧》。

个，从来没人去教堂的地方。总之，她算是那个年度的趣谈人物了。然后，你猜谁会出现呢，在莫尔顿的游艇上？当然是我们可怜的玛奇梅因侯爵了。他那时已经住在威尼斯一座小宫殿里，但他被社交圈接纳吗？莫尔顿伯爵当即把他和他的管家用一艘小艇送上汽轮，送去了的里雅斯特①。他当时根本连情妇也不在身边，她正在她一年一度的假期当中。没人知道莫尔顿他们是怎么听说玛奇梅因侯爵夫人也在威尼斯的。这还不算，莫尔顿伯爵一整个星期都灰溜溜的，好像他做了什么有失体面的事。他确实因此蒙羞了。佛利埃公主举办舞会，莫尔顿伯爵以及当时在游艇上的所有人都没有收到邀请——包括德班尼奥斯②一家。玛奇梅因侯爵夫人是怎么做到的？她说服了全世界，让他们相信玛奇梅因侯爵是个魔鬼。可事实呢？他们的婚姻维持了大约十五年，然后玛奇梅因侯爵参战，从此再也没有回来，与一名非常有才华的舞蹈家建立了关系。类似的例子成百上千。她不肯离婚，因为她十分虔诚，忠于自己的信仰。就连这个，其实也是有先例的，有时会让人对偷情者产生同情，可这事却没有发生在玛奇梅因侯爵身上。人们可能会以为这个老恶棍虐待了她，偷走她家传的财富，把她赶出门外，再把她的孩子们腌了烤了吃了，自己环绕在索多玛和娥摩拉③的花环中浪荡作乐。相反呢？跟她生下了四个耀眼出众的孩子，把布莱兹赫德和位于圣·詹姆士的玛奇梅因公馆④以及她一辈子也花不完的钱全部留给了她，自己衬衫雪白，与一名优雅的中年女演员一起坐

---

① 的里雅斯特，意大利东北部一个港口城市，亚得里亚海的度假胜地。

② 德班尼奥斯，西班牙姓氏，这里应该是莫尔顿伯爵的显赫客人，南欧贵族家庭。

③ 索多玛和娥摩拉，《圣经》里的两个城镇，因其居民的邪恶而被上帝消灭。如今这两个城镇的名字常与邪恶腐败联系在一起。

④ 像当时普遍的英国贵族家庭一样，弗莱特一家有一处乡村住宅：布莱兹赫德庄园，以及一处伦敦住宅：玛奇梅因公馆。圣·詹姆士，是伦敦市中心一个精致时髦的地区，包括了几处皇室住宅，以及众多高级商业场所：拍卖行，画廊，酒廊，以及密集的绅士俱乐部。

在拉瑞①，一派最传统的爱德华式风度。与此同时，她倒是豢养了一伙受她奴役驱使的囚徒，专供她享乐。她吸他们的血。你都能在艾德里安·波森洗澡的时候看见他肩上满是齿痕，而他，我亲爱的，他曾经是我们这个时代唯一的，最伟大的诗人，可他被榨干了血，什么也没有剩下。另外五六个，有男有女，幽灵一般地尾随着她。一旦被她咬过，就再也别想逃开。这是巫术，没有别的解释。

"所以你看，如果有时塞巴斯蒂安显得有些蠢我们也不能怨他——不过你本来也从不怨他，对吧查尔斯？在这么复杂暧昧的环境下，除了把自己装扮得天真迷人，他还能怎样呢？尤其是在大脑还并没有获得很好天赋的情况下。我们根本不能去怪他呀，怎么能呢，爱都爱不过来呢。

"坦率地讲，你听塞巴斯蒂安说过任何一句能让你记住五分钟的话吗？告诉你，我每次听他讲话，都会想起那幅令人生厌的画《泡泡》②。对话本来应该像玩杂耍，球和盘子被抛起来，上上下下，进进出出，演员脚下的聚光灯照见的是实实在在的物品，如果一失手没接住，则'啪'一声撞在地面上。可是每当亲爱的塞巴斯蒂安说话时，就像一个个肥皂泡小球从古老的土陶管子里飘出来，不知所向。一瞬间五光十色，宛如彩虹，然后——噗！消失得无影无踪，什么也没留下，痕迹全无。"

然后安东尼又谈到一名艺术家应该具备的经历，会收到什么样的来自朋友的欣赏、批评和激励，以及为追寻情感表达所需要承担的风险，一个话题接一个话题。我有些困了，开始心不在焉。于是我们开车回家，可经过莫德林桥时，晚餐时的中心话题又被他提起。"啊，亲

---

① 拉瑞，享有盛名的巴黎餐馆。

② 《泡泡》，约翰·米雷爵士的一幅画作，最初题为《一个孩子的世界》。后来因为用作梨牌肥皂公司的广告而广为人知。

爱的，我敢肯定明天一早你的第一件事，就是一溜小跑去告诉塞巴斯蒂安我今天说的所有关于他的话。我现在就有两点可以先告诉你，第一，这不会改变一点他对我的看法；第二，我亲爱的，尽管我已经把你烦得打瞌睡了，但我还是要请你一定记住——我肯定他会立即把话题引到他那最有趣的熊身上的。晚安，睡得香甜。"

然而我睡得不安稳。在床上昏昏沉沉地翻滚了近一个小时之后，又醒了过来，口渴、烦躁、忽冷忽热、异常兴奋。我喝得太多了。但既不是酒喝混了的缘故，也不是荨麻酒或者马弗罗达夫尼酒松糕的缘故，甚至也不是因为我一整晚呆坐着不出声，而我们本来习惯于边喝边像小狗一样打闹，把酒劲儿清除。所有这些都不能解释这梦魇缠身的夜晚。又并没有做梦，将晚上的种种印象扭曲成恐怖的画面。我只清醒地躺着，回味着安东尼的话，心里默默地捕捉他的口音，以及说话时的重音和节奏。我闭着眼，眼前即浮现出他烛光下苍白的脸，好像越过餐桌，就在我眼前。中间我还在黑暗中起来一次，将起居室画前的灯点亮，坐在打开的窗户前，翻看那些画。方庭里黑沉沉的，一片死寂，只有每过一刻钟便响一次的钟声在山形墙上回荡。我喝了点苏打水，抽了支烟，在焦躁中直到东方泛白，凉意渐起，才又回到床上。

醒来时朗特站在打开的门边。"我没叫醒你，"他说，"我想你不会去参加全市圣餐礼①吧？"

"你说得太对了。"

"大部分新生都去了，也有些二年级和三年级的学生，都是因为

---

① 圣餐礼，是基督教会的一种仪式，分享饼干和红酒。集体圣餐礼，规模较大，全镇信徒一起参与。

来了位新牧师。过去从来没有过这种全市的集体圣餐礼——谁愿意去随时去，要么小礼拜或者晚间小礼拜。"

这是本学期也是本学年的最后一个星期日。我去洗澡的路上，看见四方庭里挤满了穿着学士袍的学生，从小教堂向礼堂移动；我回来的时候，他们成群结队地站着在抽烟。贾斯珀骑着自行车从他宿舍过来，加入到这个人群当中。

我顺着空荡荡的宽街走下去吃早饭，通常星期天我都去这个贝利奥学院对面的茶铺子。空气中弥漫着来自周围教堂塔楼的钟声，此起彼伏；太阳在空旷处投射下长长的影子，驱走了夜间的恐惧。茶铺子安静得像一个图书馆，坐着几个孤独的贝利奥和三一学院的人，还穿着从卧室里穿出来的拖鞋，我进去时他们纷纷抬头看了看我，很快又低头回到他们的星期日晨报上去。这不眠之夜后的清晨，我狼吞虎咽地吃着炒鸡蛋和苦橙皮酱。然后点燃一支烟，继续坐了一会儿。一个接一个，那些贝利奥和三一的人结账出门，踢踢踏踏穿过大街回到他们学院。我离开时已经接近十一点，走在路上我听见变奏钟声①停止，当整个城镇的上空让位给单一的一种钟声时，是在告诉大家，礼拜就要开始了。

那天早上，整个世界没有其他人，全是去教堂的人。大学生、研究生、研究生的太太、做买卖的，全都以一种明确无误的英式教堂步伐，不疾不徐地走着，手里捧着起码半打以上来自不同信仰流派的黑色羊皮面或者白色塑料封面的教义典籍，各自走向圣·巴拿巴、圣·科伦巴、圣·阿洛维熙思、圣·玛利、皮塞礼堂、黑衣修士院，还有天才知道的其他什么地方，走向修复好的诺曼或者复兴了的哥特，走向滑稽模仿的威尼斯，甚或雅典；在这个阳光明媚的夏日，通通走向各

————————
① 变奏钟声，是英国教堂的一种传统敲钟方式，采用一组音调不一的钟，目的并非要奏出旋律，而是组成一系列类似于数学排列组合的钟声。

自宗族的神庙。路旁有四个孤独的异教徒,在骄傲地表达着他们的异议;四个从贝利奥学院大门里出来的印度人,穿着刚洗熨过的白色法兰绒衬衣和笔挺的外套,头上扎着雪白的头巾,厚实的棕色手里抱着颜色鲜艳的靠垫、野餐篮子和萧伯纳的《不愉快的戏剧集》①,向河畔走去。

在玉米市街上,一群游客正在克拉伦登酒店门口的台阶上拿着地图与司机讨论路线;而路的对面,在金十字屋的拱梁下,我向我们学院里一群刚吃完早饭的学生打招呼,他们此刻正在那挂满了常青藤的院子里叼着烟斗;一队也向着教堂去的童子军,身上花花绿绿挂满了奖章和彩带,排着不太军事化的队列轻跳着走过;在卡尔法克斯碰上了市长一行,穿着缀金链的红袍,前面有旗手开道,向市教堂走去,在今天这样的日子里,没人对这样的游行队伍感到好奇;在阿尔达特街,又经过排成鳄鱼长队的唱诗班男孩,穿着浆过衣领的衣服,戴着古怪的帽子,向汤姆门和牛津大教堂走去。穿过这个虔诚的世界,我来到塞巴斯蒂安的宿舍。

他出去了。我翻了翻散放在他书桌上的信,没看出什么;又仔细察看了壁炉上的邀请卡片,也没有新来的。然后我坐下来读《淑女化狐记》②,直到他回来。

“我刚去欧德派莱斯参加弥撒了,”他说,“我这一个学期都没去过,贝尔大人上星期叫了我两次跟他吃晚餐,我可知道这是怎么回事,妈妈一定给他写信了。所以我今天哪一下坐在最前排,让他没法看不见我,结束时又扯着嗓子唱‘万福玛利亚’。这事就算通过了。跟

---

① 萧伯纳三部戏剧作品:《鳏夫的房产》《华伦夫人的职业》和《荡子》,收录在《不愉快的戏剧集》中。这三部戏剧关注当时主要的社会议题,被视作对资本主义的家长制社会的批判,后两部尤其引发争议以致被查禁。

② 《淑女化狐记》,大卫·加奈特小说,讲述一个神秘故事,新婚男子在其妻子变成狐狸以后,依旧魅力维系其婚姻关系。该小说于20世纪20年代受到欢迎和好评,数度获奖。

昂托万①的晚餐怎样？你们都聊了什么？"

"哦，主要是他在说。告诉我，你在伊顿时认识他吗？"

"我第一年下期他就被开除了，我记得见过他，他在哪儿都很显眼。"

"你跟他一起去教堂吗？"

"我不觉得我跟他去过，怎么了？"

"他见过你家里人吗？"

"查尔斯，你今天怎么回事？没有，我不记得他见过我家人。"

"没在威尼斯见过你母亲？"

"我想她好像说起过这事，但不记得具体是什么了。她跟亲戚佛利埃一家住在一起，安东尼一家人也出现在同一间酒店，佛利埃家好像开了个什么派对，没有邀请他们一家。我知道我告诉妈妈安东尼是我朋友时，她好像说了什么。我实在不明白昂托万为什么想去佛利埃家的派对——那位公主对自己的英国血统无比自豪，除了这个，她没有别的可说。其实没人对昂托万有什么看法——就我所知，起码没有太过分的看法。是他母亲，让大家比较难接受。"

"谁是文森公爵夫人？"

"波比？"

"斯蒂芬妮。"

"那你得问昂托万了，他宣称跟她有过一段私情。"

"是真的吗？"

"我猜是吧，我想这种事在戛纳多少算是个必修课。你为什么忽然对这些事感起兴趣来？"

"我只是想知道安东尼昨晚说的事里有多少是真的。"

① 昂托万，安东尼的法语拼法和叫法。

"依我说不会有一个字。那是他最伟大的魅力所在。"

"你也许觉得这很有魅力，可我却觉得像魔鬼一样。你知道他花了差不多一整晚的时间，企图让我与你反目，还差一点就成功了吗？"

"他有吗？真傻。阿洛维熙思绝不会同意的，你说是吗你这装腔作势的老熊？"

这时波艾·茂卡斯特走了进来。

第三章 父亲家——朱莉娅·弗莱特小姐

　　长假开始，我回到家里，没有计划兼之口袋空空。为了支付学期末的一些费用，我还把那个欧米茄屏风以十英镑卖给了柯林斯，现在还剩下四英镑。我付出去的最后一张支票透支了账户几个先令，收到通知说，没有父亲的授权，我不能再通过账户支取。下一笔津贴要等到十月份，于是面对眼前惨淡的前景，在脑子里翻来覆去想这件事，对过去几个星期的挥霍追悔莫及。

　　学期开始的时候，伙食费全部预交了之外，我手里还有一百多英镑现钱。如今钱没了，信用也没攒下一分。这一切都无影无踪，也并没有因此获得高不可攀的享乐，全都打了水漂。塞巴斯蒂安过去老是逗我——"你花起钱来像赌场的庄家"——可所有这些钱，我都是和他一起，并且花在了他的身上。他自己的经济状况一直处于一种模糊不清的紧张状态。"都是律师经手的，"他无能为力地说，"我猜想他们一定挪用了不少。总之，我好像从来就没得到过多少钱。当然，我要什么妈妈都会给的。"

　　"那你为什么不请她给你合理额度的津贴呢？"

　　"哦，妈妈喜欢每一样东西都像礼物一样赠予，她总是这样甜蜜。"他说，这给我脑子里正在成型的她的形象又增添了一条线索。

　　现在塞巴斯蒂安消失在他的另外那个世界里，那个我没有被邀请进入的世界。留下我，孤独懊恼。

人们总喜欢在后来的岁月中，不自觉地苛责自己的青少年时代。在漫长的夏日里，头脑一片空白，无所事事时，他们就对过去所经历的美好和向上视而不见，甚至诋毁。在一个人进入成年的初期，他们其实从来没有停止过用来自童年故事书中所获得的道德标准来审视自己，一次次地懊悔并制定修正方案，这种沉重的时光，就像轮盘上的零一样，在他们头脑中常规地出现。

就这样我在家里度过了假期的第一个下午，从这个房间晃到那个房间，透过玻璃窗，看完花园再看大街，沉浸在强烈的自责当中。

我知道父亲在家。可他的书房是禁区，别人都不能进，直到晚饭前他才出来跟我打招呼。他那时在五十尾巴上，可言行举止让他看上去远远不止这个岁数。乍一看，别人很可能会以为他七十多岁；如果再一听他讲话，可能会以为他已经接近八十。此刻他向我走来，用特意营造出来的一种碎步，脸上带着略微害羞的、表示欢迎的微笑。他在家里用餐时——当然他也极少在别处用餐——总是穿一件天鹅绒的盘扣吸烟服，那可能是很多年前流行过，最近又流行的一种款式，可是在当时，就显得刻意在怀旧。

"亲爱的儿子，他们没告诉我你来了。旅途很辛苦吧？他们给你奉茶了吗？你还好吗？我刚刚从盛纳祥①买了一件有点大胆的东西——五世纪的陶制公牛，一直忙着在查看，忘记了你回来这事。车厢里挤吗？你的座位是在角上吗？（他很少旅行，因此听别人讲旅行经历总能激起他的热情。）海特给你拿晚报来了吗？当然了，也没什么新闻，废话连篇。"

晚餐就绪时，父亲按照多年的习惯，带了本书上桌，随即意识到我的存在，便悄悄把它扔在了椅子下面。"你想喝什么？海特，我们

---

① 盛纳祥，一个虚构的古董行或者拍卖行的名字。

有什么可以让查尔斯先生喝的？"

"有威士忌。"

"有威士忌，也许你想要点别的？我们还有别的什么吗？"

"先生，家里没有别的了。"

"哦，没有别的。那你得告诉海特你想要什么，他会去买回来。我现在家里不存葡萄酒了，我不能喝，又没有人来。可你在的期间，这里一定有你想要的。你待很久吗？"

"我说不清楚，父亲。"

"假期很长，"他伤感地说，"我们那时候去参加一个叫作'阅读派对'的活动，总是在山里举办。为什么？为什么？"他焦躁地重复着，"为什么高山风景被认为有利于学习？"

"我考虑花一点时间去上门艺术课程——人体绘画课。"

"亲爱的孩子，你会发现他们都关门了。我们那时候，学生们都去巴比桑①这一类地方野外写生。还有一种叫'素描俱乐部'的地方——男女都有（耸了耸鼻子），骑着自行车（耸了耸鼻子），穿着黑白条纹的灯笼裤，带着荷兰雨伞，以及，当时十分令人向往的'自由的爱'（耸了耸鼻子），一派胡言。我猜现在还有，你可以去试试那个。"

"这个假期的一个问题是钱，父亲。"

"哦，在你这个年纪是不应该考虑这些问题的。"

"你看啊，我现在有些短缺。"

"是吗？"父亲毫不关心地说。

"事实上，我根本不知道该怎么对付接下来的这两个月。"

"哦，这个问题我最没有发言权了。我自己从来没有'短缺'过，

---

　　① 巴比桑，19世纪中期一个叫作巴比桑画派的艺术家群体，以法国小村巴比桑为对象作画。巴比桑画派中包括泰奥多尔·卢梭、查尔斯·弗朗索瓦·道拜尼等著名成员。

借用你那痛苦的说法。对了，还可以怎么说呢？拮据？赤贫？紧张？尴尬？不名一文（耸了耸鼻子）？触礁了？负债？我们就说你负债了吧，就这样。你祖父有一次对我说：'尽你所能地生活，但是如果确实遇到困难了，来找我，别去找犹太人'①。都是废话，你去找杰明街②那些先生试试，看他们会不会让你写张白条就给你一分钱。亲爱的孩子，他们什么也不会给你的。"

"那您建议我怎么办？"

"你堂叔米奥科尔投资失败后，负债累累，就去澳大利亚了。"

自从有一次父亲在一本伦巴第语③的日课④书页间发现两张来自二世纪的草纸⑤以后，我还没见他这么开心过。

"海特，我的书掉地上了。"

书从他脚下被拾了起来，靠着餐桌上的水果盘摊开。剩下的晚餐时光，他便再也没出声，只偶尔欢快地耸耸鼻子，我猜这不可能是由他所读的书引起的。

眼下我们离开了餐桌，在植物房里坐下来。这时他索性彻底将我

---

① 犹太人以高利贷形式放贷，在整个欧洲被天主教认为是一种罪恶，他们被排斥在绝大多数行业之外。对犹太人的迫害在中世纪达到巅峰，1290年，爱德华一世统治时期，他们被整个逐出欧洲。随着17世纪后期开始的回归，犹太人逐渐开始融入英国社会，也进入了一些从前排斥他们的行业。但是，他们最主要的生意仍然与借贷相关，尤其是犹太家族罗斯柴尔德在银行业崛起之后。

② 杰明街，伦敦的杰明街以绅士成衣、定制服装，尤其是衬衫著称。这条街在历史和现实中都并未有钱庄记载，然而许多文学作品中均有提及。E.W.洪纳的《义贼莱佛士》中有莱佛士去杰明街见放贷人丹·列维先生。王尔德的《道林·格雷的画像》中也有提及杰明街放贷人。

③ 伦巴第语，6世纪定居在意大利北部地区的德国人使用的语言，该语言自7世纪起开始衰落，到11世纪时基本上已经消失。

④ 日课，印有天主教祷告词、赞美诗等的书籍，通常为神职人员所使用。这个词有时也用于英国国教或信义宗教派。

⑤ 草纸，是一种以香附草为原料制成的类似纸的材料。早在公元前3000年，埃及人就利用尼罗河三角洲丰盛的香附草，制成了草纸。后来草纸渐渐被动物皮制成的羊皮纸和牛皮纸取代。对于有收藏爱好的查尔斯父亲来说，发现几张草纸确实是值得他兴奋的。

抛在脑后，而他的思绪，我知道，正自由无阻地畅行在一个遥远的世界。那里，时间的流逝按世纪计，那些与他做伴的名字，其含义已随时间衰变，如今早已不是他书里的意思。他以一种任何人都会感到极不舒服的姿势坐着，侧靠在他的直背扶手椅上，将书捧得高高的，斜对着光。不时地从怀表链中掏出一个金铅笔盒，在书上的空白处做个记号。窗户向夏夜敞开着，钟的嘀嗒声，贝斯沃特大街上传来的依稀车马声，以及父亲很有规律的书页翻动声，是此时仅有的声响。我本来觉得不该一边抽着雪茄一边哭穷，可此刻实在难以忍受，便回房间去取了一支。父亲没有抬眼看我，我剪开雪茄点着之后，用借此重新获得的一点自信说道："父亲，您肯定不会希望我一整个暑假都待在您这儿吧？"

"嗯？"

"您难道不会厌烦吗，让我在家待这么长时间？"

"即便我有这个感觉，肯定也不会表现出来。"父亲轻声说了一句，又回到他的书里去。

这个夜晚一分一秒地过去，终于家里各式各样的钟都敲响了十一点，父亲合上书，取下眼镜。"我很欢迎你在这里待下去，亲爱的儿子，"他说，"想待多久待多久，只要你认为方便。"到门口他又停了一下，回过头来。"你堂叔米奥科尔是通过'在桅杆前'①去到澳大利亚的（耸了耸鼻子）。我其实不知道什么是'在桅杆前'。"

在接下来那闷热的一周里，我与父亲的关系急剧恶化。白天我几乎见不到他，他不间断地待在书房里，偶尔出来一次，只听见他隔着栏杆喊："海特，给我叫辆出租车。"随即离开，有时半小时或者更短，

---

① 在桅杆前，是对"做水手"的另一种形象说法。

有时一整天，从来不告诉我他都在忙些什么。还总是在意想不到的时候看见有托盘被端上去给他，上面盛着一些哄小孩儿的零食——小饼干、牛奶、香蕉一类。如果我们在过道或者楼梯上碰见，他会显得有些迷糊地看着我，说"啊哈"，或者"太热了"，或者"真好，真好"。可一到晚上，当他穿上那件天鹅绒吸烟服来到植物房时，便会变得很正式，煞有介事地跟我打招呼。

晚餐桌成了我们的战场。

第二天晚上去餐厅时，我也带上了一本书，于是他那安静而游移的眼睛忽然带着极大的兴趣停在上面，然后，当我们经过过道时，他偷偷地把自己那本留在了一个边桌上。坐下之后，他显得有些哀怨，对我说："我真觉得，查尔斯，你应该跟我聊聊天。我这一天过得精疲力竭，很盼望晚餐时的谈话。"

"当然了，父亲。我们谈点什么？"

"你让我开心起来吧，把我从自己的世界里拉出来，"他竟然有点生气的样子，"跟我说说新上演的戏吧。"

"可我什么戏也没去看过啊。"

"那你应该去的，真的应该。一个年轻人整晚待在家里是很不正常的。"

"哎，父亲，正如我跟您提过的，我没有多余的钱可以用来去戏院。"

"亲爱的儿子，你可一定不要让钱主宰了你的生活。为什么？在你这个年纪，你堂叔米奥科尔是一部音乐作品的联合作者，那是他不多的几桩快乐记忆之一。作为你个人教育的一部分，你也应该去戏院。你去读杰出人物的生平就会发现，他们中起码一半的人，都是在戏院的楼座里第一次与戏剧接触，而我所知道的，没有别的乐趣能与之相比，在那儿你会见到批评家和狂热的爱好者，他们把这称作'与上帝坐在一起'①。楼座的费用根本是不值一提的，而且就在等检票进场时，还有街头艺术家的表演可以看看。哪天我们也去与上帝坐在一起吧。你觉得阿贝尔太太做的菜如何？"

"没有变化。"

"是受你菲莉帕姑妈的影响，她给了阿贝尔太太十个菜单，她走以后就从未改变过。我一个人的时候，注意不到自己都吃了些什么，可现在你在，我们得有所变化。你想吃什么？现在什么当季？你喜欢龙虾吗？海特，请告诉阿贝尔太太明晚给我们做龙虾吧。"

当天的晚餐由一道索然无味的白汤，煎得太老的龙利鱼浇了粉色酱汁，羊排配土豆泥球，海绵蛋糕配炖梨组成。

"我花这么长时间吃每一餐饭，完全是出于对你菲莉帕姑妈的尊重，她说只有三道菜的晚餐是中产阶级的方式。'如果你让仆人们得逞一次，'她说，'你很快会发现，你每天的晚餐可能就只有一块肉那么简单了。'可那正是我所希望的。其实，每次阿贝尔太太休息那天，我去俱乐部就餐就那么吃。可是你姑妈规定，要是在家里用餐，就必须得一道汤加上三道菜，有时是鱼、肉、咸味小吃，有时是肉、甜食、咸味小吃——好几种不同的排列组合。

"有的人能把个人的意见变得像刻在碑文上的经典一样毋庸置疑，这太了不起了，你姑妈就有这个本事。

"一想到我和她，曾经每晚像你跟我一样一起吃饭就觉得怪。她很执着地要把我从自己的世界里拉出来，总是跟我谈她读的书。你知道，她脑子里一直想着要跟我合为一家，她觉得我如果独自一人会慢慢变得滑稽可笑。也许我确实变得可笑了，是吗？但她的想法没有实

---

① 楼座，老式戏院里最便宜的座位等级。因为在楼上，高于其他座位，所以被戏称为"离上帝最近"，或者"与上帝坐在一起"。拮据的学生、穷作家等真正的戏剧爱好者通常选择这里来达到经常看戏的目的。

现，我最后把她弄走了。"

他说这话时口气里明确无误地带着威胁。

很大程度上正是因为菲莉帕姑妈，我现在在自己父亲的家里感觉自己像一个陌生人。母亲去世后，姑妈搬来与我和父亲同住。确实如父亲所说，姑妈希望两家合为一家。然而我当时对晚餐桌上的那些痛苦毫无知觉。姑妈成了我的伴，我无条件地接受了她。这样过了一年。然后最早出现的一个变化，是她把自己那幢本来准备要卖掉的萨里的房子又重新收拾出来用上了，我开学期间她便住在那里，偶尔到伦敦来几天，购物或者娱乐。暑期里我们一起去海边度假，然后到了我中学的最后一学期，她便离开了英国。"我最后把她弄走了。"他就用这样愚弄和胜利者的腔调谈论着那位善心的女子，而且他知道，我也能从这些话里听出对我的挑衅。

就在我们正要离开餐厅时，父亲又说："海特，你已经跟阿贝尔太太说过我要求明天吃龙虾了吗？"

"没有，先生。"

"那就不用说了。"

"好的，先生。"

我们在植物房正要坐下时他忽然说："我不知道海特有没有要去说龙虾的意思，我猜压根就没有。你知道吗，我相信他认为我是说笑话的。"

第二天，很偶然地，我获得了一个武器。我碰见从前学校里认识的一个人，一个叫乔金斯的我的同龄人，我过去并不是特别喜欢他。有一次，还是菲莉帕姑妈在的时候，他来吃茶，姑妈评价他，可能是一个很有内在魅力的人，但是第一眼看去并不迷人。这次我非常热情地和他打招呼，邀请他来家里晚餐。他来了，跟从前没有多大变化。海特一定告诉了我父亲今晚有客人，因为他没有穿日常晚餐时那件天鹅绒吸烟服，而是换上了一件燕尾服，配上一件领子很高的黑色马甲，一个很窄的白色领结，这便是他的晚装了。他把这身衣服穿出了一层哀思，仿佛正处于宫丧时期，可能在他年轻时有一次曾发现这风格很适合他，于是就保留了下来。他从未有过晚宴服。

"晚上好，晚上好，您真是太好了，这么大老远地来。"

"哦，不远。"乔金斯说。他就住在苏塞克斯广场。

"科学可以消解距离，"我父亲令人感到不安地说，"您这一趟来是为了生意的事？"

"嗯，我平日是有生意在做，不知您是否是这个意思。"

"我过去有个堂兄在做生意——您不认识，那还是在你们之前的年代。前几天晚上我跟查尔斯提到，我常常想起他。他，"我父亲为了强调他后面这个古怪的说法，特意停顿了一下，"栽了跟头。"

乔金斯神经质地笑了两声，然而在我父亲责怪的眼神中他很快就止住了。

"您感觉他的不幸遭遇是一个让人欢快的话题？要不然就是我用的这个词您不太熟悉，可能您会说'垮了'。"

我父亲是把控局面的大师。他给自己设计了一个假想，故意认定乔金斯是个美国人，然后逗着乔金斯玩了一个晚上这精巧的沙龙游戏，给他解释对话中出现的英国式用词，把英镑换算成美元，还非常有风度地用类似的句子向对方表示尊敬："当然，按照你们的标准……""我们这里的所有这些，在乔金斯先生眼里一定很土气吧？""在您所习惯了的广阔土地上……"于是我的客人模糊地感到，在他身份问题上，可能有些误解，又苦于一直找不到机会解释。整个晚餐，他一遍又一遍地试着想要跟我父亲的目光接触，想从那里看明白这是不是一个故意的玩笑，可恰恰相反，他看见的是一副温和慈祥的面容，于是他整个人糊涂了。

有一次我觉得父亲实在有点过分，他说："恐怕您住在伦敦会很怀念您的国民运动吧？"

"我的国民运动？"乔金斯问道，完全不明白他什么意思，但是以为终于找到机会可以把这个事解释清楚了。

我父亲的目光从他身上扫到我这里，表情从温和变为恶意，随后当他把目光再次调回到乔金斯身上时，又变成了温和。像一个赌徒，下四注去赌对手的全盘一样。"您的国民运动，"他优雅地说，"板球，"随后无法控制地耸了耸鼻子，好像在强忍着笑，用餐巾揩了揩眼睛，"肯定的，当您在城市里工作时，您会感到可以用来打板球的时间大大减少了吧？"

在餐厅门口，他跟我们分手。"晚安，乔金斯先生，"他说，"我希望下一次您跨过'青鱼塘'①时会再来看我们。"

"我说，您家老爷子是什么意思？他好像就认定了我是个美国人。"

"他有时不太正常。"

"我是说，比如那些建议我去参观威斯敏斯特教堂什么的。太不可思议了。"

"是的，可我也解释不清楚。"

"我简直认为他在逗我玩儿。"乔金斯大惑不解地说。

父亲的反击在几天以后降临，他叫住我说："乔金斯先生还在我们这儿吗？"

"不在，父亲，当然不在。他那天只是来吃晚餐。"

"哦，我本来希望他能住在这儿呢。真是一个多才多艺的年轻人啊。你会在家吃饭吧？"

"是的。"

———————————

① 青鱼塘，英国人对大西洋的戏称，因为北美东海岸盛产青鱼。从英国越过大西洋便是北美，因此英国人常戏称美国人在"青鱼塘那一边"。

"我打算举行一个晚餐派对，给你这一段时间在家里枯燥乏味的夜间生活来一点变化。你觉得阿贝尔太太会上心吗？我想不会的，不过好在我们邀请的客人不太挑剔。卡斯伯特爵士和奥玛－赫里克夫人可以被称作主客，餐后我会希望有点音乐，另外还特地为你邀请了几个年轻人。"

我对父亲这一计划的心理准备，最终远远被现实超过。当客人们汇聚到被他称作"画廊"的房间里时，我可以明白无误地看出来，这些客人是经过他精挑细选来让我不舒服的。"年轻人"包括葛罗莉亚·奥玛－赫里克小姐，一个大提琴家；她的未婚夫，不列颠博物馆的一个秃头男子；一个只会说一种语言的慕尼黑出版商。只见父亲站在他们中间，从瓷器柜后面对我耸耸鼻子笑着。那个晚上他的穿着，好像战场上的骑士，纽洞里别着一枝小小的红玫瑰。

晚宴菜式冗长而精心挑选过，就像他挑选的客人一样。这不是来自菲莉帕姑妈的菜单，而是一份更早期，他还不到下楼用餐年纪时的菜单的改进。菜品样子都颇有装饰性，而且红白二色菜式交替，这些菜，连同当晚的葡萄酒，全都索然无味。餐后我父亲领那位德国出版商来到钢琴边，他开始弹奏之后，父亲便离开客厅，带着卡斯伯特·奥玛－赫里克去"画廊"看他的伊特鲁里亚公牛。

那是一个令人毛骨悚然的夜晚。等派对结束时，我吃惊地发现，才刚过十一点。父亲给自己倒了杯大麦水，说道："我的这些朋友真是无趣乏味啊！你知道，要不是因为你在，我绝不会起心邀请他们来的，我近来一直疏于交际。现在你花了这么长时间在我这里，我得多举行几次今夜这样的活动。你喜欢葛罗莉亚·奥玛－赫里克小姐吗？"

"不喜欢。"

"不喜欢？是因为她唇上的绒须让你反感还是她的大脚？你觉得她玩得高兴吗？"

"不高兴。"

"我也是这样的印象。我怀疑会有任何客人把今晚当作他们所经历的愉快时光之一。那个外国年轻人弹得简直糟透了，我觉得。我是在什么地方认识他的呢？还有康斯坦西雅·史麦斯威克小姐，我又是在哪里认识她的呢？但是我款待的义务要尽到，只要你在这里一天，我就不应该让你感到乏味和郁闷。"

接下来两个星期的厮杀都是内讧，而我输多胜少，因为父亲经验丰富，而且他有更大的操纵空间，相比而言，我好像被钉死在高地和汪洋之间的桥头堡。他从不宣布他的战争目的，我到今天也想不明白，这究竟纯粹是不是惩罚性的呢？——比如在他意识深处真的有一种地缘政治概念，要将我逐出他的国家，例如菲莉帕姑妈的远走波尔蒂盖拉①，堂叔米奥科尔的远走达尔文②；或者，最可能的，他就是纯粹出于喜爱，为了战斗而战斗，而且他确实也在战争中光芒闪耀。

我收到过塞巴斯蒂安的一封信。一天，父亲在家里午餐时郑重其事地交给我，我看出来他十分好奇，于是拿着信走开了去读。信是用厚实的维多利亚晚期黑头黑边的讣告纸写的，也用了同样的纸来封。我急切地读着。

布莱兹赫德城堡
威尔特郡
我也想知道今天的日期

亲爱的查尔斯：

我在一个书桌的顶里边发现这样一盒纸，所以我必须给你写封信，因为我正在为我逝去的纯真而哀悼。也许它从来

---

① 波尔蒂盖拉，意大利一个城市。
② 达尔文，澳大利亚一个城市。

就没有真正活过，医生们从一开始就是绝望的。

我很快就要出发去威尼斯了，将要和爸爸一起住在他的罪恶宫殿里。真希望你能来，真希望你就在这儿。

我始终没有真正清静过，家里一直人来人往，一会儿来一个，取完行李又走了。不过，白色的覆盆子熟了。

我确定不带阿洛维熙思去威尼斯，不想让他染上那些讨厌的意大利熊的坏习惯。

爱你，或者别的。

S.

我见识过他过去的信，在拉文纳时收到过，我不应该感到失望的。可是那一天，当我把那一页僵硬的纸从中间撕开，扔进纸篓，愤愤地瞪着肮脏的花园和贝斯沃特乱糟糟的后街时，在一片污水管、火警门和不时凸起的一个个玻璃温室中间，脑子里浮现出了安东尼·布兰奇那张苍白的脸，正透过眼前零落的树叶窥视着我，就像在泰晤士的酒馆里，透过烛光窥视我一样；同时，我还在街上传来的车马低语声中，清晰地听见他的腔调……"如果有时塞巴斯蒂安显得有些蠢我们也不能怨他……我每次听他讲话，都会想起那幅令人生厌的画——《泡泡》。"

那之后好几天，我觉得自己有些恨塞巴斯蒂安。然后一个星期天的下午，我收到一封来自他的电报，这一瞬间驱散了我心头原有的阴影，却加上了一层更沉重的新的担忧。

父亲当时出去了，等他回来时，见我处于一种兴奋的焦虑当中。他站在门厅里，头上还戴着出门时的巴拿马草帽，微笑地看着我。

"你怎么也猜不到我今天去哪儿了，我去动物园了。真是惬意，动物们看上去都十分享受阳光照在身上的感觉。"

"父亲，我得立即离开。"

"哦？"

"我的一个好朋友，他受了重伤，我必须立刻赶去。海特这会儿正在替我收拾行李，半小时后有一趟火车。"

我把电报给他看，那上面简单地写着："严重受伤速来塞巴斯蒂安。"

"哦，"我父亲说，"很遗憾这让你难过了。读完这句话，也许我不该这么说，但我感觉事情没有你想象的那么严重，否则伤者很难亲自署名。当然了，他很可能意识完全是清醒的，只是瞎了或者脊椎断裂而残疾了。你到场的必要性在哪里呢？你既没有医学知识，又不是神职人员。你是希望能得到点遗产馈赠吗？"

"我已经告诉您了，他是我一位很好的朋友。"

"哦，奥玛－赫里克也是我很好的朋友，可我肯定不会在一个大热的星期日下午赶去他床前落泪送终的，我也不肯定奥玛－赫里克夫人是否会欢迎我。不过，我能看出来你不用担心这个。我会想你的，我亲爱的儿子，但不要因为我的原因匆匆赶回来。"

那个八月的星期天帕丁顿车站的黄昏，阳光穿过大厅屋顶上朦胧的栅格倾泻进来，书亭都关了，不多的几个旅客不慌不忙地走在他们的脚夫身边。这情景如果换在不太焦躁的心境下，也许是很宜人的。列车几乎是空的，我把行李箱放在三等舱的一个角落，自己在餐车里找了个座位坐下。"先生，过了雷丁我们将提供第一餐，大约在七点钟。您现在需要什么吗？"我点了杜松子酒和苦艾酒，酒送到时列车正在出站。刀叉叮当作响，窗外开阔的风景向车后倒去。可我对于这些惬意全无心思。相反，害怕就像酵母一样，在意识里发酵膨胀，大朵大朵的泡沫溢到表面，全是灾难的惨状：一支子弹上膛的枪被人漫不经心地提着，提枪的人踩着矮梯翻越栅栏；惊马仰首奋蹄，将骑者掀落马背；树荫下的泳池，水里淹着一根看不见的树桩；一根橡树枝在一个寂静的清晨忽然从树上坠下；拐弯处的来车。

这些对文明生活造成威胁的所有类别，全都从我脑子里冒出来吓我，甚至还想象过一个杀人狂，在暗影里喃喃自语，挥舞着一根长长的铅管。玉米地和沉沉的森林在身畔急速后退，金黄色的薄暮中，车轮的悸动在我耳边重复着一句话："你来晚了，你来晚了，他死了，他死了，他死了。"

吃过饭以后，我换乘到本地线的列车上。暮色中，我来到目的地，默尔斯德·卡伯里。

"是去布莱兹赫德吗，先生？朱莉娅小姐在外面院子里等您。"

她坐在一辆敞篷汽车的驾驶座上，我一眼就认出她来，绝不会错。

"您是莱德先生吗？跳进来。"她的声音是塞巴斯蒂安的，说话的口气也是他的。

"他怎样了？"

"塞巴斯蒂安？哦，他没事。您用过晚餐了吗？我猜一定糟透了吧，家里准备了。就我跟塞巴斯蒂安两人在，所以我们想着等您到了一起吃。"

"他出了什么事？"

"他没说吗？不过我猜他认为您要是知道了一定不会来的。他脚踝处断了一小块骨头，那骨头小到都没有名字。可昨天拍了 X 光片，他们让他得把脚抬起来一个月。他闷坏了，所有计划都被打破，于是整日里小题大做……所有人都走了，他一直试着想让我留下来陪他。啊，我想您一定知道他有时会是多么令人发狂地可悲。我差点就要投降了，然后我说：'一定应该有这么个人，你能抓住的。'可他说每个人都走了，或者都忙，或者……总之，没人会来。可最终他同意试一试您，我向他保证，如果在您这儿失败了我就留下来，所以您可以想象我有多感激您。我不得不说，您在这么短的时间内就赶到，真是太高尚了。"但是她这么说着，在我听来，至少我想我从她的声音里，听出了对我如此随叫随到的些微轻视。

"伤是怎么引起的呢？"

"随您信不信吧，打门球。他发脾气，被一个铁环绊倒。不是什么多光彩的伤口。"

她跟塞巴斯蒂安太像了。坐在愈发浓厚的暮色里，我迷失在了一种既熟悉又陌生的双重幻觉之中。于是就像从一个高倍望远镜里，远远地看见一个人走进视野，你一边仔细察看他的脸和衣裳上的细节，以为触手可及，一边惊诧他竟然听不见自己，看不见自己。忽然间，你再用裸眼去看，这才意识到，自己在他眼里只是远处的一个小点，根本不见得是一个人。我认识她，而她并不认识我。她深色的头发并不比塞巴斯蒂安的长多少，也像他一样从前额向后吹着；她的眼睛，在黑暗中也是塞巴斯蒂安的，只是更大；她那抹了口红的嘴唇，分明没有塞巴斯蒂那种对这个世界的友好。她手腕上戴着一个有小装饰物的手镯，耳朵上坠着小小的金耳环；薄薄的外套下露出一寸或者两寸长带花纹的丝质衣裙。那年代流行短裙，而她的腿，伸出去操控着汽车的腿，像一个细长的纺锤，也正是当时的风尚。她的性别，是在熟悉和陌生之间可以触摸得到的差别，这个差别似乎将我和她之间所存在的那个空间填得满满的。在她之前，我从未对女人有过任何感觉，因此这一刻，她在我眼里有着尤其强烈的女性味道。

"我很怕在晚上的这个时间开车，"她说，"但是家里留下的人里好像没有其他会开车的了，塞巴斯蒂安和我基本上就像是在那儿露营，希望您没有想象会有一个盛大的派对。"她俯身向前，从储物箱里取出一盒香烟。

"哦，没有，谢谢。"

"帮我点上一支，可以吗？"

这辈子第一次有人让我做这件事。当我将香烟从我的嘴唇上移开，放进她的嘴唇那一瞬间，感受到一丝像蝙蝠的吱吱声一样细微的性欲，除了我之外，无人能听见。

"谢谢。你来过这儿，保姆都跟我说了。我们俩都觉得你们太奇怪了，居然没有留下来等我一起吃茶。"

"那是塞巴斯蒂安的意思。"

"你好像太听他摆布了，不该这样，这对他不好。"

这时我们已经拐过了那个弯，树林的颜色已经彻底消失在黑夜中，而天空和房屋都好像灰色的浮雕画，除了敞开的大门正中间，有一片金黄色从哪里流淌出来。有人等候在那里接我的行李。

"我们到了。"

她领我走上台阶，走进大厅，将外套往一张大理石桌上一扔，弯下腰去爱抚一只前来迎接她的狗。"如果塞巴斯蒂安已经开始吃饭了，我一点也不会吃惊。"

这时，他从远处的柱子之间出现，自己摇动着轮椅，穿着睡衣和睡袍，一只脚上缠着厚厚的绷带。

"哦亲爱的，我把你的密友给你接回来了。"她说，再一次地带着那丝不易察觉的轻蔑口气。

"我还以为你要死了。"我说。这时我很清楚自己被一种恼怒的情绪所占据，从我一到这里开始，发现自己被预想中的灾难所戏弄以后，没有因此而松口气。

"我也这么以为啊。太痛了，太折磨人了。朱莉娅，你觉得维尔考克斯，如果你已经问过他的话，今晚会给我们上香槟吗？"

"我讨厌香槟，而且莱德先生已经用过晚餐了。"

"莱德先生？莱德先生？查尔斯在一天的任何时间里都可以喝香槟。你知道，看着我这个厚厚包扎着的脚，我总是忍不住觉得我得了痛风，这让我尤其渴望香槟。"

我们在一个被他们称作"绘厅"的房间里用晚餐。那是一个宽敞的八边形，带着比这座房子的其他部分稍晚期的设计风格。墙面上装饰着带花环的圆形浮雕，横跨整个拱顶的，是庄严的庞贝式田园牧歌人物，这些，以及椴木镶嵌金边的家具，地毯，青铜的枝形吊顶烛台，镜子和壁灯，都是同一种造型，出自同一双手。"就我们自己的时候通常在这里吃饭，"塞巴斯蒂安说，"很适意。"

他们用餐时，我吃着桃，一边给他们讲我与父亲之间的战争。

"在我听来，他就是个乖宝宝，"朱莉娅说，"我先走了，你们男孩子自己待会儿。"

"你去哪儿？"

"去育儿房，我答应保姆要再陪她玩一次跳棋。"她亲了亲塞巴斯蒂安的头顶，我替她开了门，"晚安，莱德先生，同时也再见，我想我们明天见不到了，我一大早就走。真不知道怎么表示我对您的谢意，让我得以从病床前脱身。"

"我妹妹今晚上显得很自以为是。"她离开后，塞巴斯蒂安这么说。

"我感到她根本不在乎我。"我说。

"我压根不觉得她会有多在乎任何人。我爱她，她是这么像我。"

"你有吗？她是吗？"

"看上去，我是说，以及她说话的方式。我当然不会爱上任何一个性格像我的人。"

喝过了波特酒后，我走在塞巴斯蒂安的轮椅旁，穿过带柱子的大厅来到书房，那一夜以及接下来这一个月的几乎每一夜，我们都在那儿坐着。它坐落于整栋屋子的侧面，俯瞰那几个湖，窗户对着漫天的星星和芬芳的空气敞开，对着靛蓝和银色敞开，对着月光照耀下的整个山谷敞开，对着喷泉池里流淌的水声敞开。

"我们要独自在这里过一段天堂般的日子。"塞巴斯蒂安说。第二天早上，我正在剃须时，从浴室的窗户看见朱莉娅从前院乘车离去，后备厢里放着行李，直到车消失在坡顶，她一直没有回望过一眼。那一刻我感到解放与和平，就像多年以后，经过了不安的一夜后，哨声响起，警报解除。

第四章　家里的塞巴斯蒂安——海外的玛奇梅因侯爵

　　青春的慵懒——独一无二，又是这样的典型！转眼间它就头也不回地消失了！激情、充沛的爱、幻觉、绝望，所有这些常被人谈及的青春特质——所有的这些，除了慵懒——都会在我们整个的人生过程中，来了又去，本身就是生命的一部分。可是慵懒——那轻松却又不知倦怠的精力，仿佛与世隔绝的自我审视——却只属于青春，并且随着青春的远去而消亡。也许界外①广厦里的英雄们，正是以此作为无缘亲睹至福幻象②的补偿；又或许至福幻象本身，就与这样的尘世经历有着千丝万缕的联系。我，无论如何相信，在布莱兹赫德过的那些慵懒日子里，自己离天堂真的很近了。

　　"为什么把这房子叫作'城堡'？"
　　"因为他们把它搬过来之前，它确实就是。"
　　"什么意思？"
　　"就是这个意思啊。过去我们在一英里之外，有座城堡，在村子的下首。然后喜欢上了这个山谷，就把城堡从那里原地拔起，把石块一

---

　　① 界外，有时音译为灵薄狱，是来自拉丁文 limbus 的一个词，意为边缘。罗马天主教将这个词演变为一个宗教概念，用以描述那些既不能升入天堂，又不会进入地狱的灵魂状态。通常有两种人被视作处于界外：尚未受洗的婴儿，以及生活在耶稣救赎之前的一些正义英勇的个人。
　　② 至福幻象，基督教神学概念，指死后升天时看见上帝的视觉体验。

块块地运上来，建起了这座房子。我很高兴他们这样做了，你呢？"

"如果这房子是我的，我永远也不会住到别处去。"

"可你知道，查尔斯，它不是我的。也许现在这一刻，它是；可通常这里挤满了穷凶极恶的野兽。唉，多希望生活能永远像现在这样——总是夏天，总是清净，水果总是成熟的，阿洛维熙思总是愉快的……"

这是我所希望记得的塞巴斯蒂安，那个夏天，我们独自穿梭在那魔法宫殿中时，他的样子。塞巴斯蒂安坐在轮椅里，滑过修剪整齐的菜园小径，寻找来自寒冷高山的野草莓和本是温热地区的无花果，穿过一个个的暖棚，从一种香味到下一种香味，从一个季节到下一个季节，去剪下麝香葡萄，或者为我们的纽洞挑选适合的兰花。塞巴斯蒂安像演哑剧一样艰难地蹒跚走到老育儿房，和我并肩坐在破旧的花地毯上，身边都是已经空了的玩具箱子，霍金斯保姆坐在一角，满意地做针线，一边说："你们一个跟另一个一样淘气，你们这对孩子。你们的大学就是这么教导你们的吗？"或者塞巴斯蒂安仰卧在阳光下柱廊里的躺椅上，就像现在这样，我坐在一张硬面椅子上，试图画那个喷泉。

"那个穹顶也是英尼格·琼斯①吗？看上去好像要晚一点。"

"哦，查尔斯，别那么像个游客一样好吗？只要漂亮，什么时候修的又有什么关系呢？"

"这是我喜欢了解的一类事情。"

"哦，亲爱的，我以为我已经把你从那个烦人的柯林斯先生那里拯救出来了呢。"

---

① 英尼格·琼斯，英国建筑师以及舞台布景设计师，是他将意大利文艺复兴风格引入英国建筑中，曾主持过白厅宴会厅，圣·詹姆士宫里的女王教堂，以及考文特花园的设计。

生活在这些墙面中间，从这个房间游荡到另一个房间，从索恩式①的图书馆，到中式会客厅里金碧辉煌的凉亭以及点头讪笑的中国瓷人偶，浓墨重彩的壁纸和奇彭代尔的雕刻，从庞贝风格的起居室到至今还与二百五十年前修建时相比，依然一成不变地悬挂着织毯的大厅；一小时接一小时，坐在阴凉处，向露台上望出去……这样的经历，就是一次美学教育。

这个露台是整座房屋规划的最后一部分，修建在湖岸边雄伟的石墙堡垒上，从大厅的台阶看过去，它仿佛就悬空挂在湖面上。似乎你站在露台栏杆旁，轻轻一扔，就可以将一粒石子抛进脚下的湖水里。它被柱廊的两臂环绕，亭子往上是一片青柠檬树，延伸到山腰的森林里。露台的一半是铺整好的路面，另一半是花园，和修剪整齐的蔓藤矮树篱，另外有高一些并且密不透风的树篱围成一个椭圆，每一段被修剪为一个龛状的围合，椭圆形的地面上散落着一些雕塑，正中间竖起一座大喷泉，主宰着这个灿烂耀眼的空间。这种喷泉池，人们通常会在意大利南部的广场中央见到，而这一座，事实上正是一个多世纪前，塞巴斯蒂安的祖辈在那里发现之后，将它买下运回，重新安放在这样一个喜欢它、欣赏它的异乡土地上。

塞巴斯蒂安让我画它。画这么一个对象——椭圆形水池，中央一个带雕塑的岩石小岛，石头上长着它原有的热带植物，以及英国本土的复叶蕨草，岩石缝中有大约十来条模仿泉水的小细流汩汩流淌，岛的四周围绕着生动的热带野兽：骆驼、长颈鹿、张牙舞爪的狮子，兽群齐齐向外喷水；岩石上矗立着一座与山形墙齐高的红砂岩希腊方尖碑——这对一个业余画家来说，确实显得过于有野心了。可尽管这完全超出了我的能力，最后我依然把它完成了，借助了一些机智的省

---

① 索恩式，以英国新古典主义建筑师约翰·索恩爵士命名的风格。

略，再加上一点风格上的小技巧，凑出了一幅有点模仿皮拉奈奇①风格的东西。"我要不要把它送给你母亲呢？"我说。

"为什么？你又不认识她。"

"这显得比较礼貌吧，我住在她的家里呢。"

"送给保姆吧。"塞巴斯蒂安说。

我依照他的建议，把画送给了保姆。她把它放到了斗橱上面那一堆收藏品中间，评论说，确实很有些像呢。像她常常听人很欣赏地谈及，自己却从未有机会亲眼目睹的美丽。

对我，这是新近发现的美丽。

从我还是个小学生起，就总是骑着自行车造访家附近的教区，拓取黄铜器皿上的图案，或者拍摄教堂里的受洗盆，从这些活动中，我培养出了对建筑的热爱。尽管从观念上而言，作为我这一代人的特征，我很轻易地从罗斯金②的清教主义过渡到了罗杰·弗莱的清教主义，但是在心底深处，我是闭塞、蒙昧、中世纪的。

这一次，是我向巴洛克的改宗。这里，在那高高的，俯视一切的穹顶之下，在方格状的天花板下；这里，当我穿过那些拱梁和断壁，走到柱廊荫翳处坐下来，几个小时不知倦怠地坐在喷泉边，观察它的光影，追逐它的回声；在它成群的大胆创造力的成果中间，我只感到无限的欢欣，好像我身体里诞生了一个全新的感知系统，似乎那些石缝中汩汩涌出的水，当真就是我的生命之泉。

一天，我们在一个柜子里发现了一个很大的日本漆器铁皮盒，里

①　皮拉奈奇，意大利建筑师、画家，以罗马建筑和非常震撼的想象中的监狱场景蚀刻铜版画著称。

②　罗斯金，英国艺术批评家、社会评论家、画家、诗人，他的观点对维多利亚时期的英国社会具有很大影响。

面装着油画颜料，都还没有坏掉。

"妈妈一两年前买的。有人跟她说，只有试着用画笔去描绘这个世界，你才能真正彻底地欣赏到她的美。因为这事她被我们取笑坏了。她根本就不会画，无论颜料管里多么鲜艳的颜色，只要经她一调，立即变成了一种卡其色。"调色盘上一团一团已经干掉的不同的泥土色证实了塞巴斯蒂安的说法，"寇蒂莉亚总是被叫去清洗画笔，最后我们全都抗议，妈妈才不再画了。"

这些颜料给了我们一个主意，何不装饰一下那间工作室呢？这是一个不大的房间，有一扇门与柱廊相连，曾经用于这个地产的管理事务，如今有点被遗弃了的意思，放了些户外游戏用具，还有一盆已经死了的芦荟。它无疑原本是被设计来用作一些更美好舒适用途的，比如茶室或者书房，这从石膏墙上装饰着纤柔的洛可可饰板，以及屋顶也做成了漂亮的穹隆这几点就可以看出来。那里有一个稍小的椭圆形墙框，我先在上面描出了一幅浪漫风格的风景线条，又用接下来的几天时间，给它上了颜色。也许是幸运，也许是当时快乐的心境，这件作品非常成功，画笔似乎完全听从指挥。那是一幅没有人物的风景画，蓝色的远景里，是白云飘浮下的夏日景象，近处是一个常青藤覆盖的断壁残垣，岩石和喷泉似乎讲述了隐身在背景里的风光。原本我对油画几乎一无所知，一边画一边学，一个星期后当这幅画完成时，塞巴斯蒂安已经热切地希望我在另一个稍大的墙板上开始另一幅了。我描了一些线条，他想要一幅"花园派对"①，有装饰了绸带的秋千，黑人男仆，以及牧羊人吹奏排箫。这事最后不了了之，我知道那幅风景画的成功有很大的偶然性，这个精致盛大的场面却不是我能够胜任的。

一天我们跟维尔考克斯一起去了地窖，看见好些空着的凹室，那

---

① 花园派对，18世纪经法国宫廷倡导而在整个欧洲盛行的娱乐形式。

些曾经存储了大量美酒的地方，如今只有一个十字甬道尚在使用中。这个甬道里所有的藏酒格里都满满地码放着东西，中间有好些五十年的陈酿。

"自从老爷去了海外，这里的酒就没有增加过了。"维尔考克斯说，"有些老酒得喝了，我们本来应该把那些十八年和二十年的平放入窖保存的。酒商来过好几封信说这些事，可夫人说问布莱兹赫德伯爵，他又说问老爷，老爷说问律师，于是我们储量就这么少下来了。按眼下这种进展，够喝十年，可那时候又怎么办呢？"

维尔考克斯对我们的兴趣表示了欢迎，从每一个储酒格里拿出几瓶给我们送上来。就是在这些安静的夜晚，同塞巴斯蒂安一起，我与葡萄酒才算是真正相识，为日后播下了丰收的种子，它竟成为我许多个荒芜之年的归宿。我们，他和我，在那间"绘厅"里坐下，桌上开着三瓶酒，每人面前三个杯子。塞巴斯蒂安找出了一本关于品酒的书，我们细细遵照书上的指点，亦步亦趋。在烛火上微微地将酒杯温热，斟到三分之一的高度，晃动，用手心轻抚，再举到光线下欣赏，对着杯口吸气，轻啜，让它在口腔里充盈，像硬币在柜台上那样在舌上滚动，再轻轻向后一仰头，让它一滴滴渗入喉管，随后我们一边讨论，一边再吃几片巴斯奥利弗饼干①，才又开始下一瓶。完了再回到第一瓶，下一瓶，直到三种酒在我们身体的循环系统里，像面前的三个杯子一样彻底地混在了一起，再也分不清哪个是哪个，以及谁是谁的，只知道面前总共有六个杯子，有的里面混了不止一种酒，直到我们不得不从头开始，每人面前三个干净的杯子……酒瓶空了，我们对它们的颂扬也愈发狂野奇异。

---

① 巴斯奥利弗饼干，1750年左右，由英国巴斯的威廉·奥利弗博士发明的饼干，特点是硬而且干，通常与奶酪相伴而食。在这里，查尔斯和塞巴斯蒂安的品酒活动中，用它吸干舌尖上残留的酒液，充当味蕾清洁剂。

"……这酒有一点害羞，像一只小羚羊。"

"像妖精。"

"绚丽斑斓，就像挂毯上的草甸。"

"像宁静的水边传来的笛声。"

"……这一个，是充满智慧的老酒。"

"洞中的先知。"

"……这一个，是雪白的脖颈上的一串珍珠。"

"就像天鹅。"

"像最后的独角兽。"

然后我们离开金色烛光照耀下的餐厅，来到星空下，坐在喷泉池边，将手放进清凉的水里，醉醺醺地听着岩石上泼溅的，或者汩汩流淌的水声。

"难道我们不应该每天晚上都喝醉吗？"塞巴斯蒂安有一天早晨这么问我。

"是的，我觉得应该。"

"我也这么认为。"

我们几乎不见任何陌生人。偶尔有个代理商，他是个瘦削拖沓的退伍上尉，碰巧会在路上撞见，来吃过一次茶，大多数时候我们都能够想法藏起来避开他。每个星期天早上，会有一个僧人从附近的修道院被请来主持弥撒，并且同我们共进早餐。他是我结识的第一位修士，我注意到他与教区牧师有多大的区别，然而布莱兹赫德庄园对我来说，是一个神奇的地方，以至于我理所当然地认为在这里遇到的所有人和事，都应该是独一无二的。菲普斯神父其实只是一个长着包子脸的，温和的男人，对乡村板球赛有强烈兴趣，并且固执地认为每个人都对此有着同样的兴趣。

"您知道，神父，查尔斯和我根本对板球一无所知。"

"我真希望我上星期四亲眼看到丁尼生①打出五十八分，那一定得整整一局吧，《泰晤士报》的报道写得十分精彩。你看他对南非的比赛了吗？"

"我从来没见过他。"

"我也没有。我好多年没看过一级赛了，上一次还是格雷夫神父，我们去艾姆培尔福斯修道院参加院长就任典礼，结束时经过利兹他带我去看过，格雷夫神父想法找到了一班火车，在对兰开夏那场比赛的当天下午给我们留出了三个小时。那是怎样的一个下午啊，我记得那天的每一个球。那以后我就只能从报纸上看了。您很少看板球赛吗？"

"从不。"我说。然后他看着我，带着那种宗教人士特有的，无邪的惊讶神色。"您怎么能在这样一个危险邪恶的世界里，不为自己提供任何安抚和保护呢？"

塞巴斯蒂安一直去听他的弥撒，参加者稀稀拉拉。布莱兹赫德不是一个有天主教传统的重地，玛奇梅因侯爵夫人介绍了几个天主教仆人进来，但是他们中间的大多数，以及所有的村民，需要一个地方祷告时，还是会去村口弗莱特家族墓地间的那个灰色小教堂。

塞巴斯蒂安的信仰当时对我是一个谜，但并不是什么我特别想要解开的谜。我没有宗教，还是小孩的时候，我每星期都会被带去教堂，后来在小学里也每天进教堂。然而就像对我的补偿似的，自从我开始读公学，假期里便彻底被豁免了。教我神学的导师们总是说，《圣经》经文不可信，也从不建议我祷告。我父亲除了家庭仪式等不可避免的原因之外，也从不去教堂，去了之后还免不了要嘲笑调侃一番。至于我母亲，我认为她是虔诚的。她丢下父亲和我，跟着救护车去了塞尔维亚，在波

---

① 丁尼生，第三代丁尼生男爵，诗人阿尔弗雷德·丁尼生的孙子。他自1913年起开始在汉普郡一级板球队打球，并于1919年至1932年期间担任队长。曾九次代表英国参加比赛。

斯尼亚①的大雪中死于衰竭，而她只把这一切当作她的使命。这一度在我眼里十分不可思议。可后来我在自己身上发现了某些与此类似的精神，我也开始接受一些在一九二三年时根本不会费神去思考的主张，去将神圣视为现实。在布莱兹赫德那个夏天，我很清楚地知道，自己没有这个需要。

自从我认识塞巴斯蒂安以后，很频繁地，几乎是每一天，总有一些词会从我们的对话中跳出来提醒我，他是一名天主教徒。而我往往只把这当作他的一项怪癖，跟他的泰迪熊没什么两样。直到在布莱兹赫德的第二个星期天之前，我们从来没有真正讨论过这件事。菲普斯神父走后，我们坐在柱廊下读报，他忽然说出一句话，着实令我吃了一惊。"哦天哪，做一个天主教徒真烦。"

"这对你有什么分别吗？"

"当然有了，随时都有。"

"哦，那我只能说我真没有注意到过。你是在挣扎着抵御诱惑？你好像不比我品德高尚多少。"

"我比你邪恶得多得多。"他愤愤地说。

"所以呢？"

"是谁总是这样祈祷：'主啊，请赐予我美好，但不要现在'②？"

"我不知道，你吧，我只能这么想。"

"为什么，嗯是的，是我，我每天都这样在祈祷。可我不是要说这个。"他又回到《世界新闻》③那一页，并且说，"又一个犯规的童

---

① 波斯尼亚，即波斯尼亚和黑塞哥维那，简称波黑或波斯尼亚，是欧洲南部巴尔干半岛西部的多山国家，首都萨拉热窝。

② 希波的奥古斯丁，又称圣·奥古斯丁，天主教早期的神学家、哲学家，在其最具影响力的著作之一《忏悔录》中有如下一句："主啊，请赐予我纯洁与节制。"后来出现诸多版本，此处所引用的即是著名的一个简化版。

③ 《世界新闻》，1843 年创立的一份报纸，2011 年因电话窃听丑闻风波停刊。

子军领队。"

"我猜他们努力想让你相信好多的鬼话？"

"是鬼话吗？我倒希望是。可好多时候在我听来都对极了。"

"我亲爱的塞巴斯蒂安，你不会真的相信那些吧？"

"不能吗？"

"我是说，关于圣诞，关于星星，三个国王，以及那牛和那驴。"

"哦是的，我相信，那都是些多美的故事啊。"

"可你不能因为什么东西是美好的故事就去相信它吧。"

"可我偏偏就是这样，这就是我怎样去相信。"

"那你也相信祷告词？你觉得跪在一个雕像前说几句话，甚至都不用说出口，只是在心里默念，就可以改变天气；或者某些圣徒在某些事情上比其他的更有影响力，你必须找对正确的一个来帮你解决相应的问题？"

"嗯，是的。难道你不记得上学期我带着阿洛维熙思出去，不知把他落在哪儿了吗？我对着帕多瓦的圣·安东尼①发疯一般地祈祷，然后午饭刚一过，坎特伯雷大门的尼古拉斯先生胳膊里抱着阿洛维熙思就出现了，说我把他忘在出租车里了。"

"嗨，"我说，"既然你都能相信这些，只是你自己不变好，那你的信仰难题在哪里呢？"

"如果你看不见，你就是看不见。"

"哎，在哪里？"

"哦，别烦人了，查尔斯。我想读这篇说一个赫尔的妇女一直'使

---

①　帕多瓦的圣·安东尼，葡萄牙的一位天主教圣徒，通常人们为了希望丢失或被盗的东西失而复得向他祈祷。据说可以用非常轻松、不太正式的顺口溜来向他祈求帮助：托尼托尼请转身，丢失的东西与我不可分。

用器械'①的事。"

"这话题是你提起的，我只是刚开始对它感兴趣罢了。"

"我再也不会提它了……还有三十八起案例一并被诉，判处六个月监禁——天哪！"

但他后来又提及了。大约十天以后，我俩一起躺在房子的屋顶上，一边日光浴，一边用望远镜看下面正在进行中的农业展览会。那是一个为期两天、中等规模、为邻近几个教区居民组织的活动，更像是一个社交和销售场合，而不是一个严肃的农业成果竞赛。地上标出了一个大圆环，用于插旗，围绕这个圆圈，大大小小扎了大约六七个帐篷，还有一个裁判席和关家畜的圈栏。最大的一个帐篷用来供应点心饮料，成群的农夫聚在那儿。准备工作已经进展一周了。"我们得藏起来，"随着日子靠近，塞巴斯蒂安说，"我哥哥会来，他是农展会的重要角色。"我们躺在屋顶的栏杆下。

布莱兹赫德一早乘火车到达，与那个代理商芬德尔上尉一起吃了午餐。他刚到时，我简短与他见了个面，大概有五分钟时间。安东尼·布兰奇的描述出奇地恰当，他有一张弗莱特家的脸，但是经过了阿兹特克人的雕塑。我们现在通过望远镜可以看见他，在帐篷之间笨拙地走动着，在裁判席那儿停下来打招呼，斜靠着家畜栏，严肃地瞪着那些畜生。

"古怪的家伙，我哥哥。"塞巴斯蒂安说。

"他看上去还算正常。"

"哦，可他不是。你不知道，他是我们所有人里面最疯狂的一个，只是平时不表露出来，他里面都是扭曲的。知道吗？他曾经想当修士。"

"不知道。"

---

① "使用器械"，全称为"非法使用器械促成妇女流产"，意指施行堕胎手术。

"我觉得他现在还是想。他差一点就成了耶稣会士，直接从斯托尼赫斯特①过去。那对妈妈来说简直太可怕了，她又根本不可能去劝阻他，而这无疑是她最不希望发生的事。你想人们会怎么说——她家大儿子，如果是我还好些，还有可怜的爸爸，没有这件事教会已经够让他头疼的了。这下更有一大堆吓人的事要做——修士们和神父大人在家里窜来窜去，像老鼠一样。而布莱兹赫德自己，只阴沉地坐着，谈论主的意志。爸爸离开去海外时，他是最伤心的一个——真的比妈妈还要伤心得多。最终他们说服了他先去牛津，利用三年时间好好想清楚。现在他可能正在做决定，一会儿说要去皇家卫队，一会儿又说要进议会，他不知道自己想要什么。我有时想，要是我也进了斯托尼赫斯特会不会也变得像他一样呢？要是爸爸走得再早些，在我到上学年龄之前就走了的话，我很可能就去了，但他唯一坚持了的一件事就是，我得上伊顿。"

"你父亲放弃了他的宗教信仰吗？"

"嗯，某种程度上说，是他不得不。他本来也是为了要和妈妈结婚才信的，他离开时便把信仰，连同我们一起，留在了身后。你一定要见见他，他是一个非常好的人。"

这之前塞巴斯蒂安从来没有认真说起过他的父亲。

我说："当你父亲离开时，一定让你们所有人都伤心了。"

"所有人，除了寇蒂莉亚，她还太小。我当时很难过了一阵，妈妈试图向我们三个大的解释，好让我们不至于恨爸爸，我是唯一不恨他的一个。但我相信，妈妈心里其实是希望我恨的。我一直是他最喜欢的孩子，要不是脚伤的原因，我现在应该和他在一起。我是唯一一个肯去看他的。你为什么不和我一起去呢？你会喜欢他的。"

---

① 斯托尼赫斯特，位于英国兰开夏郡的罗马天主教公学，继承耶稣会传统。

下面的场地上，一个拿着喇叭的男子在大声宣布最后一项活动的结果，他的声音依稀传来。

"所以你看，我们是一个在信仰上混合的家庭。布莱兹赫德和寇蒂莉亚都是热诚的天主教徒，他很痛苦，而她像只小鸟一样快乐；朱莉娅和我，半异教，我很快乐，而我比较相信朱莉娅并不；妈妈呢，大多数人都将她当作圣徒看待，而爸爸被逐出了教会——他们俩谁快乐，我不得而知。不管怎样，随便你怎么看，快乐都似乎与此无关，而那恰恰是我真正只想要的东西……我真希望我可以喜欢天主教多一些。"

"他们看上去跟其他人可没什么不一样。"

"亲爱的查尔斯，那可恰恰不是他们——尤其是在这个国家，他们是为数极少的一群。并不仅仅因为他们是宗教上的一个小派——事实是，他们起码一半以上的时间，都存在着起码四个小派，互相诋毁——他们每一个都对自己的生活有不同的展望，他们眼里看重的事都与别人不一样。他们都尽量地把这些藏起来，却时时都会表现出来。这真的很自然，他们确实应该。可你看，这对于朱莉娅和我这样的半异教就很困难。"

我们这段异常沉重的对话，被来自烟囱那边的一阵大声而孩子气的叫喊声打断："塞巴斯蒂安，塞巴斯蒂安。"

"老天！"塞巴斯蒂安说，赶紧去抓毯子，"听起来像是我妹妹寇蒂莉亚。快把你自己遮好。"

"你在哪儿？"

一个大约十岁、十一岁，结实的孩子出现在视野里，她有着确凿无疑的家族特征，却被不高明地放在一起，形成了老实而圆乎乎的平淡，两条过时的长辫子挂在背上。

"走开，寇蒂莉亚，我们没穿衣服。"

"为什么？你们看上去很体面。我就猜到你在这儿，你不知道我来了，是吗？我跟布莱迪一起下来的，路上去看了看弗兰西斯·泽维尔①。（转向我）他是我的猪。然后跟芬德尔上尉一起吃了午餐。弗兰西斯·泽维尔被特别地提到了，可那长满疥癣的畜生伦德尔②拿了第一。亲爱的塞巴斯蒂安，又见到你我真是太开心了，你可怜的脚咋样了？"

"跟莱德先生问好。"

"哦，对不起，你好吗？"她一笑起来，家族的所有魅力便都展现了，"下面的人都喝得有些醉醺醺的，所以我就走了。我说，是谁在那工作室里画画了？我进去找一支瞄准支架时看见的。"

"说话当心点，是莱德先生画的。"

"可那太好了。我说，真的是你画的吗？你真聪明。你俩干吗不穿好衣服下来呢？已经没人了。"

"布莱迪肯定会带那些裁判进来的。"

"他不会。我听见他计划时说了不会。他今天很讨厌，一开始还不答应我和你们一起用晚餐，可我把这事弄妥了。快来，在你们可以见人之前，我先去保姆那里待会儿。"

当天晚上的小聚会很阴沉。只有寇蒂莉亚完全放松，享受着晚餐的食物，还有推迟就寝的时间，以及她哥哥的陪伴。布莱兹赫德比塞巴斯蒂安和我大三岁，可看上去几乎是两代人。他有着这个家庭特有的物理特征，每当他罕见地笑起来时，那笑容就跟家族其他人一样美好；而他说话时，在他们同样的声音里，却带上了一种凝重和压抑，这如果由我堂兄贾斯珀说出来，会显得自以为是而且虚假，可在他这

---

① 弗兰西斯·泽维尔，出生于西班牙的罗马天主教修士，耶稣会联合创始人之一，曾在很多亚洲国家传教，包括印度、婆罗洲和日本。此处指寇蒂莉亚给她的猪起的名字。
② 伦德尔，此处指比赛得胜的那只猪。

里，就纯粹是自然而无意识的。

"我很抱歉，没能在你造访期间抽时间陪你，"他对我说，"你在这儿他们招呼得周到吗？我希望塞巴斯蒂安有安排葡萄酒，维尔考克斯独自待着的时候很容易变得过于节俭。"

"他对我们很慷慨。"

"很高兴听你这么说。你喜欢葡萄酒？"

"非常喜欢。"

"我希望我也喜欢，那是与其他人联系的很好的纽带。在莫德林①时我试过一次或者两次，想要喝醉了看看，可我真不喜欢。啤酒和威士忌就更令我没有胃口，因此今天下午那种活动对我来说简直就是折磨。"

"我喜欢葡萄酒。"寇蒂莉亚说。

"我妹妹寇蒂莉亚最近这一次的学业汇报上说，她不仅是现在学校里最差的女孩儿，而且是年龄最老的修女记忆中曾经有过的，最差的女孩儿。"

"那是因为我拒绝做'玛利亚的孩子'。院长嬷嬷说，如果我不把房间收拾得更整齐些，我就不能成为'玛利亚的孩子'，于是我说，那我就不做好了，我也不相信我们的圣母会有一丁点在意我把运动鞋放在了舞蹈鞋的左边还是右边。院长嬷嬷就气得脸色发青。"

"我们的女士应该懂得服从。"

"布莱迪，你别说得这么虔诚，"塞巴斯蒂安说，"我们今晚有无神论者在场。"

"不可知论者。"我说。

"真的？你们学院有很多这样的吗？在莫德林有不少。"

---

① 指牛津大学莫德林学院。

"我一点也不知道，进牛津之前很久我就是了。"

"到处都是。"布莱兹赫德说。

那一天，宗教好像就是个不可避免的话题。我们谈了一会儿农展会，可很快布莱兹赫德又说："我上星期在伦敦见到了主教，你知道，他说想把我们的小教堂关掉。"

"哦，他可不能这么做。"寇蒂莉亚说。

"我不认为妈妈会允许他这么做。"塞巴斯蒂安说。

"太远了，"布莱兹赫德说，"默尔斯德那边大约有十来户人家，他们来不了，所以他想在那里开一所教堂。"

"可我们呢？"塞巴斯蒂安说，"大冬天的早上，我们还得开车去不成？"

"我们这里一定得保留圣餐不可，"寇蒂莉亚说，"我喜欢随时可以去，妈妈也是。"

"我也是啊，"布莱兹赫德说，"可我们人太少了。这里并不是一个老的天主教区，领地里也并不是人人都来做弥撒，教堂迟早是要关的，也许会等到妈妈走了以后。问题在于，现在关会不会更好些。莱德，你是个艺术家，从审美的角度看，你觉得它如何？"

"我认为它美极了。"寇蒂莉亚说，眼里含着眼泪。

"是一件好的艺术品吗？"

"哦，我不是很明白你的意思，"我小心翼翼地说，"我认为它是那一时期建筑的杰出样板，也许八十年以后它会得到极高的评价和欣赏。"

"但是肯定不可能二十年前很好，八十年后也很好，而偏偏现在不好吧？"

"嗯，它也许现在是很好，我只是说自己并不是特别喜欢。"

"哦，喜欢一件东西跟认为它很好之间有很大区别吗？"

"布莱迪，别这么耶稣会员好吗？"塞巴斯蒂安说。可我知道，这个分歧，咬文嚼字只是表面的，而真正透露出来的，却是我们之间一层更深而且根本不可逾越的鸿沟。过去我们互相不理解，将来也永远不会。

"那不是你刚才说到葡萄酒时的那种区别吗？"

"不，我喜欢和认为葡萄酒好，都是从它可以作为提升人与人之间的交流热情的途径和结果这个角度出发；但是这两点对于我个人而言都不能达成，所以我既不喜欢它，也不认为它好。"

"布莱迪，真的请打住了。"

"对不起，"他说，"我还以为这是个很有趣的观点呢。"

"感谢主，我去了伊顿。"塞巴斯蒂安说。

晚餐后，布莱迪说："我恐怕得把塞巴斯蒂安带走半小时，我明天一整天都没有时间，展会一结束又得走，有很多需要父亲签署的文件，塞巴斯蒂安得给他带去并解释给他听。你该去睡觉了，寇蒂莉亚。"

"我得先消化，"她说，"很少晚上这么大吃，我要陪查尔斯说会儿话。"

"'查尔斯'？"塞巴斯蒂安说，"'查尔斯'？你该称呼'莱德先生'，小孩儿。"

"好了，查尔斯。"

当只剩下我们俩时她说："你真的是不可知论者吗？"

"你们家总是时时刻刻地谈论宗教话题吗？"

"也不是时时刻刻，这就是个自然而然会冒出来的话题，不对吗？"

"是吗？过去在我身上就从来没出现过。"

"那看来你真的是个不可知论者呢，我会替你祈祷的。"

"哦你太好了。"

"可你知道，我不能把全部的念珠都留给你哦，只能给你十年①。我有一个很长的名单，我给他们都排了序，每人每星期可以轮流得到十年。"

"我肯定这已经超过我应该得到的了。"

"哦，我有好些比你困难的例子，大卫·劳合·乔治②和国王威廉二世③，还有奥丽芙·班克斯。"

"她是谁？"

"她是上学期从修道院送过来的，我不是很清楚什么原因。院长嬷嬷发现了她写的什么东西。知道吗？如果你不是个不可知论者，我会向你要五个先令，给你买一个黑的教女。"

"你的宗教里已经没有什么事会让我吃惊了。"

"这是上学期一个传教士刚发起的一件新鲜事儿，你寄五个巴布④给非洲的一些修女，她们就给一个婴儿受洗，并且用你的名字命名，我现在已经有六个黑寇蒂莉亚了，你不觉得这太妙了吗？"

塞巴斯蒂安和布莱兹赫德回来后，寇蒂莉亚被命令去睡觉。布莱兹赫德又开始继续我们先前的讨论。

"当然，你其实是对的，"他说，"你把艺术当作途径而非结果。这是严格意义上的神学，可是很少见到不可知论者相信这一点。"

"寇蒂莉亚保证说，会为我祈祷的。"我说。

---

① 天主教徒祈祷时用的一种串珠。一个十年是指一段完整的祷告文，需要在转动整串共十颗珠子的时间内念诵完毕。

② 大卫·劳合·乔治，自由党政治家，1908 年至 1915 年间担任英国财政大臣，1916 年至 1922 年间担任英国首相。一战是英国之痛，作为那期间的首相，很多人认为他对此负有很大责任。这应该是寇蒂莉亚将他当作自己需要拯救的对象的原因。

③ 威廉二世，德国和普鲁士最后一位皇帝。1888 年继承父亲皇位，其统治直到 1918 年被迫退位结束。尽管他本人是维多利亚女王的孙子，但是作为德国战时的领袖，使他毫无争议地成为英国以及盟友所憎恨的对象。这也应该是寇蒂莉亚将他当作自己需要拯救的对象的原因。

④ 巴布，英国货币单位先令的俗称，20 巴布（即 1 先令）为 1 英镑。

"她给她的猪做了一份'九日敬礼'①。"塞巴斯蒂安说。

"你知道,我对所有这些都很难理解。"我说。

"我觉得我们在制造丑闻。"布莱兹赫德说。

那天晚上我开始意识到,我对塞巴斯蒂安的了解是多么地贫乏,也开始理解他为什么总是想把我与他生活的另一部分分开。他就像一个航行在大海里的轮船上结识的朋友,如今我们来到了他启程的港口。

布莱兹赫德和寇蒂莉亚走了,展场上的帐篷撤了,旗杆也拔掉了,被踩坏的草坪开始恢复它们本来的颜色。以闲散姿态开场的这一个月,就这么悄悄地滑向了尾声,塞巴斯蒂安已经扔掉了拐棍在走路,似乎已经忘记自己受过伤。

"我觉得你最好跟我一起去威尼斯。"他说。

"没有钱。"

"我已经想过了。我们到了那儿跟爸爸一起吃住,律师会支付旅费——一等卧铺,用这笔钱够支付我们俩坐三等座。"

就这样我们去了。一开始是漫长而廉价的跨海渡船到敦刻尔克,晴朗的夜空下一整晚坐在甲板上,看着灰色的晨曦在沙丘之间破晓。接着,坐硬木座到了巴黎;在那儿,我们叫了辆出租车到洛提,在那儿洗了澡,刮了脸,在福伊约用午餐②,福伊约里很热,座位空着一半。随后疲惫地在一个一个的商店里游荡,要不就长时间地耗在咖啡

---

① 九日敬礼,在罗马天主教中盛行的一种基督教古老的虔诚祈祷仪式,分九天执行,每天一段摘自经典的祈祷文。

② 从这句话可以看出20世纪20年代的青年贵族,即便是在声称吃苦节俭时,生活也得有一定的水准。洛提是位于巴黎卡斯蒂格利奥勒大街的一家奢侈酒店,始建于1910年。福伊约如今已经不在了,曾经是巴黎拉丁区孔德大街上一家知名餐馆,是毛姆短篇小说《午餐》的发生地。

馆里，直到我们列车的钟点临近。在那个闷热而尘土飞扬的下午，来
到巴黎里昂火车站，在这里坐上南下的慢车，又是木板座，车厢里挤
满了走亲戚的穷人——跟北边国家的穷人旅行时一样，每人手里挽着
好几个小包袱，带着一脸对权威的耐心和顺从——还有放假回家路上
的海员。我们断断续续地睡着觉，颠簸，不时停车，在夜里换过一次
车，再睡过去，醒来时发现车厢已经空空荡荡，窗外是正在向后倒去
的松林和远处的山峰。边境上看见的已经是另一种制服，车站柜台里
摆着咖啡和面包，身边的人带着南部的优雅和欢快。随后又进入平
原，针叶林变成了葡萄园和橄榄林，在米兰又换了一次车，大蒜香
肠、面包以及一壶从推车上买的奥维耶托白葡萄酒（我们在巴黎几乎
花光了所有的钱，只剩下几法郎）。太阳在天空中高悬，炙烤着大地，
车厢里挤满了农民，在每一站挤上挤下，闷热的空气中大蒜的味道飘
满车厢，令人窒息。终于，我们在黄昏时分到达威尼斯。

　　一个形容阴郁的人在那儿接我们。"爸爸的贴身助理，布伦德尔。"

　　"我去接过那一班快车，"布伦德尔说，"老爷说您一定看错了车
次，这趟车似乎只从米兰开过来。"

　　"我们乘坐的三等车。"

　　布伦德尔很有礼貌地小声交代："这里准备了刚朵拉，我随行李乘
汽船跟随。老爷去了丽都，他当时不确定能不能在你们到来之前赶回
家——那时他还以为你们会乘坐快车。不过现在他应该已经回去了。"

　　他领着我们来到等候的船只旁边，船夫们穿着白绿相间颜色的制
服，胸前别着银色的徽章，他们微笑着，一边躬身致意。

　　"回府，可以走了。"

　　"是，布伦德尔先生。"

　　船飘着就离开了。

　　"你来过这里吗？"

"没。"

"我过去来过一次——从海上来的。威尼斯就应该用今天这种方式来到达。"

"我们到了，先生。"

眼前的宫殿，没有它听起来的那种宏大。狭窄的帕拉弟奥①外墙，长着青苔的台阶，一个由凹凸不平的大石块建成的幽暗拱道。一个船夫跳上岸，把船系在桩上，摁了门铃；另一位站在船头，将船维持在台阶的位置。门开了，一个男子穿着显得有些邋遢放荡的夏季亚麻条纹制服出来，领着我们走上台阶，刚刚还阴沉沉的，忽然就明亮起来。主层②的光线充足，阳光照耀在墙上丁托列托风格③的壁画上。

我们的房间在上面一层，通过陡峭的大理石台阶上去。房间的百叶窗将下午的阳光挡在外面，管家掀开窗户后，大运河便出现在我们眼前，床上挂着蚊帐。

"现在没有蚊子。"

每个房间有一个小小的圆弧形衣柜，一个雾蒙蒙的镶了金边的镜子，便没有别的家具了，光秃秃的大理石地板。

"是不是有一点简陋？"塞巴斯蒂安问道。

"简陋？你看看。"我带着他回到窗户边，在我们脚下，我们周围，是一幅无与伦比的盛景。

"不，你不能管这叫简陋。"

一声巨响将我们引到门边，只见一个似乎修建在烟囱里的浴室，没有屋顶，墙壁从地面直直延伸到空中。管家几乎消失在那个古董锅

①　帕拉弟奥式，欧洲的一种建筑风格。
②　主层，大宅里的二楼，尤其适用于威尼斯风格的建筑，是大宅里最重要房间所在的一层。
③　丁托列托，文艺复兴时期威尼斯大师。

炉制造出来的蒸汽当中，完全不见身影，一股盖住了一切的煤气味道中，隐约有一股潺潺细流的冷水味道。

"不好。"

"是，是，马上修好，先生。"

管家跑到楼梯口，开始对着下面喊，一个女性的声音，比他的刺耳一些，在下面应答。塞巴斯蒂安和我回到我们窗下的美景当中。过了一会儿，那边的争吵结束，一名妇女和一个孩子出现在我们面前，对着我们微笑，却对管家板着脸，在塞巴斯蒂安的小衣柜上放了一个银盆和一壶开水。与此同时，管家打开我们的行李，将衣服叠好，嘴里开始不自觉地冒出些意大利语，跟我们说着那古董锅炉的好处，忽然间头偏向一侧变得很警觉的样子，说了一声"老爷"，便飞奔下楼。

"见爸爸之前我们最好把自己收拾整洁，看得过去，"塞巴斯蒂安说，"不用特别着装，我猜他这会儿是独自一人。"

我非常好奇而急切地想要见到玛奇梅因侯爵，等我真正见到他时，第一眼被打动的反倒是他身上所体现的常人之态，这个特点，我见到他的次数越多，就越感到值得琢磨。他似乎很清楚自己身上的拜伦式光环，而这在他眼里是个很糟糕的特点，一直努力地在压制。他站在沙龙的阳台上，转身来欢迎我们时，面部恰好在强光的阴影当中，我只能看见一个高而挺直的轮廓。

"亲爱的爸爸，"塞巴斯蒂安说，"您看上去多年轻啊！"

他在玛奇梅因侯爵的脸颊上亲了亲，而我这个自从婴儿房出来以后就再没有亲吻过父亲的人，见此情景，害羞地站在他后面。

"这是查尔斯。你不觉得我父亲相当英俊吗，查尔斯？"

玛奇梅因侯爵与我握手。

"无论是谁查的你们的火车班次，"他说——他也有着塞巴斯蒂安的声音，"都犯了个愚蠢的错误，压根就没有那一趟。"

"我们就是坐那一趟来的。"

"不可能。那个钟点只有一趟来自米兰的慢车。我那会儿在丽都。现在每天傍晚去那里跟专业球手打网球，一天之中就那会儿不热。我希望你们俩男孩儿在楼上能凑合待得舒服，这座房子好像就是设计来只供一个人舒服居住的，现在我就是那一个人。我的卧室有这间屋那么大，还有一个很好的更衣室。卡拉占了另一个稍大点的房间。"

听他用这种直接又轻松的语气提到自己的情妇，我很惊讶。后来我猜，他那是特地为了我有意而为之。

"她好吗？"

"你说卡拉？但愿很好吧，她明天就回来跟我们一起了。现在她在勃伦塔运河的一个别墅看望美国来的朋友。我们今晚在哪里吃饭呢？可以去卢纳①，可那儿现在全是英国人。在家吃你们会觉得闷吗？明天卡拉肯定是想要出去的，而且家里的厨师其实非常好。"

他这时从窗户边走开，站到明亮的夕阳下，身后是红色的大马士革墙面。我看见一张贵族的脸，好像脸上的一切都是在他控制下规划出来的。有一丝倦意，一丝嘲讽，一丝奢华艳丽，看上去仿佛处于生命的鼎盛时期，一想到他仅仅比我父亲年轻几岁，就觉得不可思议。

晚餐开在临窗的大理石桌上，这座房子里的一切，不是大理石、天鹅绒，就是石膏。玛奇梅因侯爵说："你们计划怎么度过在这里的时间呢？阳光浴还是观光？"

"总要有一部分观光吧。"我说。

"卡拉肯定会喜欢——她将是你在这里的女主人，可能塞巴斯蒂安已经和你说过了。可你不能二者兼顾。一旦你去了丽都就逃不掉了——玩双陆棋②，在酒吧里被绊住，在太阳底下变得昏昏沉沉。还

---

① 卢纳，指卢纳酒店，是位于威尼斯心脏地带的一家豪华酒店。
② 双陆棋，已知最古老的棋牌游戏之一。

是专心去看那些教堂吧。"

"查尔斯对绘画很有兴趣。"塞巴斯蒂安说。

"是吗？"我从对自己父亲的深入了解中，察觉到一种藏得很深的感到无聊的暗示，"哦？有特别喜欢的威尼斯画家吗？"

"贝利尼①。"我随便回答道。

"哦？哪一个？"

"我都不知道还有两个。"

"准确地说，有三个。你会发现在那个伟大的年代，绘画往往是个家族事业。你们离开英国时那里怎样？"

"好极了。"塞巴斯蒂安说。

"是吗？是吗？我如此痛恨鄙弃英国乡村，一直是我这个人的悲剧。我猜想继承下一个巨大的责任，而又对它视若无睹一定是很无耻的。我身上有着社会主义者希望我拥有的所有品质，却成为自己这个阶级的绊脚石。唉，不过我的大儿子肯定会把这一切都改变的，这毫无疑问，当然，如果最终律师决定让他还能继承点什么的话……我一直想知道，为什么意大利甜点被公认为特别好？布莱兹赫德一直都有个意大利甜点师，直到我父亲那一辈才换了一个奥地利点心师傅，比过去的好多了。现在呢？我猜是一位手臂壮实的英国妇女。"

晚餐后，我们从街道这一侧离开公馆，穿过迷宫一般的小桥、广场以及街巷，来到花神咖啡，看着黑压压的人群一次又一次地在钟楼下穿过。"很少能在别处找到类似于威尼斯的人群，"玛奇梅因侯爵说，"整个城市充斥着无政府主义者。可是前几天晚上，有一名美国女子穿着露肩装坐在这儿，却生生让他们给赶跑了。他们就盯着她看，一

---

① 贝利尼，三位重要威尼斯画家的姓氏：雅各布·贝利尼及其两个儿子贞提尔·贝利尼和乔万尼·贝利尼。雅各布将早期文艺复兴的弗洛伦萨画风引进到威尼斯，贞提尔以御用威尼斯总督肖像画家而闻名，乔万尼则将父亲的创新技巧进一步发展，将家族名誉引至高峰。

言不发，像围成一圈的海鸥，直到她主动离开。我们国家的人要表达道德上的谴责时，远没有这么体面。"

一群英国人正巧从水边过来，在我们附近的一张桌子前坐了下来，忽然又移得远了些，斜眼看着我们，并开始交头接耳地小声谈论："那个男的和他妻子，我过去从政时认识。是你们那个教会里显要的一员，塞巴斯蒂安。"

当晚我们准备上床睡觉时，塞巴斯蒂安说："他更像是个好孩子，不是吗？"

玛奇梅因侯爵的情妇第二天回来了。我当时十九岁，对女人一无所知，走在大街上连妓女也无法准确辨认得出，所以对于与一对通奸情侣住在同一个屋檐下这件事，我很难做到无动于衷，但我却已经到了懂得藏起自己的好奇的年纪。于是就在这种相互冲突的复杂情绪中，我第一次见到了玛奇梅因侯爵的情妇。那一刻，所有的期待却都因她的外表而失望了。她并不是一个图卢兹 - 罗特列克①笔下诱人的侍女②，也不是"一团柔顺的小绒毛"。她是一位保养得当，穿着得体，仪态优雅的中年女子，与我无数次在公共场所下所见或者偶然相识的无异。她身上似乎更没有任何被社会标注了污点的痕迹，她到的那天，我们在丽都吃午饭，几乎每一桌都同她打招呼。

"薇托丽雅·科洛博纳③邀请我们所有人星期天去出席她的舞会。"

---

① 图卢兹 - 罗特列克，法国画家、插画师、版画家，以描绘多姿多彩的巴黎生活闻名。他时常表现的题材之一是夜总会的歌女、舞女以及妓女。

② 侍女，指土耳其伊斯兰教徒女眷闺房里的侍女、女奴。

③ 《薇托丽雅·科洛博纳》，这是剧作家约翰·韦伯斯特一出戏剧的名字，该戏又名《白魔》，这一类戏剧被称为复仇戏剧。戏的主角薇托丽雅·科洛博纳是威尼斯的一名青年女子，通奸后谋杀亲夫，这个戏剧情节的真实灵感来源则是 1585 年帕多瓦一名叫薇托丽雅·阿科洛博纳的女杀人犯。沃喜欢利用人名的意义进行隐喻，或者沿用历史、文学、戏剧人物的名字作为其小说人物的名字，这在他的每一部小说中都有体现。

"她真周到，你知道我不跳舞的。"玛奇梅因侯爵说。

"可是为了男孩儿们呢？那绝对是个值得一见的事——科洛博纳宫会为了这个舞会而华灯齐放，没人知道将来还有多少机会能见到类似的舞会了。"

"男孩儿们可以做他们想做的事，但我们得婉拒。"

"另外我还邀请了哈青·布伦勒尔夫人午餐，她有一个迷人的女儿，塞巴斯蒂安和他的朋友会喜欢的。"

"塞巴斯蒂安和他的朋友对贝利尼比对女继承人更感兴趣。"

"可那正是我一直希望的呀，"卡拉说，就此娴熟地切换了谈话主题，"我来这里的次数都已经数不清了，而埃里克斯①却从来没让我进过圣马可②。我们这次可以当游客了，对吗？"

我们成了游客。卡拉招募了一名矮个子的威尼斯贵族做向导，威尼斯所有的门都向他敞开。有他在她身边，她手里拿着一本旅游指南，陪着我们。她偶尔会掉队，却从来没有说过要放弃。她是那些无数绚丽景色中一个有条理而平淡的形象。

在威尼斯的两个星期飞速而甜蜜地滑过——也许过于甜蜜了，我好像都没有经历刺痛，就沉溺在了蜜糖之中。有些天里，日子像刚朵拉的步调，在窄窄的河道间穿梭，拐弯时船头像鼻子一样探出去，船夫发出鸟鸣一般呜咽哀怨的警告声；另一些天里，日子又像坐着汽艇，翻滚在阳光照耀下翻着白沫的潟湖上；留下的记忆中交织着阳光刺眼的沙滩和沁凉的大理石装饰的房间，以及无所不在的水，拍打在光滑的石头上，波光反射在彩绘的屋顶上，还有科洛博纳宫那一个也许拜

---

① 埃里克斯，玛奇梅因侯爵的名字。

② 圣马可，圣马可圣殿是威尼斯最著名的教堂之一，拜占庭建筑的精美代表，以其华丽设计和耀眼马赛克闻名于世。

伦曾经非常熟知的夜晚,以及另一个在基奥贾①浅水湾里垂钓小龙虾的拜伦式夜晚,微光中的小船,船头的马灯,拉起来的网里满是水草和沙以及蹦跳挣扎的鱼,清凉的早上坐在阳台上享用凉瓜和火腿,哈里酒吧里的奶酪热三明治和香槟鸡尾酒②。

我记得塞巴斯蒂安抬头望着科莱奥尼雕像③对我说:"想来令人伤感,无论发生什么,我俩可能永远也不会卷入一场战争。"④

我尤其记得接近假期尾声时的一场对话。

塞巴斯蒂安和他父亲去打网球,卡拉终于承认自己累了。那个下午我们坐在面对大运河的窗户边,她坐在沙发上刺绣,我坐在一张扶手椅中,发呆。这是我们俩第一次单独在一起。

"我觉得你十分喜爱塞巴斯蒂安。"她说。

"怎么了?这是肯定的啊。"

"我知道英国人和德国人中的这种浪漫友谊,这不属于拉丁人。我觉得只要不持续得太久,这种关系是很好的。"

她如此平静理智,言辞无可挑剔,然而我却无言以对。她好像也并没有期望我会响应她,只继续着手里的刺绣,偶尔停下来从身边的袋子里去挑选丝线来搭配。

"这是那种发生在孩子们真正懂得爱的含义之前的爱,在英国,是在你即将成人时。我觉得我很喜欢它。如果它针对的是另一个男孩

---

① 基奥贾,威尼斯以南大约12英里远处的一座小城,位于威尼斯潟湖的一座岛上。

② 哈里酒吧,一个威尼斯餐吧,海明威曾经出没的地方。事实上,该餐吧直到1931年才开,所以此处沃应该是犯了个愚蠢的小错误。

③ 科莱奥尼雕像,韦罗基奥的一座雕塑作品,位于威尼斯圣马可大会堂前。

④ 查尔斯和塞巴斯蒂安这一代,是一战后的一代,没有参战,却对一战的惨烈屠杀和伤痛有亲身体会,查尔斯的母亲死于一战,塞巴斯蒂安的父亲和舅舅们都有参战。塞巴斯蒂安这里的说法,源于当时流行的一种观点:一战是结束一切战争的一场战争,这种事将永远不会被允许再次发生。而本书写于二战之中,查尔斯已是一名陆军上尉,因此塞巴斯蒂安的这一句话竟是一语成谶。

时，好过针对一个女孩。可埃里克斯的这种爱发生在一个女孩身上，就是他的妻子。你觉得他爱我吗？"

"不会吧，卡拉，您问的这个问题太尴尬了。我怎么能知道呢？我想……"

"他不，一点也不。那他为什么还留在我身边呢？让我告诉你，因为我可以确保将他与玛奇梅因侯爵夫人分开。他恨她，你根本不能想象有多恨。你看他如此平和，如此英国——一个老绅士，见识过了一切，所有的热情都已死掉，只希望舒适无忧，跟着阳光走，还有我在他身边照料那件没有哪个男人可以自己解决的问题。可是我的朋友，他根本是一座充满了恨的火山。他不能跟她呼吸相同的空气，他不会踏入英国一步，只因为那里是她的家，他跟塞巴斯蒂安在一起也几乎从没有快乐过，因为他是她的儿子。而且塞巴斯蒂安也恨她。"

"我敢肯定这一点你错了。"

"他可能不会对你承认，他甚至可能不会对他自己承认。他们一家人都充满了恨——恨他们自己，埃里克斯这一家子……你认为他为什么从不进入社交圈？"

"我一直以为是所有人都敌视他。"

"亲爱的孩子，你太年轻了。人们会敌视一个像埃里克斯一样英俊、聪明、富有的人？是他把他们都从他身边赶走了。直到现在，他们还一次又一次地回来，遭受他的冷遇和嘲笑。这一切都是因为玛奇梅因侯爵夫人。他不会碰一只可能碰过她的手的手。每次我们有客人时，我都能看见他仿佛在想：'他们会不会在布莱兹赫德见过呢？他们接下来会去玛奇梅因公馆吗？他们会对我妻子说起我吗？他们会不会成为我与我所恨的她之间的联系纽带呢？'我说的是真的，发自内心的，这就是他所想的。他是个疯子。她做了什么招致这一切的恨？她什么也没做，除了被一个永远也不会长大的人爱上。我没有正式与玛奇梅因侯爵夫人相识，只看见过她一次；可是如果你跟一个男人一起生活，你很自然地就会了解他曾经爱过的另外那个女人。我非常了解玛奇梅因侯爵夫人，她是个简单的好女人，被人以一种错误的方式爱上了。

"当人用尽一切的力量去恨时，他们恨的其实是他们自己身上的某种东西。埃里克斯恨一切男孩时代的幻象——纯真，上帝，希望。可怜的玛奇梅因侯爵夫人必须承受这一切。女人不会有这些五花八门各种形式的爱。

"现在埃里克斯喜欢我，因为我把他从他自己的纯真当中解救出来，我们在一起很轻松。

"塞巴斯蒂安却迷恋自己的童年，这可能令他很不快乐。他的泰迪熊，保姆……而他已经十九岁了……"

她在沙发上扭了一下，调整了身体的重心，以便能看见窗下过往的船只，用欢喜而嘲讽的口气说："坐在阴凉处谈论爱，可真好啊。"忽然话锋一转，抛出一句实在话："塞巴斯蒂安喝酒有点过度了。"

"我想我和他都有点吧。"

"你不是问题，你俩在一起的时候我观察过。可塞巴斯蒂安不一样，如果没有人及时出现来制止他，他会变成一个酒鬼。我认识很多这样的人。埃里克斯遇见我时，差点就要变成一名酒鬼，这是他们血液里的东西，我能在塞巴斯蒂安喝酒时那股劲里看出来。你不是那样的。"

我们在学期开始的前一天回到了伦敦。在查令十字街过来的路上，在他母亲家门前我将他放下。"这就是'玛奇馆'，"他叹了口气说道，"暑假就这么结束了，我就不请你进去了，这地方可能满是我的家人。我们牛津见吧。"我乘车穿过公园回到家里。

我父亲用他一贯的温和搪塞跟我打了招呼。

"今天来了，"他说，"明天又要走了。我好像很少见到你啊。可能这里对你还是太闷了吧，不然怎么会这样呢？你过得开心吧？"

"非常开心，我去了一趟威尼斯。"

"是的是的，我猜也是。天气好吧？"

经过一个安静无语看书的夜晚之后，他起身去睡觉前，忽然停下来问我："那个你很为他担忧的朋友，他死了吗？"

"没有。"

"那我太高兴了。你应该写信告诉我的，我十分地牵挂他。"

第五章　牛津的秋天——与雷克斯·莫特拉姆的晚餐以及与波艾·茂卡斯特的消夜——山姆格拉斯先生——家里的玛奇梅因侯爵夫人——塞巴斯蒂安与世为敌

"典型的牛津，"我说，"在秋天开始新的一年。"

到处，鹅卵石上，碎石子上，草地上，铺满了落叶。学院花园里的篝火中升起的烟雾与河上飘起的水雾混在一起，在灰色的石墙之间游荡。脚下的石板路油津津的，随着方庭前院窗户里的灯一盏一盏地亮起来，金黄色的光晕褪到了远方。穿着新学袍的新人穿梭在黄昏的拱梁下，熟悉的钟声讲述着这一年的记忆。

悲秋的情绪同时紧紧地攫住了我们俩——仿佛六月里那骚动的茂盛都随着紫罗兰凋谢了，那些蔓延在我窗前的芬芳都凝聚到了湿润的叶片里，在方庭的一角疯长。

这是本学期第一个星期日的晚上。

"我彻头彻尾地感到像有一百岁。"塞巴斯蒂安说。

他头天晚上到的，比我早一天，这是我们自打在出租车上告别后第一次见面。

"我今天下午被贝尔神父大人叫去谈过话了，这已经是我上来之后的第四次了——我导师，低年级的院长，万灵学院的山姆格拉斯先生[1]，加上贝尔大人。"

"谁是万灵学院的山姆格拉斯先生？"

"妈妈的什么人。他们都说我第一年表现得很糟糕，已经被注意到了，如果我不改弦易辙就会被开除。一个人怎么才能改弦易辙？是不是加入国际联盟[2]，每星期读《伊斯周刊》，每天早上去卡德纳咖啡馆喝咖啡，拿一个大烟斗抽烟，打冰球，去野猪山用餐，去基布尔听讲座，骑一辆筐子里装满了笔记本的自行车，晚上喝着巧克力严肃地探讨两性问题？哦，查尔斯，自从上学期以后，都发生了些什么呀？我怎么会感到这么老？

"我感到像中年，这更糟得无边无际。我相信我们已经把可以在这里享受到的乐子都用尽了。"

夜幕降临时，我们沉默地就着炉火的光线坐着。

"安东尼·布兰奇被开除了。"

"为什么？"

"他写了封信给我，显然在慕尼黑租了个公寓——迷上了那儿的一个警察。"

"我会想他的。"

"我估计我也会，某种意义上吧。"

我们再度陷入沉默，坐在炉火边一声不响，以至于有人进来看我，在门边站了一会儿以为屋里没人，转身又走了。

"新的一年真的不应该这样开始。"塞巴斯蒂安说。可是这个阴郁的十月夜晚，似乎把这一股冰凉潮湿的空气一直吹到了接下来的几个星期身上。整个那一学期，那一年，塞巴斯蒂安和我都生活在阴影

---

① 万灵学院的入学考试号称全世界最难的考试，只招收研究生。所以此处可以假设这位在小说的后半部分将扮演重要角色的山姆格拉斯先生具有极强的学术能力。

② 国际联盟，一战后在英国创立的一个和平组织。

下。而那只玩具熊，阿洛维熙思，也饱受冷遇，孤坐在塞巴斯蒂安的卧室抽屉里无人问津，就像一个异教徒的物神偶像，起初为了躲避传教士而藏起来，随后被永远遗忘。

我们两人都起了变化。那导致我们头一年的无序和混乱的探索感丢失了，我感觉自己开始安顿下来。

出乎意料的是，我竟然有些怀念堂兄贾斯珀，他拿了经典学科的一等成绩，眼下正在伦敦笨拙地开创他的公共事务生涯。我需要他在我身边，我好有个人去刺激。没有了他这么个巨大的存在，学院好像缺乏了完整性，我再也不会像夏天那样能够去激怒谁了。再说，我似乎有点玩够了，学乖了，因此一切都缓和了下来。我绝不会再任由自己接受父亲的奚落，他那些稀奇古怪的迫害方式，比任何训斥都管用地说服了我，一个人不量入为出是愚不可及的。我这学期没有被训过话，历史终考前预考的成功，以及学期开始时综合考试的 B- 成绩，让我在导师面前比较轻松地开启了这一学期，在整个学期里，我都没有花费过量的精力，便维持了这样的局面。

我与历史系一直维系着若即若离的联系，每周写两篇短文，偶尔去听听课。在这些以外，我在第二年的一开始进入了罗斯金艺术学校，大约有十来个人——其中起码一半是牛津北部那些家里的女儿们——在阿什莫林博物馆里的那些文物古董间，每周两个或三个上午聚在一起；一周两次在一个茶馆楼上的小房间里画人体，有时会被当局找麻烦，要证明没有夜晚的淫荡行径，坐在我们面前充当模特的青年女子，白天从伦敦被带过来，只是不许在大学城过夜，我记得她靠近火炉的那条腿总是被烤得红红的，而另一条则总是堆满了鸡皮疙瘩。在油灯的气味中，我们跨坐在驴凳①上，依稀唤醒了特里比的幽

---

① 驴凳，像驴形的一种凳子，一侧有支架可以放画板，艺术家骑跨在上面作画。

灵①。我那些画全都毫无价值，还在家里折腾了一些装模作样的仿制品，被当时的一些朋友收藏，后来时不时地被曝光，令我无地自容。

指导我们的是一个跟我差不多年纪的男子，他对我们带着防范的敌意。他总是穿着深蓝色的衬衣，系着柠檬黄领带，戴副角质架眼镜，大概正是被他这副打扮所警示，我调整了自己的穿衣风格，差不多变成了堂兄贾斯珀建议的那种乡村俱乐部着装。就这样，以这副严肃古板的打扮，加之积极欢快地参与到各项活动中，我成为学院里受尊敬的一员。

塞巴斯蒂安那边的情况却完全不一样。这一年的混乱无序在他内心深处注入了很深的一层逃避现实的需要，而随着他在自己曾经感到最自由的地方，发现已经被层层包围之后，便变得没精打采，并且乖僻抑郁，甚至跟我在一起时也一样。

那个学期我们基本上彼此陪伴，非常密切，完全没有再去寻找和结交其他朋友。我堂兄贾斯珀曾经说过，往往会花去第二年整整一年的时间，来甩掉你在第一年里交的朋友，事实确实如此。我的大部分朋友都是与塞巴斯蒂安一起交的，现在又一起摆脱他们，没有再结交新的。并没有跟谁表示过断交什么的，最初还像从前一样，跟他们频繁见面，去参加聚会，只是不再做东举办派对。我也没有任何想法要去给新生留下什么印象，这些人，跟他们去伦敦社交季的姐妹一样，来到这里就是为了踏入社交圈。如今每个派对上都有新面孔，几个月前还热衷于结识新人的我，现在已经觉得腻味。就连我们那个亲密的小圈子，在夏日的阳光下如此活跃，如今在弥漫的薄雾中也变得黯淡而无声无息，河面上的暮色将那一年在我眼前渐渐地模糊掉。安东尼·布兰奇的离去带走了一些东西，他锁上了一扇门，将钥匙挂在他

---

① 特里比，乔治·杜·穆里埃 1894 年的畅销小说《特里比》中的女主人公名字。

的链子上；所有他的那些朋友，对他们来说，他一直是个谜一样的陌生人，如今都在需要他。

就像一个慈善秀结束了，我这样感到；经理人扣上他的羔皮袄，拿着钱走了，丢下孤零零的女演员没有了领头的。离了他，她们忘记开场，台词错乱；她们还需要他及时拉上幕布；她们也需要他来校准聚光灯；她们需要他在后台悄声指点，还有他抛给乐队指挥那些权威的眼神；没有他，也再没有人张罗周报的摄影师，没有预先安排好的友善气氛和对满足感的期待，没有坚实的纽带将他们连成一体。如今金蕾丝和天鹅绒都收起来还给了服装师，代替的是单调平淡的日装。就那么几个小时快乐的预演，和几分钟欣喜若狂的表演，她们扮演了各自光鲜的角色，伟大的祖先，模仿名画的场景，现在一切都结束了，在刺眼的白日光线下，她们必须各自回家了。回到那来伦敦过于频繁的丈夫身边，打牌输了钱的情人身边，还有长得太快的孩子身边。

安东尼·布兰奇的圈子散了，变成了零散的十来个昏昏欲睡的英国少年。他们在以后的岁月中肯定会说："你还记得那个很特别的家伙吗，我们过去在牛津时都认识的那个——安东尼·布兰奇？不知道他变成什么样了。"他们散入羊群，原本就是安东尼一时性起、没有理由挑来的一群，此时变得面目模糊，基本难以辨认。这个变化对他们来说，并不像对我们一样明显，他们依然不时地聚到我们住处来，但我们已经不再主动去找他们了。反而对低年级生的陪伴开始有了些兴趣，因而将一半的夜晚时光放在了那些位于圣艾布、圣克莱芒区以及位于老市场和运河之间的贺加斯式小酒馆里度过，在那里我们尚能寻得一些快乐，并且我相信也颇受欢迎。园丁、老马头以及戏院旁的德鲁伊，和地狱通道上的塔福①都为我们所熟知，但往往是在最后这个

---

① 这几个都是牛津现有或曾经有过的酒吧。园丁、老马头、塔福如今都还在。塔福所在的地狱通道已经更名为圣海伦通道。德鲁伊，1934 年关闭。

地方一定能撞上本科生——那些来自 BNC[①]的泡吧的哥们——塞巴斯蒂安慢慢患上了对他们的恐惧症，就像穿上某种制服的人，却害怕与生俱来的责任一样。于是我们很多个这样的夜晚就被这些入侵者给毁了，每当那时，他会立即留下还剩半杯没喝完的酒，匆匆逃回学院。

玛奇梅因侯爵夫人正是在这样的情形下见到我们的。在米迦勒学期[②]的开始，她来牛津待了一个星期，发现塞巴斯蒂安十分沉郁，一大群朋友如今只剩下我一个。她接纳了我作为塞巴斯蒂安的朋友，并试图让我也成为她的，她这样做不知不觉地撼动了我们友谊的根基。在她给予我的所有丰厚善意之中，这是唯一可以指责的地方。

她来牛津，主要是同万灵学院的山姆格拉斯先生有事商议，后者渐渐在我们的生活中分量越来越重。玛奇梅因侯爵夫人正致力于编纂一部关于她弟弟奈德的回忆录，用于亲友间流通。奈德是他们家族里三位牺牲于蒙斯战役和帕斯尚尔战役之间的传奇英雄中最年长的一位，他留下了大量的文字——诗歌、信件、讲演和文章，要很好地把它们编辑出来，哪怕只是在有限的范围内流通，也需要老到的经验，因为有许多判断和取舍要做。这份工作让一个充满了崇拜的姐姐来做，很容易犯错。意识到这些问题以后，她便开始向外寻求建议，山姆格拉斯先生最终被找来帮她。

他是一名年轻的历史学者，一位穿着精致干练的矮胖男子，稀疏的头发向后平梳，盖在一颗过大的头上，双手整洁，小脚，给人的总体印象是洗澡洗得过于频繁。他态度和蔼，讲话方式奇特。渐渐地，我们对他变得十分熟悉。

山姆格拉斯先生似乎天性乐于助人，本身又是几本颇有腔调小书的作者。他是一位故纸堆里勤勉而高效的研究者，对于其中有价值的

---

① BNC，牛津大学布雷齐诺斯学院。
② 米迦勒学期，是指包括牛津大学在内的英国和爱尔兰一些大学的秋季第一学期。

风景嗅觉尤其灵敏。塞巴斯蒂安说他是"妈妈的什么人",并不完全是事实,准确地说,他应该是"每个人的什么人,只要这个人在某方面能够吸引他"。

山姆格拉斯先生在宗谱和正统研究方面都是专家,他热爱破产的皇族,对篡位冒牌货的合法性了如指掌。他本身虽然并不是一个有宗教习惯的人,但对教会的了解却超过几乎所有的天主教信徒。他在梵蒂冈有朋友,可以在复活节前的斋戒会上滔滔不绝地谈论政策以及教会内高层的人事任免,当今哪些教士最受青睐,哪些恰恰相反,哪些神学假设正遭受质疑,这个道明会或那个耶稣会怎样如履薄冰,如何顶风作案。总之除了宗教虔诚以外,他什么都有。后来他非常热衷去参加布莱兹赫德小教堂里的祝祷,在那里看家族里的女眷虔诚祈祷时黑色蕾丝披纱下弯着的脖子。他还喜欢那些已经被公众遗忘了的上流社会丑闻,算是血统争议方面的专家。他宣称热爱过去,可我总感觉,在他眼里,那些陪伴他的光彩夺目的形象,无论活着的还是已经去世的,通通只是虚无的存在,只有山姆格拉斯先生他自己,才是真实的,其他的一切都是一场转瞬即逝的盛宴。他是维多利亚时代的那些旅行者,坚实有力,造福于世界,只有通过他的娱乐爱好,稀奇古怪的外部世界才被主流认知和赞叹。可是他这些侃侃而谈似乎总显得过于欢快,让我忍不住怀疑,他那装了木墙饰板的房间里有一个留声机。

我第一次见到他时,他与玛奇梅因侯爵夫人在一起。我那时想,她不可能找到比这位野心勃勃要巴结上流社会的知识分子更好的反衬,来烘托她的个人魅力了。用一种显眼的方式介入他人的生活,似乎并不是她的习惯,但到那一周结束时,塞巴斯蒂安酸酸地说了一句:"你和妈妈的关系似乎很密切。"而我也意识到,事实上我正被迅速而不易察觉地卷入一种亲密的关系,因为她好像不耐烦维持任何不温不火的关系。到她离开时，我已经答应了下一个假期，除了圣诞节那几天，将全部在布莱兹赫德度过。

一两个星期后的一天上午，我独自在塞巴斯蒂安房间里等他从导师处回来。朱莉娅走了进来，后面跟着一个高大的男子，她介绍为"莫特拉姆先生"，自己管他叫"雷克斯"。他们解释说，刚刚从某个度过了周末的地方开车上来，雷克斯·莫特拉姆穿着格子图案的阿尔斯特长大衣，看上去暖和而且自如；朱莉娅穿着皮草，看上去很冷，有些局促。她径直走到炉火边，哆嗦着蹲下去靠近。

"我们指望塞巴斯蒂安能给我们准备午饭呢，"她说，"如果他这儿不行，我们还可以去波艾·茂卡斯特那儿试试，可我觉得最好能跟塞巴斯蒂安一起吃饭，我们饿极了。这整个周末在卡斯姆斯家就是在挨饿。"

"他和塞巴斯蒂安今天都会去我那里午餐，你们也来吧。"

他们没有提出异议，于是加入了我的午餐聚会。这是最后几次我做东举办的过去那种聚会了。雷克斯·莫特拉姆尽力地表现着自己，要给众人留下印象。他是一个英俊的男子，深色的头发在额头上压得很低，眉毛浓黑，一口迷人的加拿大口音。他迅速地让大家了解了所有他希望别人了解的关于他的一切，他运气很好，赚了不少钱，是国会议员，爱好赌博，是个好人，定期和威尔士亲王[1]一起打高尔夫，说起"麦克斯"[2]"F.E."[3]以及格提·劳伦斯[4]还有奥古斯都·约翰[5]、

---

[1] 威尔士亲王，这里指的是爱德华王子，后来的爱德华八世。

[2] 麦克斯，通常被称作"比弗布鲁克勋爵"，是一位出生于加拿大的商人，于1910年在英国定居。

[3] F.E.，指 Frederick Edwin Smith（1872—1930），弗雷德里克·埃德温·史密斯，第一代伯肯赫德伯爵，法学家、政治家，他尤为众人所知的是他丰富多彩的生活方式，以及他作为温斯顿·丘吉尔的密友这一身份。

[4] 格提·劳伦斯，即格特鲁德·劳伦斯，英国女演员。

[5] 奥古斯都·约翰，威尔士艺术家，尤以个性鲜明的肖像画闻名。

卡本迪尔①——总之任何被提及的人，都是很熟悉而随意的口气。但说到大学，他说："哦，我从没上过。这只说明你们比其他人晚了三年开始生活。"

他的生活，到目前为止按他所披露的，始于战争。他在加拿大军队中服役参战并获得了十字军功章，最后成为一位广受欢迎的将军的副官。

我们见面时，他绝对不超过三十岁，但是在牛津校园里，在我们眼里看上去却很是年长。朱莉娅对他的态度，就像她对待全世界的态度一样，带着一丝轻微的蔑视，和一种占有的气息。午餐中途，她让他去车里取她的香烟，又有一两次，当他正说着大话时，她会替他向大伙道歉，说："记住，他是个殖民者。"对此他报以哈哈一笑。

他走后我问塞巴斯蒂安他是谁。

"哦，朱莉娅的什么人。"塞巴斯蒂安说。

一星期后颇有些意外地，我们收到一份来自他的电报，请我们以及波艾·茂卡斯特去伦敦赴晚宴，以及第二天晚上"朱莉娅的一个活动"。

"我想他可能不认识什么年轻人，"塞巴斯蒂安说，"他所有的朋友都是市政府和下议院里那些皮实的老鲨鱼。我们去吗？"

我们讨论了好一阵，鉴于我们眼下在牛津的生活一派愁云惨雾，便决定要去。

"他为什么想要波艾也去呢？"

"朱莉娅和我从生下来就认识波艾。又在你的午宴上看见他也在，我猜这样可能就以为波艾也是我们的密友吧。"

我们俩都对茂卡斯特不是特别喜欢，可对于离开学院一晚上这件事，三人却都很兴奋。我们开着哈德卡索的车上了去伦敦的路。

---

① 卡本迪尔，可能指法国拳击手乔治·卡本迪尔。

按计划，我们当晚将在玛奇梅因公馆过夜。于是先去那里换衣服，一边更衣，一边喝了一瓶香槟，在彼此的房间里进进出出。房间在楼上第三层，比起楼下的华丽来说，稍微显得有些简陋。我们下楼的时候，与正上楼去的朱莉娅擦肩而过，她还穿着白天的衣服。

"我肯定迟到了，"她说，"你们男孩子最好先到雷克斯那儿去。你们来了真是太好了。"

"这是个什么派对？"

"一个我参与的恐怖的慈善舞会，雷克斯坚持要为它提供这么一个晚宴。那里见吧。"

雷克斯·莫特拉姆住在玛奇梅因公馆的步行距离内。

"朱莉娅会晚到一会儿，"我们说，"她现在刚上楼去换衣服。"

"这意味着一个小时。我们最好开始喝点葡萄酒。"

一个被介绍为"钱皮恩夫人"的女子说道："我敢肯定，如果我们先开始了，她一定会来得快些，雷克斯。"

"好吧，我们就先来点葡萄酒吧。"

"为什么要耶罗波安①啊，雷克斯？"她好像很烦躁地说，"你总是喜欢什么东西都特别大。"

"对我们来说不会太大的。"他说，手里拿着瓶塞正开着酒瓶。

有两个女孩儿，和朱莉娅一般大，看上去忙着在张罗舞会。茂卡斯特好像跟她们很有交情，而她们，我看不出对他有什么特别兴趣，仅仅是认识而已。钱皮恩夫人在和雷克斯说话，塞巴斯蒂安和我一如既往，单独坐在一边喝酒。

过了好久朱莉娅到了，不慌不忙，艳光四射，毫无歉意。"你不该让他等，"她说，"这是他的加拿大式礼节。"

---

① 耶罗波安，大酒瓶，相对标准酒瓶的750毫升。

雷克斯·莫特拉姆是个慷慨大度、不拘泥小节的主人，到晚宴结束时我们三个牛津来的客人已经差不多喝醉了。当我们站在大厅里等女孩儿下楼时，雷克斯和钱皮恩夫人从我们身边走开，低声说着话，看上去颇激烈。茂卡斯特说："嘿，我说，我们从这可怕的舞会溜走吧，去梅菲尔德妈妈那里。"

"谁是梅菲尔德妈妈？"

"你不知道梅菲尔德妈妈？每个人都知道老百号的梅菲尔德妈妈。我有个老相好在那儿——一个甜蜜的小东西，名叫艾菲。如果让艾菲知道我来了伦敦没去找她，麻烦就大了，走吧，去梅菲尔德妈妈那里见见艾菲吧。"

"好吧，"塞巴斯蒂安说，"我们就去梅菲尔德妈妈那儿看看艾菲吧。"

"我们从好人莫特拉姆这儿再拿一瓶香槟，离开这该死的舞会，去老百号。这听起来咋样？"

离开舞会不是个难题，雷克斯·莫特拉姆找来的那些女孩儿在那儿有很多朋友，一起跳了一两支舞之后，我们那一桌便挤满了人。于是雷克斯·莫特拉姆又要了好多酒来，这会儿我们三个一起来到门外的路上。

"你知道那地方在哪儿吗？"

"当然知道了，圣克大街①100号。"

"那是哪儿啊？"

"就在莱斯特广场旁边，最好开车去。"

"为什么？"

"这种场合最好有自己的车。"

我们没有对此说法提出质疑，因而埋下了错误的伏笔。车就在

---

① 圣克大街，虚构的地名。但是梅芮克夫人位于杰拉德大街43号的夜总会的确距离莱斯特广场不远，如今是伦敦唐人街的繁华地带。

距离我们刚才跳舞的酒店一百码以内的玛奇梅因公馆前院停着，茂卡斯特开车，绕了几圈之后，把我们安全地带到了圣克大街。一个门警站在黑黢黢的入口一侧，另一侧站着一个穿晚礼服的中年人，面对墙壁，把额头搁在砖墙上，仿佛在给它降温，这里就是我们的目的地。

"别进去，你会被下毒的。"那个中年人说。

"会员吗？"门警问。

"名字是茂卡斯特，"茂卡斯特说，"茂卡斯特子爵。"

"好的，进去试试吧。"门警说。

"你们会被抢劫，被毒害被污染被抢劫。"那个中年人说。

穿过漆黑的过道，来到一个亮堂的入口。

"会员？"一个穿着晚礼服的胖女人问道。

"我喜欢你这么说，"茂卡斯特说，"你肯定认识我的。"

"是的，宝贝儿，"那女人毫无兴趣地说，"每人十巴布。"

"哎，你看，我过去从来没付过钱的。"

"肯定是没有，宝贝儿。今晚这儿人满了，所以每人十巴布。你们后面再来的人，就得每人一魁德①了。算你走运。"

"让我跟梅菲尔德夫人说。"

"我就是梅菲尔德夫人。每人十巴布。"

"啊，怎么搞的，妈妈，您穿得这么漂亮我都没认出来。您认识我吧，对吗，波艾·茂卡斯特？"

"是的，小可爱。每人十巴布。"

我们付了钱，刚才那个一直站在我们和内入口之间的人现在侧身让我们进去。里面又热又挤，老百号当时正处于鼎盛期。我们找到一张空桌子坐下，点了瓶酒，侍者得先拿了钱才肯开瓶。

———————

① 魁德，英镑的俚语俗称。

"艾菲今晚在哪儿？"茂卡斯特问。

"艾菲是谁？"

"艾菲，总在这儿上工的一个女孩儿，那个皮肤挺黑的。"

"好多好多女孩儿在这工作，有的黑有的白，有的可以叫漂亮，我可没工夫记住她们的名字。"

"我找找去。"茂卡斯特说。

他走开这一会儿，有两个女孩儿在离我们桌不远的地方停了下来，好奇地打量我们。"得了，"其中一个对另一个说，"我们别浪费时间了，显然是俩小精灵①。"

这时茂卡斯特凯旋归来，带着艾菲，侍者自动给艾菲端来一盘鸡蛋和培根。

"我今晚吃的第一口饭，"她说，"这里唯一好点的食物就是早餐，在这儿晃来晃去真让人饿。"

"还得六巴布。"侍者说。

等她的饥饿平息之后，艾菲擦擦嘴，看了看我们。

"我在这儿常常见到你，对吗？"她对我说。

"恐怕不对。"

"但我见过你吧？"这次对着茂卡斯特。

"哦，但愿是吧。你没忘了我们九月那个小小的夜晚吧？"

"没有，亲爱的，当然没忘。你是皇家卫队那个孩子，磕掉了脚趾甲，是吗？"

"好了，艾菲，别逗了。"

"哦不对，那就是另一个晚上，是吧？我知道了——警察进来的时候你正和邦蒂在一起，我们藏在放垃圾桶的地方。"

---

① 小精灵，俚语中对同性恋的称呼。

"艾菲喜欢跟我开玩笑，对吧艾菲？我这么久没回来看她，她生气了，是吗？"

"随便你怎么说，我知道我曾经在哪儿见过你。"

"行了，别逗了。"

"我不是故意要逗，真的。跳舞吗？"

"这会儿不。"

"谢天谢地，今晚上我的鞋夹脚。"

很快她和茂卡斯特就聊得火热了。塞巴斯蒂安侧身靠过来对我说："我去让那一对儿来加入我们。"

那两个先前打过我们主意，现在还没找到伴的女子又围了过来。塞巴斯蒂安笑着起身同她们打招呼，很快她们俩也开始热烈地吃上了。一个长着一张骷髅脸，另一个像小病孩儿。骷髅头似乎盯上了我。"开个小派对怎么样，"她说，"就我们六个人，去我那儿？"

"太好了。"塞巴斯蒂安说。

"你们刚来时我们以为你们是小仙女。"

"因为我们有无可匹敌的青春。"

死人头笑着。"你真好玩。"她说。

"你真甜，"小病孩儿说。"我得去告诉梅菲尔德夫人我们要外出。"

时间尚早，我们来到大街上时刚过午夜不久。门警想要劝我们叫出租车。"我会照看您的车，先生。换了我，我不会自己开的，真的先生。"

可塞巴斯蒂安拿了方向盘，那两个女的在他旁边，一个坐在另一个身上，给他指路。艾菲、茂卡斯特和我坐在后座。记得车启动时，我们一阵欢呼。

车没开出去多远。拐上沙夫茨伯里大道后，正向着皮卡迪利方向去的时候，就差点撞上了一辆迎面而来的出租车。

"拜托看在耶稣的分上，"艾菲说，"请你看清楚再开吧，你想让我们一起送死吗？"

"这是个粗心的家伙。"塞巴斯蒂安说。

"你这样开很不安全，"死人头说，"另外，我们应该在马路的另一侧。"

"是应该哦。"塞巴斯蒂安一面说，然后就把车冲着马路另一侧呼地转过去。

"够了，停车，我走路还更快些。"

"停车？遵命。"

他踩了刹车，我们就斜跨着停在路中间。两个警察加快了步伐向我们走来。

"让我下去。"艾菲说，跳下车疾步逃离。

我们被抓住了。

"真抱歉警官，如果我阻碍了交通的话，"塞巴斯蒂安很谨慎地说，"可是有女士坚持要我停车让她下去，她不接受任何拒绝，就像您刚才见到的，她很着急。女人的神经质，您一定知道的。"

"让我来跟他说，"死人头说，"帅哥，别这么严肃，除了您没人看见。这些男孩儿都没有恶意，我保证把他们送上出租车让他们安安静静回家。"

两个警察仔细地查看了我们，正在心里掂量着。即便到了这时，一切都还好好的，要是茂卡斯特没有掺和进来的话。"看这儿，伙计，"他说，"你没有必要看见了什么，我们刚从梅菲尔德妈妈那儿出来，我可以想象她付给你们不菲的费用请你们闭眼。嗯，你也完全可以在我们这儿闭上，你不会因此失掉什么的。"

这解开了警官心里本来可能有的一切疑团，于是我们很快就被关进了拘留室。

我不太记得怎么去的那里以及收监的过程。只知道茂卡斯特一直强烈地在抗议，而且当我们被要求清空衣袋里的东西时，他指控看守员盗窃，然后我们就被关了起来。我的第一个清晰记忆是瓷砖墙，高处架着灯，灯外面罩着厚厚的玻璃，一个上下铺的床位，一扇门，门的这一面没有把手。在我左侧的什么地方，塞巴斯蒂安和茂卡斯特在大喊大叫，塞巴斯蒂安来的路上还算稳定，而现在，好像开始狂躁，一边打门一边喊叫："该死的，我没有喝醉，快开门，我要求看医生，我告诉你我没有喝醉。"而这时茂卡斯特已经完全在咆哮："上帝，你们会为此付出代价的！你正在犯一个大错，我告诉你。给内政大臣打电话，叫我律师来，我要求'人身保护令'。"

抗议的嘟囔声从其他监禁室升起，那些想要好好睡一觉的流浪汉、扒手开始抱怨："嘿，闭嘴！""让人安静会儿行不？"……"这儿是该死的关犯人的地方还是疯人院啊？"——在监禁室外巡视的警官透过栅栏警告他们："如果你再不放明白点，今晚就别想出去。"

我沮丧地坐在床板上，迷糊着打了个盹儿。这会儿喧闹声消停了些，塞巴斯蒂安叫我："我说，查尔斯，你在吗？"

"我在。"

"这太糟糕了。"

"我们可以申请保释或者什么吗？"

茂卡斯特看上去可能睡着了。

"我知道现在最应该找谁——雷克斯·莫特拉姆，在这儿他会管用。"

我们很费了周折才联系上他。一开始用了半小时，值班的警官才应答我的呼叫，他最后终于满腹狐疑地同意了给举办舞会的酒店打了个电话。那之后又过了很久，我们监狱的门才又一次打开。

透过警署里那污浊的空气，从灰尘和消毒剂的酸味中，飘来一丝香甜醇厚的哈瓦那雪茄烟味——是两支雪茄的气味，因为当班的警官也正抽着一支。

雷克斯此时坐在审讯室里，看上去完全是一派权力和富贵的象征——几乎像是在演一出滑稽戏。他穿一件镶着裘皮边的外套，宽宽的羊羔皮领子，戴一顶丝帽，警官在一旁十分恭敬，乐于帮忙的样子。

"我们必须要尽到我们的责任，"他们说，"将这些年轻的绅士先生监护起来，也是为了保护他们。"

茂卡斯特一副酗酒后的模样，开始胡言乱语地抱怨，说他要求见法律代表被拒绝，他的公民权利没有得到保障。雷克斯说："最好把说话的事都交给我吧。"

我现在头脑已经很清楚，便充满了佩服地一边看一边听雷克斯如何将我们这件事处理妥当。他察看了笔录，和蔼地跟逮捕我们的人员交谈，透出轻微可察的一丝打算贿赂的口风，可很快，当他看明白案子已经拖得太长，掌握情况的人已经太多之后，又及时不留痕迹地收回了那个暗示。他担保第二天上午十点将我们送到法庭，然后就领着我们离开了。他的车就停在外面。

"今晚不用讨论什么了，你们在哪里睡觉？"

"玛奇馆。"塞巴斯蒂安说。

"最好跟我回去吧，我今晚来负责你们，都交给我。"

无疑他对自己的高效非常自豪。

第二天早上的安排就更令人刮目相看。我对于在一个陌生的房间里醒来正感到有点困惑，随即就清醒过来，昨晚的记忆全都回来了，开始好像是一个噩梦，然后意识到都是真的。雷克斯的贴身侍从正在打开一个箱子，见我有了响动，他起身走到洗手架旁边，从一个瓶子里倒了什么出来。"我想我从玛奇梅因公馆把所有东西都拿过来了，"他说，"莫特拉姆先生派人去赫佩尔药店①买了这个回来。"

---

① 赫佩尔药店，虚构的药店名。

我喝了药水，感到好些了。

一个特兰佩店里来的人在那儿，等着给我们修面。

随后雷克斯进来，和我们一起用早餐。"形象体面地出现在法庭上很重要，"他说，"幸运的是，你们看上去都不像头天晚上喝多了。"

早餐后律师也到了，雷克斯把案子的概要和他讲了一遍。

"塞巴斯蒂安有点麻烦，"他说，"他有可能因为醉酒驾车，被处以最多六个月的监禁。很不幸的是你们将要面对格雷格，他通常以严厉的态度对待这类案子。我们能做的是今天上午请求给予塞巴斯蒂安一个星期的时间准备辩护，而你们俩表示服罪，道歉，付五个巴布的罚金。然后我再来看怎么搞定那些晚报，《星报》会有点困难。"

"记住，很重要的一点，绝不能提及老百号。幸运的是那几个婊子当时很清醒，没有被审讯或监禁，但她们的名字作为证人已被记录在案。如果我们非要去跟警局争辩，她们就会被传唤来做证，这是需要不惜一切代价来避免发生的事。所以我们必须全盘吞下警局提供的故事，请求法官大人对年轻人网开一面，不要因为他们一次孩子气的轻率而毁了前程，这样就会没事了。我们还需要一个学校的职员来证明你们平日的优良表现，朱莉娅说有个听话的叫山姆格拉斯，他可以来做这件事。同时，你们的故事是这样的，从牛津上来，仅仅是为了出席一个高尚的舞会，不习惯喝酒，喝多了，开车回家时迷路了。

"这里的事完了以后，我们再看怎么跟牛津的管理部门去说。"

"我当时告诉过他们给我的律师打电话，"茂卡斯特说，"他们拒绝了。是他们自己把事情令人绝望地搞到了一团糟，我倒要看看他们最后怎么收场。"

"看在老天爷分上，不要再挑起什么争执了。乖乖服罪，付罚金。懂吗？"

茂卡斯特咕哝了一句，但还是服从了。

法庭里的一切都像雷克斯所预计的那样发生。十点半我们站在弓街①上，茂卡斯特和我成为了自由人，塞巴斯蒂安签保约定一星期后回来。茂卡斯特闭嘴没谈他的委屈和不平，我和他接受了训诫并被处以五先令的罚款，以及缴纳了每人十五先令的费用。茂卡斯特这时已经很让我们心烦，所以听他告辞说要在伦敦办点其他事时，我俩都感到松了一口气。律师也忙着走了，剩下塞巴斯蒂安和我，孤单又悲凉。

"我猜妈妈会听说这事的，"他说，"该死，该死，该死！这么冷，可我不想回家，我没有地方去，我们干脆溜回牛津吧，等他们来烦我们再说。"

那些衣衫褴褛的拘留所常客进进出出，在台阶上上上下下，我们依旧站在这个大风的街角，不知所措。

"为什么不跟朱莉娅联系一下呢？"

"我要不然出国吧？"

"亲爱的塞巴斯蒂安，你只会被训个话，然后罚几英镑钱而已。"

"是啊，可讨厌的是所有那些闲言碎语——妈妈、布莱迪还有那一大家子人和学校的老师，我宁可去蹲监狱。如果我溜去海外，他们抓不到我吧，会吗？别人不都是这样吗，被警察追起来就出国。我知道妈妈会把这件事弄得好像是她会去承受所有的一切。"

"我们先给朱莉娅打个电话吧，让她跟我们在哪儿见个面，把这事好好聊一聊。"

我们在伯克利广场的冈特记②见面。朱莉娅，跟当时大部分的女子一样，戴着一顶拉得很低，直到眼睛位置的绿色帽子，上面嵌着一个钻石的箭头，胳膊下夹着一只小狗，小狗有四分之三都藏在她大衣

---

① 弓街，伦敦市中心弓街的法庭自 1740 年起就存在。

② 伯克利广场的冈特记，一间糕点铺。

的皮毛底下。她以不同于平常的极大兴趣跟我们打了招呼。

"哦，你们现在是一对儿腌黄瓜了呢，不过我得说你们俩在这种状况下，看上去已经很不错了。我喝醉过一次，第二天完全像瘫了一样。不过我真觉得你们应该带我一起去的，那舞会真是要命，而且我一直都盼望能去老百号，可没人会带我去的。天堂吧？"

"这么说你都知道了？"

"雷克斯今天早上跟我通了电话，把一切都告诉我了。你们的女朋友都像什么样？"

"别这么好色。"塞巴斯蒂安说。

"我的像个骷髅。"

"我的像个肺痨。"

"我的天。"这事很显然令朱莉娅开始对我们另眼相看，我们是跟女人出去约过会的人了。对她来说，这才是兴趣所在。

"妈妈知道了吗！"

"不知道骷髅头和肺痨。她知道你们进了一会儿班房，我跟她说的，她的反应绝对没什么可挑剔的，这你不用怀疑。你知道奈德舅舅一向是个完人，可他也被关过一次，因为他把一头熊带进了劳合·乔治的会谈，所以她真的觉得整个这件事很自然。她希望你们俩跟她一起午餐。"

"哦天哪！"

"唯一的麻烦是报纸和家里其他人。你有麻烦的一大家子吗，查尔斯？"

"只有一个父亲，他永远不会知道的。"

"我们的就太可怕了。可怜的妈妈现在就要开始应对他们，他们会写信、来访表达关心，可是整个的时间，他们中会有一半的人，脑子里在说：'这就是把儿子按天主教养育的结果。'另一半人脑子里又会说：'这就是把孩子送进伊顿而不是斯托尼赫斯特的下场。'可怜的妈妈怎么都不对。"

我们接下来跟玛奇梅因侯爵夫人一起吃午餐，她带着一点幽默的不赞同，接受了整个这件事，唯一责怪我们的是："我不明白你们为什么去找了莫特拉姆先生，并且跟他待在一起。你们完全可以先来找我，告诉我发生的事啊。"

"我该怎么向家族里的人解释呢？"她问道，"他们可能会很吃惊地发现，他们对这件事比我还难过。你知道我弟媳梵妮·罗斯康姆吧？她一直觉得我把孩子培养得很糟糕，现在我开始有点认为她可能是对的。"

我们离开后我说："她的表现不可能更令人愉悦了呀，你一直担心的是什么呢？"

"我解释不清楚。"塞巴斯蒂安可怜巴巴地说。

一星期后，塞巴斯蒂安出庭，他被处十英镑罚金。报纸对此以令人头痛的显著方式进行了报道，其中一条给出了一个讽刺的标题："侯爵的儿子不习惯饮用葡萄酒。"法官说，完全是因为警官的及时行动才避免了对他的严重指控……"也纯粹由于好运气，你不用为严重的事故负责……"山姆格拉斯先生出庭证明塞巴斯蒂安具有无可挑剔的品质，而这次事件可能导致他在大学里辉煌的前程遭受损害。有报纸又抓住这一条——"模范学生的前途危在旦夕。"如果不是因为山姆格拉斯先生的证词，法官大人说，他可能也会面临严峻的判决，作为彰显法律公正的楷模，以示在法律面前，无论牛津大学的学生，还是街头的小混混，都是平等的。事实确实如此，越显耀的家庭，蒙受的羞辱便越严重……

山姆格拉斯先生的价值不光体现在弓街，他在牛津施展出的热情和本事，就像雷克斯·莫特拉姆在伦敦一样。他会见了学院的管理层，学监，副院长；劝说贝尔神父大人去拜访了基督堂的院长，还安排玛奇梅因侯爵夫人与校监本人会谈。最后，这一切努力的结果是，我们三个在这一学期将接受门控。哈德卡索，不知道什么原因，又被剥夺了准许他使用自己那辆汽车的权利，这事慢慢就过去了。我们所经受的最持续的处罚，是自此与雷克斯·莫特拉姆和山姆格拉斯先生之间的密切关系，而雷克斯的生活在伦敦，在政治的世界以及那些上层的金融事务里，而山姆格拉斯先生就离得近了，他就在牛津，因此我们的痛苦更多地源自于他。

那学期剩下的整个期间，他都是我们生活中的噩梦。现在我们受到门控，晚上的时间再也不能在一起，九点钟以后拜山姆格拉斯先生所赐，只能独自待着。他没有哪一个晚上不会来查看我们，不是这个就是那个。他说起"我们那小小的越轨行为"，就像他当时也进了监狱，也跟我们一起经历过了一样……一次我翻墙爬出学院，山姆格拉斯先生关门后来到塞巴斯蒂安的房间，发现了我，他把这事也弄成了跟我们之间的纽带。所以当我圣诞节之后去到布莱兹赫德，见到山姆格拉斯先生独自坐在被他们叫作"挂毯厅"那个房间的炉火边，就像特意在等我一样时，我一点也不吃惊。

"你来得正是时候，我正独享着这一切。"他说。确实，他好像拥有了整个大厅和悬挂在这个厅里的那些阴森森的狩猎画面，拥有着壁炉两侧的女像柱，而当他站起来像个主人一样与我握手时，好像也拥有了我。"今天早上，"他接着说，"玛奇梅因狩猎队在草地上聚集——多么迷人的一幅古老景观重现啊——所有青年人都参与了这次猎狐，包括塞巴斯蒂安，如果我告诉你，他穿上红色猎装看上去有多英俊，我想你肯定不会吃惊的。布莱兹赫德看上去大概更应该说令人折服而不是英俊吧，他与一个本地很有意思的角色华特·斯特里克兰－维纳布尔斯爵士[1]充当狩猎队的联合首领，我多希望他俩可以被添加到这些略显单调的挂毯上——那将会给它们增添一些色彩。

"女主人留在家，以及一个正在养病的道明会修士，他可能马里坦[2]读得太多，而黑格尔读得不够，当然，还有艾德里安·波森爵士和两个比较难接近的匈牙利表亲——我试过了用德语或者法语，可都没能激起他们的兴趣。这几位驾车去拜访一位邻居了。我整个下午都惬意地在炉火边独自与无与伦比的查勒斯[3]一起度过，你的到来让我壮起胆子要叫一些茶点来。我还能告诉你些什么呢？哦，明天就散了。朱莉娅小姐要去别的地方庆祝新年，把那个'美丽世界'跟她一起带走。我会想念那些漂亮的小生物环绕在这所房子里的时光的——尤其是一个叫塞莉娅的，她是我们遇到麻烦时的同伴中的一位，波艾·茂卡斯特的妹妹，最让人高兴的是，她一点也不像他。她谈话时就像一只小鸟，一会儿啄开一个话题，太迷人了，穿着打扮像一名中学里的学姐，可以说很俏皮。我肯定会想她的，因为明天我不跟着去。明天开始，我要认真地做我们女主人委托的工作了——相信我，那简直是一份瑰宝，原汁原味的一九一四年。"

茶点被送来，不久塞巴斯蒂安也回来了。他提前退出狩猎，他说，想要早点回家来。其他人在他之后不久，也都被汽车接了回来。布莱兹赫德不在，他好像去狗舍有点事，寇蒂莉亚随他同去。这群人一下子将大厅挤满，很快开始吃上了炒鸡蛋和松饼。而在家用过了午餐，又在壁炉前昏昏欲睡了一整个下午的山姆格拉斯先生，此刻也跟他们一起，又吃上了。这会儿，玛奇梅因侯爵夫人那一队人也回来

---

① 华特·斯特里克兰-维纳布尔斯爵士，弗莱特一家在布莱兹赫德庄园的邻居。

② 马里坦，法国哲学家，于1906年皈依天主教。

③ 查勒斯，马塞尔·普鲁斯特七卷自传体小说《追忆逝水年华中》中的人物，是一位颓废的贵族同性恋者。

了，当我们准备上楼更衣准备晚餐时，她问道："谁去教堂祷告？"塞巴斯蒂安和朱莉娅都说他们必须立刻洗澡，山姆格拉斯先生和那位修士便随她同去了。

"我真希望山姆格拉斯先生赶快走，"塞巴斯蒂安在浴缸里说，"我厌烦了对他充满感激。"

在接下来的两个星期里，对山姆格拉斯先生的厌恶变成了整座庄园里所有人中一个心照不宣的共识。他一出现，艾德里安·波森爵士那一双漂亮而年长的眼睛，就仿佛开始去探索远处地平线上的什么东西，而他的嘴唇立即凝固在一种经典的悲观表情之中。只有那两位匈牙利表亲，因为误解了我们这位大学导师的身份，以为他是一个身份独特的上等用人，而对他的在场与否没有任何反应。

山姆格拉斯先生，艾德里安·波森爵士，匈牙利人，修士，布莱兹赫德，塞巴斯蒂安和寇蒂莉亚，是从圣诞庆祝人群中留下来的几位。

宗教于是主导了整座庄园，不仅在于日常的崇拜活动——每日早晚小教堂的弥撒和祝祷——更体现在所有的交往当中。"我们一定要使查尔斯成为一名天主教徒。"玛奇梅因侯爵夫人说，在我访问期间，我们有过无数次所谓的"小谈"，每一次，她都能不露声色地将话题引向那个神圣的一角。最初几次之后，塞巴斯蒂安说："妈妈有跟你聊过她那些'小谈'吗？她一向如此，我真希望她别再这样了。"

其实，从来没有人是被正式叫去进行"小谈"的，甚至在谈话者都没有意识到的情况下，它就已经发生了。当她打算与一个人亲密地交谈时，那个人会自然而然地发现自己已经单独和她在一起了。若是夏天，通常是一场幽静的散步，要么在湖边，要么在带围墙的玫瑰园一角；若是冬天，则一定是在一楼那间她的起居室里。

那个房间完全是她的，她特地留给自己的，并且按她的意愿进行了改动，让人一走进去就不由得感觉是在另一座不同的房子里。她压低了房间的屋顶，这样，外面房檐上那些各种讲究造型的檐口，使得其他房间加倍优雅的东西，在她这个房间里就彻底见不到了。墙壁上有一面锦缎饰板，其余墙板都被拆掉，代之以水洗蓝色的粉墙，挂着无数她心爱的水彩画。她的大书柜上都包了皮面，常读的诗歌和虔诚典籍装满了一个红木书架。壁炉上摆满了珍贵的私人藏品——一个象牙的圣母雕像，一座石膏的圣·约瑟夫①，她死去的三位弟弟的遗像。那个灿烂的八月里，当塞巴斯蒂安和我独自在布莱兹赫德度过时，我们始终离这个房间远远的。

零星的一些对话，随着对那个房间的记忆，不时地闪现回来。我记得她说："当我还是个女孩儿的时候，我们相对还算穷，但仍然比这个世界上的大多数人要富裕；到结婚时我一下变得非常富有。这事过去常常令我忧虑，我认为当别人一无所有时，而你拥有这么多美好的物质是一个错误。可如今我意识到，富人觊觎穷人的特权，也是一种罪。穷人一直是上帝和他的使徒们最偏心关爱的一群人，但是我相信神恩能够达成的一项特别成就，应该是去圣化所有的生命，包括富人。在异教时代的罗马，财富象征着残忍，现在已经不是这样了。"

我说了一句关于一头骆驼和一个针眼②的什么话，她非常高兴地接过这个话题。

"当然了，"她说，"没人会预期骆驼会穿过针眼，可福音就是一部充满了不可预期事件的全书。你也不会预期一头牛和一头驴会来到

---

① 圣·约瑟夫，福音里的人物，耶稣的母亲玛利亚的丈夫，在天主教会中被尊为圣·约瑟夫，而在东正教，英国国教，路德教，卫斯理宗等基督教传统里，约瑟夫被视作耶稣的养父。他与耶稣之间的关系向来在神学届和史学界之间存在争议。

② 一段关于耶稣的传说，一名年轻的富人问他，如何获得永生。耶稣回答说：让一个骆驼穿过一个针眼，也比让一个富人进入上帝的国度要容易。现在大部分观点认为，"骆驼"可能是最初的翻译错误，应为"绳子"。

摇篮边表达崇拜。动物们总是在圣徒的生命里做着各种稀奇古怪的事。这都是宗教里诗意的一面，爱丽丝漫游奇境的一面。"

然而，我虽然并没有为她的虔诚，或者为她的魅力这二者之一所打动；但是，这二者结合在一起，倒的确令我略有所动。我那时的心思只在塞巴斯蒂安身上，其他任何事情都提不起我的兴趣。而且，尽管我能看出来他感到了威胁和恐慌，却并不真正知道这威胁有多深，有多暗。他持续无望的祈祷，无非是为了免受叨扰。在他内心里蔚蓝色的水边，飒飒的棕树旁，他就像一个快乐而无害的波利尼西亚人[1]，只有当大轮船将船锚抛到了珊瑚礁上，切割机开上了潟湖的沙滩，山坡上出现了从未见过的靴印，商人的、官员的、布道者的、游人的侵略冷酷地踏上了这片土地——只有这时，他才开始翻出部落里古老的武器，在山坡上擂响鼓点；或者，更简单些，从阳光照耀的门边转身而去，孤身躺在黑暗之中，那里，墙上画着的无力的神像，只徒劳地排成一列，而他，在一堆朗姆酒瓶子中间把心都咳了出来。

由于塞巴斯蒂安将自己的意识以及人类的感情需求也当作了入侵者的一员，他在阿卡狄亚的日子也就更加因此而屈指可数。这一段我眼里宁静的岁月，却让塞巴斯蒂安感到恐慌。我非常清楚他处于警觉和怀疑时的状态，就像一头小鹿因为很远处轻微的狩猎信号，而忽然抬起头来。我见过他一想到自己的家庭和信仰时，忽然变得警惕起来的样子，现在我也成为那些可疑的因子。他并没有失去爱，但他丢掉了享受爱的乐趣的能力，因为我再不是他的孤独中的一部分。随着我与他家人之间关系的日益密切，我也成为他想要逃离的那个世界的一部分，另一方面，我又成为将他和这个世界联系起来的纽带。这个角色，一直是他母亲，在我们所有的"小谈"中，想要我去扮演的。这

---

[1] 波利尼西亚是南太平洋上由上千个岛屿组成的一个地理概念，居住在那里的人被称作波利尼西亚人。

期间的每一件事都秘而不宣，我只是偶尔地会生出一丝依稀的疑虑，这都是怎么回事？

表面上看，山姆格拉斯先生是唯一的敌人。有两周时间，塞巴斯蒂安和我在布莱兹赫德过着我们自己的生活。他哥哥忙于运动和资产管理，山姆格拉斯先生在图书馆里埋头于玛奇梅因侯爵夫人的书，艾德里安·波森爵士占据了玛奇梅因侯爵夫人的大部分时间。除了晚上，我们很少见到他们。在那个大穹顶下有足够的空间，让各种不一样的生活同时存在。

两个星期以后，塞巴斯蒂安说："我再也不能忍受山姆格拉斯先生了，我们去伦敦吧。"于是他跟我一起，用我家取代了"玛奇馆"。我父亲很喜欢他。"我觉得你的朋友很有趣，"他说，"常常请他来吧。"

然后，回到牛津，我们拾起了那似乎在冷空气中愈发蜷缩起来的生活。塞巴斯蒂安身上前一个学期的悲伤，现在让位给了一种愠怒，甚至包括对我。他心里一定有什么地方很痛，我不知那是什么，更不知道怎样去帮他，只是替他伤心。

现在，他只有喝醉酒时才会开心。而每次醉了他便热衷于"戏弄山姆格拉斯先生"。他写了首打油诗，里边重复的句子是这样的："绿屁股，山姆格拉斯——山姆格拉斯的绿屁股。"用圣玛利钟声的曲调来唱，大约每周一次，去人家窗下送上这首小夜曲。山姆格拉斯是学院里第一个在家里装私人电话的研究员，塞巴斯蒂安在一杯又一杯喝酒的间隙，还会打电话给他唱这首歌。而这一切，用旁人的话说，山姆格拉斯先生都愉快地接受了。我们每次见面，他都满脸堆笑，但是却拥有了加倍的自信，仿佛每一次的这种羞辱都以某种方式使他把塞巴斯蒂安抓得更牢。

正是在这个学期，我开始意识到，塞巴斯蒂安是个酒鬼，跟我不一样。我也常常喝醉，但往往是在极度的快乐之中，对那一刻充满了喜欢和爱，希望那体验可以延长，可以增强；而塞巴斯蒂安喝醉纯粹是为了逃避。随着我们一起长大，一起变得严肃，我喝得越来越少，他却越来越多。我发现有时我离开他回到自己学院以后，他一个人会坐起来，坐到很晚，以酒浇愁。一系列灾难性的事件迅疾地降临到他身上，猛烈得出人意料，以至于我都不知道自己是在何时准确地意识到，我的朋友已经陷入极大的麻烦。复活节期间我清楚地认识到了。

朱莉娅过去常常说："可怜的塞巴斯蒂安，他身上出现了什么化学反应。"

那是当时流行的暗语，来自天才知道的什么民间科学误解。"他们之间存在什么化学反应"常常用来描述两个人之间无法抑制的恨或者爱，这是已经过时的决定论概念以一种新面貌重新出现。我根本不相信在我的朋友身体里有什么化学反应。

布莱兹赫德的这一次复活节聚会是苦涩的，在一件虽小却十分难忘的痛苦中达到高潮。塞巴斯蒂安在母亲家里，晚餐前已经喝得酩酊大醉，这意味着他的悲剧进入了一个新纪元，他在逃离家庭，在毁灭的路上又迈出了一大步。

那一天就要结束了，在布莱兹赫德庄园参加复活节派对的人群刚刚散去。管它叫复活节派对，实际上却是从复活节那个礼拜的周二开始，弗莱特一家从濯足星期四①到复活节都在一个修道院的客栈里度过。今年塞巴斯蒂安开始已经说过他不会去，可到最后时刻他让步了，从那里回来时他就处于急剧的抑郁和痛苦之中，我试图将他拉出来，却一筹莫展。

他一整个星期都在凶猛地酗酒——只有我知道有多凶猛——而且

---

① 濯足星期四，指复活节前的星期四，乃基督教（广义）纪念耶稣基督最后的晚餐。

以一种紧张而诡秘的方式，完全与过去不一样。派对期间，书房里摆放着一个盛满各种烈酒的托盘，他一天中任何时候都会偷偷溜进去，连我也不告诉。那天白天家里极其清静，没什么人。我在柱廊的花园房里画另一面墙，塞巴斯蒂安说有点感冒便哪里也没有去，那整个期间他一直半醉半醒。通过沉默，他暂时摆脱了一些关注，不时地，我也发现会有些好奇的眼光瞟上他，但是派对上的人跟他并不熟，所以也不会留意到他身上的变化，而他的家人都在忙着招呼自己的客人。

当我去提醒他注意时，他说："我受不了所有这些人在这儿晃来晃去。"可他真正的崩溃，却发生在客人离开以后，他不得不近距离面对家人的时候。

按常规，鸡尾酒托盘会在六点钟送到会客厅，我们每个人自己兑好饮品，当我们离开客厅回去为晚餐更衣时，托盘里的酒瓶会被端走；随后，晚餐前鸡尾酒会再次出现，这一次由仆人端着供每个人取用。

塞巴斯蒂安下午茶之后就不见了。天黑了下来，我接下来那一个小时都陪寇蒂莉亚在打麻将。六点钟，我一个人坐在客厅里，他回来了，皱着眉头，是我再熟悉不过的样子，一开口说话，我便听出声音里堆满了醉意。

"他们送鸡尾酒来了吗？"他笨手笨脚地拽了拽呼叫用人的铃铛。

我说："你刚才去哪儿了？"

"在上面保姆那儿。"

"我不信，你去什么地方喝酒了？"

"我在房间里看书，今天感冒加剧了。"

当托盘送来时，他灌了一瓶子的杜松子酒和苦艾酒，端着就走出去了。我尾随他上了楼，他当着我面，把我关在门外并上了锁。

我只好回到客厅，满心沮丧，还加上一层不祥的预感。

　　一家子渐渐聚拢来，玛奇梅因侯爵夫人说："塞巴斯蒂安现在怎样了？"

　　"他躺下了，感冒有些加剧。"

　　"哦天哪，但愿别是流感。最近有一两次他看上去好像有点发烧的样子，他想要什么吗？"

　　"不，他明确说过不要打扰他。"

　　我犹豫着要不要跟布莱兹赫德谈谈，但他那张严峻的，岩石般的面具打消了我所有的信心。相反，在上楼去更衣的路上，我跟朱莉娅说了。

　　"塞巴斯蒂安喝醉了。"

　　"不可能啊，他根本都没来拿鸡尾酒。"

　　"他一整个下午都在房间里喝。"

　　"太奇怪了！真是个烦人的家伙！他能来吃晚餐吗？"

　　"不能。"

　　"哈，那你去对付吧，这一点也不关我的事。他常常这样吗？"

　　"近来是的。"

　　"太烦了。"

　　我推了推塞巴斯蒂安房间的门，上了锁，希望他在睡觉，可当我从浴室出来时，发现他坐在我壁炉前的椅子上，已经穿戴整齐了要去吃晚饭，一切齐全只差没穿鞋子，领结是歪的，头发蓬乱，脸颊绯红，微微眯缝着眼，说话含糊不清。

　　"查尔斯，你说得很对。我没有去保姆那儿，我一直在这儿喝威士忌。现在书房没别人了，派对结束了，人都走了，只剩下妈妈。我觉得有点醉，我想最好有一托盘什么东西在这儿，可以不跟妈妈一起吃晚餐。"

　　"上床去，"我对他说，"我会告诉他们你的感冒更严重了。"

"严重得多了。"

我将他带回隔壁他的房间，想让他上床，可他坐在梳洗台前，斜眼打量着镜子里的自己，想要重新系好领结。壁炉边的写字台上有一个玻璃瓶子，还有半瓶威士忌。我悄悄拿起来，以为他不会看见，可他从镜子面前转过身来，说道："你把那放下。"

"别混蛋了，塞巴斯蒂安，你真的喝得够多了。"

"这跟你有什么该死的关系？你在这儿只是个客人而已——我的客人，我在自己家里想喝什么就喝什么。"

那一刻，为了那酒，他可能都会跟我打起来。

"很好，"我说，把酒瓶放下，"只是看在上帝的分上，别让人看见。"

"哦，不要管闲事。你来这里是我的朋友，现在你替我妈监视我，我都知道。好了，你可以出去了，去告诉她，我说的，我会挑选我的朋友，请她以后自己挑选她的眼线。"

于是我离开他下楼去吃晚餐。

"我去过塞巴斯蒂安那儿了，"我说，"他的感冒变严重了，已经上床，说他什么也不想要。"

"可怜的塞巴斯蒂安，"玛奇梅因侯爵夫人说，"他最好喝一杯热威士忌，我去看看他。"

"别，妈妈，我去吧。"朱莉娅站起来说。

"我要去。"寇蒂莉亚说，她那天晚上也在楼下吃饭，作为庆祝派对结束的特殊待遇，她本来就在门边，还没来得及制止，已经出去了。

朱莉娅跟我目光对视了一下，轻轻地耸了下肩膀，有点担心。

几分钟以后寇蒂莉亚回来了，看上去颇严肃。"不，他什么也不要。"她说。

"他怎么样啊？"

"哦，我也不知道，但我觉得他醉得厉害。"她说。

"寇蒂莉亚。"

忽然这孩子咯咯地放声傻笑起来。"'侯爵的儿子不习惯饮酒'，"她引用着报上的话，"'模范学生的前途受到威胁'。"

"查尔斯，这是真的吗？"玛奇梅因侯爵夫人问道。

"是的。"

这时晚餐准备好了，我们来到餐厅，这个话题没有再被提及。

当只剩下布莱兹赫德和我两人时，他说："你刚才说塞巴斯蒂安喝醉了？"

"是的。"

"这时间选得太特别了。你不能够制止他？"

"不能。"

"对，不能，"布莱兹赫德说，"我也觉得你不能。我见过一次我父亲喝醉，就在这间屋。我当时不到十岁。如果一个人想要喝醉，别人是制止不住的，我母亲就不能制止我父亲，你知道。"

他用他那种怪异而冷漠的腔调说着。我意识到，对这家人了解得越多，就越多地看见他们的不同寻常。"我今晚应该叫母亲给大家朗读。"

我后来了解到，这是家庭传统，每当家庭关系紧张的夜晚，就由玛奇梅因侯爵夫人为全家朗读。她的声音非常美，还有十分优秀的表达能力。那天晚上她读的是《布朗神父的智慧》①节选。朱莉娅坐在一个小凳子前，凳子上摆满了修指甲用的东西，她小心翼翼地在休整自己的指甲；寇蒂莉亚在逗弄朱莉娅的北京犬；布莱兹赫德正在假装十分有耐心；我无所事事地坐着，打量他们组成的这一个漂亮团体，一边忧伤地想着我楼上的朋友。

---

① 《布朗神父的智慧》，布朗神父是出现在 G.K. 切斯特顿的 52 篇短篇小说中的人物，于 1911 年至 1935 年间陆续发表出版。

可是那个晚上的恐怖并没有完结。

玛奇梅因侯爵夫人的习惯是，只有家里人在的时候，上床前要去一趟小教堂。她这时已经合上了书，正在招呼大家一起去的时候，门打开，塞巴斯蒂安出现了。他还穿着晚餐前见到他时的那一身衣服，只是绯红的双颊此时变得死一般惨白。

"我来道歉。"他说。

"塞巴斯蒂安，宝贝，回房去吧，"玛奇梅因侯爵夫人说，"我们明天早上再说。"

"不是向你，我来向查尔斯道歉。他是我的客人，可我刚才对他很残忍。他是我的客人，是我唯一的朋友，我却那么残忍地对他。"

一阵寒意袭过所有人。我把他送回房间，他的家人去祷告。回到楼上以后，我注意到刚才那酒瓶已经空了。"你该上床了。"我说。

塞巴斯蒂安开始抽泣。"你为什么站在他们一边来对付我？我就知道，如果我让你见到他们，你一定会的，你为什么监视我？"

他说的我实在不忍心全都记下来，哪怕时隔二十年，我也做不到。终于我让他睡了，然后自己也非常伤心地上了床。

第二天早上，他很早就来到我的房间，那时整栋房子都还在睡觉。他拉开窗帘，那声音吵醒了我。只见他已经穿戴齐全，正在抽烟，背对着我，看着窗外，远处黎明的影子铺洒在晨曦朝露之上，早起的鸟儿在刚开始发芽的树梢上叽叽喳喳。我一开口，他便转过身来，脸上已没有昨夜那一场折磨挣扎的痕迹，只有清新和一丝闷闷不乐，就像失望的孩子。

"嗨，"我说，"你感觉怎样？"

"怪怪的。我想也许我还是有点醉吧。我刚刚下去车库一趟，想叫辆车，可到处都还锁着。我们走吧。"

他从我枕边的水瓶子里喝了一口水，把手里的烟头从窗口扔了出去，又点燃一支，点烟的手颤抖得像个老人。

"我们去哪儿？"

"我不知道，伦敦吧我想。我能来跟你一起住吗？"

"当然了。"

"那好，起来穿衣服吧。他们可以用火车把我们的行李送去。"

"我们可不能就这么走啊。"

"可我们也待不下去。"

他坐在窗台上没有看我，只望着窗外。这时他说："一些烟囱开始冒烟了，车库肯定开了，快。"

"我不能走，"我说，"我必须先跟你母亲道别。"

"甜蜜的斗牛犬。"

"随便你，我偏偏就是不喜欢逃跑。"

"我一丁点也不会在乎。我会继续逃跑，越远越好，越快越好，你可以跟我母亲一起慢慢酝酿你们的计谋，可我不会回来了。"

"你昨晚就是这么和我说话的。"

"我知道，对不起查尔斯，我告诉你了我还醉着，只要能让你感到舒服一点，我绝对可以做到讨厌自己。"

"这一点也没让我感到好受。"

"我觉得肯定会有一点的。好吧，如果你不跟我一起走，去替我向保姆转达我的爱。"

"你真的要走？"

"当然啦。"

"我可以在伦敦见到你吗？"

"是的，我去你家住。"

他离开了我，可我并没有再睡过去，差不多两个小时以后，有用人端了茶水面包黄油上来，并为我备好了新一天的衣服。

那天上午晚一些，我去找玛奇梅因侯爵夫人。刮了点风，我们于是待在室内，她的那个房间里。我离她很近地坐着，都靠在炉火前，她弯腰在做针线，窗棂上爬着正在发芽的藤蔓。

"我真希望我没有看到他，"她说，"那太残忍了，我并不介意知道他喝醉了，这是所有男人都会干的事，我早就习惯了。我的弟弟们在他那个年纪都很野，可是昨晚最令人伤心的是，他身上没有一丝的快乐。"

"我知道，"我说，"我过去从来没见过他那样。"

"那么多个夜晚，他选择昨晚……所有人都走了，就剩下我们自己——你看，查尔斯，我完全把你当成我们家里的人。塞巴斯蒂安爱你——他并不需要挣扎着让自己假装快乐，可他确实不快乐。我昨晚几乎没睡，反复在想这一件事，他是如此地不快乐。"

要向她解释这件我自己也只想明白了一半的事是不可能的，即便那时，我还是认为："她很快就会知道的，也许已经知道了。"

"那很糟糕，"我说，"可请您一定不要以为他平时就是这样。"

"山姆格拉斯先生告诉我，他一整个学期都喝得太多。"

"是的，可是不像这样——从来没有过。"

"那为什么现在忽然这样？在这里？跟我们在一起？我一整晚都在想，在祈祷，也在考虑我应该怎么跟他说，可现在，今天早上，他索性已经不在这儿了。他这么做真是太残忍了，一句话不说就走掉。我不希望他感到愧疚——正是这种羞愧的感觉把他完全搅乱了。"

"他对于做不到让自己快乐而感到羞愧。"我说。

"山姆格拉斯先生说，他在学校里是吵吵闹闹，情绪很高的。我相信，"她说，透出一丝幽默，就像穿过天空中密布的乌云那一抹依稀亮光，"我知道你和他常常捉弄山姆格拉斯先生，这是很淘气的。我很喜欢山姆格拉斯先生，你也应该喜欢他，毕竟他为你们做了很多。可我想，也许我在你们这个年纪，而且也是男人的话，我大概也会忍不住要去捉弄山姆格拉斯先生。不，我倒不介意这个，可昨晚和今天早上这两件事情是不一样的。唉，这些事过去都发生过。"

"我只能说，我经常见到他喝醉，我自己也经常和他一起喝醉，可是昨天晚上的情形，对我来说的确是陌生的。"

"哦，我指的不是塞巴斯蒂安。我说的是很多年以前，在一个我爱过的人身上，这一切我都经历过。嗯，你一定知道我指的是什么——他的父亲。他过去就是像这样喝醉的，有人告诉我，他现在已经不像那样了。我祈求上帝，但愿他们说的是真的，如果真是那样，我全心感谢上帝。然而这个逃走——他也逃走了，你知道的。正如你刚才所说，他对于不能让自己快乐而感到羞愧。他们俩都不快乐，都有愧，都逃走。这很令人同情。和我一起长大的男人，"——她的大眼睛从手里的刺绣移开，移到壁炉上那个皮匣子上的三尊小雕像身上——"都不像那样。我就是不懂。你呢，你懂吗查尔斯？"

"很少一点。"

"而塞巴斯蒂安喜欢你超过喜欢我们中的任何一个，你知道的。你一定要帮帮他，因为我做不到。"

在这里，我把那间书房里的大段对话轻松就压缩成了这么寥寥几句。玛奇梅因侯爵夫人的谈话并不发散，但是她却用一种十分女性化，更常用于调情时的方式来抓住她的主题：转着圈、靠近你、又退回去，声东击西地佯攻，像一只蝴蝶一样盘旋；又像在玩"祖母的脚步"①，当你背对她时，她不知不觉地靠近主题，而当你转过去看着她时，她立即定住。那不快乐，那逃走——这些造成了她的伤痛，她

---

① 一种在英国、澳大利亚、芬兰、瑞典以及美国广受欢迎的儿童游戏，各地有不同叫法，各地玩法也略有差异。

用自己的方式在谈话结束前把这些表达了出来。到她真正说出这几句她想说的话时，时间已经过去了一个小时。于是我站起来向她道别，她加了一句，似乎是临时才想起来的："对了，你见过我弟弟的书了吗？刚刚出来。"

我告诉她我在塞巴斯蒂安房间里翻过。

"我想让你也有一本，可以送你一本吗？他们是三个优秀的人，奈德又是其中最杰出的一位，他是最后一个牺牲的，当电报如我所期到来时，我想：'现在轮到我的儿子去完成奈德没有做完的事了。'我当时是一个人，他那会儿刚刚去了伊顿。如果你读了奈德的书你就会明白。"

她书桌上早已备好了一本。我当时想："我来之前她就已经计划好了这个告别，不知道她有没有预演过这次会谈。如果一切没有按她的预期去发展演进，她会把这本书放回抽屉里吗？"

她在扉页上写下了她的和我的名字，以及日期和地点。

"我夜里也为你祈祷了。"她说。

我关上了身后的门，一并关在身后的，还有刺眼的宗教纪念品和说辞，以及低矮的屋顶，印花布艺，羊皮包装的书，佛罗伦萨的风光，风信子和混合气味的香薰盆，刺绣品，亲密的女性化摩登世界。回到这个凹形带方格的屋顶下，大厅里的柱子和柱头的雕饰之间，回到那堂堂的充满阳刚气的好时光里。

我不是傻子，这个年纪也已经足够让我看明白，那试图贿赂教唆我的努力；同时我又还很年轻，以至于感到这个经历也颇有些令人满足。

那天早上我没有见到朱莉娅，但正当我离开时，寇蒂莉亚跑到我的车门前对我说："你会见到塞巴斯蒂安吗？请将我特别的爱带给他。你能记住吗——我的特别的爱？"

　　在去伦敦的列车上，我读着玛奇梅因侯爵夫人送给我的那本书。卷首印着一个穿着精兵制服的青年人的相片，在他脸上，我明白无误地看见了罩在布莱兹赫德脸上那严峻面具的来源，那副面具罩住了来自他父亲家族的亲切。那属于森林和洞穴里的人，属于猎人，属于部落议会里的首领，是人和生存环境之间冲突时所有英勇传统的宝藏。书里还有些其他的图片，以及三兄弟度假时的照片，在每一幅里我都能看见同样的远古线索。回想起玛奇梅因侯爵夫人的灿烂和精致，在她身上，丝毫找不到与这些沉重男人之间的相似点。

　　她很少出现在书里。她比他们中最年长的还要大出九岁，当他们还在学校里上学时，她已经出嫁了。在她和他们之间还有两个姐妹，第三个女儿出生后，为了求得一个儿子，有过许多的朝拜、行善和许愿，好让这个古老的大族姓氏延续。男性继承人直到很晚才到来，他们降临在一个丰厚的年代，在当时看来，这一条线无疑会永远延续下去，然而一场悲剧突如其来地中断了这一切。

　　他们的家族史，是典型的英国天主教乡绅家庭的故事。从伊丽莎白的统治起，直到维多利亚，这之间他们都过着隐退的生活，圈子仅限于自己的佃农和亲属；孩子们都被送去海外上学，通常就在那里结婚；若不然，他们便会在英国的那二十个主要天主教家庭之间嫁娶，他们被排除在一切令人向往的机会之外。几辈人从那些年代里积累下来的经验和训导，在这个家庭最后的三个男子身上全都赫然可见。

　　山姆格拉斯先生娴熟的编辑才华，将所有不一样体裁的文字——诗歌、信件、零星的日记，以及一两篇没有发表的散文拼接在一起，有趣地组成风格统一的整体，发散出同样的昂扬、严肃、骑士和超尘脱俗的气息。那些在他们死后由同伴所写的信件，尽管表达程度各异，但都诉说着同样的故事，他们有着校园里的成功，以及就在前方召唤的锦绣未来，使他们在同龄人中出类拔萃，如今成了躺在花环下捐躯的遇难者。这些人必须死去，好给胡珀们让路，他们就像土著，就像害虫，就这么从容地被射杀除掉，好让这个世界给那些戴着多边形架鼻眼镜，有着肥湿的握手，以及微笑的假牙的行商走卒们更多的安全感。随着列车载我离玛奇梅因侯爵夫人越来越远，我禁不住想，是否玛奇梅因侯爵夫人和她自己的这一家人，也被烙上了同样的被摧毁的烙印，只是他们的毁灭不在战争中呢？关于命运的这一丝微弱呢喃，她可曾在她舒适的熊熊炉火中瞥见？可曾在她窗棂上攀爬着的藤蔓纠缠间听见？

这时列车到了帕丁顿车站，回到家，看见塞巴斯蒂安也在，他身上的悲剧气息好像忽然间蒸发了，看上去如此欢快自在，就像我第一次见到他。

"寇蒂莉亚给你捎来了她特别的爱。"

"你又跟妈妈进行过'小谈'吗？"

"是的。"

"你又站在她那一边了吗？"

如果早一天，我也许会说："没有两边。"可这时我说："不，我站在你这一边。'塞巴斯蒂安与世界为敌，我与他同在。'"

在这个话题上我们的对话就此为止，那一天，直到永远。

然而阴云很快席卷回来，又笼罩了塞巴斯蒂安。我们回到牛津，再一次，紫罗兰在我窗下盛放，栗子花好像把一条条街道都点亮了，路面上温暖的石头把落下来的花瓣挤得满地都是。但是这一切都跟从前不一样了，隆冬已经进驻塞巴斯蒂安的心里。

时间一周一周地过去，我们开始寻找下学期的住地。后来在墨顿街找到一座靠近网球场的隐遁而昂贵的小房子。

见到近来已较少见面的山姆格拉斯先生时，他当时正在黑井书店那张陈列德文新书的桌子边，归置一摞刚才购进的书籍，我把这个选择告诉了他。

"你是要跟塞巴斯蒂安同住吗？"他说，"这么说他下学期会继续上？"

"我想是吧，为什么不呢？"

"我也不知道为什么，只是以为他可能不会来了，这种事上我常常是错的。我喜欢墨顿街。"

他给我看他买的书，因为我不会德文，所以对那些书毫无兴趣。我离开时他又说："别误会，我不是想要干预，不过我建议在你对情况十分肯定前，先别急着在墨顿街做出最后的决定。"

我对塞巴斯蒂安说起这件事，他说："是的，有个小阴谋。妈妈想让我去跟贝尔神父大人一起住。"

"你为什么没跟我说呢？"

"因为我不会去跟贝尔大人住啊。"

"可我还是觉得你该告诉我的。什么时候开始说起的？"

"哦，很久了。妈妈很聪明的你知道。她意识到你这里已经指望不上了，我猜是因为你读了奈德舅舅的书以后给她写的那封信吧。"

"我几乎什么也没说啊。"

"这就是了。如果你会给她任何帮助，你一定会有很多话说。奈德舅舅是她眼里的一块试金石你知道。"

不过看上去她并没有彻底放弃，因为几天之后我收到一张她留给我的便笺，上面说："我周二会经过牛津，希望见到你和塞巴斯蒂安，并且在见到他之前想与你单独见上五分钟。这个要求会让你为难吗？我大概十二点到你住处。"

她来了，欣赏了我的房间……"我的弟弟西蒙和奈德过去在这儿，你知道，奈德的房间靠近花园。我也希望塞巴斯蒂安能来这里，不过我丈夫从前上的是基督堂，你也知道，他一直把对塞巴斯蒂安的教育抓在自己手里。"她又欣赏了我的画……"大家都喜欢你在花园房的画，如果你不把它们完成，我们永远也不会原谅你的。"终于，她进入了主题。

"我想你大概猜到我来是想要问什么的，很简单，塞巴斯蒂安这学期还是喝得很多吗？"

我当然已经猜到了，我回答说："如果他是，我不会告诉你。但我可以告诉您的事实是'没有'。"

她说："我相信你。感谢主！"然后我们一起去基督堂午餐。

那天晚上，塞巴斯蒂安的第三场灾难发生，一位校监夜里一点发现他酩酊大醉，在汤姆方庭里游荡。

我离开时大约差几分钟到十二点，他当时情绪虽然低沉但完全清醒。接下来的这一个小时里，他独自喝了半瓶威士忌，第二天上午他来跟我说起这件事时，已经记不得太多。

"你经常这样吗，"我问道，"我走了以后一个人喝酒？"

"大概两次，也许四次吧，都是在每次他们开始烦我时。只要他们放过我，我就没事。"

"他们现在是不会了。"我说。

"我知道。"

我们俩都清楚这次危机真的来了。那天上午我心里对塞巴斯蒂安没有任何爱，尽管他真的需要，可是我一点也没有可以给他的。

"真的，"我说，"如果你每见一次你的家人，就要这么大醉一次的话，就真的没救了。"

"哦，是的，"塞巴斯蒂安带着很深的悲哀说道，"我知道，没救。"

可我的骄傲受到了刺伤，因为他，我让自己看上去像个骗子，所以这一天我无法顾及他的需要。

"啊，那你打算怎么办？"

"什么也不干，反正他们会把一切都替我做了。"

我就这么让他走了，没给他一点安抚。

随后，那架机器开始运转，就像十二月份那次一样，我目睹它再一次发生。山姆格拉斯先生和贝尔大人去见了基督堂的院长，布莱兹赫德上来待了一个晚上，大轮转动，带动小轮附和。人人都为玛奇梅因侯爵夫人感到深深的遗憾和惋惜，她弟弟们的名字还金光闪闪地站在战争纪念墙上，她弟弟们的记忆还新鲜地活在很多人的心里。

她来见我，再一次，我不得不把一段从霍利韦尔延续到公园，穿过美索不达米亚，经过渡口再到牛津北部这么长的对话，压缩成几个字。当晚她就住在牛津北部，一些以某种方式在他庇护之下的修女那里。

"你一定要相信，"我说，"当我跟您说塞巴斯蒂安没有喝得太多时，我说的都是真话，是就我所知的事实。"

"我知道你希望做一个他的好朋友。"

"那不是我想说的。我想说的是，我相信我告诉您的话，我至今仍然在某种程度相信。我相信他过去喝醉过两次或者三次，不会更多。"

"没用的，查尔斯，"她说，"现在只证明了你对他的影响，以及你对他的了解，都不像我以为的那样。试图让我们俩中的任何一个去相信他，都没有什么好处。我一直很了解酒鬼，他们最糟糕的一件事就是欺骗。而追求事实必须放在首位。

"在那顿愉快的午餐之后，你走了，他可爱得就像小时候一样，我也同意了所有他希望的要求。你知道，我本来对他与你同住这事是有疑虑的，我想我这么说你会理解。你也知道并不仅仅因为你是塞巴斯蒂安的朋友，我们确实全都特别喜欢你，一旦你不来看我们，我们都十分想念你。可是我希望塞巴斯蒂安有各种朋友，而不仅仅只有一个。贝尔神父大人告诉我，他从来不与其他天主教学生打交道，从来不去纽曼①，连弥撒也很少参加。当然上天也不会允许他只结交天主教朋友，但他总得要认识一些吧。一个人得要多么强大才能够绝对独立地承担起自己的信仰啊，而塞巴斯蒂安恰恰不是强壮的。

"可星期二午餐时我是那么开心，以至于决定放弃我的反对，我跟他一起去了你们找的房子，很招人喜欢。我们还选好了一些家具，打算从伦敦运过来，把房子装点得漂亮些。可接下来呢，就在我看望他的同一天晚上！——不，查尔斯，事情不应该是这个逻辑。"

她说这话的时候我想："哦，刚刚从她身边那些知识分子嘴里学来的术语吧。"

"好吧，"我说，"那您找到良方了吗？"

"学院十分地宽容，他们说，只要他答应与贝尔大人住在一起这个条件，就不会开除他。这并不是我自己提得出来的要求，是大人自己的主意。他还特意带信给你，说随时欢迎你去。欧德派莱斯没有足够的地方让你也住进去，但是我猜你自己也不会愿意的。"

"玛奇梅因侯爵夫人，如果您真的想要把他变成一个醉鬼，这便是最好的途径。难道您没有发现，任何他被监视的念头都对他是致命的吗？"

"哦，亲爱的，现在试图解释一切都没有用的。我知道新教徒总是认为天主教修士都是密探。"

"我不是这个意思。"我想试着解释，可越说越糟，"他需要感到

---

①　纽曼，牛津大学纽曼社团成立于1878年，用于促进大学里对天主教的信仰，以及天主教文化的推广。

自由。"

"可他本来是自由的，一直都是，直到现在，可你看看这个结果。"

我们到达了渡口，也到达了一个解不开的死结。我没有再说一个字，只目送她走进修道院，然后乘巴士回到了卡尔法克斯①。

塞巴斯蒂安在我房间里等我。"我要去给爸爸发电报，"他说，"他不会允许他们强迫我住到一个修道士家里去的。"

"可是如果他们把这作为接纳你再回来上学的条件呢？"

"那我就不上了。你能想象我——一个星期去参加两次弥撒，在给腼腆的天主教新生举办的茶会上帮忙，跟纽曼的访问学者一起晚餐，有客人的时候可以喝一杯波特，贝尔大人的眼睛还随时在我身上，看我有没有喝多，当我离开房间时，被解释成是这里一个丢人的小醉鬼，因为我迷人的母亲他们把我收容了下来？"

"我告诉她了，那不是办法。"我说。

"我们要不要今晚彻底喝醉？"

"就这一次，全无顾忌了。"我说。

"与世界为敌？"

"与世界为敌。"

"保佑你，查尔斯，没有多少个夜晚留给我们了。"

于是那个晚上，这么多星期以来的第一次，我们无所顾忌地一起让自己狂醉，当所有的钟声敲响午夜时，我目送他进了学院门，然后步履跟跄地回到自己房间。那时繁星满天，在塔楼之间旋转飘荡，我和衣而卧，已经整整一年没有这样过了。

第二天，玛奇梅因侯爵夫人离开了牛津，也将塞巴斯蒂安随她一齐带走了。布莱兹赫德和我一起，去塞巴斯蒂安房间清理他的物品，

---

① 卡尔法克斯，是指位于牛津市的 13 世纪圣马丁堂的卡尔法克斯塔，被认为是城市的中心。卡尔法克斯塔高 23 米，在牛津市中心不可以兴建高度超过它的建筑物。

哪些带走，哪些扔掉。

布莱兹赫德阴沉冷漠，一如既往。"太遗憾了，塞巴斯蒂安没能更多地了解贝尔神父大人，"他说，"他其实会发现，跟他住在一起时，他是个充满魅力的人。我自己的最后一年就住在他那里，我母亲相信，塞巴斯蒂安已经被确认了是个酒鬼，是吗？"

"他正处于变成一个酒鬼的危险当中。"

"我相信比起很多受人尊敬的人来说，神更偏爱那些酒鬼。"

"看在神的分上，"我说，那个早上我几乎已经无法忍住自己的眼泪，"你一定要把你的神带进任何话题吗？"

"抱歉，我忘了。可你知道这是个特别滑稽的问题。"

"是吗？"

"对我来说是，对你也许不这样。"

"不，对我来说一点也不滑稽。对我来说，如果没有你那宗教，塞巴斯蒂安会有机会成为一个健康而快乐的人。"

"这值得商榷，"布莱兹赫德说，"你觉得他还会再用得上这个大象脚吗？"

那天晚上我穿过方庭去拜访柯林斯。他正就着窗户边渐渐暗下去的光线在读文献。"嗨，"他说，"快请进。我这一学期都没见到你。恐怕我这里没有什么好招待你的，你为什么一个人，你的那群时髦朋友呢？"

"我现在是整个牛津最孤独的人，"我说，"塞巴斯蒂安·弗莱特被送走了。"

我开始问他假期干什么，他告诉了我，听起来无聊得难以忍受；然后我又问他有没有找到下学期的住处。找到了，他告诉我，稍微有点远但是很舒服，他和学院论文社区的秘书汀盖特一起住。

"我们还有一个房间没找到人来租，巴克本来要来，可他现在是学生会主席，觉得自己应该住得近一些。"

我们两人的脑子里大概都在想，也许我应该去住那个房间。

"你去哪儿呢？"

"我本来跟塞巴斯蒂安·弗莱特一起租一个墨顿街的房子，可现在不行了。"

然而我们谁也没把那个想法提出来，时间一点一点地过去。我离开时他说："希望你找到合适的人去墨顿街。"然后我说："希望你找到合适的人去伊夫利路。"那以后我便再没有与他交谈过。

这学期只剩下十天了，我也不知道怎么混过去的，然后就像一年前一样回到伦敦，没有任何计划，只是已经世异时移。

"你那位长得很漂亮的朋友，"我父亲问道，"他没有跟你一起来吗？"

"没有。"

"我简直以为他已经把这里当成家了呢。哦，很遗憾，我喜欢他。"

"父亲，您真的希望我拿到这个学位吗？"

"我希望你？天，我怎么会希望这个？对我什么用也没有，也许对你也没什么用吧，至少在我看来。"

"我也正是这么想的，我想再回牛津上学可能有点浪费时间。"

在此之前父亲对我所说的完全没有任何兴趣，到这时他才把书放下来，摘了眼镜，费解地看着我。"你被开除了，"他说，"我哥哥警告过我。"

"没有，我没有被开除。"

"哦，那为什么说这些？"他试探性地问道，把眼镜重新戴上，在书上找他刚才读到的地方，"每个人都会至少待满三年，我知道一个待了七年才过关取得神学学位的。"

"我只是想，如果将来我去从事一个并不需要学位的职业的话，可能早点进入我希望的领域更好些。我想做一个画家。"

这一次，他没有作答。

但这件事却在他脑子里扎了根，因为等我们再次谈及时，他已经有了一套很明确的想法。

"当你成为一名画家时，"星期天午餐时他说，"你会需要一间工作室。"

"是的。"

"哦，这里没有可以做工作室的地方，我也不会让你用家里的画廊画画的。"

"不会，我从来也没有这个意思。"

"我也不想看到满屋子一丝不挂的模特，还有那些说着可怕术语的评论家。另外，我还不太喜欢松节油的味道，我猜想你是要正儿八经地画，会用油画颜料的对吧？"我父亲那一代人，把画家分为两类，正经的一类和业余的一类，分类的标准就是他们用油还是用水。

"我不觉得第一年会用到多少颜料，而且不管怎样，我应该会在学校里练习。"

"海外吗？"我父亲满怀希望地问，"我相信海外有很多非常优秀的学校。"

一切都比我预想的来得快些。

"海外还是这里，我先看一圈再说。"

"海外看看吧。"他说。

"这么说您同意我离开牛津？"

"同意？同意？我亲爱的儿子，你二十二岁了。"

"二十，"我说，"十月份满二十一。"

"才这么点啊？感觉上好像长大多了。"

一封来自玛奇梅因侯爵夫人的信为这一章画上了句号。

亲爱的查尔斯：

　　塞巴斯蒂安今天早上离开我去他父亲那里了。他走之前，我问他有没有给你写过信，他说没有，所以我想我必须要写。尽管信里也并不能把我们上次散步时没有说完的话全部说出来，但你不能被蒙在鼓里。

　　学院只暂停了塞巴斯蒂安一学期的学籍，批准他圣诞节以后回去继续学业，条件是他与贝尔神父大人同住。这由他来决定吧。同时山姆格拉斯先生还是很好，同意了继续管教他，只等他探访父亲结束，山姆格拉斯先生就会带上他一起去黎凡特①，那是山姆格拉斯先生一直渴望去考察几处东正教修道院的地方。他希望这将成为塞巴斯蒂安新的兴趣点。

　　塞巴斯蒂安在这期间一直不快乐。

　　当他们圣诞节回来时，我知道塞巴斯蒂安一定想要见到你，我们也是。希望你下学期的安排没有受到太大影响，并祝你一切顺利。

你诚挚的，

特蕾莎·玛奇梅因

　　我今天早上去了一趟花园房，感到十分难过。

---

①　黎凡特，历史上一个模糊的地理名称，相当于现代所说的东地中海区。

第二部

布莱兹赫德庄园的荒芜

第一章　山姆格拉斯现形——我离开布莱兹赫德——雷克斯出现

"我们沿着那条路走到山顶时，"山姆格拉斯先生说，"听见身后传来嘚嘚的马蹄声，两名士兵骑马赶到大篷车队的前头，让队伍赶快掉头回去。是将军派他们来的，来得可真是时候啊，前方不足一英里的地方，就有一班……"

他停了下来，他那小小的一群听众也沉默地坐着，知道他正在期待来自听众的反应，而又不知如何才能礼貌地表达他们听得饶有兴味。

"一班？"朱莉娅说，"哦天哪！"

可是仍然，他好像还在期待更多。终于玛奇梅因侯爵夫人说："我猜在那种地方，你能碰见的民间音乐可能会很单调吧？"

"亲爱的玛奇梅因侯爵夫人，那是一班强盗。"寇蒂莉亚，坐在我身边的沙发上开始强忍着不出声地大笑，"那座山上到处都是凯末尔军队里的逃兵①，撤退时掉了队的希腊人，都是穷凶极恶的家伙，我向您保证。"

"快摁住我。"寇蒂莉亚悄声说。

我摁住了她，沙发里的弹簧才止住了上下跳动。"谢谢。"她说，用手背揩着眼睛。

---

① 凯末尔，土耳其第一任总统。

"所以你最终也没去成任何地方，"朱莉娅说，"你难道没有失望至极吗，塞巴斯蒂安？"

"我？"塞巴斯蒂安说，他坐在阴影里，灯光没有照到，炉火的温暖也没有覆盖到的地方，一家人的圈子之外。牌桌上散落着一些旅行相片。"我，嗯……我好像那天不在吧，我在吗，山米①？"

"那天你在生病。"

"我在生病，"他像回声一样地重复着，"所以我本来也没有要去任何地方，对吗，山米？"

"现在看这个，玛奇梅因侯爵夫人，这是在阿勒颇的旅店院子里的大篷车，这是我们的亚美尼亚厨师贝佳迪毕安，那是我骑在小马上，那是卷好的帐篷；这儿是个有点烦人的库尔德人，当时正跟着我们……这是我在蓬托斯，在以弗所，在特拉比松，在十字军城堡，在萨莫色雷斯，在巴统——当然，我还没来得及把他们按时间顺序整理好。"

"尽是向导、遗迹、骡子，"寇蒂莉亚说，"塞巴斯蒂安呢？"

"他，"山姆格拉斯先生说，声音里带着一点胜利的沾沾自喜，好像他就在等着谁问这个问题，而他有备而来一样，"他在拍照呢。他自从知道了不要把手挡在镜头前以后，就变成了一个专家，对吗塞巴斯蒂安？"

这次没有回答从暗影里传来。山姆格拉斯先生又开始在他那猪皮书包里搜寻。

"这儿，"他说，"是一个街头摄影师替我们拍的合影，是在贝鲁特的圣乔治酒店露台上，那是塞巴斯蒂安。"

"什么，"我说，"那不是安东尼·布兰奇吗，没错吧？"

---

① 山米，塞巴斯蒂安与山姆格拉斯先生熟悉起来以后对他的昵称。

"是他，我们见了他很多次，在君士坦丁堡偶然碰上的，真是个让人愉快的伴啊，我实在想象不出我过去怎么错过了认识他的。他跟着我们一路到了贝鲁特。"

茶点已经撤走，窗帘也拉上了，这是圣诞节后两天，我来访的第一夜，也是塞巴斯蒂安和山姆格拉斯先生的第一夜，我到达时很吃惊地在车站月台上看见他们也在。

玛奇梅因侯爵夫人三个星期前写过一封信："我刚刚收到山姆格拉斯先生的消息，正如我们所期待的，他和塞巴斯蒂安会回家来过圣诞节。因为那之前很长一段时间没有收到他们的来信，我担心他们暂时走丢了，因而并不想在我没有准确消息的情况下做出任何安排。塞巴斯蒂安一定热切地想要见到你，如果你安排得过来的话，请来和我们一起过圣诞节吧；若不然，圣诞之后也请尽快来吧。"

跟我叔叔的圣诞节约定不能打破，所以我只好长途旅行，又在中途换上本地列车，以为等我到达时，塞巴斯蒂安已经安顿好了。可是他却在紧挨着我的那一节车厢里，而当我问他在这儿做什么时，山姆格拉斯先生开始滔滔不绝地回答，告诉我诸如拿错了行李，又赶上假期库克不营业，等等，我立即察觉到，是有其他被故意隐藏了的原因。

山姆格拉斯先生显得不太自在，尽管他维持了所有他那些表示自信的身体习惯，可是浑身上下都挂满了内疚，就像过期雪茄的烟味，散不去；而玛奇梅因侯爵夫人在欢迎他时，我也看出一丝这一切都在预料之中的意思。喝茶时，他一直活跃地在讲述他的旅途，然后玛奇梅因侯爵夫人把他带走，去楼上进行"小谈"。我用一种近乎同情的心情看着他离开，任何有点扑克牌经验和感觉的人，都能体会到，他已经不止是在吹牛，还是在行骗。他肯定有什么事必须说，而他不想说，并且根本不知道怎么对玛奇梅因侯爵夫人说，关于圣诞节期间究竟发生了什么。而按我的猜测，他需要说出来的，还远远不止圣诞节那一点点，关于整个这趟黎凡特旅行，他都有很多应该说而打算藏起来不说的事。

"走，去看看保姆。"塞巴斯蒂安说。

"求求你，我也能来吗？"寇蒂莉亚说。

"走吧。"

我们爬上台阶来到圆顶下面的育儿房。路上寇蒂莉亚说："回到家来你一点也不开心吗？"

"我当然开心了。"塞巴斯蒂安说。

"哦那你最好表现出来一点啊，我是那么地盼望你回来。"

保姆这会儿好像并不希望别人跟她说话。她最喜欢的是，去看她的人不要过多地注意她，就让她在一边织毛线，她可以一边看着他们的脸，想象他们还是那几个她熟悉的小孩子，他们眼下的一切比起幼年时的生病和淘气，都不重要。

"嗯，"她说，"你看上去很憔悴，我猜那些外国饮食你可能不习惯，现在回来了得赶紧胖起来。还有你看上去好像觉也没睡够，看看你的眼睛——跳舞吧，我猜。（那是霍金斯保姆眼里永远的印象，上流社会总是在舞会上度过他们的夜晚。）那衬衣也需要织补，送去洗之前先拿来给我。"

塞巴斯蒂安无疑看上去健康状况不佳，五个月的时间在他身上烙下了几年的痕迹。他比过去更瘦，更苍白，眼袋明显，嘴角下垂，下巴一侧还有烫伤的疤痕；他的声音听起来比从前平淡，而行动在迟缓笨拙和紧张惊觉之间切换；他的衣服和头发使他看上去落魄，过去是飞扬快乐的不经意，如今是蓬头垢面的邋遢；最糟糕的是，他眼里闪烁着的小心翼翼，复活节时我很吃惊地看到这一点，可现在似乎已经成为他的习惯。

因为他的这一层谨慎，我一点也没有问他自己的事，相反只跟他谈及我的秋天和冬天是怎么过的。我和他说起我在圣路易岛①的住处，以及我上的美术学校，还有那些老师有多棒，学生有多糟。

"他们从来对卢浮宫碰都不碰，"我说，"要不然，如果他们去，那也只是因为碰巧他们读到的哪一篇文章里发现了某一幅杰作，恰好符合那一个月的美学理论。他们中有一半希望将来出去能像皮卡比亚②一样一举成名，另一半就简单地想靠着给时尚③杂志画广告或者去给夜总会画装饰画谋生。而老师们还一直不放弃，总想试着让他们像德拉克洛瓦一样去画画。"

"查尔斯，"寇蒂莉亚说，"当代艺术就是垃圾，对吧？"

"大垃圾。"

"哦，我太高兴了。我跟一个修女争论过，她说我们不应该去评论我们不懂的事情。现在我可以去告诉她，我这是直接从一个真正的艺术家那里听来的，去否定她。"

到了寇蒂莉亚该去吃她的晚饭的时候了，也是我和塞巴斯蒂安去会客厅里喝鸡尾酒的时间。布莱兹赫德一个人在那儿，然而维尔考克斯前后脚紧跟着进来，对他说："夫人有话跟您说，在楼上，少爷。"

"这不太像妈妈的做法，派人去叫别人谈话，她通常是自己来引诱。"

完全没有鸡尾酒托盘的迹象，几分钟后塞巴斯蒂安拉了铃，上来一个仆人回答说："维尔考克斯先生在楼上夫人那里。"

"哦，那有什么关系，把那些鸡尾酒的东西端来。"

"钥匙在维尔考克斯先生那儿，少爷。"

"哦……好吧，等他下来时让他一起送来。"

---

①　圣路易岛，巴黎塞纳河上的一个岛，通过几座桥与城市的其他部分相连。

②　皮卡比亚，法国画家和诗人，他尝试过多种画风，包括立体主义，达达主义以及传统的具象绘画。

③　《时尚》，现为时装和生活方式月刊。

我们谈了一点儿安东尼·布兰奇——"在伊斯坦布尔时他留着胡子，可后来我让他剃了。"——十分钟以后塞巴斯蒂安说："唉，我反正也不想要鸡尾酒了，洗澡去了。"随即离开了房间。

当时是七点半，我猜其他人大概都上去更衣了，因此我也想着这么做，却碰见正下楼来的布莱兹赫德。

"请稍等一下，查尔斯，我有点事要向你解释。我母亲刚才下令，任何房间都不得存留任何饮品。你肯定明白这其中的原因。如果你想要什么，直接呼叫维尔考克斯，告诉他就行了——只是最好等只有你一个人在的时候。我很抱歉，可现在就是这样。"

"这有必要吗？"

"我倒认为这很必要。你也许已经或者还没有听说，塞巴斯蒂安刚一回到英国便又发作了一次，圣诞期间他失踪了，山姆格拉斯先生昨天下午才找到他。"

"我就猜到了可能有这种事情，但你肯定这是最好的应对方式吗？"

"这是我母亲的方式，这会儿他不在，你想去喝一杯鸡尾酒吗？"

"那会噎着我。"

我每一次都被安排在第一次来住过的房间，它紧挨着塞巴斯蒂安的房间，我们共用一个浴室。那个浴室曾经是更衣室，后来，大约二十年前，它被改造成了一个浴室，里边安装了一个镶着桃花芯木框的很深的铜浴缸，浴缸的水龙头由厚重如海轮机械一般的黄铜制成，屋里的其他部分都维持了原样，冬天里有盆炭火一直燃着。我经常想起那间浴室——水彩画在水雾里变得模糊，巨大的毛巾搭在印花布的扶手椅上暖着——与它形成对比的，是那些摩登世界里的奢侈：整齐划一像病房一样的小房间，因为里边的一些镀铬制品和镜子而闪闪发光。

我躺在浴缸里，然后靠着炉火慢慢把自己烤干，一刻不停地想着我的朋友这一次沉重的归来。然后我套上浴袍，来到塞巴斯蒂安房间，走进去，如往常一样没有敲门。他靠在炉火边坐着，衣服穿好了一半，听见我进来，很生气地将一个漱口杯放下。

"哦，是你，吓我一跳。"

"所以你有喝的。"我说。

"我不知道你在说什么。"

"看在耶稣分上，"我说，"你不必在我面前装吧，你是不是该给我也来点儿。"

"只是我酒壶里剩下的一点，已经喝完了。"

"究竟怎么回事？"

"没什么事，好多事。我找时间告诉你吧。"

我穿好衣服再回到他房间，见他还是我离开时的样子，穿了一半，坐在炉火边。

朱莉娅一个人在会客厅里。

"唉，"我问道，"这究竟是怎么回事？"

"哦，就是又一起家务纠纷。塞巴斯蒂安又开始醉醺醺的了，所以我们都得看着他。真烦人。"

"他也感到很烦啊。"

"哈，这是他的错。为什么他就不能像别人一样呢？说起看着别人，山姆格拉斯先生如何？查尔斯，你注意到那人有猫腻吗？"

"很多猫腻。你觉得你母亲有察觉吗？"

"妈妈只看得见她想看的。她不能监控到全家每一个地方。你知道吗，我也在制造紧张。"

"我不知道，"我说，又谦卑地加了一句，"我刚刚从巴黎回来。"这样好给她造成一个印象，无论她面临的是什么麻烦，并没有声名远播。

这是一个怪异而压抑的晚上。我们在绘厅用晚餐，塞巴斯蒂安来晚了，大家都怀揣着一种痛苦的兴奋，又担心，又好像有点期待，他会来一个滑稽戏情节一样的入场，搅和打嗝地闹一场。可他来的时候，礼数周到，一边为迟到道歉，一边坐在了空着的那个座位上，让山姆格拉斯先生继续他的独白，既不打断，更好像压根没有听见。德鲁士将军们，圣祖们，偶像们，臭虫们，罗马遗迹们，山羊和绵羊眼睛这样稀奇的菜肴们，法国和土耳其官员们——所有近东旅行目录里有的事，都一一搬出来供我们一乐。

我观察着绕桌一周的香槟，到了塞巴斯蒂安跟前，他说："给我来点威士忌吧，谢谢。"然后我看见维尔考克斯越过他的头顶与玛奇梅因侯爵夫人目光的交换，她回应了一个细微，几乎难以察觉地点头。在布莱兹赫德，他们给每个人用一个独立的小个头烈酒醒酒器上酒，大约四分之一酒瓶的容量，通常不用叮嘱，端上来的时候一定是装满的。这一次，维尔考克斯给塞巴斯蒂安的却空了一半。塞巴斯蒂安故意把它举起来，斜着瓶身看了看，然后默默地把酒倒进面前的酒杯里，大约有两指宽那么高。除了塞巴斯蒂安以外，我们又都开始谈话，因此有一阵山姆格拉斯先生发现自己正在和自己说话，没人听他的，他那时正在说马龙瓜教徒①的烛台。很快我们又陷入沉默，于是他又占领了桌面上的话题，直到玛奇梅因侯爵夫人和朱莉娅离开房间。

"别待得太久，布莱迪。"她在门口说，像平常一样。那天晚上我们谁也没有想要多待。我们的酒杯里被斟上波特酒后，醒酒器立刻被收走，带离了房间。大家很快喝完来到会客厅，布莱兹赫德请他母亲给大家读书，于是她情绪很高地朗读了《小人物日记》②，一直到十点钟，合上书，说她莫名其妙感到特别倦怠，以至于那天晚上小教堂

---

① 马龙瓜教徒，追随马龙瓜教会的信众组成了叙利亚基督徒的一个部分。

② 《小人物日记》是一部由兄弟两人写成的日记体滑稽小说，于 1888 年到 1889 年间在《笨拙》上连载。

也不能去了。

"明天谁参加狩猎？"她问。

"寇蒂莉亚，"布莱兹赫德说，"我明天要把朱莉娅那匹小马带出来，主要是让它见识一下猎犬，我不会让它在外面超过几个小时的。"

"雷克斯明天某个时候会到，"朱莉娅说，"我最好留下来等他。"

"在哪里集合？"忽然塞巴斯蒂安问道。

"就在这儿，弗莱特圣玛利。"

"那我也想去打猎，如果可以的话。"

"当然了，这太让人开心。我本来想问你的，可又觉得你通常总是抱怨大家老让你出门。你可以用小叮当，这一季她表现得相当好。"

每个人忽然间都因为塞巴斯蒂安想要参加狩猎这件事而非常欣慰，它似乎抵消了这个夜晚好多的不快。布莱兹赫德忽然拉铃让人送威士忌来。

"还有别人想要吗？"

"给我也来一点吧。"塞巴斯蒂安说，然后，想到这一次是个普通的男仆，不是维尔考克斯，可我却看见了仆人和玛奇梅因侯爵夫人间同样的眼色交换。每个人都被警告过了。这两份饮料被送来，已经倒进了酒杯里，就像酒吧里的"双份"，所有人的眼睛都追随着那个托盘，仿佛人人都是餐厅里闻到了野味的狗。

然而由塞巴斯蒂安要去打猎这件事带来的快乐气氛却持续着，布莱兹赫德给马厩写了张便条，随后所有人都高兴地各自睡去了。

塞巴斯蒂安直接上了床，我坐在火边抽着烟斗，说："我真希望明天可以和你一起去。"

"唉，"他说，"你不会欣赏到太多运动的，我现在就可以原原本本告诉你，我明天要干什么。在第一个隐蔽处，我就会离队，离开布莱迪，悄悄地潜到最近的酒馆里去，然后一整天安静地坐在酒馆座位上，泡在酒里。如果他们把我当醉鬼对待，那就让他们货真价实地拥有一个吧。我反正讨厌打猎。"

"哦，我也拦不住你。"

"你可以，事实上——你只要不给我钱就能拦住我。他们注销了我的银行账户，你知道吧，就这个夏天。这是我近来最大的困难，我把手表、香烟盒都拿去当了，以确保自己可以过一个快乐的圣诞节，所以我得找你要我明天一天的开销。"

"我不会给你的，你很清楚地知道我不能够。"

"你不会吗，查尔斯？好吧，我猜我自己能想到办法，我最近已经练出来了——自己想办法。因为我必须这样。"

"塞巴斯蒂安，你跟山姆格拉斯先生之间究竟发生了什么？"

"他晚餐时都说了——遗迹、向导，还有骡子，那就是发生在山米身上的一切。我们决定各走各的路，就这些。可怜的山米，到目前为止的确表现还不错。我希望他能坚持下去，可他好像对于我的快乐圣诞节这事把握得不够好，我猜如果他把我的情况展示得过分好的话，他这份差事可能就保不住了。

"你知道他在这件事上收益还是很不错的。我不是说他贪污，相信他在钱方面还是诚实的。当然他有一个丢人的小本子，上面记载了他兑现的所有旅行支票以及他如何花的，拿回来给妈妈和律师看。可他想去所有那些地方，带上我他可以很轻松地让自己十分舒适，而不是按通常小学者的方式行走。唯一的缺陷是要忍受我陪伴在左右，不过我们很快就把这个问题解决了。

"我们完全是以一种宏大豪华旅行的方式开场的，你知道，每到一个地方都带着写给当地大人物的信，在希腊罗德岛住在军事总督家，在君士坦丁堡又住在大使家，这正是山米最初的任务。当然，要看住我不是一项容易的工作，他事先警告了所有的主人，我不能对自己的行为负责。"

"塞巴斯蒂安。"

"不能完全负责——于是我因为没钱可花，所以也不能自己跑开得太多。他连小费都替我付，把钱放在人家手里，然后就在当场把数字记在他那小本子上。我的幸运是在君士坦丁堡降临的，一天晚上，我设法趁山米不注意，去打牌赢了点钱。第二天我就从他身边溜了，在托卡利安的酒吧里正十分开心，这时你猜谁来了？安东尼·布兰奇，留着胡子，带着一个犹太男孩。就在山米喘着气跑进来，重新把我抓回去之前，安东尼借了十镑钱给我。那以后我便再没有离开他视线一分钟，大使馆的工作人员把我们送上去比雷埃夫斯的船，看着我们离开。可是在雅典比较容易，一天午饭后我径直就走出大使馆，去库克旅行社换了钱，然后故意打听了去亚历山大港的船，就为了逗逗山米。然后坐巴士去到码头，找到一个讲美国话的海员，在他船舱里一直待到起航，就回到君士坦丁堡了，就是这样。

"安东尼和犹太男孩同住在市场附近一座可爱的老房子里，我在那儿一直待到天气变得太冷，然后安东尼和我又漂流到南方，直到三个星期前跟山米约定在叙利亚见面。"

"山米就没介意吗？"

"哦，我觉得他自己挺享受的，用他那阴森森的方式——只不过我不在身边，肯定也就没有上层人物去让他接近了。他一开始有点紧张，我也不希望他去把整个地中海舰队都惊动，于是我从君士坦丁堡发电报给他，告诉他我很好，让他汇钱到奥斯曼银行来。他当然一收到电报立即跳着就来了，但是他所处的立场，对他来说其实很不容易，首先我已经成人，再说又没有任何证据说明我精神有问题，他不能强制带走我。他又不可能让我饿着，而自己还花着我的钱在生活，加上也没法体面地对妈妈说这件事。我其实一直都控制着他，可怜的山米。我最初的想法是从他那儿把钱都拿回来，可安东尼帮了大忙，他说把事情和平地解决要好得多，随后他就真的把所有事情都很和平地料理了。就这些了。”

“直到圣诞节后。”

“对，我下决心要过一个快乐的圣诞节。”

“你实现了吗？”

“我觉得我实现了。也记不清太多，但这是个好征兆吧，对吗？”

第二天吃早餐时，布莱兹赫德穿着猩红色的猎装，寇蒂莉亚也相当时髦，下巴被白色的丝塔扣①高高地托起，当塞巴斯蒂安穿着人字呢外套出现时，她对他哀嚎起来：“哦，塞巴斯蒂安，你怎么能这样就来了呢？快回去换了，你穿猎装漂亮极了。”

“不知道锁在什么地方的，吉布斯找不到它们了。”

“撒谎，在他们叫你之前我已经过去把猎装都拿出来摆好了。”

“一半的东西都不见了。”

“你这样是在助长斯特里克兰－维纳布尔斯一家，他们的表现已经很不堪了，马夫们连高礼帽现在都不戴了。”

差一刻十一点，马匹纷纷被牵了出来，可楼下一个人也见不着，好像大伙儿都约好了藏起来，非得听到塞巴斯蒂安的声音才肯出现一样。

他正准备要行动时，别人纷纷上了马。这时他示意我到大厅里去，在一张桌子上，他的帽子、手套、马鞭、三明治旁边，有一个拿来灌酒给狩猎时用的酒壶，他拿起来晃了晃，空的。

“你看，”他说，“就这么一点信任我也得不到。发疯的是他们，

①　丝塔扣，由 17 世纪的领饰 cravat 演变而来的男装领部装饰。

不是我。这下你不能拒绝给我钱了。"

我给他一镑。

"再来点。"他说。

又给一镑，然后看着他上了马，跟在他哥哥和妹妹后面小跑着跟去。

然后，山姆格拉斯先生凑到我胳膊旁边，他就像给台上的塞巴斯蒂安提醒台词的人，这会儿没有了任务一样，把一只胳膊绕到我的胳膊里，拽着我回到屋里的炉火边。先暖了暖他那双整洁的小手，然后又回身去暖他的座位。

"啊，现在塞巴斯蒂安追狐狸去了，"他说，"我们的小麻烦可以先束之高阁一两个小时。"

我没有打算要跟山姆格拉斯先生这一套周旋。

"我昨晚听说了有关您宏大旅行的一切。"我说。

"哈，我就猜到你可能会听说的，"山姆格拉斯先生显然毫无惧色，仿佛因为还有别人知道而松了口气似的，"我没有拿这一切去烦扰我们的女主人，毕竟，结果比任何人可以预期的都要好得多。但是，我确实感觉需要对她解释一下关于塞巴斯蒂安的圣诞节。你可能观察到了昨天晚上的一些防范措施吧。"

"是的。"

"你认为过分了吗？我跟你一样，尤其是这已经牺牲了我们来访者的舒适性。我今天早上见过玛奇梅因侯爵夫人了，你不会认为我刚起床吧，我已经在楼上跟女主人进行过一场小谈了。我想我们可以期待今天晚上能放松一下，昨天那样的夜晚可没人想再来一次。我感觉自己昨天晚上为娱乐大伙所作出的努力，没有得到足够的感激。"

跟山姆格拉斯先生谈论塞巴斯蒂安，对我来说原本是件很恶心的事，可我不得不说："我不知道今晚是不是开始放松的最佳时机。"

"当然是了，为什么不能今晚呢？整整一天待在原野上，处在布莱兹赫德质询的眼光下，还能有比这更好的时机吗？"

"嗯，我想其实也不关我什么事吧。"

"严格地说，也不关我事，现在他都安全回家了。只是很荣幸，玛奇梅因侯爵夫人征求了我的意见。可是这会儿我觉得，这与其说是塞巴斯蒂安的，倒不如说是我们的福利。我是真的需要第三杯波特，需要那个托盘被送到图书馆来。可你特别地对今晚提出反对，我能知道为什么吗？塞巴斯蒂安今天不可能做出什么出格事情的，起码有一点我碰巧知道，他没有钱，我可以保证这件事，我甚至把他的手表和香烟盒都拿到楼上去了，他不会祸害的……只要没人邪恶地去给他一点……啊，朱莉娅小姐，您早，早上好。在今天这个狩猎的早晨，您的京巴好吗？"

"哦，那北京犬没什么事。唉，今天我有雷克斯·莫特拉姆要来，我可不希望咋晚的戏重演，什么人得去跟妈妈说说。"

"已经有人了。我跟她谈过，我想今晚会很好的。"

"那谢天谢地。你今天画画吗，查尔斯？"

如今已经形成了一个传统，我每次来布莱兹赫德都会在花园房里画一幅椭圆墙面装饰。这个传统倒是很适合我，它给我提供了最好的理由去远离人群。当这栋房子里装满了人的时候，儿童房和花园房成为两处避难所，人们轮流去那儿抱怨其他人，于是我也不费吹灰之力便掌握了所有的八卦。现在有三幅已经完成了的椭圆壁画，每一幅单看，都可以从某个程度上说很漂亮，然而每一幅之间却大相径庭，因为我的口味与十八个月前开始这个系列时相比，已经有了很大的变化，技法也更加娴熟。作为一种装饰方案，这组画是失败的。那天早上，像很多个早上一样，这间花园房成为我的避难所。我进去之后很快便投入工作，朱莉娅跟着我一起进去，她看着我开始，然后我们交谈起来，不可避免地，话题又是塞巴斯蒂安。

"你难道对这个话题没有厌烦吗？"她问道，"为什么每个人非要把这当成一件事？"

"只是因为我们都爱他。"

"哦，我也爱他，从某个角度可以这么说吧我想。可我只希望他能像别人一样行为处事。我在一桩家庭丑事中长大，你知道我指的什么——爸爸。不能在用人面前提到他，当我们还是孩子时也不能在我们面前提到他。如果妈妈这次又执意要把塞巴斯蒂安变成一个家庭丑闻的话，就实在是太过分了。如果他想随时随地喝醉，为什么不去肯尼亚，或者其他什么不在意这事的地方？"

"可是为什么在肯尼亚不快乐，就比在其他地方不快乐关系要小一些呢？"

"别装傻了，查尔斯。你都懂。"

"你的意思是，就不会有那么多让你难堪不快的局面了吗？好吧，我刚才想说的，其实是我恐怕今晚如果塞巴斯蒂安有机会的话，就会有难堪发生，他情绪很糟糕。"

"哦，一天的狩猎会让他情绪平复的。"

对于狩猎一天的价值，人人都抱以如此虔诚的信仰，这简直令人感动。玛奇梅因侯爵夫人上午匆匆来了一趟，她对这个话题，也用她那出了名的含蓄幽默感自嘲了一番。

"我向来很讨厌狩猎，"她说，"因为它似乎能在最文雅的人身上忽然激发出一种特定的吓人的粗鄙来，我也不知道那是什么，可他们从穿戴上行头，跃身上马那一刻起，就变得很像普鲁士人。事后对此又特别乐于吹嘘，那样的夜晚，我坐在餐桌边，发怵地看着那些我熟悉的男女，变成一个个似乎半梦半醒的，自负非凡的，对一件事狂热的笨蛋！……不过你知道，——这一定是几个世纪积攒下来的东西——想到塞巴斯蒂安今天跟他们一起出去了，我的心还是十分轻松。'他其实真的没什么不妥，'我对自己说，'他去狩猎了。'"——仿佛我的祈祷收到了回音。"

她问了我在巴黎的生活，我跟她讲到我的住处，从那里看出去的塞纳河风光以及圣母院的塔楼。"我很希望回去的时候，塞巴斯蒂安能来跟我住一段时间。"

"那当然很美好。"玛奇梅因侯爵夫人说，叹了口气，好像这事难以企及。

"我希望他能来伦敦和我住一段。"

"查尔斯，你知道这不可能，伦敦对他是最坏的选择，连山姆格拉斯先生在那里也看不住他。我们这个家没什么秘密，你知道，他圣诞期间走丢了。山姆格拉斯先生最后找到他完全是因为他付不起一份账单，别人打电话给家里。这太可怕了。不，伦敦不可能。如果他在这里，跟我们在一起，都是这样……我们一定要让他在这里待一阵，让他在这里快乐起来，健康起来，打打猎，然后再让山姆格拉斯先生带着他去海外旅行……你知道，这一切我过去都经历过。"

然而事实无可争辩地在摆在那儿，不言而喻，我们俩都知道——"你关不住他，他跑掉了。塞巴斯蒂安也会。因为他们俩都恨你。"

一声号角和一阵猎人们的欢呼，从我们身下的山谷传来。

"他们在那儿呢，在家附近的林子里围上了。我希望他今天能开心。"

就这样，朱莉娅、玛奇梅因侯爵夫人和我都陷入了一个死局，不是因为我们彼此不了解，而是因为太了解。可是与布莱兹赫德，他回来午餐时，又跟我谈到这个话题——因为这个话题在这所房子里已经无处不在，就像轮船底部驱动引擎上的那一团火，藏在水线以下，暗黑又火红，像一缕呛人的烟雾从舱口下渗出，冒到光线中来，忽然间透过天窗和气管滚滚而来——跟布莱兹赫德在一起，我仿佛处在一个陌生的世界，一个死寂的世界，流淌着荒芜岩浆的星球表面，呼吸艰难。

他说："我希望就是耽酒症，这简简单单就是一个巨大的不幸，我们都必须要帮他。过去我一直担心的是，他就是在他愿意的时候故意喝醉，而且仅仅因为他喜欢这样。"

"根本就是这样啊——我们都是这样，现在他跟我在一起就这样。只要你母亲肯相信我，我可以保证让他维持那个状态。如果你们用看守、治疗方法什么的去烦他，要不了几年他的健康就会被毁掉。"

"健康被毁并不成其为一个人的罪恶，你知道。成为邮政局长也好，猎狗主人也好，或者八十岁年纪还能步行十英里也好，都不是一个人所必须承担的道德义务。"

"罪恶，"我说，"道德义务——你又回到你的宗教话题了。"

"我就没离开过。"布莱兹赫德说。

"你知道吗布莱迪，如果某一个瞬间，我动了念头要成为一名天主教徒，只需要跟你交谈五分钟，我就能被治好，打消念头。你总能够设法把一些看上去非常有道理的陈述，变成彻彻底底的无稽之谈。"

"这太奇怪了你也这么说。我过去听别人说过同样的话，这正是我觉得自己不会成为一名好修士的很多原因之一。我猜它是我思维方式里的一种东西。"

午餐时，朱莉娅心不在焉，只想着她当天将要到来的客人。她开车去车站接了他回来，正好赶上下午茶。

"妈妈，快看雷克斯的圣诞礼物。"

那是个小乌龟，壳上用钻石镶着朱莉娅名字的缩写，这个看上去有些下流的玩意儿，无力地在抛光的地板上滑动着，在牌桌上大步迈着，在地毯上笨拙地挪动，稍微一碰就缩回去，有时伸着脖子，晃着那颗干枯而原始的脑袋，成为那个下午的一个记忆，那些在大危机中让人分心，却忘不掉的针尖小事。

"哦天哪，"玛奇梅因侯爵夫人说，"但愿它跟普通乌龟吃一样的东西吧？"

"它死了怎么办呢？"山姆格拉斯先生问道，"你能把另一个乌龟安到这个壳里去吗？"

已经有人跟雷克斯说过了塞巴斯蒂安的事——他根本无法忍受那种气氛——而这事对于他，弹指间就能拿出一个解决方案来。在茶点中间，在经过了一整天的窃窃私语讨论之后，他爽朗而开放地提出了他的建议，总算敞开了说，实在让人松一口气。"送他去苏黎世，博瑞塞思那里。博瑞塞思是最适合的人选，他每天都在他的疗养院里制造奇迹，你知道查理·吉尔卡蒂尼过去怎么个喝法吧？"

"不知道，"玛奇梅因侯爵夫人说，带着她那特有的甜蜜的讥讽口吻，"不，我恐怕不知道查理·吉尔卡蒂尼过去喝成什么样。"

朱莉娅听见自己的情人被嘲笑，不高兴地瞪着那乌龟，可雷克斯·莫特拉姆对这一丝细微的调皮完全视而不见。

"两任妻子都对他绝望，"他说，"当他与西尔维娅订婚时，她给出的条件就是，他得去苏黎世接受治疗。还真奏效了，三个月后回来，完全变成了另一个人。从那以后就滴酒不沾，尽管最后西尔维娅还是离开了他。"

"她为什么要这样做呢？"

"哦，可怜的查理，不饮酒后变成了一个比较无趣的人。可这不是我们现在关心的关键点吧。"

"不，我想不是的。事实上，我想，真的，我们得把这当成一个很鼓舞人心的故事才对。"

朱莉娅对着那珠光宝气的乌龟沉下了脸。

"他也接待性方面的病案，你知道。"

"哦天哪，那可怜的塞巴斯蒂安将在苏黎世结交一些什么古怪朋友呢？"

"他需要提前几个月预约，不过我想如果我对他开口的话，他一定会想办法调剂的。我今晚就可以在这儿给他打电话。"

（在雷克斯最善良的时刻，也就是以如此一种大吹大擂的热情，好像要给一个极不情愿的主妇强行推销他的吸尘器。）

"我们再想想吧。"

然后我们就开始想这事，寇蒂莉亚这时从狩猎中返回。

"哦，朱莉娅，那是什么？这太野蛮了。"

"是雷克斯的圣诞节礼物。"

"哦，对不起。我总是冒犯别人，可这太残忍了！肯定痛极了。"

"它们没有感觉的。"

"你怎么知道？我打赌它们有感觉。"

她吻了吻一整天没见面的母亲，又与雷克斯握了握手，然后安排人给她送些炒鸡蛋来。

"我在巴尼太太那儿吃过茶了，也是在那儿打电话叫车来接我的，可还是觉得饿。今天真的很棒。简·斯特里克兰－维纳布尔斯掉进了泥沼里，我们从本吉尔斯一路跑到上伊斯特里，一次也没停过，我想那得有五英里吧，你觉得呢，布莱迪？"

"三英里。"

"马儿跑起来时感觉可不一样……"在一口一口的炒鸡蛋间隙，她向我们讲述今天的狩猎，"……可惜你们都没见到简从泥塘里爬起来的样子。"

"塞巴斯蒂安在哪儿？"

"他真丢人。"这些话从那个清晰、如银铃般的童音里发出，她还在继续，"穿着那可怕的狩猎便装，系着条恶心的小领带，好像莫尔文上尉骑术学校的学生，我在集合时差点没认出他来，我也希望别人没认出他。他还没回来吗？我猜他肯定走丢了。"

当维尔考克斯进来收拾吃剩的茶点时，玛奇梅因侯爵夫人问道："没有塞巴斯蒂安少爷的消息吗？"

"没有，夫人。"

"他可能在谁家歇脚喝茶了，这太不像他了。"

半小时后，维尔考克斯端来了鸡尾酒托盘，说："塞巴斯蒂安少爷刚刚来电话了，让去南川宁接他。"

"南川宁？谁住在那儿？"

"他是从旅馆打来的电话，夫人。"

"南川宁？"寇蒂莉亚说，"天哪，他真的走丢了！"

他到家时，脸通红，眼里还兴奋地闪着光，我看得出他大概醉了七八成。

"亲爱的孩子，"玛奇梅因侯爵夫人说，"你看上去又这么好了，真让人高兴。在户外度过的这一天显然对你有好处，饮料就在桌上，自己去拿吧。"

她这番话本没有什么特别之处，但她会这样说这件事，却并不正常，六个月之前你肯定听不到她说这样的话。

"谢谢，"塞巴斯蒂安说，"我会的。"

又是一击，还是意料之中的，重复的，落在上一次还没有散去的瘀青上，都没有震惊，只有沉闷和隐隐的痛，以及对如果再来一次是否还能够承受的怀疑——就是这样的感觉，当我这天晚上在晚餐桌上坐在塞巴斯蒂安对面时，看着他雾蒙蒙的眼睛和哆哆嗦嗦的行动，听着他沉重的声音，笨重地打断一段长时间难以忍受的沉默。终于，当玛奇梅因侯爵夫人和朱莉娅以及仆人离开之后，布莱兹赫德说："你最好上床去吧，塞巴斯蒂安。"

"先喝点波特再去。"

"好，你想喝就喝点，只是不用到会客厅来了。"

"太醉了，"塞巴斯蒂安重重地点着头说，"就像从前，绅士们在从前总是醉醺醺地去会客厅里加入到女士们当中。"

（"可你知道，不是的，"山姆格拉斯先生事后还想和我聊这事，"这根本不像从前，我也不知道区别在哪里，是缺少好的幽默？还是缺了有趣的伴？你知道，我猜他今天一个人去喝酒了。他哪来的钱呢？"）

"塞巴斯蒂安上楼了。"当我们来到会客厅时，布莱兹赫德说。

"是吗？我开始朗读？"

朱莉娅和雷克斯在玩伯齐克①，那乌龟，被那只北京犬已经逗弄了半天，吓得缩回壳里再不肯露面。玛奇梅因侯爵夫人开始朗读《小人物日记》，不一会儿，本来时候还早，她却说睡觉时间到了。

"我能再待一会儿吗，妈妈？再玩三盘游戏？"

"好的，宝贝，你睡觉前来看看我，我还不会睡的。"

我和山姆格拉斯先生都明白地看出来，朱莉娅和雷克斯想要单独待一会儿，偏偏布莱兹赫德看不出来，只坐下来开始读他白天还没空读的《泰晤士报》。然后，走到这栋房子我们房间所在的那一侧时，山姆格拉斯先生说："这根本就不是从前的日子。"

第二天早上我对塞巴斯蒂安说："你坦白地告诉我，希望我在这儿待下去吗？"

"不，查尔斯，我觉得我不希望。"

"我帮不上忙吗？"

"帮不上。"

---

① 伯齐克，一种纸牌游戏。

于是我去向他母亲告辞。

"我有事问你，查尔斯。你昨天给塞巴斯蒂安钱了吗？"

"是的。"

"在明明知道他会怎么花的情况下？"

"是的。"

"我不能理解，"她说，"我就是完全不能理解，怎么能有人会这样麻木地行恶。"

她停了停，但我不觉得她在等待我的回应。我没什么好说的，除非我又从头再来一次，开始那熟悉的，无休无止的争论。

"我不会怪你的，"她说，"上帝也知道，我不能责怪任何人。任何我孩子的失败都是我的失败。可我就是不懂，我不懂你怎么能在那么多地方那样地善良而优秀，然后忽然间会这样无所忌惮地残忍。我不懂我们大家这样喜欢你，而你一直都在恨我们吗？我不懂我们做了什么，让你这样对我们。"

我无动于衷，丝毫没有被她的伤心打动。就像我过去经常想象的被学校开除的情形，甚至以为会听见她说："我已经给你十分难过的父亲写了信通知此事。"可当我乘车离去，当我从车里回头一瞥，心里知道这是我看它的最后一眼时，却感到自己的一部分好像留在了那里。以后的日子里，无论我走到哪里，都能感到身上缺少了那一部分，于是开始无助地搜寻，就像传说中的游魂，不断地回到他们曾经埋葬财富的地方，没有这些财富，他们便不能支付通往阴间的旅途。

"我再不会回来了。"我对自己说。

一扇门关上了，那扇我在牛津苦苦搜索寻得的低矮的门。如今打开，里面再也没有我的魔法花园。

我浮到了水面，经过长时间没有光照的珊瑚宫殿，以及海底的波涛森林之后，如今置身于正常的日光之下，呼吸着海面上新鲜的空气。

我留在身后的是——什么？青年时代？青春期？罗曼蒂克？还是这一切所施展的魔术，就像"小魔术师的魔法包"，那个整齐的小匣子，里边有一个乌木的魔棒，旁边摆着魔术台球，还有可以折叠变换的硬币，以及可以从空心的蜡烛中拉出来的羽毛花朵？

"我把幻影留在了身后，"我对自己说，"从今往后我将生活在一个三维的世界里——带着我自己的五感。"

然而，当车拐了个弯，将那栋房子彻底抛在我视线之外时，我却明白，根本没有那样一个我本以为不用找，就在这条路的尽头等我的世界。

就这样我回到了巴黎，回到我在那里结交的朋友中间，回到我新建立的生活中间。我以为我不会再有任何来自布莱兹赫德的消息，可是生活中却少有那样一斩即断的别离。不到三个星期，我收到寇蒂莉亚带有法式修道院风格的笔迹。

亲爱的查尔斯：

你不知道得知你离开后我有多难过，你可以来跟我说再见的！

我听说了你所做的有失体面的事，我写信来就是想告诉你，我也同样地不光彩了。我偷了维尔考克斯的钥匙给塞巴斯蒂安拿威士忌，被他们抓住了，可他好像真的想要啊，于是发生了（而且还在继续上演）一场可怕的战争。

山姆格拉斯先生走了，（真好！）我觉得他好像也有什么过错，但不知道是怎么回事。

莫特拉姆先生目前很讨朱莉娅喜欢，（很糟糕！）他要把塞巴斯蒂安带走，（糟透了！糟透了！）带去看一个德国医生。

朱莉娅的乌龟不见了。我们觉得它可能把自己埋了，它们就是这样的。这下那一整包就没了（莫特拉姆先生的话）。

我很好。

带着我的爱。

寇蒂莉亚

收到这封信以后大约一个星期，一天下午我回到住地，发现雷克斯在那儿等我。

当时大概四点钟，在一年中的这个季节，这个时刻光线已经开始发暗。当门房告诉我楼上有访客在等我时，我可以从她表情里看出，明显有什么不寻常。她有一种表达天赋，只用表情就能让你看出年龄和吸引程度的差别，这一次的表情是在说，那是个重要角色啊。而雷克斯证实了她说的不错。他穿一件很大的旅行大衣，占据了可以俯视塞纳河的整个那扇窗户。

"啊，"我说，"啊。"

"我今天上午来过，他们告诉了我你平时吃午餐的地方，可我在那儿没找到你。你收留了他？"

我不用问他指的是谁。"所以，他也从你身边溜了？"

"我们昨晚到的，原计划今天去苏黎世。因为他说他累了，我便把他留在洛提，自己跑去旅行者俱乐部玩了一把游戏。"

我注意到，即便对我，他也是这样在编造借口，好像在我这里预演之后好去别处重述。"因为他说他累了"很不错。我不能想象雷克斯会让一个半醉的小子干扰他玩儿牌。

"于是你回来发现他不见了？"

"哪里，我倒希望这样。他坐那儿等我。我那天在旅行者俱乐部很走运，扫了一大包回家，然后趁我睡着，塞巴斯蒂安把我赢的钱都拎走了。给我留下的只有两张去苏黎世的头等厢车票，插在镜框边上。差不多有三百英镑，真想揍死他！"

"现在他可以想去哪儿去哪儿了。"

"随便哪里都可以去了。你不会把他藏起来了吧？"

"没有，我跟那一家之间的一切都过去了。"

"我觉得我的刚刚开始，"雷克斯说，"我说，我有好多要说的，但是我答应了旅行者那儿的一个伙计，下午还要再陪他玩。你跟我一起吃晚饭好吗？"

"好啊，哪里？"

"我通常去西罗餐厅①。"

"为什么不去派亚姿②？"

"从没听说过，我买单你知道。"

"我当然知道是你买，那我点餐吧。"

"啊，那好。那叫什么来着？"我给他写了下来，"这是那种可以见到本地人生活的地方吗？"

"是吧，你可以这么说。"

"好，可以经历一下。点些好东西。"

"我正是这么想的。"

我比雷克斯早到了二十分钟。如果我不得不跟他一起度过一个晚上，那无论如何要按我的方式来。我清楚地记得那天的晚餐——酸模汤，白汁烩龙利鱼，榨血鸭，柠檬舒芙蕾，临到最后忽然担心这对于雷克斯来说有点太简单了，便又加了一份鱼子酱薄饼。酒我让拿了一

---

① 西罗餐厅，位于巴黎道努歌剧酒店一楼的餐厅，极其时髦的去处。

② 派亚姿，从其他文学作品中得来的参考资料显示，这应当是20世纪早期巴黎非常高级的一家餐厅。

瓶一九〇六年的蒙哈榭，此时正是最佳年份，而用配那份鸭子的，则要了一九〇四年的贝日。

当时在法国生活相对是轻松的，按汇率兑换后我的津贴相当充沛，因此并不用过得很节俭。但是，像这样的晚餐倒也不经常吃。我当时对雷克斯感到满是亲切。当他终于到来时，取下围巾脱掉外套的动作，就好像再也不要见到它们一样。他好奇地打量着这个小小的，幽暗的地方，仿佛在疑惑会不会看见阿帕奇人①或者一群酗酒的学生。然而他看见的，只是几名议员，胡子底下掖着餐巾，静静地在用餐。我可以想象他回去以后怎么对他那帮商业大鳄朋友们讲述这个地方："……一个我认识的有趣的家伙，住在巴黎的美术学生，带我去了个滑稽的小馆子——基本上就是那种路过也不会多看一眼的地方吧——可那儿的食物却是我吃过的最好的，还有五六个议员也在那儿吃饭，这能说明那应该真是个去处。再说，也一点不便宜。"

"有任何塞巴斯蒂安的迹象吗？"他问。

"不会有的，"我说，"得等到他需要钱的时候。"

"这事这么个结局有点棘手。我本来希望在他身上好好表现一下，可能会在另一方面帮上我自己一点。"

很简单，他想开始谈他自己的事。可这些事可以等，我想，等到对八卦隐私更包容，等到我们酒酣饭饱，等到干邑上来时。它们适合在注意力已经迟钝，一方已经只剩下一半的意识可以用来倾听时来谈。可这会儿，刚刚开始，都还处在对食物的兴头上，领班正在翻着薄饼，他后面两个帮手正在准备榨鸭血的机器，得谈谈我自己。

"你在布莱兹赫德待得久吗？我走后名字有没有被提到过？"

"提到过？小子，我听得都反胃了。玛奇梅因用她的话说，对你

---

① 阿帕奇人，是对文化上有关联的美洲印第安部落人群的总称。

‘深感内疚’，我猜你们最后那一次见面，她把这事拔得很高。"

"‘麻木地行恶’，‘无所忌惮地残忍’。"

"够厉害的字眼。"

"随便别人怎么谈论你都没关系，只要不把你做成鸽子派吃了。"

"嗯？"

"一种说法而已。"

"啊。"奶油和热黄油混到一起，淌了下来，把一个个黑绿色的鱼子珠与它们的同伴分开，包在白色和金黄色当中。

"我想要一点碎洋葱，撒在我的鱼子酱上，"雷克斯说，"一个很懂的伙计跟我说过，这会把滋味进一步激发出来。"

"先不加试试看，"我说，"再给我说点我的新闻。"

"哦，当然了，格林纳克①，还是什么，不知道怎么叫的——就是那个自以为是的学者——栽了跟头。所有人都很高兴。你走后的头一两天他是宠儿，所以是不是他使坏让那老太太把你扔开，这毫无疑问。他一贯让大家如鲠在喉，所以最后朱莉娅忍无可忍把他给捅出去了。"

"真的，朱莉娅？"

"哦，主要是他开始把鼻子伸到我们俩的事情里来了，你看。朱莉娅发现了他是个骗子，一天下午趁塞巴斯蒂安又醉醺醺的时候——当然他基本上所有时候都醉醺醺的——她把那趟大游学的故事全部套了出来。这一来，山姆格拉斯先生就玩完了。那之后，玛奇梅因开始想，她是不是对你太严厉了。"

"跟寇蒂莉亚的战争又是怎么回事？"

"那件事，让所有的其他事都黯然失色。那孩子简直是个人间奇迹——她就在我们眼皮子底下喂了塞巴斯蒂安一个星期的威士忌。我们

---

① 格林纳克，雷克斯临时想的一个安在山姆格拉斯头上的姓氏。

完全想不出来他从哪里弄来的。这也是最后导致玛奇梅因崩溃的原因。"

汤十分美味，尤其是跟在浓重的鱼子酱薄饼之后——滚烫、清淡、苦涩、冒着气泡。

"查尔斯，我再告诉你一件事。玛奇梅因老太太不让任何人知道。她病得很厉害，随时都可能翘辫子。乔治·安斯特拉瑟秋天时给她做的检查，当时判断大概还有两年时间吧。"

"你是怎么知道的？"

"这种事就没有不让我听见的。按她家里目前这个状况，我恐怕她活不过一年。其实我知道维也纳有个人能救她，他居然让索尼娅·班福希尔重新站了起来，在所有人，包括安斯特拉瑟都对她放弃了的情况下。不过玛奇梅因老太太不会去治的，我猜是她那让人脑子坏掉的宗教搞的鬼，让他们不在意自己的身体。"

龙利鱼十分简单，太不起眼，以至于我估计雷克斯完全对它没感觉。我们在榨鸭十发出的曲调中继续用餐——骨头被榨裂，血和骨髓在流淌，再用勺子把这流淌的汁液浇在片得薄薄的鸭脯上。大约有一刻钟的沉默，当时我正在喝我的第一杯贝日，雷克斯抽着他的第一支香烟。他向后仰靠着，朝桌上吐了一口烟，评论道："你知道，这儿的饮食还真不差，应该有人把这地方盘下来，收拾出个样子。"

这时他又开始了玛奇梅因家的话题：

"我再告诉你一件事——他们如果再不小心的话，很快要经历一次财政上的动荡。"

"我认为他们巨富。"

"当然，他们肯定很富，尤其按他们那种让钱放在那里不动弹的方式，还能这样。他们那一类人中的每一个，比起一九一四年来说，都穷了，而弗莱特一家子好像并没有意识到。我估计那些管理他们资产的律师也图方便，要现金就给，从不质疑。看看他们那日子过得——布莱兹赫德和玛奇梅因公馆两边都是大排场，养成群的猎狗，租金收入不增加，没有辞退一个人，成打的老用人啥也不干，还被其他用人伺候着。除了这些，还有那老小子另立门户——而且排场上也绝不含糊。你知道他们透支多少吗？"

"当然不知道。"

"乖乖，在伦敦透支了将近十万。其他地方还有没有欠债我不知道。嗨，那可不是个小数目，你知道，尤其是对于那些不懂得利用他们金钱的人。去年十一月是九万八，这种事是躲不过我耳朵的。"

这些就是他能听见的事——绝症和债务，我这么想着。

我欣喜地享用着我的勃艮第，它好像在提醒我，这个世界也并非雷克斯所知的那样，它其实更古老一些，也更美好一些。人类在其长久而坚持的进化中，还学会了另外一种，雷克斯所不懂得的智慧。后来我碰巧又遇见这款酒，那是战争爆发后的第一个秋天，我在圣·詹姆斯大街与我的酒商用午餐，经过了那些年，它变软了，也好像开始凋谢，可仍然用它最初那样纯净真实的口气在讲述，同样的关于希望的字眼。

"我不是说他们会变成穷人，那老伙计怎么样一年也会有三万收入吧。但是很快会有一次动荡。一旦这些上流家庭遭遇风吹草动，首先就会在女儿们身上开刀缩减，我得想办法在这事发生之前，把这桩婚事谈定。"

我们还远远没到上干邑的时候，可话题又回到了他身上。再有二十分钟，我也许能接受他所有想要说的。于是我尽自己最大的努力，把意识对他关闭，将自己沉浸在眼前的食物当中，可不时地，仍然有只言片语执意要闯入我的快乐当中，将我唤回雷克斯所栖息的那个粗糙、贪婪的世界。他想要一个女人，想要市场上最好的那一个，还想以他觉得最好的价格来获得，这就是目的。

"玛奇梅因老太太不喜欢我，哈，我也不稀罕她的喜欢，我想要娶的又不是她。但她又没有勇气公开说：'你不是一名绅士，你是来自殖民地的投机分子。'她只说，我们生活在不同的星球上，这没事，朱莉娅碰巧向往我那个星球……于是她又把宗教搬出来，我对她的教会没什么敌意，在加拿大，没人把天主教徒太当回事；可在这儿不一样，在欧洲你就会遇见这种奢侈光鲜的天主教徒。没问题，朱莉娅想去教堂的时候随时可以去，我根本不会有半个不字。其实那对她自己而言，根本什么也算不上，偏偏是我，喜欢有宗教信仰的女孩儿。此外，她还可以将孩子也按天主教来养，我会'承诺'任何他们想让我承诺的事。……这下又开始扯我的过去。'我们对你了解太少。'她恰恰知道得多了一点，你可能也知道，我跟别人纠缠过一两年。"

我知道，每一个曾经见过雷克斯的人都知道他跟布林达·钱皮恩的私情，也知道正是通过这一段关系，他才获得了足以让他从其他的股票经纪商中脱颖而出的一切。他与威尔士亲王打高尔夫，他成为布拉特①会员，甚至他在下议院吸烟室里的同志关系，当他第一次出现在那里时，党魁们并没有说："看，这里来了一位很有前途的，代表北格里德利的年轻议员，他在租额限制这个问题上的讲话很精彩。"相反，他们说："这位是布林达·钱皮恩的新相好。"这给他在男人中带来了巨大的好处，而对女人，他通常善于以魅力征服。

"嗨，不过都洗掉了。玛奇梅因老太太多优雅，她才不会去触及这个话题呢，只说我有'不好的名声'。哼，她能指望一个女婿怎样呢——一个像布莱兹赫德那样刚烤到半熟的僧人吗？那件事朱莉娅全知道，如果她都不介意，我不知道跟别人还有什么关系。"

鸭脯后面紧跟着一道沙拉，有西洋菜和菊苣，加了一星半点的细

---

① 布拉特，历史和现实中都不曾存在过一个叫布拉特的绅士俱乐部。

香葱在里边。我试着把意识只集中在面前这盘沙拉上，一度我成功了短短的一会儿，当时我只想着接下来的舒芙蕾。然后干邑上来了，到了聊隐私的恰当时机。"……朱莉娅快要满二十岁了，我不想等到她过了年纪。总之，我不想草率地把婚事办了……希望不要在墙角还留个漏洞……我必须确保她不被砍掉她应该得到的。玛奇梅因老太不接招，所以我得去见老头，把他摆平。我猜想，只要是会让她难受的事，他都会同意。他这会儿正在蒙地卡罗，我本来计划把塞巴斯蒂安放在苏黎世就去那儿的。这也是为什么弄丢了他会让我这么心烦的原因。"

上来的干邑不对雷克斯的胃口。它清澈、苍白，并且装在一个不起眼的、没有拿破仑式密码的瓶子里，酒龄也只比雷克斯年长一两岁，还是近年才装的瓶，侍者为我们倒在了薄薄的郁金香形的小酒杯里。

"白兰地，碰巧是我知道一点的东西，"雷克斯说，"这款颜色很差，而且，用这小顶针一样的东西喝，我也品不出味儿来。"

他们给他换了个气球状的杯子，差不多跟他的头一样大。他在酒精灯上把杯子暖过，然后将这极好的酒一圈一圈地晃动着，把自己的脸埋在烟雾中，最后宣称说，这是那种他在家里会加点苏打进去的东西。

于是，他们显得有些不好意思地，从一个隐蔽的暗室里把那巨大的发了霉的瓶子推了出来。那，正是他们为雷克斯这种人备下的。

"就是这东西，"他说，然后把杯子斜过来，直到那蜜糖一样的汁水在他酒杯四壁留下了重重的一圈痕迹，"他们通常总是把这种东西藏着，你不发两句牢骚绝不轻易拿出来。来，喝点这个。"

"我喝这个就很好。"

"唉，如果你并不真心欣赏，喝它也是犯罪。"

他点燃雪茄，向后一靠，消停了。我自己，也沉浸在与他不同的另一个世界里，很安宁。我们俩都很高兴。他谈论着朱莉娅，我听着他的声音，好像从远处传来的一串不知所云，像静夜里几英里之外的狗吠。

五月初，宣布了订婚。我在《每日大陆邮报》①上读到这个消息，心想雷克斯已经"摆平了老头"。可事情并没有按预想中那样进展。我听到关于他们婚姻的第二个消息时，是六月中，报上说他们在萨伏伊教堂很安静地举行了婚礼。没有皇室出席，首相也未到场，连朱莉娅家人也没有现身。这听上去完全是一个"墙角留下了漏洞"的事。可我直到好几年以后，才听到完整的故事。

---

① 《每日大陆邮报》，英国《每日邮报》的副刊。

第二章　朱莉娅和雷克斯

到了说说朱莉娅的时候了。到目前为止，她在塞巴斯蒂安的故事中，一直是一个时断时续、有点神秘的角色。在当时，那是她给我的印象；也是我给她的印象。我们被命运拉得很近，却始终抱着不同的目的，因而保持着陌生人间的距离。她后来告诉我，曾经，在她的意识里有过这么一幕，仿佛她在书架前扫视，想找一本特定的书，却无意间被书架上的另一本引起了注意，她把它从架上取下来，翻了一翻，对自己说"我一定要读读，等我有空吧"，又把它放了回去，继续找她想要的。在我这一边，兴趣却要强烈些。因为他们兄妹间有太多的相似，从各个角度，在各种光线下，反复不断地出现，每一次都会重新刺痛我一下。而塞巴斯蒂安处于急剧的衰落之中，与日凋零破碎，这使得朱莉娅更加显得清晰而坚定。

那些日子的她，清瘦，平胸，长腿。看上去仿佛除了四肢和脖子之外，再没有躯体，就像蜘蛛。这与当时的时尚不谋而合，然而那年代流行的发型和帽子，茫然无神地张嘴瞪视，以及高高地抹在颧骨上的小丑似的腮红，这些都不能把她拉低到某个可以标签化的类别中去。

当我第一次见到她时，是一九二三年仲夏的一天，在车站的院子里，她来接我。又在黄昏里驱车带我回家。那时的她，十八岁，刚刚从她的伦敦社交圈首秀归来。

有人说那是自大战以来，最光彩照人的一季，一切仿佛都回到了老路上，开始正常运转。而朱莉娅，正处于那一切的中心。那时大概有半打左右的伦敦大宅可以被称作"有历史的"，位于圣·詹姆斯的玛奇梅因公馆便是其中之一。而那场为朱莉娅举办的成年舞会，却是无论从哪个方面看，都最为光彩照人的一场盛会，哪怕当时的流行服装那样粗俗也无损它的辉煌。塞巴斯蒂安去了，当时敷衍了事地对我也说了句让我同去的话，我拒绝了这个邀请。后来我很后悔，因为，那大概是那里最后一次举办这样的舞会了，是一代华丽的最后谢幕。

可我如何能知道呢？那些日子里，好像一切都有的是时间去做，这个世界就那么在那里，敞开着让我们尽情探索。那个夏天我整个的心思都在牛津，伦敦可以等等再说，我当时想。

其他那几间大宅，不是亲戚就是朱莉娅一起长大的朋友的家。除他们之外，在梅费尔①和贝尔格莱维亚②地区还有一些雄厚的大家族，夜夜笙歌，华灯高照。那些在帝国前哨就职的人，在假期里经历了这个季节，返回他们遥远的荒原，写家书回来说，他们好像看到曾经在泥泞和铁丝网间以为已经永远消失的世界又回来了。就在那几周天堂一般美妙的日子里，朱莉娅飞翔闪耀，是树梢间射下来的阳光，也是烛光反射在镜中的彩虹。于是那些年长的男女们，坐在四周，所有的记忆都被带了回来，看她就像看见青鸟③的化身。"'布莱迪'，玛奇梅因④的长女，"他们说，"只可惜他今晚没能看见她。"

那个夜晚，以及那一夜之后的下一夜的下一夜，不管她去到哪里，总是被亲密的人群所包围，她带去的短暂欣喜，就像一只翠鸟，忽然间惊鸿一瞥在水面掠过，惊呆了河岸上走过的人。

---

① 梅费尔，伦敦中心的高端地区。
② 贝尔格莱维亚，伦敦中心地区的时尚地段。
③ 青鸟，此青鸟极可能取自比利时剧作家莫里斯·梅特林克的代表作《青鸟》，讲述两个孩子去寻找代表快乐的青鸟的故事。
④ 布莱迪·玛奇梅因，此处应指玛奇梅因侯爵年轻时的昵称。

这，就是那个尤物，既非孩童，也非妇人。在那个夏天的傍晚，驱车带我穿过薄暮，尚不识何为愁滋味，忽然就被自己的美丽所赋予的力量惊了一跳，悠闲地站在锋利如刀刃的生活边缘，不知该从何处入手。像一个人，忽然发现自己已不知不觉地佩戴上了武器；像童话故事里的女主角，开始转动手里的魔戒，她只需指尖轻轻一击，悄声说出那句咒语，脚下的大地便会为她裂开，一股浓烟之后，喷出那个巨人，她的驯服的仆从，无论她要什么，都会带来呈现给她。只是稍不留心，可能会以意想不到的模样出现。

她那天晚上对我毫无兴趣，我们脚下咕哝的巨人始终没有被她召唤。她索居在一个小世界里，一个藏在另一个小世界里的小世界，就像一只精雕的中国象牙球，她就是那个同心球体的核心。但是，一直有一个小小的麻烦在困扰着她——她眼里的小，一种抽象的概念和象征。她从容而无动于衷地，与现实之间隔着千万个里格[①]的距离，在想这样一个问题——她应该嫁给谁？战略大师面对着用彩色粉笔标注了几个点和几条线的航海地图沉吟着，考虑着以英寸计的变化；而房间以外，在纸上研究者的视线之外，真正面对的不是英寸间的变化，是过去、现在和将来，是已经成为遗址的，和如今还在生活中的。对她自己而言，她只是个象征，同时欠缺着儿童和女子的生活，胜利和失败都只在标注的点和几条线之间。她对于真正的战争一无所知。

"要是在海外生活，"她想，"是不是这些事干脆就由父母和律师给安排了？"

嫁人，尽快并且光彩照人地嫁人，是她所有朋友的人生目标。如果她把眼光投向婚礼以外更远一点的地方，可以看见，婚姻只是人生独立存在的第一步，她将在这一场前战中夺得马匹，自此跃马，真正

---

① 里格，古老的距离单位，现已不常用。

的人生探索才会开始。

她的光芒远远盖过了所有的同龄女孩儿。可是她知道，在她索居的那个小世界里的小世界，有着沉重的缺陷，有她回避不掉的后果，要她去忍受和承担。舞会靠墙的一溜沙发上，一群上了岁数的人坐在那里，把这些缺陷一条一条加起来，横在她的路上。她父亲的丑闻，那继承来的污点，覆盖在她的光芒之上，似乎又被她自己身上的某种东西给变得更深了——桀骜不驯，任性，相较于同龄人的缺少约束。然而除此之外，谁能知道？……

在墙边坐着的那些女士中间，有一个话题，因其重要性，吞蚀掉了其他所有的，那就是年轻的王子们[1]都将会娶谁？他们不可能指望能有比朱莉娅更纯的血统，更迷人的外表，可是她身上被那一层模糊的阴影笼罩着，使她不再适合这等级最高的荣耀。除此之外，还有她的宗教。

没有什么比一个皇室婚姻距离朱莉娅的抱负离得更远了。她知道，至少她认为她知道自己想要什么，但绝对不是这个。可无论她在哪里转身，向哪个方向去，宗教，似乎都是挡在她和她的天然目标之间的一个障碍。

对她来说，这是个死结，无法打开。如果她现在叛教，那么以她按照天主教身份被养大的经历，她必下地狱；而她认识的那些新教女孩儿，接受了快乐而无忧的学校教育，随后有机会嫁与一名世家长子，与这个世界相安无事，最后还会先她一步去到天堂。可长子是轮不上她的，而那些小儿子们又往往粗俗下流，虽然存在却上不了台面。尽管他们在暗处，可藏在暗处的好处却一样享受不到，他们最简单的职责便是保持隐身，直到兄长万一遭遇不测，他们可以被提拔到兄长

---

[1]　年轻的王子们，这里指乔治五世与玛利王后的未婚儿子。

曾经的位置上来。这便是他们的功能，而那个结果又令人向往，所以通常情况下他们都会勉力去维持，使自己有资格继位。也许在一个有三四个男孩的家族里，天主教家的女孩儿会有机会嫁给最年幼的那个，而不至于遭到反对。当然，还可以考虑其他的天主教家庭，但他们似乎很少走近朱莉娅给自己营造的这个小世界；而那些有机会走进的，往往是她母亲家的亲眷。这些人，在她眼里，偏偏又总那么严峻而乖僻。在其他那差不多一打左右，富裕而高贵的天主教家庭中，眼下没有一个朱莉娅这个年龄的继承人。那么外国人呢——她母亲的家族里有许多——他们通常在钱方面很狡猾，又以各种方式表现出自己的稀奇古怪，一个英国女孩儿做出这样的婚嫁选择，无疑是给自己身上标注一个失败的印记。还有什么剩下的呢？

这就是朱莉娅在伦敦享尽了两周的风光之后，留下来的苦恼。可她知道，这并不是不可逾越的。她想，在她的世界之外，一定有相当数量的人，够资格被她拉到自己的世界里来。可让人难堪的是，她不得不主动出击，去找到他们。那些可以优雅地选择并残酷地拒绝的奢侈不属于她，那些懒洋洋地坐在会客厅里玩猫捉老鼠游戏的事也不属于她。她不是珀涅罗珀①，她必须自己去森林里猎获。

她其实还很荒谬地为那个适合的人勾画了一幅小相片：他应当是一个英国外交官，有着十分漂亮且并不太男子气的外表，如今在海外，在英国有一座比布莱兹赫德小一些的房子，但得离伦敦更近些。他年岁稍长，三十二三岁左右，妻子不幸新近辞世，刚刚开始凄凉的鳏居生活。朱莉娅觉得自己会喜欢一位因早先的不幸而有些忧郁的人。他的职业道路前程似锦，但孤独让他变得没精打采，她担心他会落入坏心眼的外国投机女手中，他需要一个年轻的生命来为他注入活

---

① 珀涅罗珀，荷马《奥德赛》中的人物。其丈夫奥德修斯远征特洛伊期间，她不顾 108 个追求者的求婚，而保持了对丈夫的忠贞。

力，扶持他走进巴黎的大使馆。在宣称自己是一个温和的不可知论者的同时，他表现出对宗教现象和习俗的兴趣，也完全同意将他的孩子们依照天主教的规矩养大；但他相信，在他谨慎的家庭规划中，应该有两个男孩、一个女孩，将轻松闲适地在十二年间分别出生，他绝不会像一个天主教丈夫那样，去要求每年一次的怀孕。他薪水之外，应该有一万二的年收入，身边没有密切往来的亲戚。像这样的一个人，就会很合适，朱莉娅想。当她来火车站接我时，便正处于她的搜寻之中。我不是她设想中的人。没有说一句话，当她接过从我嘴里点着的香烟时，就告诉了我这一切。

　　所有这些，我点滴间了解到的朱莉娅，就像一个人了解他所爱的女人的前世——现在看来，那确实就像前世，预备期，这样他可以感到自己也曾是其中的一部分，并且在其中利用某种邪术，将每一步引向自己这个方向。

　　朱莉娅留下我和塞巴斯蒂安在布莱兹赫德，自己去了她姨妈，罗斯康姆夫人在卡普费拉①的别墅度假。她一路上都在想着自己的那个问题，还给自己那位丧妻的外交官起了个名字，叫尤斯特斯，从那一刻起，他便成了她的一个娱乐对象，一个内心的，无法与别人交流的小玩笑。可是当最后这样一个人终于在她的旅途中出现——尽管他不是一名外交官，而是皇家卫队里一名充满了渴望的少校军官——并且爱上她，送给她一切她喜欢的礼物时，她拒绝了他。这使得他比从前更忧郁，更充满了渴望。因为那时，她已经遇见了雷克斯·莫特拉姆。

　　雷克斯的年纪帮了他大忙。在朱莉娅那一群朋友中好像存在一种嗜老癖的倾向，青年男子，被她们认作社交场上的笨蛋，外加满脸

①　卡普费拉，圣·让·卡普费拉是位于法国南部尼斯和摩纳哥之间半岛上的海边村庄，半岛的尖端被称作卡普费拉。自19世纪中期起，这个地方一直像磁铁一样吸引着巨富和名流。

疙瘩。被人看见在丽兹单独与人午餐，被认为是非常时髦而有品位的事——这是一件朱莉娅那个小圈子里的女孩儿们向往的事，也是会被舞会上靠墙坐着的那一溜手执评分标准、愉快交谈的年长女士所鄙视的事——与一位领子笔挺，满是皱纹的老风流坐在进门左手边的桌子，这样的人正是你母亲少女时代被警告要远离的，可你却绝不会与一群毛头小伙一起，坐在餐厅中央的桌子上喧哗作乐。而雷克斯，事实上既不穿着笔挺，也没有皱纹，他圈子里的长辈们认为他是一个精力旺盛的小痞子，可朱莉娅却在他身上看见了无懈可击的时髦——带着"麦克斯"和"F.E."，还有威尔士亲王的风味，以及那运动俱乐部里的大餐桌①，第二瓶玛格南②，第四支雪茄，让司机一个小时接一个小时地等待而毫无内疚——这些，都会引得她的朋友们对她嫉妒。雷克斯的社会地位十分特别，带着一丝神秘气息，甚至还有点罪恶色彩；有人说雷克斯随身带着枪。朱莉娅和她的朋友们有一种对蓬街③莫名其妙的强烈敌意，她们收集那些用来诅咒蓬街人群的短语和句子，然后在她们中间——并且经常性地，令人尴尬地，在公开场合——用一种她们发明出来的语言来谈论。因为只有在蓬街，人们才会戴着印章戒指，或者在去戏院时互赠巧克力；也是在蓬街，人们会在舞会上问："我能给你搜点吃的来吗？"无论雷克斯可能是谁，他都绝不会是蓬街。他从地下世界，一步直接踏入布林达·钱皮恩的世界，她自己就是好几个同心象牙球的中心。或许朱莉娅还从她身上，看到了她自己和朋友们十二年后可能会是什么样的端倪，否则存在于这个女孩儿和那个女人之间的对抗还真不好解释。他作为布林达·钱皮恩的私有

---

① 某种拳击俱乐部，中间是拳击台，提供酒精饮料或者正餐，一边享用美食美酒，一边观看精彩拳击比赛。

② 玛格南瓶，1.5 升的酒瓶。

③ 蓬街，位于伦敦骑士桥和贝尔格拉维亚之间的区域。

财产这个事实，无疑更加吊起了朱莉娅对雷克斯的胃口。

雷克斯和布林达·钱皮恩就住在卡普费拉与她们相邻的别墅里，当年被一个报业大鳄租下，常有政客往来。通常这些人与罗斯康姆夫人的世界不会有什么交集，但是如今住得这么近，两群人很自然地渐渐交汇在一起，雷克斯立即开始小心翼翼地献殷勤。

这个夏天他一直感到焦躁不安。钱皮恩夫人这里看来已是条死胡同，在最初的激情之后，如今他们之间的亲密关系开始出现摩擦。他发现，钱皮恩夫人生活在一个英国人十分熟悉而擅长的，裹在一个小世界里的另一个小世界；而雷克斯需要更广阔的天地。他希望巩固已经打下的基础；放下船头的黑旗，上岸，将短刀挂在壁炉上，开始考虑耕作。他想结婚了。所以，他，也在寻找他的"尤斯特斯"。可在他的生活圈子里，极少遇见女孩儿。他当然知道朱莉娅，她是当年初入社交界的名媛中当之无愧的顶尖人物，一只雷克斯眼里最恰当的奖杯。

在来自钱皮恩大人太阳镜后面冰冷目光的注视下，雷克斯在卡普费拉除了与朱莉娅建立可供以后发展的友谊之外，其他很难有所作为。他从来没有机会与朱莉娅单独相处，可他总是设法确保了朱莉娅会被包含在他们所有的活动当中。他教会了朱莉娅玩二十一点[①]，还总是安排好每次去蒙地卡罗或者尼斯都是用他的车。他做的这一切，已足够令罗斯康姆夫人觉得必须给玛奇梅因侯爵夫人写信汇报，也足够令钱皮恩夫人改变计划，提前把他挪去了昂蒂布[②]。

朱莉娅来到萨尔斯堡[③]与她母亲汇合。

"梵妮姨妈说你与莫特拉姆先生成了很好的朋友呢，我想他不会是个多好的人吧？"

---

① 二十一点，法国纸牌游戏，大约出现在18世纪法国的赌场。
② 昂蒂布，全名昂蒂布·朱安雷宾，著名的滨海旅游度假区。
③ 萨尔斯堡，奥地利城市。

"我就没觉得他是，"朱莉娅说，"我从来也不知道我会喜欢好人。"

新晋富豪的身上总是自然而然地笼罩着一层神秘和无数的疑问，比如他的第一个万镑是怎么挣来的。正是他们最初所展现出来的品质，在他们出人头地之前，当每个人都需要去讨好，当他们只能仰仗希望而活着，整个世界什么也指望不上时，他们只能想办法利用自己的魅力去向世界索取，也包括通过征服女人来获得成功。在相对自由的伦敦，雷克斯彻底臣服于朱莉娅。他把自己的生活围绕着朱莉娅来安排，去每一个可能会遇见她的地方，逢迎那些可能向她说自己好话的人；甚至加入了好几个慈善协会，以期接近玛奇梅因侯爵夫人；他还答应帮布莱兹赫德在国会谋得一席之地（这次碰了壁）；他并对天主教表达了浓厚的兴趣，直到他发现这并不是通往朱莉娅内心的途径。他随时随地可以开着他的西斯巴诺①带朱莉娅去任何她想去的地方，他带着朱莉娅以及朱莉娅的女伴们，坐在最前排的座位观看拳击，事后还把她们介绍给那些拳击手。整个这期间，他一直没有与她做爱。对朱莉娅而言，他从令人愉快，渐渐变成了不可或缺；从在公开场合为他感到骄傲，到后来她有时隐隐会替他尴尬。但也恰恰在这时，也就是在圣诞节和复活节之间，他变得不可或缺。接着，在毫无知觉的情况下，她发现自己陷入了爱情。

五月的一个夜晚，她无意中撞见了一桩令她心烦意乱的秘密。那天，雷克斯说当晚在议院里有事，然而当她偶然开车经过查尔斯大街时，却看见雷克斯正从一所房子里离开。她知道那是布林达·钱皮恩的家。她又伤心又愤怒，晚餐期间好几次险些失态，几乎不能自持；事后她立即赶回家，苦涩地痛哭了十分钟。随即觉得自己饿了，心想刚才晚餐时应该多吃一些才是，于是叫了些牛奶和面包来，睡前吩咐

---

① 西斯巴诺，西班牙的一家汽车/工程公司，二战以后，成为法国飞行引擎及部件制造商。最为人知的是其二战前的豪华轿车和飞行引擎。

说："如果早上莫特拉姆先生打电话来，无论什么时间，都说我不想被打扰。"

第二天，她照例在床上用了早餐，读了晨报，跟朋友们通了电话，最后她忍不住问："莫特拉姆先生有来过电话吗？"

"哦是的，小姐，四次。如果下次再打来，要接给您吗？"

"要，啊不，就说我出门了。"

当她下楼时，大厅的桌上有一条留给她的消息：莫特拉姆先生一点半钟在丽兹等候朱莉娅小姐。"我今天在家里用午餐。"她说。

那天下午她与母亲一起出门购物，然后与一位姨妈一起用茶，回家时已经六点。

"莫特拉姆先生在等您，小姐，我把他让进了书房。"

"哦妈妈，我不想见他，请您让他走吧。"

"这不太好，朱莉娅。我确实经常说，你的朋友中他不是我最喜欢的，可我已经慢慢地对他很习惯，几乎有点喜欢了。你真的不能先对人好，然后又这样扔下别人——尤其是对莫特拉姆先生这样的人。"

"哦妈妈，我一定得见他吗？如果我见了可能会有热闹看的。"

"胡说八道朱莉娅，你将这个可怜的人捻在指尖上玩儿。"

于是朱莉娅走进了书房，一个小时后出来，宣布她订婚了。

"哦妈妈，我警告过你，如果我进去会有事情发生的。"

"你可一点没说是这样的事啊，你就说了有热闹可看，我根本没有理解为是这种热闹。"

"无论怎样，你不是也喜欢他吗，妈妈，你刚才说的。"

"他在很多方面都对我们很好，然而我认为他绝对不适合做你的丈夫，每个人也都会这样认为。"

"让每个人见鬼去吧。"

"我们对他一无所知，他没准有黑人血统呢——事实上，他阴暗得令人生疑。宝贝，整个这件事就是不可能，我实在不明白你怎么能这么傻。"

"啊，可如果不这样，他跟那可怕的老女人纠缠在一起，我有什么权利去生气呢？你总是把拯救一个堕落的女人看成一件天大的事，好吧，我这次稍微变化一下，去拯救一个正在堕落的男人。我正在把雷克斯从重罪①中挽救出来。"

"别强词夺理了，朱莉娅。"

"嗯，那跟布林达·钱皮恩睡觉算不算重罪？"

"可以说很下作。"

"他保证了不再见她，可我除非承认我爱他，我不能这么去要求他吧，我能吗？"

"钱皮恩夫人的道德，感谢上帝，不关我的事，可你的幸福却是我关心的事。如果你必须知道，那我告诉你，我觉得莫特拉姆先生是一个有用，也很热心的朋友，但我一点也不会信任他，而且我相信，他会生下令人讨厌的子女，这事总是在一代一代间反复。我毫不怀疑你几天以后就会后悔。与此同时，什么行动也不许有，不能让任何人知道，也不能让任何人产生怀疑，你必须停止出去与他午餐，当然，你可以在家里见他，但不能在任何公共场所。你最好让他来见我，我要就此事跟他小谈一次。"

就此，朱莉娅开始了长达一年的秘密订婚期，那是一段令人紧张崩溃的日子。那天下午，雷克斯在书房里第一次与她做爱，这与过去一次两次她与某个感伤的男孩之间发生的事完全不一样，这一次的充

---

① 重罪，天主教七宗罪，或称七大罪，属于人类恶行的分类，八种损害个人灵性的恶行，分别是暴食、色欲、贪婪、忧郁、愤怒、怠惰、虚荣及傲慢，6世纪后期，教宗额我略一世将那八种罪行减至七项罪行，将虚荣并归入傲慢，忧郁并归入怠惰，并加入嫉妒，其次序为：傲慢、嫉妒、愤怒、怠惰、贪婪、暴食及色欲。

满激情，似乎打开了她身上的某一个角落。这股激情让她吓坏了，有一天忏悔回来，她决定要终止这件事。

"否则我必须要停止见你。"她说。

雷克斯立即表现得很卑微。就像他在整个刚刚过去的那个冬天的表现一样，一天又一天，在他那辆大轿车里耐心地等候她。

"除非我们可以立即结婚。"她说。

接下来六个星期的时间里，他们中间始终保持了一臂的距离，只能在见面和分别时亲吻，坐下也保持着距离，只谈论他们将要做什么，在哪里生活，以及雷克斯得到副部长职位的可能性。朱莉娅很满足，深深地陷入爱情，生活在对未来的憧憬当中。然后，就在这六周时间快要结束时，她得知雷克斯声称的与选民在一起，其实是与一个证券经纪商在桑宁戴尔①过周末，而钱皮恩太太那个周末恰恰也在那里。

就在她听说此事的那天晚上，雷克斯像往常一样来到玛奇梅因公馆，他们又重演了两个月前那一幕。

"那你的期待是什么呢？"他说，"当你付出这么少时，有什么资格要求这么多？"

她带着她的问题来到了农场街②。她把这些问题总结提炼了一番，没有去忏悔室，而是在一间光线很暗的小厅里讲述了出来。

"肯定的，神父，为了将他从一个糟糕得多的罪恶中拉出来，我自己犯下一个很轻的罪，并不为过吧？"

可这位温和的老耶稣会士却不肯让步，她并没有听见他说了些什么，只知道，他拒绝了给予她想听到的答案。这就够了。

结束时他说："现在你最好去忏悔吧。"

---

① 桑宁戴尔，英国温莎－梅登黑德的一个区域。
② 农场街，这里有一个著名的农场街圣母无原罪堂，又名农场街教堂，是一个罗马天主教教堂。

"不，谢谢您，"她说，就像在拒绝别人推销商品一样，"我今天感到不太想做。"随后很生气地回了家。

从那一刻起，她在自己的意识里，对她的宗教抵御性地关闭了。

而玛奇梅因侯爵夫人，将此视为添加在塞巴斯蒂安伤痛之上的一层新伤，又堆叠在由她丈夫带来的旧伤，以及她自己的无药可救的病体之上。就这样，每天带着这些哀思跟她一起去教堂。她好像变得沉迷于她的伤痛，用它们一遍又一遍地去刺穿自己的心，用一颗活着的心去实现绘画和石膏雕刻上的壮美①。她究竟从教堂里获得了什么安抚带回家，上帝知道。

于是日子一天天过去，这桩秘密订婚通过朱莉娅的密友，再传到各自的密友，终于像涟漪触到了泥岸。报纸上也因此开始出现暗示。罗斯康姆夫人是皇室的女官，接受了很详细的质询。绝不能再对其听之任之了。随之而来的，朱莉娅拒绝参加圣诞节团契，这使得玛奇梅因侯爵夫人就在一九二五年一开年这灰暗的几天里感到，自己先是被我背叛，然后被山姆格拉斯先生，接着是寇蒂莉亚，于是决定要采取行动。她禁止了任何关于婚约的谈论，禁止朱莉娅与雷克斯以任何方式见面，制定了将玛奇梅因公馆关闭六个月，带朱莉娅外出旅行，探访海外亲戚的计划。可就在这样的危机当中，她依然觉得将塞巴斯蒂安交到雷克斯手里送去给博瑞塞斯大夫，完全是一件理所当然的事。这大概是他们古老的家族遗风，威而不怒。而雷克斯，在这件事上又负了她所托。随即他便去了蒙地卡罗，在那里，一举击败了她，从而将这件事暂告一段落。玛奇梅因侯爵没有考虑太多雷克斯身上的种种细节，他觉得那些应该是他女儿考虑的事。对他来说，雷克斯好像是

---

① 圣心是天主教的重要崇拜之一，用耶稣的心作为他对人类神圣的爱的象征。圣心出现在各种宗教油画和雕塑中，通常是荆棘环绕、刺痛流血的形态。

一个顽强、健康而前途光明的小伙子；他的名字对自己来说，也早已通过报纸上的政治新闻而非常熟悉；虽然白手起家，但是气度也还说得过去；并且是个不错的玩伴，有很好的未来；玛奇梅因侯爵夫人不喜欢他。因此总的来说，玛奇梅因侯爵对朱莉娅的选择十分欣慰，准许他立即完婚，迎娶自己的女儿。

雷克斯对婚事的准备投入了极大的热情。他给她买了一枚戒指，出乎她的意料，不是用一个卡地亚的托盘端出来，而是在哈顿花园①那些店铺后面的一间小屋子里，由一名男子从保险箱里拿出来一小袋一小袋的石头，摆放在书桌上由她挑选；随后是在另一间小屋里，另一名男子，拿着一支铅笔头在一张便笺上为她画出托架设计。而结果让她所有的女友欣羡不已。

"你怎么知道得这么多，雷克斯？"她问。

她每天都为他所知道和所不知道的事情吃惊着，而这二者，每一次，都增添一分他的魅力。

他目前位于赫特福德的宅邸供他们二人用，足够大了。新近雇用了最贵的设计公司给它添置更新了家具，进行了一番装饰。朱莉娅说她暂时还不想置办乡村庄园，想出门时可以去那些现成配置好了家具用品的地方。

在结婚资产处置方面遇到了一些烦恼，但朱莉娅没兴趣关注。律师们都快被逼疯了，雷克斯坚决拒绝非现金资产。"我拿那些信托债券干什么用？"他问。

"我不知道，亲爱的。"

"我是利用钱来为我工作的，"他说，"我预期百分之十五或二十的回报，而我就能挣到。把现金绑到百分之三点五的投入上纯粹是

---

① 哈顿花园，既是伦敦霍尔本的一条街道名，也是一个区域名。是伦敦著名的珠宝交易中心。主要经营非常昂贵的石头，但是并没有梅费尔以及骑士桥一带的名牌珠宝店的珠光宝气。

浪费。"

"我想肯定是的，亲爱的。"

"那些家伙说起话来，好像是我在掠夺你；而事实上正是他们，在干着掠夺的勾当。他们想从你手里抢走我能为你挣到的三分之二。"

"这很重要吗，雷克斯？我们不是已经有堆成山的钱了吗，难道不是吗？"

雷克斯希望把朱莉娅的全部嫁妆掌握在自己手里，让它们替他挣钱。而律师却非要压住不放，但他们，也没能从他那里得到他们所期望的数目作为管理费。最后，他抱怨了一长串，说那根本就是把他的合法收益放进别人的口袋，然后很勉强地通过律师买了人身保险。然而，他在保险公司那边的关系，却让他最终把律师们指望的佣金也自己吞了，这使得他对这一档处置所带来的头痛感略微减轻了一些。

最后，也是不得不面对的一个问题，是雷克斯的宗教信仰。他曾经在马德里出席过一个皇室婚礼，很向往自己也能有一个类似于那样的婚礼。

"那倒是你的教堂可以做到的一件事，"他说，"举办一场盛大的秀。没有什么能够比得上几个红衣主教的排场了。你们英国有几个？"

"只有一个，亲爱的。"

"就一个？我们能不能从海外什么地方雇上一些来？"

这时他才得知，混合婚姻不是什么值得张扬的事。

"你说的'混合'是什么意思？我又不是黑人或者什么。"

"不是，亲爱的，是说在天主教徒和新教徒之间。"

"哦，那个啊？好吧，如果就这个的话，那很快就不混了。我加入天主教。需要做些什么？"

这个突如其来的新情况，又为玛奇梅因侯爵夫人增添了新的沮丧和焦虑。在慈善活动中无论她怎么告诉自己，要相信他的善意，都已无济于事。另一桩求婚和另一场皈依天主教的记忆一下子全回来了。

"雷克斯，"她说，"有时我会想，你是否真的意识到，你在信仰上做出的这个决定有多大，在没有虔诚信仰的前提下走出这一步，是邪恶的。"

现在他对于应付她，已经十分驾轻就熟。

"我并没有假装自己是一个很虔诚的人，"他说，"也没有冒充对神学有多少兴趣和研究，但我知道在一个家庭里存在两个宗教是很糟糕的。人总需要一个信仰，如果你的教会对朱莉娅来说足够好，对我也一定足够好。"

"很好，"她说，"那我看看怎么安排你接受一些训导吧。"

"您看，玛奇梅因侯爵夫人，我没有时间，什么训导在我身上都是浪费，您就把表格给我，我在虚线上签字就行了。"

"通常需要几个月——或者一辈子。"

"哦，我学东西很快，您试试就知道了。"

于是雷克斯被交给农场街莫布雷神父，他以多次成功训诫最顽固的慕道者而闻名。跟雷克斯见过三次之后，他来与玛奇梅因侯爵夫人一起用茶。

"哦，您觉得我未来的女婿怎样？"

"这是我所遇到的最困难的一桩改宗。"

"哦天哪，我以为他能够让所有事情都变得容易呢。"

"确实如此。我完全无法打动他，他似乎毫无求知欲，也没有一点天然的虔诚态度。

"第一天，我想要了解，他到目前为止有过什么样的宗教经历，于是我问他，祈祷对他来说意味着什么，他说：'我不知道意味着什么，请您告诉我吧。'我试着刚说了几个字，然后他说：'好。祈祷就这么多。下一个是什么？'我给他一本教义问答，让他带走。昨天我

问他，我们的主是否有超过一个本体，他说：'您说有几个就有几个，神父。'

"接着我又问他：'假如教宗大人抬头看见一片云，然后说"要下雨了"，这一定会发生吗？''哦是的，神父。''要是没下呢？'他想了片刻，然后说：'我想那一定是某种精神上的雨，只是我们罪孽太深看不见罢了。'

"玛奇梅因侯爵夫人，他不属于任何一类我们传教士所见过、归纳过的异教徒。"

"朱莉娅，"那修道士走了以后，玛奇梅因侯爵夫人说，"你肯定雷克斯不是纯粹为了讨好我们才做这一切的吗？"

"我不觉得这些事会进入他的大脑。"朱莉娅说。

"他对于自己的皈依是诚心的？"

"他绝对是铁了心要成为一名天主教徒，妈妈。"然后她对自己说："在教会悠长的历史中，肯定经历过各种古怪的改宗。我就不信所有的克洛维斯士兵都一定具备天主教信念。所以再多一个也无妨。"

第二个星期，那耶稣会士又来吃茶。这次是复活节假期，寇蒂莉亚也在。

"玛奇梅因侯爵夫人，"他说，"您最好另外挑选一个年轻一些的神父来完成这项任务，在雷克斯最后成为一名天主教信徒之前，我肯定早都死了。"

"哦天哪，我以为进展得很顺利。"

"从某种角度上说，是的。他无比地服从，说无论我要求什么他都会接受，也一点一点地记住了一些，从不提问。可我不是很满意，他好像很不真实。但我毕竟知道，他处在很坚实的天主教影响之下，所以我才愿意接纳他。有时需要冒一下风险——比如面对一个弱智时，你永远不知道他们懂了多少。但你至少知道有人在监督他，这种时候就可以冒这个险。"

"我真希望雷克斯可以听见您这些话！"寇蒂莉亚说。

"可昨天，我一如既往地又一次大开眼界。现代教育的一个困境是，你永远不知道人会有多么无知。对于任何一个五十岁以上的人，你能相对有信心地知道他学到了什么，遗漏了什么。可这些年轻人，有着看似聪明而有知识的外表，可一旦表面忽然被戳穿，你再看进去，会发现你根本无法想象的混淆和无知有多严重。比如昨天，他看上去进展得不错，背熟了很大一段教义以及主祷文和《圣母经》①。然后，我像平常一样问他，有什么事困扰他吗。他看着我，神色有些狡黠，说道：'您看，神父，我觉得您跟我并不坦诚。我希望加入您的教会，我肯定也会加入您的教会，可您一直在拖延。'于是我问他那是什么意思。'我跟一名天主教徒——一个十分虔诚的，并且受过很好教育的——进行了一次长谈，学会了一两件事。比如，你睡觉时必须脚朝向东方，因为那是天堂的方向，这样如果你死在夜里也可以走进天堂。现在我打算，管它哪个方向，只要是让朱莉娅满意的方向就行。您认为一个成年人会相信可以走路去天堂这种话吗？对了，还有那教宗封他的一匹马做红衣主教是怎么回事？以及您放在教堂前廊上的那个盒子又是怎么回事？您在一张一镑的钞票上写上谁的名字，再把这钞票放那盒子里，那人就会下地狱？我不是说这一切都绝对毫无理由，'他说，'可您应该主动告诉我，而不是让我自己去发现啊。'"

"这可怜的人究竟想说什么啊？"玛奇梅因侯爵夫人说。

"您看，他距离成为一个天主教徒还有很长的路要走啊。"莫布雷神父说。

"可他究竟是跟谁谈论的这些呢？都是他做梦想出来的吗？寇蒂

---

① 　主祷文，是基督教中最为人所知的祷文，出现在《马太福音》和《路加福音》中。《圣母经》是向圣母玛利亚念诵的祷文。

莉亚，你怎么啦？"

"这个笨蛋！哦妈妈，这个精彩绝伦的笨蛋啊！"

"寇蒂莉亚，是你。"

"哦妈妈，谁做梦也想不到他能把这些话当真啊？我还跟他说了好多别的，什么梵蒂冈的圣猴啊，等等——各种事。"

"嗯，你可是给我增加了大量的工作啊。"莫布雷神父说。

"可怜的雷克斯，"玛奇梅因侯爵夫人说，"你知道，我觉得这倒让他显得有些可爱了。莫布雷神父，您得把他当成个傻孩子来对待了。"

于是这个训导继续了下去。莫布雷神父终于在婚礼前一周同意了接纳雷克斯。

"你本来以为他们会主动让我加入的，"雷克斯抱怨说，"我不在这方面，就在那方面，总能帮上他们吧；可事实呢，他们就像赌场里发牌的家伙。还有，"他又补充了一句，"寇蒂莉亚让我彻底晕了头，我现在已经分不清哪些是教义里的，哪些是她发明的。"

这便是婚礼前三周的情形。邀请卡发了出去，礼物也飞快地纷纷到来，伴娘们都对自己的礼服极其兴奋。然后就发生了被朱莉娅称作"布莱迪的重磅炸弹"的事件。

带着他标志性的冷漠，将他的爆炸物在没有任何警告的情况下，投进了到那时为止还十分高兴的一家人中间。玛奇梅因公馆的书房，那期间被专门拨来接收和清点礼物。玛奇梅因侯爵夫人、朱莉娅、寇蒂莉亚，以及雷克斯正在忙着拆包、做记录，布莱兹赫德走了进来，看了看他们。

"中国花瓶，贝蒂姨妈送的，"寇蒂莉亚说，"老玩意儿，我记得在巴克伯恩①的楼梯上见过。"

---

① 巴克伯恩，按上下文理解，应该是贝蒂姨妈的领地名称，类似于布莱兹赫德。

"这是在干什么？"布莱兹赫德问。

"彭德尔-加斯维特先生、夫人和小姐送的，一套早茶用具，古德①的，三十个先令，抠门儿啊。"

"你们最好把这些都重新包回去。"

"布莱迪，你说什么？"

"我是说，婚礼得取消了。"

"布莱迪。"

"我早就想到过，可好像没人对此感兴趣，我最好对我未来的妹夫做点调查，"布莱兹赫德说，"今天晚上我得到了最后答复，他于一九一五年在蒙特利尔与莎拉·伊万杰琳·卡特勒小姐结婚，卡特勒小姐至今还在世。"

"雷克斯，这是真的？"

雷克斯手里拿着一只玉雕的龙，站在那里挑剔地研究着，这时谨慎地将它放回乌木托架上，对所有人坦诚而无邪地微笑着。

"当然这是真的，"他说，"那怎么了？为什么你们都对这事这么兴奋？她对我来说什么也不是，我也从来就不知道她有什么好的。无论如何，我当时还只是个孩子，那是任何人都有可能犯的一种错误。我一九一九年就办妥了所有离婚手续，她在哪里我原本都一无所知，直到布莱迪这会儿来告诉我。这么大动静是为什么？"

"可你应该告诉我的。"朱莉娅说。

"你从来也没问过呀。坦白地说，我很多年连想都没有想到过她。"

他的坦诚是如此简单明了，大家只好坐下来心平气和地谈。

"你真的没有意识到吗，你这甜蜜的可怜糊涂虫，"朱莉娅说，"作为一个天主教徒，当你有一个还在世的妻子时你是不能再结婚的？"

---

① 古德，伦敦的一家瓷器店，经营瓷器、银器、玻璃器皿。

"但是我没有啊，刚才我不是告诉你们，我们六年前就离婚了吗？"

"可是天主教徒是不能离婚的。"

"我那时不是天主教徒，我现在已经离婚了。文件我都有，搁在什么地方的。"

"可莫布雷神父没有向你解释过关于结婚的一切吗？"

"他说我不能跟你离婚，唉，可那恰恰是我不想的啊。他跟我说的，我不可能都记住——那样的话我不会有时间做任何别的事了。无论如何，你们的意大利表姐弗朗西斯卡又是怎么回事？她结了两次婚。"

"她做了废止。①"

"那就行了嘛，我也去做个废止。需要花多少钱？找谁去做？莫布雷神父有吗？我只是想把事情办妥当，可从来没人告诉过我。"

过了很长时间，雷克斯才被人们说服，在通往他婚姻的道路上存在着严重的障碍。讨论一直被带到晚餐桌上，仆人在场时话题休眠，只剩他们自己时又立即重启，持续到午夜以后的很长时间。讨论时而上，时而下，绕着争执转圈、下冲，就像海鸥，一瞬间又飞到了海上，视线以外，被云层遮住，盘旋在无关和重复之中，一转眼又回到现场，直击浮在海面的死鱼和内脏。

"你们希望我做什么？我应该去见谁？"雷克斯一直在问，"别跟我说没有人可以解决这个问题。"

"没什么可以做的，雷克斯，"布莱兹赫德说，"这很简单，就是意味着你的婚礼不可能发生了。这无论从谁的角度来看，发生得这么突然都很令人遗憾。你应该自己告诉我们的。"

---

① 离婚是不被天主教会允许的，因为婚姻被视作神圣的约定，不得解除。但是，教会确实在一种情况下允许废止婚姻关系：如果它从一开始就是无效的。为了获得婚姻废止，夫妻双方必须在宗教法庭出庭，证明结婚时有不符合天主教会法令的情况。伊夫林·沃本人有过同样的问题，但是他成功地在宗教法庭获取了废止文件。

"听我说，"雷克斯说，"你说的也许对，也许严格地从法律上说，我不能在你们的教堂里举行婚礼。可教堂已经预订好了，他们没有人问任何问题，红衣主教什么也不知道，莫布雷神父什么也不知道，除了我们，没人知道一丁点。那么为什么要搞出这么多的麻烦来？大家都闭嘴，让这件事过去，就像什么也没有发生过，谁会因此损失什么？也许我会有下地狱的风险，让我去冒这个险好了。跟其他人又有什么关系？"

"为什么不呢？"朱莉娅也说，"我不相信那些修道士什么都知道，我就不相信这一类的事情，我甚至不知道我是不是真的信仰任何东西。无论如何，这是我们自己要当心的事，我们又没让你们的灵魂去冒险。就不要纠缠了。"

"朱莉娅，我恨你。"寇蒂莉亚说，接着离开了房间。

"我们都累了，"玛奇梅因侯爵夫人说，"如果还有什么要说的，我建议明天上午再讨论。"

"可是没什么好讨论的，"布莱兹赫德说，"除了用哪种方式可以最体面地把这件事完结，这由母亲和我来决定。首先我们必须在《泰晤士报》和《晨邮报》上刊登启事，礼物全数退还，我只是不清楚伴娘礼服常规应该怎么处理。"

"等等，"雷克斯说，"等等，也许你可以阻止我们在你们的教堂结婚，好吧，见鬼去吧。我们去新教的教堂结婚好了。"

"我同样可以阻止。"玛奇梅因侯爵夫人说。

"可我相信你不会的，妈妈，"朱莉娅说，"你知道吗，我已经成为雷克斯的情妇好一阵了，我还会继续这么做，不管结不结婚。"

"雷克斯，这是真的吗？"

"不是，真该死，这不是真的，"雷克斯说，"我倒希望它是。"

"我觉得我们明天早上应该从头把这件事再讨论一遍，"玛奇梅因侯爵夫人虚弱地说，"我实在坚持不住了。"

她在儿子的帮助下上了楼。

"究竟是什么使得你对你母亲那样说？"我问道。这已经是多年以后，朱莉娅向我讲述当年的情景时。

"这正是雷克斯也想知道的。我猜大概是因为我当时就是那么认为的吧，并不是指字面意义——别忘了我当时才二十岁，没人知道'生活的真相'究竟是什么，仅仅只是听人说起过——所以我当然不是指字面意义上的。我不知道其他还有什么方式可以表达我的意思，我是想说，我与雷克斯之间已经陷得很深，不能由你们说'已经计划安排好了的婚礼不能举行'，就那样说了。我希望做一个诚实的女人，从那时起我就一直希望——可你想想。"

"然后呢？"

"然后这个对话就无休无止地继续了下去。可怜的妈妈，修道士们被请进了讨论，姨妈们被请进了讨论，于是有了各种各样的建议——有的说雷克斯应该去加拿大，有的说莫布雷神父应该去罗马，看看能不能想办法做废止，有的说我应该去海外待一年。就在这期间，雷克斯直接给爸爸发了份电报：'朱莉娅和我倾向于按新教仪式举行婚礼，您有什么不同意见吗？'他答复说：'欣慰。'这下一切都落定了，妈妈想要合法终止我们的尝试也到此为止。那以后，便是各种各样的私下会谈和劝说，去和修士谈，和修女谈，和姨妈谈。这期间，雷克斯只是安静地——或者说还算安静地——执行着计划。

"哦，查尔斯，那真是个龌龊的婚礼啊！萨伏伊教堂那时是供离了婚的人结婚的地方——狭小破旧，完全不是雷克斯所期待的那种婚礼。我其实只想趁一个大清早溜进注册站，在街上雇几个清洁女工当证人，这事就算完了。可对雷克斯而言，伴娘、香橙花、走地毯，一样都不能少。简直令人毛骨悚然。

"可怜的妈妈，完全像一个殉道者，不管发生了什么，坚持让我用她的婚纱。不过，她好像也必须这样，因为整个礼服就是根据她的婚纱来设计的。我自己的朋友当然都来了，还有雷克斯那帮被他称作朋友的同谋，其他的来宾便是稀奇古怪的各种组合。妈妈家的人当然一个也没来，爸爸那边大概来了一两家。所有大人物全都避之不及——你知道，安克雷奇家，卡斯姆家，范布勒家——可我想："谢天谢地他们没来，他们反正从来也看低我。"可雷克斯气急败坏，因为那才是他真正想要的。

"一度我希望最好不要有任何派对，妈妈说不许我们用玛奇馆，雷克斯又想到给爸爸发电报，然后让家庭律师开道，领着一队宴会师傅去入侵那地方。最后决定婚礼前夜在家里办个派对，邀请大家来看礼物——按莫布雷神父的说法，这没有问题。没人肯拒绝去看自己送出去的礼物吧，所以那派对还算挺成功，可第二天雷克斯在萨伏伊给婚礼来宾举行的宴会就太恐怖了。

"家里的佃户、租户那边又是另一场大尴尬。最后布莱兹赫德不得不下去为他们举行了一场晚宴，点了篝火，可这完全不是他们在送出银汤盆时所指望的啊。

"可怜的寇蒂莉亚，这事对她的打击最重。她一直盼着做我的伴娘——这是我出户进社交圈之前很久我们就开始谈论的话题——可同时，她又是个特别虔诚的孩子。起初她不肯和我说话，然后就在婚礼那天早上——我那时已经搬去梵妮·罗斯康姆姨妈处了，据说这样更得当——她忽然在我起床前冲进来，是直接从农场街来的，涕泗滂沱，求我不要结婚，然后又拥抱我，给我一个她买的可爱的小胸针。还说要为我祷告，以求我永远幸福。永远幸福，查尔斯！

"那是个不受欢迎到可怕的婚礼，你知道。人人都站在妈妈一边，大家一直这样——她自己其实也并不从中受益。在她一生中，妈妈总是对每个人，除了她爱的那些人以外，都充满了同情。他们都说，我对妈妈所做的实在太可恶了。事实上，可怜的雷克斯最后发现自己娶了一个弃儿，这与他所期待的恰恰相反。

"所以你看，事情就一直没有顺利过。好像一直有个不祥之物笼罩着我们，从一开始就有。可我那会儿还是发疯地喜欢雷克斯。

"想想也很有意思，不是吗？

"你知道，莫布雷神父对雷克斯的评价一语中的，而我却花了婚后整整一年时间才看明白。他简单地说，就是不完整，压根还没有成为一个完整的人。他只是一个人的很小一部分，没有经过顺乎自然的发育，就像保存在瓶子里的一个东西，在实验室里存活的某种器官。我本来认为他是某种原始的野人，可他恰恰是一种绝对摩登而最跟进时代的生物，只有在这个阴森丑恶的年代才可以诞生。只有小小的一点人的影子，却伪装成为全部。

"唉，都过去了。"

这是十年以后，她在大西洋上的一次风暴中对我讲述的。

第三章　茂卡斯特和我保卫国家——海外的塞巴斯蒂安——我离开玛奇梅因公馆

　　我于一九二六年春天的大罢工①期间，回到了伦敦。

　　那是当时巴黎的话题。法国人，一如既往地因为过去的朋友遭遇尴尬而兴高采烈，并且把海峡彼岸雾蒙蒙的含混观念，转化为他们更为精确的术语，并借此预言了革命和内战。每天晚上的报亭里都充斥着厄运的字眼，而在咖啡厅里，熟人都带着半嘲讽的口吻和我打招呼："哈，我的朋友，你幸好不在家里而在这儿啊，不是吗？"渐渐地，我和几个相同情况的朋友真的开始相信，我们的国家确实正处于危机当中，那里有我们应当肩负的责任。还有一个比利时未来派人士也加入了我们，人们用他的假名，让·德·布利萨克·拉蒙特，来称呼他。他声称，人们有权随时随地携带武器，用以对付社会底层人士的战斗。

　　我们在一股子激越高昂的雄性气息中，一起跨过海峡。我以为在我们即将抵达的多佛港，会展现出曾经在欧洲多次重复且少有变化的历史景象。我在自己脑海中勾画出这样一幅革命的画卷：红旗在邮政局楼顶飘扬，被掀翻的无轨电车，醉醺醺的大兵，监狱的门大打开，

---

　　① 1926 年大罢工，由英国工会大会组织发动，发生于 1926 年 5 月 3 日至 13 日之间。大批产业工人站出来支持矿工，抗议矿井条件恶化以及工资降低。中产阶级和上层社会志愿者尝试着维持公共服务设施运转，22 万临时纠察人员被征用来维持治安。

流氓罪犯全都潜回了街头，从首都开来的列车总也没有抵达。人们在报上读到，在电影里看到，在咖啡桌上听人谈起，一次又一次，已经有六七年了，就像弗兰德的泥泞和美索不达米亚的苍蝇①那样的二手经验，直到今天，它终于要成为一次真的经历。

我们登陆后，在边境站经过了一切照旧的例行公事，只见准点的海港列车，挑夫在维多利亚站排成一队，集中在头等舱的行李前，以及出租车等候站上长长的队伍。

"我们分头行动，"我们说，"看看什么情况。晚餐时集合，比较下各人的记录。"可我们内心都已经知道，这儿什么事也没有发生。无论从哪个角度看，都没有任何一件事需要我们的到场。

"天，"我父亲说，他在楼梯上偶然碰到我，"这么快又见到你太让人开心了。（我已经在国外待了十五个月。）你来得不是时候，知道吗，两天后他们又会有一次那种罢工——一派胡言——我不知道你什么时候才能走得掉。"

我不禁想，要是我没有离开，今晚可能会在塞纳河畔的灯光下，以及可能陪在我身边的伙伴——那时我正与两位思想解放的美国女孩儿在来往，她俩在奥特伊合租一间公寓——念及此，真希望自己没来。

当天晚上我们去皇家咖啡馆②吃饭，那儿多少有了一点战争的样子，咖啡馆里堆满了前来准备服役的大学生。其中剑桥来的一队人，那天下午已经拿到了为运输大楼③发布消息的任务。他们那一桌背对

---

① 查尔斯没有参加一战，却对此听说了很多。历史上弗兰德是包括今法国北部，比利时和荷兰的部分地区的一个地理区域，它在一战中曾是很多险恶战役的战场，称为弗兰德战场。美索不达米亚是底格里斯河和幼发拉底河之间的地区，美索不达米亚战争是一战期间爆发在英军（主要由印度士兵组成）和奥斯曼帝国军队之间的战役。

② 皇家咖啡馆，位于伦敦摄政街的一个餐厅，始于1863年，于2008年停业。在其长长的历史中，一直是富人和名人喜欢的约会见面地点。

③ 运输大楼，坐落于伦敦史密斯广场。自1926年起，成为交通和总工会的总部。也曾先后作为工党总部和贸易联合会的总部所在地。

着的另一组——刚加入特别纠察队的。不时地，这两队人之间会爆发一阵挑衅的争吵，可究竟背对着背，好像也很难衍变成严肃的冲突。于是这个事件最后以他们互赠大杯的啤酒而告终。

"你们真应该在霍尔蒂进入布达佩斯时在那儿，"让说，"那才叫政治。"

当然晚上在摄政公园有个派对，是为了庆祝"黑鸟"①刚刚来到英国。我们中间有一个人得到了邀请，大伙便都跟着去了。

对我们这些在巴黎去惯了砖顶屋②以及布鲁姆特街的黑人舞会这种场合的人来说，这个秀并没有特别引人注目的地方。我刚要踏进门，便听见一个绝不会听错的声音，一个仿佛来自遥远过去的回声。

"不，"这声音说道，"他们不是动物园里的动物，茂卡斯特，可以由你瞪着。他们是艺术家，伟大的艺术家，是应该受人尊敬的。"

安东尼·布兰奇和波艾·茂卡斯特正在酒水台边的一张桌上。

"感谢上帝，终于有个我认识的人了，"我过去加入他们时，茂卡斯特说，"一个女孩儿领着我来的，可这会儿到处都找不到她了。"

"她把你扔了，亲爱的，你知道为什么吗？因为你在这儿看上去荒唐透顶、不着调，茂卡斯特，这根本不是你的派对，你应该走开，你知道，去老百号或者其他什么贝尔格莱维亚广场上那些可悲的舞厅。"

"我刚从那儿来，"茂卡斯特说，"去老百号太早了，我再待会儿，没准一会儿又好玩起来了呢。"

"我真想吐你一口唾沫，"安东尼说，"来，让我跟你说会儿话，查尔斯。"

---

① 《黑鸟》，是一个主要由美国黑人参与制作的时政舞台滑稽剧，1926 年在伦敦的演出获得了极大成功。
② 砖顶屋，1924 年至 1961 年间位于巴黎皮加勒街的夜总会，老板是传奇人物美国歌手、舞蹈家艾达·史密斯，她因为一头红发获绰号为砖顶。

　　我们拿了一瓶酒和各自的杯子，在另外一间屋找了个角落坐下来，脚边蹲着五个"黑鸟"乐团的成员，在扔骰子。

　　"那位，"安东尼说，"那个相比白一点儿的，亲爱的，前两天早上用一瓶牛奶把阿诺德·费雷克海默夫人的脑瓜给敲了。"

　　不可避免地，我们的话题立刻就转到了塞巴斯蒂安身上。

　　"亲爱的，他是那样的一个醉鬼。去年你把他甩了之后，他就来马赛跟我同住。真的，最后到了我可以忍受的最大限度了。嗫，嗫，嗫，就像那些贵妇人一整天端着茶杯那样嗫。而且还那么狡猾，我总在丢小东西，亲爱的，丢的还都是些我挺喜欢的东西。一次丢了两套西服，是当天早上刚刚从莱斯利和罗伯特寄到的。一开始我当然不会以为是塞巴斯蒂安——在我公寓里出入的确实有一些怪鱼儿，亲爱的，谁会比你更了解我对怪鱼儿的口味呢？唉，最后，我亲爱的，我们找到一间当铺，塞巴斯蒂安把它们都当那儿了。可是当票却没有了，小酒馆里当票也可以花。

　　"我现在能在你眼里看见清教徒般的不赞同，亲爱的查尔斯，好像你以为是我操纵了这孩子。这是塞巴斯蒂安另一条不太招人喜欢的品质，他总给人一种印象，是被人操纵了——就像马戏团里的一匹小马。可我向你保证，我能做的都做了，一遍又一遍地对他说：'为什么要这么喝？如果你想飘飘欲仙，还有很多其他更美味的东西。'我于是带着他去了这行里最好的人那里，啊，你也应该知道他，纳达·阿洛普夫，让·拉克西莫以及我们认识的所有人都长年去他那儿——他总是在雷吉纳酒吧①——可在这儿又遇到了麻烦，因为塞巴斯蒂安给了他一张假支票——伪造的，我亲爱的——还有好多凶神恶煞的人到公寓里来——恶棍，亲爱的——而那时我完全不明白塞巴斯蒂安在做

---

　　① 雷吉纳酒吧，马赛的一家同性恋酒吧。

什么，这一切太让人心烦了。"

这时波艾·茂卡斯特游荡着朝我们走来，然后在没人理会他的情况下，在我这一侧坐了下来。

"这儿酒水开始不够了，"他说，然后就从我们的酒瓶里给自己倒，直到把酒瓶倒空，"整个这地方的人，我过去连魂都没见过一个——全是黑伙计。"

安东尼没理他，继续说："于是我们离开马赛，来到丹吉尔。在那儿，我亲爱的，塞巴斯蒂安勾搭上了他的新朋友。我该怎么描述他呢？就像《鬼影》①里的仆从——一块德意志土壤上的大土坷垃，参加了外国志愿军团。他因为自己用枪射伤了大脚趾而得以离开军队，伤没有愈合。被塞巴斯蒂安在土城堡的一座房子前发现，没饭吃，只靠在别人商店前替人招揽顾客生存。于是把他带回来跟我们同住，简直太恐怖了。我这才回来了，我亲爱的，回到我们美好的老英国。——哦，美好的老英国。"他重复道，张开热情的双手好像在拥抱，身边那几个黑人还在赌博，茂卡斯特两眼无神地瞪视着前方，而派对的女主人，正穿着睡衣，此刻上前来向我们介绍她自己。

"从来没见过你们，"她说，"也没邀请过，对了你们这群白垃圾都是谁啊？我好像觉得自己进错了房门。"

"国家处于非常时期，"茂卡斯特说，"什么事都有可能发生。"

"派对进展得还好吧？"她不安地问。"你觉得芙洛伦丝·米尔斯会唱吗？我们见过。"这时她对着安东尼加了一句。

"经常见到，我亲爱的，可你今晚一直不理我。"

"哦乖乖，那我可能不喜欢你，我一直以为所有的人我都喜欢呢。"

"你们觉得，"女主人走了以后，茂卡斯特问道，"报个火警会好

①　《鬼影》是一部德国表现主义默片，制作于1922年，这部电影当时在德国影院很受欢迎。

玩吗？"

"是的，波艾，快跑，快去报吧。"

"可能会让气氛热烈起来，我是说。"

"太对了。"

于是茂卡斯特离开我们去别处找电话。

"我想塞巴斯蒂安和他的瘸子密友一起去了法属摩洛哥，"安东尼继续说，"我离开时，丹吉尔警察正在找他们一点麻烦。自从我回到伦敦，玛奇梅因家简直就像害虫一样赶不开，想要联系我。那可怜的女人经历了一段什么样的日子啊！这也表明，生活有时还是公正的。"

这会儿米尔斯小姐开始演唱，每个人，除了正在赌骰子的，都涌到了隔壁屋里。

"那是我的女孩儿，"茂卡斯特说，"在那儿，跟一个黑人在一起，就是那个女孩儿带我来的。"

"她看起来根本就把你给忘了。"

"是啊，我真希望我没来，我们去别的什么地方吧。"

我们离开时两辆救火车开了过来，一群戴着头盔的人加入了楼上的人群。

"那家伙，布兰奇，"茂卡斯特说，"不是个好人，我把他扔进过墨丘里池。"

我们去了几个夜总会。经过两年的时间，茂卡斯特看起来好像已经实现了他的单纯抱负，在这种地方被人认识并被人喜欢。在最后一个地方，他和我同时被一股巨大的爱国火焰点燃。

"你和我，"他说，"都太小，没能赶上战争。别的伙计打了，成百万地战死了，可没有我们。我们要做给他们看，我们要做给那些死去的伙计看，我们也能战。"

"这就是我为什么在这儿的原因，"我说，"从海外赶回来，在需要的时候，团结在古老的国家身边。"

"就像澳大利亚人一样。"

"像可怜的死去的澳大利亚人一样。"

"你参加了哪个部分？"

"什么也没有呢，战争好像还没开始。"

"只有一个值得加入的——比尔·梅多斯临时组织——防御队。全是很棒的小伙子，在布拉特成立的。"

"那我也加入。"

"你是布拉特会员吗？"

"不，我也要加入那个。"

"这就对了，都是好小伙子，就像那些死去的伙计。"

就这样我加入了比尔·梅多斯的临时组织，那是一个紧急行动小组，主要是保证伦敦最贫穷地区的食品运输发放。开始我加入了防御队，宣誓对它忠诚，然后领到了一顶钢盔和一根警棍。接着我和其他几个新加入的一起，被安排到布拉特俱乐部，当选加入一个特别委员会。有一周的时间，我们都在布拉特的命令下行动，一天三次开着卡车出去为一队送奶车开路。我们被人嘲笑辱骂，有时被投掷粪便，但只有一次参与了真正的行动。

那天午餐后我正随便地坐着，比尔·梅多斯接了电话回来，显得十分兴奋。

"大伙儿快，"他说，"商业大道那边正有一场激战。"

我们急速开车赶去，只见路灯杆之间牵着钢缆，路上有一辆被掀翻的卡车，路旁的人行道上一个警察落了单，正被五六个年轻人踢打。在这个事件中心的两端，与现场均靠得很近的地方，两股对抗力量已经形成。离我们下车分散处不远，另一个警察坐在路旁的人行道上，显然已经晕眩，头埋在手里，指缝之间流着血，两三个同情者在他身边站着。钢缆的另一侧，是一群充满敌意的年轻码头工人。我们喊着口号向前推进，解救了那个被围攻的警察，正当我们要接近敌人主体时，却无意与一队牧师和市政参议员冲突上了，他们刚从另一条路过来，与我们同时到达，本意是来劝解。他们是这次行动唯一的受害者，正当他们向下行进时，我们听见一声喊叫"小心，有警察"，一卡车的警察在我们身后出现。

人群散去，不见了。我们扶起这群调解人（其中有一个受了重伤），在一些背街上巡逻了一番，没有发现任何骚乱，最后终于回到布拉特。第二天大罢工解散，整个国家，除了矿场，全都回归正常。就像一头传说中凶恶的野兽出现了一个小时，闻到了危险，又偷偷潜回它的巢穴一样。为这根本就不值得离开巴黎。

让，加入了另一个连队，在肯顿被一个老年寡妇用一盆厥草从楼上扔下砸在头顶上，在医院里待了一个星期。

我在比尔·梅多斯防御队期间，朱莉娅了解到我回到了英国。她来电话说，她母亲迫切地想要见我。

"你会发现她病得十分严重。"她说。

我在和平后的第一天早上来到玛奇梅因公馆，在大厅里与艾德里安·波森爵士擦肩而过。我到达时他正在离开，手里捏着一块丝手帕，捂着脸，这动作完全让人忽略了他的礼帽和手杖，他流着眼泪。

我被让进书房，不到一分钟朱莉娅就来了。她与我握手时的温和与凝重让我感觉十分陌生。在这个房间昏暗的光线里，她仿佛是一个鬼魂。

"你能来真是太好了，妈妈一直都在问你，不过我现在又不确定她是否能见你。她刚与艾德里安·波森说了'再见'，这让她很累。"

"再见？"

"是的，她就要死了，也许还有一个星期或者两个星期，也可能随时，下一分钟就走了。她太虚弱了，我去问问护士。"

死寂似乎已经笼罩了这个宅子。过去从来没人愿意在玛奇梅因公馆的书房待着，它是他们家两处房子里最丑的一个房间。维多利亚橡木书架上放着《汉萨德英国议会议事录》，以及从来没有人打开过、已经过时的《百科全书》。光秃秃的桃花芯木桌子，好像用来召开委员会议的，这个地方有一种既公共又无人问津的气息，外面是前院、栏杆以及安静的死胡同。

这时朱莉娅已经返回。

"不，恐怕你现在无法见到她。她睡着了，可能一睡就会是好几个小时。不过我可以告诉你她想要什么，我们另外找个地方说话吧，我讨厌这个房间。"

我们穿过大厅，来到那间小会客室，过去午餐常常设在这里。我俩分坐在壁炉的两侧，朱莉娅好像随着墙上的深红和金色一起，将她身上的温暖也反射了出来。

"首先，我知道，妈妈希望对你说，她是多么地抱歉，你们最后一次见面时她那么无礼地对你。这件事她时常提到，她知道自己错怪了你。但我相信你一定能理解，并且立即就把它放在了一边。可这恰恰是那种妈妈很难原谅自己的事——也是她很少犯的一种错误。"

"请一定转告她，我完全理解。"

"另一件事，毫无疑问，你已经猜到了——塞巴斯蒂安。她想他，我不知道这是否可能，你觉得呢？"

"我听说他目前情况很不好。"

"我们也听说了。我们给最后一次得到的地址发了电报，没有回音。也许还有时间能让他见到她，我一听说你在英国，就想，这是我们最后的希望了。你能试试去找他，把他带回来吗？我知道这个请求对你而言不是件易事，但我想如果塞巴斯蒂安意识到了的话，他也会愿意的。"

"我试试吧。"

"我们没有别人可以问，雷克斯那么忙。"

"是的。我听见了关于他安排燃气系统工作的所有报道。"

"哦是的，"朱莉娅说，这时带上了一分她惯有的讥讽态度，"这个罢工可让他声誉满载。"

于是我们又聊了聊布拉特防御队。她跟我说，布莱兹赫德这次拒绝参与任何公共事务，因为他对这件事起因的公正性本身不满。寇蒂莉亚也在伦敦，这时在睡觉，她照顾了母亲一个通宵。我告诉她，我在学习建筑绘画，并且非常喜欢。一直都在无话找话，我们在见面的最初一两分钟里，把需要说的已经全说了。我留下吃了茶，才告辞离开。

法航有一趟去卡萨布兰卡的特别航班，我在那里搭上了去菲斯的巴士，凌晨出发，黄昏时分抵达这里的新城。到了酒店后，先与英国领事通了电话。然后去那儿，在老城的城墙边迷人的官邸里，与他一起用了晚餐。他是一位善良而严肃的人。

"我真开心，终于有人来照顾小弗莱特了，"他说，"在这里，他让我们很棘手。这地方不适合一个靠汇款生活的人。法国人完全不能理解他，他们觉得任何一个不做生意的人，都只可能是间谍。他在这里过得完全不像一个英国爵爷。这里的生活并不容易，你一定没有想到，不出这所房子三十英里外就有战争。上星期我们这儿还来了几个骑着自行车的傻瓜，要志愿加入阿卜杜·克里姆[1]的军队。

---

① 阿卜杜·克里姆，20世纪20年代，他在摩洛哥东北部里夫领导一支抵抗力量，抵制法国和西班牙的殖民统治。

"然后是摩尔人①，也是很难缠的一群，他们不饮酒。可我们这位小朋友，你一定是知道的，他一天的大部分时间都在喝。他来到这里究竟想要得到什么？拉巴特或者丹吉尔都会更适合他，那儿有专门给旅行者提供的餐饮服务。你知道，他在本地人住的镇上租了个房子。我本来想阻止他，可他已经从一个艺术系的法国人手里接了下来。我倒不是说那里会伤害他，但这让人很担心。有一个可怕的家伙跟他在一起，占他便宜，靠他养着——一个外国志愿军团出来的德国人。无论怎么看，那都是个彻头彻尾的坏蛋，一定会有麻烦的。

"跟你说实话，我喜欢弗莱特。现在很少见到他，过去他自己房子没有安置好的时候，常常来这里洗澡，总是风度翩翩，我妻子完全被他迷住了。他需要的是一份职业。"

我向他解释了我的来意。

"你现在去，他可能在家。鬼才知道，在那老城里，晚上根本无处可去。如果你愿意，我派一个脚夫给你引路。"

于是晚饭后我便出发了，领事的脚夫在前面打着灯笼。摩洛哥对我来说，完全是一个陌生而新奇的国度。那天白天的旅途，在绵延不绝的英里中，巴士攀爬上平坦的战略要道，经过葡萄园和军事岗哨，然后是全新的白人区，以及广袤的田野上已经长得很高的庄稼，加上一面一面的广告牌，都是些法国必需品的广告——杜本内②、米其林③、卢浮百货公司④——那时我感到这里就像任何近郊住宅区，完全与时代同步。可此刻，星光下，在这个还被城墙围起来的城市里，街面是柔和而满布尘土的阶梯，街道两侧矗立着没有窗户的高墙，头顶一

①　摩尔人，有几种解释和含义。起初它用来指代北非土著柏柏尔人，有时也用来指代居住在欧洲的摩洛哥人或者任何北非人。

②　杜本内，法国酒商。在北非以生产对付疟疾的药酒闻名。

③　米其林，法国轮胎公司。

④　卢浮百货公司，巴黎著名百货公司。

会儿被盖住，一会儿又忽然敞开，出现漫天的星斗；光滑的石板路上堆满尘土，人影无声地从身边滑过，穿着白袍，脚下是或软或硬的拖鞋；空气中飘着丁香的味道，混合在焚香和烧木柴的烟味中——我这时一下子懂了，是什么让塞巴斯蒂安留在了这里，还留得这么久。

领事的脚夫在我前面骄傲地迈着大步，手里的灯一边晃动着，长棍子在地上一直敲打，有时从一扇敞开的门看进去，出现一群安静的人，围坐在一个黄铜色的灯下，笼罩着金黄的光晕。

"这些肮脏的人，"脚夫蔑视地说，不时回一下头，"没受教育，法国人就任由他们这么脏，一点也不像英国人，和我们的人，"他说，"我们的人总是很像英国人。"

他是苏丹警察，这个他的母文化中远古时代的中心，在他眼里，大约有如罗马在新西兰人眼里一般的地位。

终于，我们来到了最后几扇镶着门钉的门前，脚夫用他手里的棍子敲着。

"英国老爷的家。"他说。

灯光和一个阴暗的脸出现在栅栏后面，领事的脚夫不由分说地嚷了几句，然后门闩就打开了，我们走进一个小院，中间有一口井，头顶有个葡萄架。

"我在这儿等着，"脚夫说，"您跟着这本地人去。"

我走进屋里，下了一级台阶，是一间起居室，有一个唱机和一个油炉，两件东西之间有一个年轻人。过了一会儿等我开始四下打量时，发现也有一些其实还挺令人愉快的东西——地上的毯子、墙上的真丝刺绣、屋顶带手绘的雕梁，一盏挂在链子上的沉重而镂空的灯，将房间的雕花窗格照出柔和的影子。可刚进门时注意到的那三件东西，唱机的噪音——正播放着一张法国爵士乐的唱片——油炉的气味，以及那年轻人狼一样的神情，触动了我的神经。他瘫坐在一个藤椅上，一只缠着绷带的脚搁在面前的一个箱子上，穿着一件薄薄的，仿中欧样式的人字呢外衣，里边是一件敞着领口的网球衫，没有受伤的那个脚穿着一只棕色的帆布鞋。他身边有一个放在木支架上的黄铜托盘，上面是两个啤酒瓶，一个脏盘子，和一个装满了烟蒂的碟子。他手里握着一只啤酒杯，下唇上挂着一根香烟，说话时好像就黏在那里。长头发向后梳着，没有分发线，脸上长满了明显不属于他这个年纪的皱纹。门牙缺了一颗，所以他发出的咝音有时听起来会有些含混，有时甚至会伴随着一声令人不安的呼哨，每当这时他会用一串笑声来掩盖，剩下的牙齿都沾满烟垢，而且很稀疏。

这无疑便是领事所描述的"彻头彻尾的坏蛋"，以及安东尼电影里的仆人。

"我来找塞巴斯蒂安·弗莱特，这是他家对吗？"我很大声地问，以盖过那唱片里放的舞曲。他用柔和的英语回答，流利程度足以显示，这已经是他习惯了的语言。

"是的，可他这会儿不在，现在除了我没有别人。"

"我从英国来看他，有重要的事情，你能告诉我去哪里可以找到他吗？"

唱片放完了，德国人把它翻了一面，摇着把机器上紧，唱片又开始播放以后，他才回答我：

"塞巴斯蒂安生病了。教会兄弟们把他带走，去了医院。他们也许会让你见他，也许不会，很快哪天我也该去给我的伤脚换药了，我到时候问问。可能他好一点的时候，他们就会让你见他吧。"

屋里还有另外一把椅子，我坐了下来。德国人看我好像要待下来的意思，递给我一只啤酒。

"你不是塞巴斯蒂安的哥哥吧？"他说，"要不是表哥？或者你娶了他妹妹？"

"我只是他的朋友，我们过去在一起上大学。"

"我上大学时也有个朋友，我们学的历史。我的朋友比我聪明，很弱的家伙——我过去生气时就把他提起来晃——可他真聪明。有一天他说：'这叫什么事？在德国找不到工作，德国已经通过下水道被冲掉了。'于是我们去向教授们说再见，他们说：'是的，德国已经被冲进下水道了，现在没有什么可以让学生做的。'我们就离开了，走啊走啊，最终来到了这里。然后我们说：'德国也没有军队，可我们一定要成为士兵。'这样我就加入了外国志愿兵团。我的朋友去年在亚特拉斯山脉①作战时，得痢疾死了。他死后我说：'见了什么鬼？'于是我用枪把自己的脚指头射了，现在都还满是脓水，都已经一年了。"

"是的，"我说，"这很有意思。可我现在更关心塞巴斯蒂安，也许你能跟我讲讲他的事。"

"他是个好人，塞巴斯蒂安。他对我还行，丹吉尔是个充满恶臭的地方，他就带我来了这儿——漂亮的房子，很好的食物，很好的用人——这儿的一切对我来说都还行，我得承认。我喜欢这儿，还行。"

"他母亲病得很严重，"我说，"我是来告诉他这件事的。"

"她很有钱？"

"是的。"

"那她为什么不多给他些钱？这样我们可以去卡萨布兰卡住，也许，住一套好公寓。你跟她很熟悉吗？你能让她多给他些钱吗？"

"他的病是怎么回事？"

"我不知道。我想他可能喝得太多了，那些兄弟会照顾他，他在那儿还行。那些兄弟也都是些很好的家伙，那儿也便宜。"

他拍了拍手，让人给他又送了些啤酒来。

———————————

① 亚特拉斯山脉，北非的一个大山脉。

"你看，有很好的用人在照顾我，都还行。"

当我得知医院的名字后，便离开了。

"告诉塞巴斯蒂安我还在这儿，而且我还行，我猜他可能很牵挂我。"

第二天上午我去的那家医院，由老城和新城之间的一组平房构成，方济会①维持着它的运转。我穿过拥挤的摩尔病人来到医生的房间，他不是会士，是个世俗医生，面容整洁，穿着笔挺雪白的大褂。我们用法语交流，他告诉我塞巴斯蒂安没有危险，但是不适合旅行，他染上了流感，有一边肺轻微感染，非常虚弱，没有抵抗力。这不奇怪，他酗酒成瘾。这医生讲话时口气十分冷静，几近残酷，带着一种学科学的人常有的那种气质，好像借此用来避免他们自己跑题。可随后领我去看塞巴斯蒂安的那位留着大胡子，光着脚的兄弟就不一样了，从这个没有科学优越感，在病房里干杂活的人那里，我听到了不一样的故事。

"他特别耐心，一点也不像别的年轻人。他就躺在那儿，从来也不埋怨——其实有好多事可以埋怨的。我们设施不足，政府也只是把他们从军队那边可以缩减下来的部分给我们。而且他又是那样善良。有个德国男孩，一只脚受伤了，老也好不了，还有二级梅毒，有时来这里治疗。他在丹吉尔挨饿，是弗莱特少爷发现了他，收留了他，给了他一个家。他是一位真正的厚道人。"

"这可怜的简单的僧人，"我想，"可怜的傻瓜。"原谅我，上帝！

塞巴斯蒂安住在医院里专门给欧洲人留的区域，那里每个床位之间有一扇低矮的屏风隔离，形成一个个看似有一些私密的小间。他躺在那儿，手放在被子上，眼睛瞪着墙，墙上除了装饰着一幅宗教石版画之外，什么也没有。

---

① 方济会，基督教的一个教派，创始人为亚西西的圣·弗朗西斯。

"您的朋友来了。"那兄弟说。

他缓慢地回过头来。

"哦，我还以为他说科尔特。你在这里做什么，查尔斯？"

他比过去任何时候都消瘦。饮酒，让别人变得红脸而肥胖，似乎却只能让塞巴斯蒂安枯槁。那兄弟走开了，剩下我们俩，我坐在他床边，谈起了他的病情。

"我昏迷了一两天，"他说，"那时我就一直觉得自己回到了牛津。你去我家了吗？喜欢吗？科尔特还在那儿？我不会问你是不是喜欢他，没人喜欢。很好玩——我却不能离开他，你知道。"

然后我跟他说了他母亲的事。很长一段时间他什么也没说，只瞪着墙上那幅《圣母七苦图》①。然后说：

"可怜的妈妈，她曾经真的是个致命的妖女②，不是吗？手指一动就能杀人。"

我发了一份电报给朱莉娅，将塞巴斯蒂安不能旅行的情况告诉了她。我在菲斯待了一个星期，每天去医院看他，直到他身体稍好，可以下床走动。我看望他以后的第二天，他体力略微恢复的第一个迹象，便是找我要白兰地。再过一天，我发现他已经不知道从哪里搞到了一些，藏在床单下。

医生说："你的朋友又开始喝酒了，这是这里所禁止的。我能怎样做呢？这不是戒酒学校，我不能像警察那样看管病人。我的职责是治愈病人，而不是去防止他们对坏习惯上瘾，或者叫他们自我控制。干邑目前伤害不了他，可下一次他再生病，便会更加虚弱，然后有一

---

① 《圣母七苦图》，是反映圣母玛利亚一生中所经历的七项灾难的宗教画，通常以七支利箭穿透她的心脏来象征。

② 致命的妖女，一个固化的角色，指的是拥有神秘、善于引诱等特点的女子，她们利用自身的魅力来捕获爱她们的人，通常将他们引向妥协、危险或者致命的情形。

天，一点风吹草动就会要了他的命，'噗'！这儿不是酒鬼待的地方，这个周末他必须得离开。"

那兄弟说："您的朋友今天开心多了，就像换了个人。"

"可怜的简单的僧人，"我想，"可怜的傻瓜。"可他紧跟着又加了一句："你知道为什么吗？他床上有一瓶干邑，这是我发现的第二瓶了。第一瓶我还没来得及拿走，他已经搞到第二瓶了。他太淘气了，是那些阿拉伯男孩儿帮他买的。不过他伤心了那么久，忽然看见他开心，可真让人高兴。"

在我待的最后一个下午，我说："塞巴斯蒂安，现在你母亲已经死了。——这是当天早上传来的消息——你想过回英国吗？"

"那会是件美好的事，从某些方面来说，"他说，"可你觉得科尔特会喜欢吗？"

"看在上帝的分上，"我说，"你不是真的想要跟科尔特一起过一辈子吧，是吗？"

"我也不知道。他好像有这个意思。'那对他真的还行，我猜，也许。'"他说，模仿着科尔特的口音和腔调，然后他补了一句。这是本来可以帮我明白许多事情的关键、却被我忽略了的话。"你知道，查尔斯，"他说，"当你一辈子都被别人照顾，有别人来料理你的一切，忽然有个人需要你去照顾时，是一个挺让人振奋的变化。当然那人得有多可悲，才会需要一个像我这样的人去照料啊。"

在我走之前，我能做的另一件事，是把他的经济问题理顺。他到目前为止都是对付着过，过不下去了给律师发份电报，要一点小钱。于是我去见了当地银行的经理，替他做好了安排。如果有从伦敦过来的资金，请替他接收，保管他的季度津贴，按星期向他支付。此外，需要留出一定数量作为紧急备用金。每星期的金额只能由塞巴斯蒂安本人亲自领取，还必须经银行经理认可，他把钱花在了应该花的地方。塞巴斯蒂安毫不迟疑地就接受了所有这些条件。

"要不然，"他说，"科尔特会趁我喝醉时，让我把整个这笔钱都签了支票，然后他拿着钱出去闯各种祸。"

我从医院把塞巴斯蒂安接出来送回家。他坐在藤椅里看上去比在床上显得又虚弱了一些。两个病人，他和科尔特，在留声机的两旁，一边一个，相向而坐。

"是你该回来的时候了，"科尔特说，"我需要你。"

"是吗，科尔特？"

"我觉得是的。生病的时候还孤单一个人的感觉很不好。那男孩儿是个懒家伙——总是在我需要他的时候溜掉，有一次他在外面待了一整夜，我醒来的时候都没人给我准备咖啡。有一只满是脓水的脚也不好，有时我都睡不好觉。也许下一次我也溜掉，溜到会有人照顾我的地方去。"他拍了拍手，没有用人应答。

"你看？"他说。

"你想要什么？"

"香烟。我床下的包里有一些。"

塞巴斯蒂安艰难地想要从椅子上站起来。

"我去拿，"我说，"他的床在哪里？"

"不了，这是我的职责。"塞巴斯蒂安说。

"对啊，"科尔特说，"我猜这是塞巴斯蒂安的职责。"

于是我离开了他和他的朋友，在那间小巷尽头的小屋子里。再没有别的我可以替塞巴斯蒂安做的事了。

我原本打算直接从那里回巴黎，可塞巴斯蒂安的津贴一事意味着我必须去一趟伦敦，去见布莱兹赫德。这次我走水路，从丹吉尔搭乘大英轮船，于六月上旬抵达。

"你有没有认为，"布莱兹赫德问道，"在我弟弟跟这个德国人的关系中间，有什么邪恶的成分？"

"没有，我肯定没有，就简单是两个流浪儿结成了伴。"

"你说他是个罪犯？"

"我说的是'罪犯类型'。他进过军事监狱，被不光彩地开除了。"

"然后医生说塞巴斯蒂安的酗酒正在杀死他自己？"

"正在虚弱他自己。他既没有酒毒性谵妄，也没有肝硬化。"

"他也没发疯？"

"当然没有了。他找到一个碰巧自己喜欢的伴，发现了一个自己碰巧愿意住的地方。"

"那他确实如你所说，必须得到他的津贴。事情很清楚了。"

在有些方面，布莱兹赫德是个很容易打交道的人，他对各种事都有一种近乎疯狂的定论，这使得他的决定总是来得又快又容易。

"你愿意画这所房子吗？"他忽然问，"前面一幅，后面公园一幅，楼梯一幅，另外大会客厅一幅。共四幅小油画，这是我父亲的愿望，留作纪念，保存在布莱兹赫德。我一个画家也不认识，朱莉娅说你专攻建筑绘画。"

"是的，"我说，"我非常乐意。"

"你知道它将要被推平吗？我父亲正在出售，他们会在这里建一栋公寓楼，但是要继续用这个名字——显然我们也不能阻止他们。"

"这太让人难过了。"

"哦，当然我感到很遗憾。可你觉得它好吗，从建筑角度？"

"它是我见过的最美的房屋之一。"

"我看不出来，我还一直觉得它比较丑。也许你的画会让我获得一个新的角度去看它。"

这是我第一次受托作画，还有比较苛刻的时间限制，因为承建商目前只是在等待文件最后的签署，然后就会开始拆除的工作。可尽管这样，或者正是因为这样——因为在画布上待得过久，下不来，不肯见好就收一直是我的毛病——那四幅画成为我最喜爱的作品，正是它们的成功，既是我眼里的，也是他人眼里的成功，坚定了我自那以后将绘画视作我终生事业的想法。

我从那间长会客厅开始，因为他们急着要把那些自这所房子建好以来就一直在那儿的家具尽快搬走。这是一间长长的，讲究的，对称的亚当风格①房间，两组凸出去的窗户开向格林公园。当那个下午我在这里开始时，从西边流淌进来淡绿色的光，那是外面的新树。

我先用铅笔勾好线条，再仔细地添加上细节。好一阵不敢开始用颜料，就像潜水者一开始在水边的踌躇，可一旦进去之后，发现自己漂浮其间，才开始无比振奋。我通常是一名慢而特别仔细的画家，可那个下午以及整个第二天，第三天，我却画得飞快，仿佛每一笔下去都不会错。当一个部分完成，我便会停下来，紧张地不敢进入下一步，就像赌徒害怕好运忽然转向，将眼前的赌注转眼输光。一点一点，一分钟又一分钟，最后终于成形，我没有遇到一点困难，层叠交错的光线和颜色融为一体，准确的颜色恰恰就出现在我希望它们出现的地方，每一刷颜料下去，刚一完成，就仿佛它一直就在那儿一般妥帖。

这时到了最后那个下午，我听见身后一个声音说："我可以在这儿看你画吗？"

我回头看见寇蒂莉亚。

"可以，"我说，"只要你不出声。"我继续工作，完全忘记了她的存在，直到渐渐暗下去的光线使得我收起画笔。

"能够做这件事，一定感觉特别好。"

---

① 亚当风格，罗伯特·亚当和詹姆斯·亚当一对苏格兰建筑师兄弟，二人都采用新古典风格进行设计。

我都已经忘了她在这儿。

"是的。"

尽管太阳已经落下，房间变成了单色，我却还是不舍得离开我的这幅画。我把它从画架上拿下，举到窗户前，再放回画架，减轻了一点阴影。忽然间，疲劳袭进大脑、眼睛、背，以及手臂，我决定今天到此为止，这才回头去看寇蒂莉亚。

她现在十五岁了，在过去的一年半里，她已经长得很高，差不多到了她的成人高度。她已经没有希望会长出朱莉娅那种十五世纪的文艺复兴美好来，鼻子的长度和高高的颧骨已经隐约有些布莱兹赫德的影子，一身黑，还在为她母亲戴孝。

"我累了。"我说。

"我想你也累了。完成了吗？"

"基本上。明天早上我再过一遍。"

"你知道早已经过了晚餐时间吗？这儿已经没有人做饭了，什么也没有。我今天才上来，没想到已经衰败成这样。你不会愿意带我出去吃饭吧，你会吗？"

我们从花园那道门出去，进到公园里，然后在暮色中走到丽兹烤房。

"你见到塞巴斯蒂安了？他还是不愿意回家，哪怕现在？"

我在那一刻之前，一直没有意识到她其实已经很懂事了。我把这个想法也对她说了。

"哦，我比任何人都更爱他，"她说，"玛奇馆真令人伤心，不是吗？你知道吗，他们将会在这儿建一栋公寓楼房，然后雷克斯想把顶上那一层他叫作'顶层公寓'的买下来。这很像他吧？可怜的朱莉娅，这些对她来说都太过分了。他根本不懂，他以为她会很想继续留在她旧家所在的地方。所有的事都结束得太快，对吗？很显然爸爸已经沉重负债很长时间了，出售玛奇馆帮他理顺了债务，每年还省下我也不知道多大的一笔开销。可把它推倒拆了也太可惜了。朱莉娅说她倒宁可这样，也比别人去住在玛奇馆里好。"

"你将有什么安排？"

"是啊，什么安排呢？有各种各样的建议，梵妮·罗斯康姆姨妈想让我去和她住，又听说朱莉娅和雷克斯要拿去布莱兹赫德的一半并住在那儿，爸爸还是不肯回来，我们都以为他会，可是不。

"他们已经把布莱兹赫德的小教堂关了，是布莱迪和主教。妈妈的安魂曲是那里最后的一次弥撒。那天埋了她以后，修道士进来——我当时一个人在。我觉得他可能没有看见我——他取下神龛上的石头放进他的包里，然后点燃羊毛垫上的圣油，把它们烧了，再把灰倒在外面；空了圣水盆，吹灭了祭坛上的灯，就让那盒子空着大敞开，就像从那以后永远都是复活节星期五一样①。我估计这些对你来说无聊透了，查尔斯，可怜的不可知论者。我在那儿一直待到他走以后。就这样，忽然间，那里再也没有教堂了，只剩下一个装饰古怪的房间。我不能告诉你那是一种什么感觉，你从来没参加过熄灯礼拜②吧，有吗？"

"从来没有。"

"唉，如果你去过，你就会知道犹太人对他们的寺庙是什么感觉了。Quomodo sedet sola civitas③……美极了，这段颂词。你应该去一次，就为了听这个。"

"你还在想要劝说我皈依吗，寇蒂莉亚？"

---

① 在天主教堂里，神龛上有一个可锁的箱子，里边用来存放做弥撒时供奉的面包。复活节星期的传统之一是让那盒子空着并敞开，直到星期六弥撒。

② 熄灯礼拜，拉丁文"影子"或"黑暗"的意思，在罗马天主教中，指复活节星期里最后三天的特殊仪式，15只蜡烛渐渐熄灭，随后教堂里只剩下黑暗。

③ "Quomodo sedet sola civitas"是《圣经·耶利米哀歌》的拉丁文开头，哀悼公元前586年耶路撒冷被尼布甲尼撒征服之后的沉沦。

"哦，没有，这件事也早已过去了。你知道爸爸皈依时是怎么说的吗？妈妈跟我说过一次，他对她说：'你把我们祖先的信仰又带回了这个家。'夸大其词，你知道。它对不同人的影响也是不一样的。无论如何，一家人并没有稳定过，不是吗？先是他离开，然后是塞巴斯蒂安，然后朱莉娅。可是上帝不会让他们走得太远的，你知道。不知道你还记不记得在塞巴斯蒂安第一次喝醉那个晚上——我是说很糟糕的那个晚上，妈妈给我们读的故事，布朗神父说了一句类似于'我抓住了他'（那个贼），'用一个看不见的钩子，和一条看不见的线，这条线长到足够让他游荡到世界尽头，仍然，只要我将这条线轻轻一拽，就能将他带回'。"

我们几乎没有提到她母亲。我们一直在说话，她吃得狼吞虎咽。一次她说：

"你看见《泰晤士报》上艾德里安·波森爵士的诗了吗？太好玩了：他比我们任何人都更了解她——他爱了她一辈子，你知道——可他写的诗好像完全与她无关。

"我是所有人里最能与她相处的，可我相信我从来没有真正爱过她，没有如她所想或者她所应该得到的那样。想起来真是太奇怪了，因为我本来是个充满了各种自然感情的人。"

"我从来没有真正了解过你母亲。"我说。

"你不喜欢她。我有时认为，当别人想要恨上帝时，他们就去恨妈妈。"

"你这样说是什么意思，寇蒂莉亚？"

"嗯，你看，她很神圣，但又不是圣徒；没人会去恨一名圣徒，会吗？他们也不能恨上帝。所以当他们想恨他以及他的圣徒时，他们就得在同类中找到一个，把他当作上帝来恨。我猜你认为我说的都是些胡言乱语。"

"我过去听谁说过几乎一模一样的话——从一个跟你完全不一样

的人那里。"

"哦，我是很认真的。这件事我想了很久，它好像能解释可怜的妈妈。"

接着这个古怪的孩子，又以新的热情投入到她的晚餐里去。"这是我第一次被人单独带出来吃晚餐。"她说。

过了一会儿她又说："朱莉娅听说他们要卖玛奇馆时说：'可怜的寇蒂莉亚，她最终还是不能在那儿举办她的成人礼舞会了。'那是我们过去经常谈论的一件事，就像我给她当伴娘那件事一样，也没达成。朱莉娅的舞会那天，我被准许下去待了一个小时，跟梵妮姨妈一起坐在角落上，她说：'六年以后你也会有这一切。'……我希望自己有某种使命。"

"我不知道那是什么意思。"

"它意味着你可以成为一名修女。如果你没有这使命，无论你有多想也没用；如果你有这使命，你就逃不掉，无论你有多恨它。布莱迪可能觉得他有，但他没有。我过去经常觉得塞巴斯蒂安有，可是他恨它——现在我不知道。一切都变了，这么突然就变了。"

可我当时没有太多心思来喋喋不休地谈论这些修道院话题，我的生命那时完全被下午手中的画笔占据，手指上沾满了创造力的汁液。那天晚上我就是一个文艺复兴时代的人——勃朗宁的文艺复兴[①]。我，穿着热那亚的天鹅绒袍服行走在罗马的大街上，从伽利略的望远镜里看满天繁星，唾弃那些拿着沉重而满是尘土的旧典籍的修士，那些有着深陷的眼眶，充满嫉妒的眼神，以及让人毛发倒竖的演讲的修士。

"你会爱上一个人。"我说。

"哦，千万不要。我说，我能再要一个美味的蛋白脆饼吗？"

---

① 文艺复兴人，通常用来描述一个受过高等教育的，并且对很多领域都有研究的人，尤其是跨艺术和科学领域。

第三部

牵线上的一拽

第一章 风暴中的孤儿

我的生命主调是回忆，在战时那个灰蒙蒙的清晨，它像一个插翅的使者，盘旋在我的头顶。

记忆就像我的生命——除了过去，没有任何东西是我们肯定拥有的——时刻与我在一起。像圣马可广场上的鸽子，无处不在。在脚下，落单的，成对的，也有声音如蜜汁般醇厚的合唱小分队，点着头，或者昂首阔步地在走，或者眨着眼睛，在梳理颈上滑顺的羽毛；有时如果我站定，它们便会来我肩头栖息，直到忽然间午炮隆隆响起；只见羽翅扑闪，一瞬间只剩下空旷的路面，而头顶的天空被骚动的鸟群占满，黯淡下来。这正是战时那个清晨的情景。

自从那个晚上与寇蒂莉亚的交谈以后，在将近十年死寂一般的岁月里，我走在一条表面上充满变化的忙碌的道路上。可是，在整个那期间，除了有时在我的绘画中——即便在绘画中，间隔也越来越长，我再也没有过享有塞巴斯蒂安的友谊时那样的生命活力。我把它视作青春，而非生命的远去。我的创作支撑着我，因为我选择了做一件我能做好的事，每一天都做得更好，并且乐在其中；不时地，我所做的事当时还算独一无二，没有别人也在从事的。我成为一名建筑画家。

比伟大建筑师的杰作本身更让我热爱的，是这些建筑在无数个世纪里，所无声经历的成长。它们抓住并且保留每一代人最美好的部分，让岁月去逐渐磨掉艺术家们的骄傲和腓力斯丁人①的粗俗，也一并修正平庸工匠的粗拙。在这些英格兰土地上比比皆是的建筑中，也在它辉煌的最后十年中，英国人仿佛第一次对从前熟视无睹的东西有了认知，开始在它行将绝迹的时刻向它致敬。于是，我收获了远远超过我所值得的盛誉。我的创作本身除了与日娴熟的技巧，对创作对象的热情，以及对欢呼赞美的无动于衷之外，其实乏善可陈。

那个年代的经济衰退，让许多艺术家失去了工作，却促成了我的成功。这本身，便是衰退的一个征兆。当水塘已经干枯，人们只得靠饮用幻象来解渴。第一次展览后，我便收到来自全国各地的邀请，去为那些即将被遗弃或者被贬值的房屋绘制肖像。事实上，我的到达，往往只比拍卖师早了几步，而成为厄运的先兆。

我出版了三本光鲜的画册——《莱德的乡村郡府》《莱德的英式家园》和《莱德的乡村及乡土建筑》，每一本都以五基尼②的价格售出了一千册。我极少令我的赞助人不满，因为在我自己和他们之间一向没有任何冲突，我们的愿望是一致的。然而，随着时间一年一年地过去，我开始怀念我所失去的某一种东西，那是我在玛奇梅因公馆的会客厅里所结识，自那之后仅有一次或者两次所体会过的强烈、独一无二以及并非用手在创造的信念——如果用一个词来描述的话，就是灵感。

为了寻找这一丝渐渐在熄灭的亮光，我去了海外。像奥古斯都③年代一样，满载着我的营生和家当，在异域风光之间，获得了两年的新

---

① 腓力斯丁人，简单来说，是指居住在巴勒斯坦的人。如今它通常用来形容好斗、充满敌意、对文化艺术毫无兴趣的粗鄙之人。

② 基尼，英国老式货币。

③ 奥古斯都，奥古斯都文学史是18世纪上半叶的英国文学流派，止于18世纪40年代，以诗人亚历山大·蒲柏和讽刺文学大师乔纳森·斯威夫特先后于1744年和1745年的死去为结束标志。那是一个伟大的文学时代，小说迅猛发展，讽刺文体爆炸般地兴盛，诗歌向着个人探索的方向演进。在哲学领域，则以经验主义占据主导，政治经济写作的出现，标志着重商主义正式登场成为哲学的一个门类。也是在这期间，见证了资本主义和贸易的胜利。

生。我没有去欧洲，欧洲的珍宝很安全。太安全，在专家的护理下，像包裹在襁褓中，因过于敬重而生出阻隔。欧洲可以等。会有一天去欧洲的，我想，可现在还太早了。我目前还不需要身边随时有个人来替我支画架，替我扛作品；当有一天我连离开舒适的好酒店去跋涉一个小时也难以支撑，当我一整天都需要轻柔的凉风和如煦的阳光，那时，我会带上我的一双昏花老眼，去看德国，去看意大利。现在，我还有的是力气，可以去到无人的荒原，藤蔓缠绕的丛林。

就这样，缓慢却并不悠闲地，我一步步游遍了墨西哥和中美洲。在一个有我所需要的一切的世界里，从熟悉的城市公园和辉煌大厅至眼前景象的变化，无疑轻快了我的步伐，也让我找回了自己。在烧毁的宫殿中，在荒草丛生的旧寺院里，在一个早已废弃的教堂里，如今只有高挂在穹顶上，像干了的种子荚一样的吸血蝙蝠，和地面上无休止地忙碌打洞的蚂蚁，在没有道路可以到达的城市，在一个凄苦的古陵墓里，住着害了疟疾、孤零零在此栖身的一家印度人，我寻找着灵感。经历了无数的劳累、病痛，以及偶尔的危险之后，完成了《莱德的拉丁美洲》的最初几幅素描。每隔几个星期，我会休息整顿一下，再一次来到贸易商人和旅行者常去的地区。稍事休养后，开始搭建临时工作点，起稿素描，紧张不安地将完成的画布包装好，送走，邮递给我在纽约的经纪人。然后再次出发，带着一个小随从，扎进荒野。

这期间，我从来没有强烈地想要与英国保持联系的欲望。遵循当地人的建议制定行程，没有固定的路线，于是大部分的邮件便永远没有送达我手里；而余下的部分，也因为积攒得太多，不能一次读完。我常常把一捆信塞在包里，闲来无事便拿出来读几封，信里说的事，大多数时候与我读信时的环境完全不协调——在吊床上荡悠，躲在蚊帐下，就着抗风灯的光；或者在小船里顺河而下，漫不经心地照看着船头，好不让它碰到河岸，男孩子在我身后的船尾，协调着船与身下黑水的步调。在这绿荫下，头顶是一排排参天大树，猴子在树顶的花朵间，在阳光下尖叫嬉闹；有时，正在客栈的回廊上，只听杯子里的冰块和桌子上的骰子同时叮当作响，一只虎斑猫在剪过的草坪上追着自己身上的链子玩——这一切，都像遥远得毫无意义的声音；而这一切本身，又清晰地经过我的意识，一点痕迹也没有留下地走了出去，就像在美洲铁路车辆里遇见的其他旅行者互相分享的那些故事。

尽管在这样陌生的世界里，与世隔绝一般地逗留了这么长时间，我没有变。我仍然只用了很小一部分的自己，去伪装成一个整体。随后我抛下两年来与我相伴的热带行头和一切经历，回到了出发地——纽约。随身带回来的成果颇丰——十一幅绘画和大约五十幅素描——当我最后终于在伦敦展出时，那些艺术批评家——其中大部分到那时为止，向来对我抱以居高临下的善意，在这一次的成功面前，他们宣称，我的作品中出现了一种崭新而丰富的元素。莱德先生，他们中最有声誉的一位写道："像一只新鲜而年轻的鳟鱼，一跃而起，为我们注入了一种新的文化元素，并为他本人的潜力版图揭开了充满实力的另一面……通过专注于使用相当明显的传统技法，将混乱和野蛮表达得优雅而博学，莱德先生，终于找到了自己。"

这是我应该对之感激涕零的文字，可是，唉，它们却远不是事实。我妻子，跨洋来到纽约与我相见。她看见我们分别以来的这些成果，挂在我经纪人的办公室里，说了几句话，把这件事更恰当地总结了出来："当然，我能看得出来它们灿烂夺目，而且确实美丽，带着些邪恶色彩的美丽。可我总感觉这并不十分像你。"

在欧洲，我妻子因为她时髦干练并且活泼自信的穿衣风格，以及她美貌中所带有的那层奇怪的、过于讲究卫生的特点，而经常会被当作美国人；而一到美国，她又立刻开始示范起英国式的柔和以及少语。

她比我早到了一两天，我的轮船靠岸时，她已在码头等候。

"真是好长时间了啊！"我们相见时，她充满了喜爱地说。

她没有随我一同远行。在给朋友们解释原因时，她说去的地方不合适，加之家里还有个小儿子。她补充一句现在又有女儿了，来作为她不去的另一个原因，我于是想起走之前她已经提起过这件事。此外，她的信里也提到过。

"我想你肯定没读我的信吧。"那天深夜，在经过了一个晚餐派对，随后又是几个小时的夜总会之后，终于只剩下我们俩在酒店房间里时，她这么说。

"有一些可能送丢了。我清楚地记得你说，花园里的水仙像梦里的一样，保姆是个宝，摄政风格的四柱床是个珍贵的发现。但是坦白说，我不记得听你说起过，你的新宝宝叫卡洛琳，为什么叫这个名字？"

"当然是随查尔斯了。"

"啊！"

"我让贝尔塔·凡·霍尔特做教母，我想她无疑会送一份好礼的，你猜她送了什么？"

"贝尔塔·凡·霍尔特就是个骗子。送的什么？"

"一张十五先令的图书礼券。现在江江①有伴了——"

"谁？"

"你儿子，亲爱的，你没有把他也忘了吧？"

"拜托，"我说，"你为什么这样叫他？"

"这是他自己起的名字，你不觉得很可爱吗？现在江江有伴了，我们最好一段时间内不再要孩子了，你说呢？"

"随你了。"

---

① 江江（Johnjohn），查尔斯和塞莉娅的儿子把John（约翰）重叠后，用作自己的小名。

"江江总是说起你，每天晚上都为你的平安归来而祈祷。"

她一边脱衣一边聊，努力地想显出轻松随意。然后坐在梳妆台边，用一把梳子开始梳理头发，裸露的背正对着我。看着镜子里的自己，她说："我应该把脸收拾了睡觉吗？"

这是一个熟悉的句法，也是我很不喜欢的一句问话。意思是，她是否应该卸妆，然后在脸上盖一层油，再套上发网。

"不，"我说，"不用马上就那样。"

她明白了我的意思。做那件事，她也有一整套的维持整洁和卫生的方法。可是在她十分情愿的笑脸上，我看到她既松了一口气，又好像取得了胜利。事后我们分别躺到相距一两码的，各自的单人床上，抽烟。我看了看表，四点钟，可我们俩谁也没有睡意。这个城市的空气中弥漫着神经质，却被它的居民错当作能量。

"我看不出你有任何变化，查尔斯。"

"没有，恐怕确实没有。"

"你希望有变化吗？"

"那是生命存在的唯一证据。"

"可也有可能你变了以后就不再爱我了。"

"确实有这个风险。"

"查尔斯，你没有停止爱我吧？"

"你自己刚刚才说了，我没有变化。"

"嗯，我现在开始有点觉得你也许变了。我没有。"

"是的，"我说，"你没有变，能看出来。"

"今天与我见面前，你一点也不紧张吗？"

"一点也不。"

"你没有想过，要是这期间我爱上别人了呢？"

"没想过。你有吗？"

"你知道我没有。你有吗？"

"没。我现在没有与人相爱。"

妻子似乎对这个答案满意了。她六年前在我的第一次展览时嫁给了我，此后一直很努力地在推进我们的兴趣。有人说，她"成就"了我，可她自己只承认是在背后支持了我。她对我的才华以及"艺术本能"有着十分坚定的信念，同时还坚信，靠要滑头做出来的事，等于没做。

这会儿她说："有盼着回家吗？（父亲给了我一笔钱作为结婚礼物，我用它在妻子娘家那边的乡下买了一幢老修道院的房子。）我有份惊喜要送给你。"

"哦？"

"我把那个老粮仓给你改建成了一个工作室，这样你就不会受到孩子们或者临时来访客人的打扰了。请埃姆丹①来做的，每个人都觉得相当成功。《乡村生活》②上有一篇报道文章，我特意带了来给你看。"

她把那文章拿出来指给我："……这是用建筑体现良好教养的一个令人眼前一亮的例子……约瑟夫·埃姆丹爵士老练地采用传统手段来满足了现代需要……"还有些照片，只见宽大的橡木地板如今盖住了泥地，北面的墙上开了一扇高高的凸窗，石头砌的窗框，过去藏在阴影中的漂亮原木屋顶，如今呈现了出来，光照恰到好处，每一根木梁之间刷上了白石灰。看上去像村委会的大厅。我记得那间屋子里的气味，现在看上去，那股气味肯定是没有了。

"我好像更喜欢那粮仓。"我说。

"可你现在可以在那儿工作了呀，不对吗？"

---

① 埃姆丹，英国19世纪末20世纪初著名的戏院、音乐厅建筑师。

② 《乡村生活》，创办于1897年的英国周刊，专注于乡村大宅主人以及封地领主阶层所关心的话题。

"经历了蹲在一群群云山雾罩般的螯蝇中间，"我说，"以及能把面前的画纸烤焦的烈日，现在你让我趴在巴士车顶上我都能工作。我猜牧师可能会愿意借这个地方来玩惠斯特牌[①]。"

"有很多工作等着你去做。我答应了安克雷奇夫人[②]，你一回来就去画安克雷奇公馆，那也要被拆掉了，你知道——下面是商店，上面是两居室的公寓。你不觉得吗，查尔斯，你不觉得你刚推出的这些异域风情的作品，将会让你难以在那一方面继续吗？"

"怎么会呢？"

"唉，它们很不一样啊。别这么拧着了。"

"那只是另一个疯长的丛林席卷而来罢了。"

"我懂得你的感受，亲爱的。乔治亚社区[③]也没少抗议，可谁也没有办法……你收到过我关于波艾的信吗？"

"有吗？说的什么？"

（波艾·茂卡斯特是她哥哥。）

"关于他订婚的事。不过现在已经没关系了，都取消了，只是父母亲为此事十分难过。那女孩儿糟透了，最终他们不得不拿钱给她才把事情了了。"

"没有，波艾的消息我一点也没听说过。"

"他和江江现在好得不行，看他俩在一起真是甜蜜啊。不管他什么时候回来，第一件事就是把车开到老修道院，然后径直走进屋来，对谁也不关心，只是扯着嗓子喊：'我的好哥们江江在哪儿？'于是江江便会跌跌撞撞地冲下楼来，然后他俩就会消失在树丛里，一玩好几

---

　　① 惠斯特牌，惠斯特牌戏是包括惠斯特桥牌、竞叫桥牌和定约桥牌在内的纸牌游戏的统称，通常认为起源于英国。

　　② 朱莉娅所提及的回避她婚礼的几大家族之一。

　　③ 书中的乔治亚社区并没有存在过，但是有一个被称作乔治亚小组的组织倒是于 1937 年成立，至今依然存在。

个小时。光是听他俩交谈，你会以为是两个同龄人。事实上，是江江让他看清了那个女孩儿，真的，你知道，江江确实太聪明了。他可能听见母亲和我的谈话了，等下一次波艾来的时候，他说：'波艾舅舅不应该娶坏女孩儿，扔下江江。'就是那天，他用两千英镑在法庭上把这件事了结了。江江特别崇拜波艾，从各个方面模仿他。这对他俩来说，都真是太好了。"

我再一次穿过房间，徒劳无功地想要试着把暖气关小一些。然后喝了些冰水，再把窗户打开，可是，伴随着刺骨的夜晚的空气，音乐从旁边的房间也飘了进来，隔壁在放无线电。我只好又把窗户关上，回头向妻子那边走去。

过了好一会儿，她才又开始说话，不过听起来有倦意了。

"花园茂盛了很多……你栽的树篱去年长了五英寸……我又从伦敦找了些人下来把网球场也弄好了……如今还有个一等一的厨师……"

当身下的城市开始醒来时，我们俩睡了过去。不过没睡多久，电话响了，一个雌雄难辨的欢快的嗓音说："萨伏伊——卡尔顿——酒店——早上好。现在差一刻钟到八点。"

"我并没有请你们呼叫，你知道。"

"您说什么？"

"哎，没什么。"

"不客气。"

我在剃须，妻子坐在浴缸里对我说："又像过去的日子一样了，我再也没什么好担心的了，查尔斯。"

"好。"

"我本来特别害怕，两年的时间会改变一切。现在我知道，我们可以从断掉的那个点重新开始。"

"什么时候？"我问道，"是什么？我们什么时候断了什么？"

"当然是你离开的时候了。"

"你没有想过另外一件事吗，再稍微早一点的时候？"

"哦，查尔斯，那是老早的历史了，那在当时也什么都不是，从来就不是。都结束了，忘掉了。"

"我只是想明确一下，"我说，"你是说，我们现在回到了我出发去海外的那一天，是这样吗？"

于是我们就这样开始了一天，恰如两年前我们分开时那样，妻子流着眼泪。

我妻子的温柔以及英国式少语，她那洁白小巧整齐的牙齿，整洁的淡粉色指甲，女学生一样的天真俏皮气质，以及女学生一样的穿着打扮，加上那花了大价钱，而从远处看来却像是流水线批量生产的摩登首饰，脸上永远的宜人微笑，对我的尊重，对我的兴趣所投入的热情，每天给家里的保姆发电报的慈母心肠——总而言之，她独特的魅力——使得她在美国人中出奇地受欢迎。于是出发那天，我们的轮船舱位里堆满了赛璐珞的包装。——都是来自她认识了一个星期的朋友们。船上的乘务员，就像疗养院里的修女，习惯用这些战利品的数量和价值来甄别乘客的地位。就这样我们极其尊贵地开始了这趟旅程。

我妻子上船后动的第一个念头便是旅客清单。

"这么多朋友，"她说，"这将是一趟愉快的旅行。今晚我们开个鸡尾酒会吧。"

升降口的扶梯还没撤除，妻子已经抱着电话忙开了。

"朱莉娅。我是塞莉娅——塞莉娅·莱德。得知你也在船上，这可太好了。你这段时间在忙什么？今晚来喝鸡尾酒，我们好好聊聊。"

"朱莉娅，谁？"

"莫特拉姆。我好些年没见过她了。"

我也没有。事实上，从我婚礼以后就再没见过她了，更不用说好好地谈话，那恐怕得追溯到我那四幅玛奇梅因公馆的小油画私人展览了。当时布莱兹赫德借给我，一经挂上展出，便引起了很大关注。那几幅画，便是我和弗莱特一家最后的联系，我们的生活。曾经有一两年走得那么近，随即便被拉开。塞巴斯蒂安，我知道，还在海外；雷克斯，不像曾经预期的那么发达，他一直停留在政府核心的边缘地带，十分抢眼夺目，却隐约笼罩着一团疑云。他生活在最富有的人群中间，演讲中流露出对略带革命性政策的青睐。在人们的交谈中，也时常会听见莫特拉姆夫妇的名字，有时我在等人时百无聊赖地乱翻杂志，他们的脸会冷不丁出现在《尚流》①中的某一页，可是他们和我早已形同陌路，进入毫无交集的两个世界。这是在英国，也只有在英国才有的那种旋转的私人关系小星球。大概在物理学中能够找到完美的比喻，用来形容这个现象和过程，通过它，不同的能量粒子在不同的磁场中将自己进行组合、重组。对于那些能够准确讲述这一类事情的人而言，这比喻可能是现成的。但我不是那样的人，我只能说，这种亲密朋友的小圈子在英国比比皆是。具体到朱莉娅和我自己，我们可能住在伦敦的同一条街，偶尔会碰见，也可能相隔几英里远住在同一片乡村，也可能其中一个对另一个还颇有些好感，同时对另一个的财富也有些小小的好奇，甚至会遗憾于我们的这种分隔，并且知道，其实只需我们中的任何一个拿起电话，就能在另一个人的枕边说起话来，享受起床时那种好像跟清晨的那杯橙汁和阳光一起降临的亲密。然而我们各自世界的向心力，以及星际之间的冰冷和遥远，阻止了我们这样去做。

---

①《尚流》，现为康泰纳仕集团旗下的一个英国高端杂志，专注于时尚和生活方式，也报道上流社会以及政治话题。

　　我妻子，此时栖身于一堆撕下来的赛璐玢包装纸和丝带中间，继续打着电话，无比兴奋地对着那份旅客名单一一扫描……"是的，一定要带他来，别人告诉我他特别容易亲近……是的，我终于把查尔斯从他的荒郊野岭等回来了。这是不是太好了……在名单里看见你的名字简直像一份礼物！这让我的旅途变得愉快了……亲爱的，我们也在萨伏伊－卡尔顿，怎么就错过了呢？"……有时她会忽然转过身来对我说："我得确保你真的还在这儿，我还没习惯这件事呢。"

　　我出了舱门，走上甲板，此时我们正缓缓地被蒸汽推动着顺河而下。我走进盖了玻璃顶棚的那几个区域中的一个，人们都站在那儿看着陆地向我们身后滑去。"这么多朋友。"我妻子刚才说的，他们是我眼里的一群陌生人。离别的气氛开始在人群中退去，他们中的一些，在告别时就一直与送别的人一起喝到最后一刻的，依然在喧闹中；另外一些，已经开始在筹划，应该把甲板躺椅安放在哪个位置；没人留意到乐队正在演奏——像 群忙碌的蚂蚁。

　　我转身走进船里的一个大厅。这些大厅全都大而无当，就好像本来是为火车车厢设计的，然后被荒谬地放大了一些。穿过两扇巨大的青铜门，上面跳跃着一群薄得像纸雕的亚述动物①。脚下踩着的地毯，是一种好像被墨汁浸染过的纸的颜色，墙上的装饰也是这种浸了墨的纸的颜色——笨拙的土黄色幼儿园艺术品——四壁之间，是一大片一大片饼干颜色的木地板，从这些木材上看不到一点木工匠心的痕迹，一条一条被无缝地拼接在一起，经过喷气挤压抛光；那些污纸一样的地毯上，摆满了仿佛卫生用品工程师设计的桌子，四周是方块状的填充物，中间挖出一个方形的孔来供人坐，外面包着的布，看上去也像是浸了墨汁的纸；厅里的灯，好像是在一些中空物件的表面割出

---

　　① 亚述，是美索不达米亚的一个王国，其统治者们在前基督时期在这一地区建立过几个王朝。亚述文明后期所创造的艺术作品包括石刻，通常以动物为对象，尤以狮和马为最常见。

些口子，光线弥散出来，均匀地洒到各处，不投下任何阴影——这整个地方被来自一百个通风口的嗡嗡声笼罩，并随着底部引擎的转动而战栗。

"我回来了，"我想，"从丛林里，废墟中回来了。这里，财富并不美好，权力没有真的尊严，Quomodo sedet sola civitas。"（我后来听到了这首寇蒂莉亚曾经在玛奇梅因公馆对我引述过的哀歌。那差不多是一年前吧，在危地马拉听到一个混血儿童组成的合唱团演唱。）

一名乘务员向我走过来。

"先生，我能给您来点什么吗？"

"一份威士忌加苏打，不要冰。"

"对不起先生，所有的苏打水都冰镇过了。"

"水也都是吗？"

"是的，先生。"

"哦，那就这样吧。"

他甩着步子走开了去，显得有点迷惑，在那无处不在的嗡嗡声中，他一声不响。

"查尔斯。"

我回头一看。是朱莉娅，正坐在那样一个墨汁颜色的方块里，双手叠放在膝盖上，一动不动，以至于我从她身边经过也没注意到她。

"我知道你在这儿。塞莉娅给我打电话了，太高兴了。"

"你在这儿干什么？"

她在膝盖上摊开空着的双手，这姿势本身就说明了一切。"等待。女佣正在开行李，自从离开英国她一直气不顺，这会儿又在抱怨我的船舱，我实在想不出是为什么，我看这儿已经挺奢侈的了。"

乘务员回来了，端着威士忌和两个小壶，一个小壶里装着冰水，另一个小壶里装着开水，我自己把它兑到了合适的温度。他一直看着，然后说：“我记住了您是这样喝威士忌的，先生。”

每个乘客都有各式各样的怪癖，而他的职责是巩固他们每一个人对自我重要性的信心。朱莉娅要了一杯热巧克力。我在她身边的一个方块上坐了下来。

“我现在再也见不到你了，”她说，“我好像再也见不到任何我喜欢的人了，不知道为什么。”

她说话的口气，好像是在谈论几星期，而不是几年；又好像我们在分开之前，是关系牢固的好友。这与任何此类重逢时的感受都正好相反，当你发现时间已经为你筑起了一条防御界线，伪装起所有的脆弱，并且遍地布满地雷，只留下几条被踩踏出来的道路，于是，更多的时候，我们只能从纠缠的铁丝网两侧，向彼此发送点信号罢了。在这儿，她和我，过去从来不曾是朋友，这一刻的重逢却好像发现了过去从不曾注意的亲密。

“你去美国做什么？”

她从热巧克力上慢慢地抬起头，用那双漂亮的眼睛严肃地对着我说：“你不知道吗？我找时间告诉你吧。我当了回傻瓜，我以为自己跟一个人相爱了，可结果不是那么回事。”我的思绪回到了十年前的那个夜晚，在布莱兹赫德，那个迷人的、蜘蛛一样的十九岁孩子，就像一个刚刚从婴儿房抱进来，因为被大人忽略而激怒了一样，说：“你知道吗，我也在制造紧张。”那时我自认已是穿上了正式长裤的成年男人，现在回想起来，我当时隐约在想：“这些女孩儿可真把她们那点爱情故事当回事啊。”

如今不一样了。她说的时候，语气里只有谦逊和友好的坦诚。

我多希望可以回复一些信心给她，或者给她一些以示接纳的象征，可在我过去这几年平稳而丰富的岁月里，没有什么可以拿来与她分享的。相反，我开始对她讲起我在丛林中度过的时光，说起我遇到的滑稽的人，还有我访问过的那些好像已远去的地方，可是在这种老友叙旧的气氛当中，这些故事都摇摇晃晃无法支撑，忽然就中止了。

"我很盼望看那些画。"她说。

"塞莉娅想让我拆开一些，在她鸡尾酒会时放在船舱里。可我不能这么做。"

"是不能……塞莉娅还一直像从前那么漂亮吗？我向来都觉得她是我们那个年级的女生里最养眼的一个。"

"她一点也没变。"

"你变了，查尔斯。这么瘦而严峻，一点也不像当年塞巴斯蒂安领回家来的那个漂亮男孩儿了。也变硬了。"

"而你变软了。"

"是的，我觉得是的……我现在很有耐心。"

她不到三十，正在靠近她美貌的巅峰，过去的所有潜力这时都已饱满地得以实现。她没有了那时髦的蜘蛛样子，过去我一直认为是佛罗伦廷十五世纪经典的头颅，当时略显古怪地支在她肩上，现在已经完完全全地属于她，并且丝毫没有了佛罗伦廷的风味，与绘画、艺术或者其他任何东西都没有关联了，就是她自己。任何想要分解、历数她的美好的尝试，都只能是徒劳。那是她特有的精华，只能在她身上看到，而且必须经过她的允许，在我即将陷入的与她的爱情中间才可以看得到。

时间还铸就了另一层变化，不是她那狡黠自得的乔孔多的微笑①。岁月并不仅仅是"七弦琴和长笛的声音"②，它让朱莉娅变得忧伤了。她仿佛在说："看我，我已经贡献出了我这一份，这样的美丽。这份美

---

① 乔孔多，是蒙娜丽莎的意大利语叫法。
② 英国19世纪散文家、小说家沃尔特·佩特的散文《乔孔多》中的一句："as the sound of lyres and flutes."

丽如此超凡脱俗，我天生就应该赢得欢呼和掌声。可我从这美丽中得到了什么？我的奖章在哪里？"

这才是她十年来的变化。这，事实上，正是她的奖章，这个令人无法忘记的、像奇迹一样的忧伤，直接指向心灵，击中你的沉默。这是完成她的美丽的最后一笔。

"也更忧伤了。"我说。

"哦，是的，忧伤多了。"

两个小时后我返回船舱时，妻子正处于亢奋的状态。

"所有的事我都不得不一个人做，这看上去怎么样？"

我们在不用额外付钱的情况下，被安排了一个大套房。一个大到平时鲜有人预定的房间，除了这条航线的老板在船上时会用它之外，其他的航程中，总乘务长承认，都是他用来做了人情，把这项殊荣赠给他愿意给的人。（我妻子在争取这类小恩惠方面是能手，先是用她的时髦和我的名声给人留下深刻印象，这优势一旦巩固，很快就转变为一种近乎调情的亲切姿态。）为表达她的感激，总乘务长也被邀请来参加我们的派对；随即，他又为了表达他的感激，在他自己到来之前，已差人送来了一只实物大小的冰雕天鹅像，中间盛满了鱼子酱。这一具冰凉的壮丽物件此刻占领了整个房间的视觉中心，傲立在屋子中央的一张桌上，正舒缓地在融化。水滴从她的喙上，一点，又一点，打在她身下的银盘子上。这一个上午送来的花已经把墙面的饰板挡得严严实实（这个房间是楼上那间恐怖巨厅的微缩版）。

"你必须得马上换衣服了，这么长时间你都跑哪儿去了？"

"跟朱莉娅·莫特拉姆聊天。"

"你认识她？哦，对了，你是她那酒鬼哥哥的朋友。我的天，她真是艳光四射！"

"她也对你的外表相当欣赏呢。"

"她过去是波艾的女朋友。"

"绝对不可能。"

"他一直是这么说的。"

"你有没有考虑过,"我问道,"你的客人该怎么吃这些鱼子酱呢?"

"我考虑了,但没想到办法。不过有这个,"她亮出一沓透明的小盘子,"再说了,人们在派对上总能自己想出办法来吃的,你记得我们有次用裁纸刀吃罐罐虾①吗?"

"有吗?"

"亲爱的,就在你抛出那个问题的那天晚上。"

"我记得是你抛出的。"

"好吧,我们订婚的那个晚上。可你还没说你是不是喜欢这个布置呢?"

布置,除了那天鹅和那些鲜花以外,有一名乘务员,看上去已经被牢牢地困在一个临时吧台后面的角落里,无法动弹;另一名乘务员,手里端着托盘,享有着一点相对的自由。

"电影演员的梦想。"我说。

"电影演员,"我妻子说,"那正是我要跟你说起的。"

她跟在我后面,也进了我的更衣室,我一面换衣服,一面听她说。我对建筑的兴趣,在她看来,真正的职业便应该是去为电影设计场景,于是她今天还邀请了两名好莱坞大鳄来参加鸡尾酒会,觉得这对我会有帮助。

我们返回起居室。

"亲爱的,我知道你很反感我那只大鸟,不过请一定不要在乘务长面前失礼,他能想到这样做,真是很好心的。另外,你知道,如果

---

① 罐罐虾,英国兰开夏郡的传统食品,由肉豆蔻味的黄油将虾浸泡在罐子里保存。

你读过关于十六世纪威尼斯宴会的描写，你可能会说那才是人应该生活的年代。"

"在十六世纪的威尼斯，它会是一个不太一样的形状。"

"圣诞老人来了，我们正在兴致勃勃地谈论您的天鹅呢。"

主乘务长走进房间，十分有力地与我握了握手。

"亲爱的塞莉娅夫人，"他说，"如果明天您穿上最暖和的衣服跟我去考察一趟冻库，我可以向您展示一整个挪亚方舟的这种玩意。干面包片几分钟就送到，这样保证它们是热的。"

"干面包片！"我妻子说，好像在说一件贪食者做梦也想不到的好事，"你听见了吗，查尔斯？干面包片。"

很快客人开始到来，这里没什么事可以绊住他们，让他们迟到。"塞莉娅，"他们说，"多豪华的船舱啊，多美丽的天鹅啊！"然而，即便是这间整艘船上最大的几个舱之一的房间，也很快便痛苦地塞满了人，人们开始把烟蒂扔进此刻已经环绕着天鹅的那个小冰水池。

乘务长像所有海员习惯的那样，预测到了一个风暴，并因此而引起一阵骚动。"你怎么能这样残忍呢？"我妻子问，传递出了一层恭维的暗示，不光这舱房，这鱼子酱，连风浪，都在他的掌控之下。"不管怎样，风暴对于一艘这样的船不会有什么影响吧，会吗？"

"可能会让航程减慢一点。"

"但不会令我们感到不适吧？"

"那取决于您是否是一名好的海员了。从我还是一个小男孩儿起，便总会在风暴中晕船。"

"我才不信呢。他这是故意在虐待我们，好让自己开心。这边来，我给您看一样东西。"

是她孩子们最近的相片。"查尔斯还从来没见过卡洛琳呢，这难道不会令他狂喜吗？"

那儿没有我的朋友，但我认识派对上大约三分之一的人，尽我可能地，文明地，把这一段时间谈了过去。一个年长的妇女对我说："你就是查尔斯了，我感觉早已认识你了，彻彻底底的，塞莉娅总是谈起你。"

"彻彻底底，"我想，"彻彻底底是一条漫长的路，夫人。您真的能看到那些阴暗的，我自己的双眼一直徒劳地想要带我去寻找的地方吗？您能告诉我，亲爱的史蒂文森·奥格兰德夫人——如果我没听错的话，我妻子是这么称呼您的——为什么在这一刻，当我与您交谈时，在这里，谈论关于我将要举行的展览时，我一直想的只是，朱莉娅会来吗？我为什么可以这样与您交谈，却不是与她？为什么我将她，连同我自己与她一起，已经与人类分别开来？在您能够自由出入的我的灵魂深处那些隐秘场所，都有什么样的事情正在发生？有什么正在酝酿，史蒂文森·奥格兰德夫人？"

朱莉娅依然没有来。二十多人的噪音充斥在这个小房间里，一个原本大得没人愿意订的房间。这便是人群的声音。

这时我看见了一件奇怪的事。那边有一个红头发小个子男人，好像跟谁也不认识。这个寒酸的家伙，跟我妻子的客人们完全不像，他站在那鱼子酱旁边，像只兔子似的飞快地狂吃了大约二十分钟，这会儿用手绢擦了擦嘴，很显然被一股忽然的冲动所激发，他斜下身去，擦那天鹅的喙，把挂在那儿即将滴下去的一粒水珠抹去。然后偷偷摸摸地向四周张望，看有没有人注意自己，这时与我的目光相遇，他紧张地傻笑了一下。

"想做这件事好一阵儿了，"他说，"我打赌您不知道一共滴了多少滴。我知道，我数了。"

"完全不知道。"

"猜。如果你输了，十个坦纳尔①；如果你说对了，半美元。公平吧？"

"三滴。"我说。

"嚯，您真灵啊。肯定您自己数过了。"可他一点也没有要支付债务的意思。相反，他说："您再想想这又是为什么，我是一个土生土长的英国人，可这是我第一次来到大西洋上。"

"您坐飞机离开的？"

"不对，连它的上空也没有去过。"

"那我想，您是从另一侧绕过去的，穿过太平洋。"

"您真的很灵啊，完全正确。我靠着跟人赌那个问题挣了不少钱呢。"

"您走的哪一条路线呢？"我问道，其实只是想表示交谈惬意。

"哈，那得您自己猜了。嗯，我得溜了，回头见。"

"查尔斯，"我妻子说，"这是星际影业的科兰姆先生。"

"您就是查尔斯·莱德先生吧？"科兰姆先生说。

"是的。"

"唉，唉，唉，"他停顿了一下，我等着他的下文，"刚才乘务长说我们正在向一场恶劣的天气进发，这事您怎么看？"

"这我就远不如乘务长的见识了。"

"对不起，莱德先生，我不明白您的意思。"

"我是说，我远不如乘务长知道得多。"

"是这样啊？唉，唉，唉，我十分享受我们的交流，希望这只是以后很多次的第一次。"

一位英国女士说："哦，那天鹅！在美国待的这六个星期，让我患上了绝对的恐冰症。请告诉我，分别两年以后再次见到塞莉娅，您是

---

① 坦纳尔，英国旧制硬币，价值六便士。

什么感觉？我知道我一定会很无耻地感到像个新娘，可塞莉娅似乎从来就没有把发间的橙花彻底取下来过，对吧？"

另一位女士说："这难道不是像天堂一样吗？我们刚说完再见，心里却知道半小时后又会再见，一直这样好多天，每隔半小时就能见面。"

客人们开始离开，每一个人告别时都告诉了我一些关于我妻子答应要在不久的将来带我去出席另一场聚会的事。这个傍晚的主题就是，我们会不断地见到彼此，我们已经构成了一个物理学家可以演示出来的分子系统。终于，那个天鹅也被推走了，于是我对妻子说："朱莉娅一直没来。"

"对，她打过电话了，当时太吵了我根本听不清她说的什么，好像是哪一条裙子怎么了。其实幸好没来，这连多一只猫站立的地方都没有。真是个美好的派对啊，不是吗？你恨透了吧，不过你表现得漂亮极了，看上去那样醒目。你那红头发密友是谁啊？"

"不是我的密友。"

"那可太奇怪了！你跟科兰姆先生提到去好莱坞工作的事了吗？"

"当然没有。"

"哦查尔斯，你真让人头疼。光靠看上去醒目，再加一副艺术殉道者的模样是不够的。我们去用晚餐吧，今晚在船长那桌，我不认为他会下来用餐，但出于礼貌我们最好能稍微准点。"

我们到的时候，同桌的其他人已经安排好了各自的座位。在船长的空座位两侧，坐着朱莉娅和史蒂文森·奥格兰德夫人，她们旁边是一位英国外交官和妻子，以及史蒂文森·奥格兰德议员，另外一位是个美国牧师，此刻被孤立地夹在两只空椅子之间。这位美国牧师后来描述他自己为——其实有些多余——圣公会主教。在这里，丈夫和妻子得挨着坐。我妻子忽然面对一个必须快速做出选择的难题，尽管乘务员有意要帮我们指定座位，她希望能坐得既靠着我，又靠着议员，还能靠近主教。朱莉娅向我们俩发出了一个表示同情的凄惨信号。

"那派对搞得我很惨，"她说，"我那可恶的女佣，连同我所有的裙子一起，消失得无影无踪。她半小时前才刚刚露面，打乒乓去了。"

"我正在对议员说他都错过了些什么，"史蒂文森·奥格兰德夫人说，"无论塞莉娅走到哪里，你都会发现她认识所有那些精彩的人。"

"在我的右边，"主教说，"安排的是一对重要的夫妻。他们向来要到船舱里用餐，除非事先被通知到，船长将会出席。"

这是一个阴森可怕的圈子，连我妻子永远旺盛的社交热情都被动摇了。不时地我听见一两句交谈。

"……一个特别小个子的红头发男人，法恩纳福船长[1]本人。"

"我理解您是说，塞莉娅夫人，您并不认识他。"

"我意思是，他的样子就像法恩纳福船长。"

"我开始懂了，为了加入您的聚会，他假扮您的这位朋友。"

"不，不是。法恩纳福船长只是一个卡通角色。"

"可另外这一位身上好像没有什么有趣而引人发笑的地方，您的朋友是一位喜剧演员？"

"不，不，法恩纳福船长是一个出现在英国报纸上的虚构角色，您知道，就像你们的大力水手卜派[2]。"

议员开始动上了刀叉。"总而言之，一个不请自来的家伙跑到您的派对来，而您接受了他，因为他的滑稽模样与一位虚构的卡通人物很相似。"

---

[1] 法恩纳福船长，是出现在一份存在于1919年至1975年间的、叫作"By the Way"的《每日快报》专栏上深受读者喜爱的虚构卡通形象。其特点是喜欢擅闯上流社会的派对。

[2] 大力水手卜派，最早出现于1929年美国连环画报《顶针剧院》里的卡通形象。他最为人知的特色是通过吃菠菜得来的过人力气。

"是的，我认为确实就是这样。"

议员看了看他妻子，就像在说："多么特别的人，哈！"

我听见桌子对面的朱莉娅正试图为那外交官梳理清楚她的匈牙利和意大利表亲的婚姻关系。她头发中间和手指上的钻石闪耀着，可她的手却紧张地一直揉搓着小团的面包屑，她那颗星光灿烂的头绝望地垂着。

主教向我说起他参与的一个去巴塞罗那的友好使节团："我们做了非常非常有价值的清理工作，莱德先生。现在是时候在更广泛的基础上开始重建了，我已经把调停所谓的无政府主义者和共产主义者作为我的下一个目标，为此我们委员会阅读并消化了所有能够找到的关于这个问题的文献。我们的结论，莱德先生，是一致的，这两种思想之间不具有根本分歧，完全是个性方面的问题，莱德先生，能够导致分裂的个性，也能团结……"

我听见对面有人说："我能冒昧地请问，是哪一家机构赞助了您丈夫的游历呢？"

外交官的妻子勇敢地跨越横在他们面前的鸿沟，与主教交流起来。

"您在巴塞罗那时使用的什么语言？"

"逻辑推理加上兄弟情谊的语言，夫人，"然后，她又转头回来对着我，"即将到来的下一个世纪，讲话将是用思想而不是词汇，您难道不同意吗，莱德先生？"

"是的，"我说，"是的。"

"词汇是什么？"主教说。

"真的，是什么？"

"仅仅是一种传统的符号罢了，莱德先生，这是一个应当对传统符号质疑的年代。"

我感觉自己开始眩晕，经过了妻子那个鹦鹉笼一样的派对，经过了一个下午的波浪般起伏的情绪，经过了妻子在纽约的各种忙碌和满足，经过了数月蒸笼一般的丛林绿荫，眼前的这一切超过了我的承受能力，感觉自己就像荒野中的李尔，像被疯汉狂吠吓唬的马尔菲公爵夫人[①]。我呼唤大瀑布和暴风雨，这时就像变戏法一样，我的呼唤居然立即收到了回应。

尽管我当时并不肯定是否只是自己的神经玩的一个小把戏，已经有好一阵了，我感受到越来越强的颠簸，反复而固执——这间餐厅就像一个熟睡中的人的胸脯，升起来，开始颤抖。这时我妻子回过头来对我说："要么是我喝多了，要么是大海真的开始狂躁了。"而且，甚至就在她说这几句话时，我们发现自己正坐在椅子上向旁边倾斜。有刀叉撞到墙上然后掉地叮当作响，桌上的酒杯全都被掀翻，滚来滚去，我们每个人抓牢自己的刀叉和盘子，面面相觑，而每个人的表情却又大相径庭，从外交官妻子的惊恐，到朱莉娅的松了一口气。

我们在那个封闭绝缘的小世界里不曾听见、看见、感知的大风，在过去的一小时里渐渐占据了我们的上空，此时已经转了风向，满弓向我们俯冲下来。

紧跟着这一通颠簸碰撞的，是沉默，然后爆发出一串高亢而紧张的笑声。乘务员在一个个洒出来的酒所形成的小水塘上垫上餐巾。我们试图想要回到刚才的交谈，可是所有人都在等待，就像那小个儿的红头发男子眼睁睁地等待天鹅的喙上将要掉下的下一滴水珠一样，等待着下一轮风暴。它来了，比上一次更凶猛。

"我就在这儿跟大家道晚安了。"外交官的妻子站了起来。

她丈夫扶着她回到了他们的船舱。餐厅迅速地空了下来，很快就

---

① 《马尔菲公爵夫人》，是英国剧作家约翰·韦伯斯特所写的一出悲剧。公爵夫人是一名年轻的寡妇，她再婚的心愿遭到全家的反对。在第四幕第二场中，就在她被谋杀前，公爵夫人遭到一个疯汉的惊吓。

只剩下朱莉娅、我妻子和我还留在桌边，这时，心灵感应一般，朱莉娅说："就像李尔王。"

"只是我们每一个人都同时是三个角色。"

"怎么讲？"我妻子问。

"李尔，肯特，弄人。"①

"哦天哪，这又像那痛苦的法恩纳福谈话一样，求你别试着解释了。"

"我也怀疑我是不是能够解释清楚。"我说。

又一次攀升，又一次俯冲。乘务员忙着在固定所有的东西，停止各种服务项目的运转，将不稳当的装饰品匆忙运走。

"好吧，晚餐也用过了，我们也为英式镇定做出了很好的表率，"我妻子说，"走吧，去看看还有什么。"

在去休息厅的路上，我们三人有一次同时斜靠在一根柱子上。等到了那里，几乎空无一人。乐队还在演奏，但没有人跳舞。桌上都布置好了通博拉游戏，可没人买卡。职员们用下层甲板里各种特殊叫法的行话喋喋不休地喊出一串数字——"甜蜜却从来没被亲过的一十六——开门的钥匙，二十一——嘀嗒嘀，六十六"——这一切都只是懒懒地说给自己的同伴听。零星有几个在读小说的，几个玩桥牌的，吸烟室里还有些喝白兰地的，但是两个小时前我们的那些客人此刻通通消失了。

我们三个在空荡荡的舞池边坐了一会儿，我妻子一直在盘算，怎么样才能不失体面地去餐厅里另外找个桌子坐下。"疯了才会去饭馆，"她说，"付更多的钱，买相同的食物。再说了，也只有电影圈的人才去，我们没有理由去。"

---

① 这是三个出现在莎士比亚《李尔王》中的三个角色。李尔王，在这场戏里发了疯；肯特伯爵，一个同情并忠诚于李尔王的角色，剧中一直伪装为下等人凯尤斯；弄人，傻瓜，然后就像莎剧中大部分的傻瓜一样，事实上过人地精明。

这会儿她说："这搞得我头痛，再说也开始困了。我睡觉去了。"

朱莉娅和她一起走了。我绕着船散步，在一处顶上有遮挡的甲板处停下。风怒吼着，波涛从黑暗中腾跃而上，在玻璃幕墙上击打出白色和棕色的浪。有职员被安排在那里，告知乘客应当离开甲板，于是我便跟着也下去了。

我的更衣室里所有易碎物品都已被收好放了起来，通往船舱的门也用门钩挂着，没有锁，妻子从里面发出哀怨的喊声。

"我感觉糟透了。完全不知道这种尺寸的大船也会颠簸成这样。"她说，眼里充满了惊愕和怨愤，就像一个临产的妇女，终于意识到无论多豪华的疗养院，多高价格的医生，都不能避免她生产的痛楚一样。此刻轮船的起伏正如分娩的阵痛，有规律地袭来。

我睡在她的隔壁，或者，更准确地说，我躺在那里，介于醒来和做梦之间。也许在一个狭窄的铺位里，硬硬的床垫上，我尚可以获得稍许的休息。可是这个床宽敞而柔软，我把可以找到的垫子都聚拢来，想把自己堆挤起来，可一整夜我都随着轮船的摇晃和扭摆而翻来覆去——此刻她一边颠簸一边滚动——我的头脑就一直在嘎吱声和轰隆声中响着。

一次，天亮前的一个小时，妻子像鬼一样出现在过道上，双手撑着两侧的墙壁，说："你醒着吗？你能做点什么吗？可以去医生那里给我要点什么来吗？"

我给值夜的乘务员打了电话，他拿来一份药水，这稍微给她一点安抚。

在整夜的半梦半醒间，我想的都是朱莉娅。在那些短暂的梦境中，她千变万化，时而美妙，时而可怖，时而淫亵；而在那些醒来时的意识里，她又带着那一颗忧伤而星光般灿烂的头回来，就像晚餐时我所见到的。

第一缕曙光之后，我睡了一两个小时，随即完全清醒过来，带着一种期盼的愉悦和振奋。

风好像减轻了一些，乘务员告诉我说，可还是刮得很猛，并且有一团巨大的浪正在酝酿当中。"从乘客的感受来说，没有什么比巨浪更糟糕的了，"他说，"今天早上几乎没什么人要早餐。"

我进去看了看妻子，她睡着了，于是把我们之间的门轻轻带上。然后我吃了些三文鱼鸡蛋烩饭①和一份布拉登汉火腿②，又打电话叫了个理发师来给我修面。

"起居室里有很多送给夫人的东西，"乘务员说，"现在先就那么放着吗？"

我去看了看，这是又一轮来自船上商店里的赛璐珞包裹。有些是纽约的朋友通过无线电订购的，因为他们的秘书没能在我们走之前及时提醒他们，有些来自鸡尾酒派对的客人。这气候不允许花瓶，于是我让他就这么放在地上。随即心念一动，将科兰姆先生的名片从玫瑰上取下来，换上我的，连同爱，一起送去给了朱莉娅。

正修面时她打来了电话。

"瞧你做的这多不体面的事啊，查尔斯！多不像你啊！"

"你喜欢吗？"

"这种天气，我能拿这些玫瑰来做什么呢？"

"闻。"

有一段短暂的中断，还有拆包装的嘶啦声。"一点味道也没有。"

"你早餐吃的什么？"

①　鱼蛋烩饭，是一种加了轻微分量咖喱的米饭、薄片的鱼、水煮蛋和香芹的英国菜式，殖民期间受印度影响而传入英国。
②　布拉登汉火腿，一种起源于威尔特郡的腌制火腿。

"麝香葡萄①，还有香瓜。"

"我什么时候来见你？"

"午餐前吧，这之前我没空，跟按摩师在一起。"

"按摩师？"

"是的，奇怪吧？过去除了有一次打猎时伤了肩膀外，从来没试过。这是怎么回事，待在船上，让每个人都变得像个电影明星一样？"

"我没有。"

"那这些令人尴尬难当的玫瑰又是什么？"

理发师以超常的灵巧完成了他的工作——真的，那样灵活，有时就像芭蕾舞里的剑客一样靠一只脚尖站着，有时换上另一只，将剃刀上的泡沫轻弹开去，又趁着轮船颠正回来的时候，推回到我的下巴上来。我决计不敢自己用刀片来完成这件事。

电话再一次响起。

这次是我妻子。

"你好吗，查尔斯？"

"累。"

"你难道不来看看我吗？"

"我去过一次，马上再去。"

我把起居室的花给她送了进去，一下子把她已经在船舱里营造出的孕产期气氛就完善了；女乘务员站在床边，像一根笔挺坚固的纺织物做成的柱子，镇定自若，宛如产房护士。妻子在枕头上向我转过头来，虚弱地对我一笑，她伸出一只光着的手臂，用指尖抚了抚最大那一个花束上的赛璐玢和丝带。"多体贴的人们啊。"她微弱地说，仿佛这场风暴是降临在她一个人头上的私人灾难，而这个充满爱心的世界

---

① 麝香葡萄，红白品种均有，味道香甜，常被描述为有花香，有时又被人认为有麝香味。

对此充满同情，并送来了慰问。

"我感觉你应该不能起床吧？"

"哦，不能，克拉克太太特别细心，"她总能够第一时间获知用人的名字，"别担心，就不时进来一下，跟我说说都有些什么事就行了。"

"现在，现在，亲爱的，"女乘务员说，"今天越少打扰越好。"

连晕船好像也要被妻子弄成一桩神圣的充满女性光辉的仪式。

我知道朱莉娅的船舱在我们下面一层的什么地方，我在主甲板的电梯处等着她。她到了以后我们就沿着船散步，我扶着舷梯，她挽着我的另一只胳膊。每一步都走得很艰难，通过淌着水的玻璃墙，我们看见的是一个撕裂扭曲的灰色天空和黑沉沉的水。当船开始剧烈摇摆时，我将她晃到了另一侧，这样她的另一只手可以扶着舷梯。风的吼叫声渐渐低下去，可船体在抗击风暴的劳累之后开始发出吱吱的声音。走了一圈之后，她说："不行。那女的可我把打残了，这会儿腿都瘸了似的。我们坐下吧。"

休息厅那两扇巨大的青铜门，此刻已经从门钩上滑脱开来，随着船体的晃动，正在自由地、有规律地扇乎闭合，并且势不可挡，一下，又一下，打开，关上；在每一个周期的一半处，暂停一下，再缓缓地开始，然后在一声响亮的碰撞声中迅猛地结束。但是，除非你滑倒，或者被它最后那迅速的一下子击中，否则经过它并没有什么危险，有足够的时间让人可以从容不迫地穿过。然而那样一个金属的庞然大物，不受控制地前后扇动，却让人从视觉上望而生畏，足以让胆小的人要么退缩，要么飞快地跳着穿过。我欣喜地感觉到朱莉娅的手稳稳地挎在我的臂弯里，这让我知道，有我在身边，她没有一点畏惧。

"真棒，"坐在附近的一个人说，"我得承认我是从另外那边绕过来的，不知为什么我不喜欢这两扇门的样子。他们试了一早上，想要把它们搞好。"

　　那天到处都没有什么人。出现的这几个人，似乎被一种惺惺相惜的情绪绑到了一起，但除了闷闷不乐地坐在扶手椅里，偶尔喝一杯，为没有晕船而彼此祝贺一声之外，别的也没什么可以干。

　　"您是我见到的第一位女士。"那人说。

　　"我真幸运。"

　　"是我们很幸运。"他一边说，一边伴随着身体的一个动作。起初像一张弓，最后结束时，因为我们之间那墨汁浸染的地板陡然一斜，却朝前倾到了他自己的膝盖上。这一翻滚将我们向着与他相反的方向带离开去，纠缠在一起，但是好歹站住了。我们很快就势在这个舞蹈将我们推来的地方坐了下来，孤立地在距离别人远远的另一侧。像一张大网似的救生绳很快在休息厅里布开来，我们像拳击手被拦在了拳击台上。

　　乘务员走过来。"您的常规吗先生？威士忌加常温水，我想。女士呢？我能建议您来点香槟吗？"

　　"你知道吗？麻烦的是，我还真是特别想来点香槟，"朱莉娅说，"多么享受的生活啊——玫瑰，半小时的女拳师伺候，现在又是香槟！"

　　"我希望你不会一直拿那玫瑰来说事吧，最初也不是我的主意，是有人送来给塞莉娅的。"

　　"哦，那就很不一样了。这彻底将你开脱了，可它却让我的按摩显得更糟糕了。"

　　"我那会儿正在床上让人修面。"

　　"其实那些玫瑰让我很高兴，"朱莉娅说，"坦白地说，让我很错愕，好像开启这一天的第一步踏错了脚。"

　　我知道她的意思，在那一刻，感觉就像我甩掉了身上那干涸的十年间所积攒的所有灰尘和沙砾。那以后，一直到永远，无论她向我说什么，半个句子，单个的词，当代流行的短语，几乎不可察觉的眼神，或嘴唇或手指的轻动，无论多么难以形容的念头，无论它一下从眼前的事掠开多快多远，沉得多深，正如经常发生的那样，从表面直接沉到深处，我也会懂。就算那天，我仍然还只是站在爱情的悬崖边缘，我也已经知道她的意思。

我们喝着酒，很快我们的新朋友顺着救生绳朝着我们斜过来。

"介意我加入你们吗？没有什么能够像严峻的气候一样把人聚到一起。这是我第十次越洋，从来没见过像这样的。我能看出来您是位有经验的航海家了，年轻的女士。"

"不，事实上，除了去纽约之外，我过去从没在海上航行过，当然了，肯定跨过海峡。感谢上帝，我没有晕船，但觉得很累。开始我以为都是那按摩的过错，可我渐渐明白了，是这船。"

"我妻子现在情况很糟，可她却的确是个有经验的航海家。这确实证明了您的说法，不是吗？"

午餐时他又加入了我们，我一点也不介意他在场。很显然他迷上了朱莉娅，而且认为我们是夫妻。这个误会，加上他的好逑君子风，似乎在某种程度上把她和我推得更近了。"昨天晚上看见你们俩在船长那一桌，"他说，"跟所有的大人物一起。"

"很无趣的大人物。"

"如果你问我，我会告诉你大人物总是那样。当你遇到一场这样的风暴，你才会真正发现人是什么做的。"

"你能甄别出谁是好水手？"

"哦，那我是不知道的——我的意思是，它让人相聚。"

"是的。"

"就拿我们来说吧。我们本来可能永远也不会聚到一起。过去我在海上也有过很多次浪漫遭遇。如果这位女士肯原谅我的话，我想告诉你们一件我稍微年轻一些的时候，在利翁海湾的一次小小的经历。"

我们俩都疲惫了。缺觉，喋喋不休的絮叨，再加上每一个动作都必须紧绷着身体而带来的劳累，销蚀了我们的精力。那个下午我们各自在自己的船舱度过。我睡了一觉，醒来时大海正处于从未有过的巨浪之中，墨云笼罩在头顶，玻璃墙上依旧在淌水，可我已经在睡梦中习惯了这个风暴，把它的节奏变成了我自己的节奏，而我成了它的一部分，于是我在强壮而自信的感觉中醒来，发现朱莉娅也已经起来了，并且也跟我感觉一样。

"你什么意见？"她说，"那人今晚在吸烟室举办一个小聚会，为所有的好水手。他让我带上我丈夫一起去。"

"我们去吗？"

"当然了……我在想，我是不是也应该感觉像我们那位朋友在去巴塞罗那的路上遇见的那位女士一样。不，查尔斯，一点也不。"

那个小聚会有十八个人，除了我们都对晕船免疫之外，再没有任何其他共同点。我们喝了些香槟，这时主人说："跟你们说吧，我有一个轮盘赌，可麻烦是，因为我妻子不舒服，我们不能去我的船舱，可这也又不允许公开玩。"

于是这一群人换到我的起居室里，我们押很低的赌注，一直玩到深夜。朱莉娅离开时，当天聚会的东道主已经喝得太多，这时他才惊讶地发现，她和我原来不住在一起。当别人全都离开时，他已经在我们起居室的椅子里睡着了，我将他一个人留在了那儿。那是我最后一次见到他，后来——乘务员去他的船舱送还轮盘赌以后回来告诉我——他在过道上跌了一跤，摔断大腿，被送进了船上的医院。

第二天一整天，朱莉娅和我在一起度过，没有受到干扰。只是谈话，被巨浪困在椅子里几乎无法动弹。午餐后，最后几位坚实的旅客也回船舱休息去了，只剩下我们，仿佛有人替我们清了场，就像一股巨大而无形的变通力量将每个人都踮着脚尖送走了，留下我们彼此相向。

大厅的青铜大门固定好了，这之前已经有两名海员在这儿受了重伤。他们试了各种办法，用绳子绑过，不久就失效了；又用钢缆，却没有什么东西可以拿来将缆固定住；最后，塞了木楔子在门下，在门大敞开时那短暂的一瞬间将它们止住，这样才将大门抓牢了。

晚餐前，当她回船舱去更换晚装时（那一夜没人着装），我随她同去，没有邀请，没有拒绝，意料之中，门在身后关上，我将她揽进臂弯，第一次吻了她，这与那整个下午弥漫在我们之间的气氛没有丝毫改变。后来，在漫长、寂寞、昏沉的夜里，当我躺在床上随着海浪翻滚起伏时，将这件事在脑子里翻来覆去地想，回想起过去那死寂一般的十年间，我的那些爱情经历，出发前系着领带，往纽眼里插着栀子花时，可能会在心里计划着这个夜晚，想着在这个或者那个时间，这个或者那个机会，我得要跨过起跑线，无论结果如何，应该发起进攻。"这场战役的这个阶段已经进行得够长了，"我会这么去想，"一定要有个结果了。"可是与朱莉娅，没有阶段，没有起跑线，根本没有策略可言。

然而那天晚上，她准备进船舱去睡觉时，我跟着她到了舱门，她止住了我。

"不，查尔斯，现在还不，也许永远也不。我不知道，不知道自己是不是想要爱情。"

这时有一样东西，一样从那死去的十年间升起的鬼魂——因为一个人不会真的死得什么也没有剩下，哪怕一点点——支配我说："爱情？我不是在追求爱情。"

"哦，查尔斯，你是的。"她说，然后抬起手来，轻轻敲了敲我的脸颊，关上了门。

我蹒跚着往回走，走在那个长长的，光线柔和的，空荡荡的走廊上。一开始靠在这面墙上，然后又倒在另一面墙上。风暴似乎是一个指环的形状，一整天我们都在它相对安静的中心航行。而这时我们被再一次卷入它那满是愤怒的风中——这一夜将比头一夜更凶猛。

十个小时的谈话：我们有什么可以谈的呢？大部分时间里，都只是简单的事实，两份生活的记录，这么长的时间，这么远距离的分隔，如今又被织为一体。那个巨浪翻滚的一整夜，我都在回味她跟我说过的话。她不再是头天晚上那个魔女或者星光灿烂的幻影，她已经把自己身上所有可以转移的过去，都交给了我。她告诉我，就像我在前面已经讲述过的那些，她的爱情和婚姻；她告诉我，她的童年时代，就像充满喜爱地翻着一本旧童书的书页，在那些长长的、阳光明媚的白天，我与她一同在草甸里度过，霍金斯保姆坐在露营的椅子上，寇蒂莉亚在摇篮里熟睡，在那些安静的夜里，睡在穹顶下，当夜灯渐渐燃尽，灰烬通过炉排落下，婴儿床四周的宗教图片变得模糊；她告诉我，她与雷克斯的生活，以及那场秘密的、邪恶的、灾难性的将她带去了纽约的出轨。她，也，经历了她的死寂岁月。她告诉我，关于她是否应该与雷克斯生一个孩子的长长的挣扎，起初她想要，但是一年以后又得知，她必须先做一个手术才有这个可能；到这时，她与雷克斯之间的感情已经耗尽，可他仍然想要一个自己的孩子，等到最终她同意了呢，却产下一个死婴。

"雷克斯从来没有故意对我不好过，"她说，"仅仅只因为他根本不是一个真正的人，他只具有一个高度发达的人身上的几个部分，其余的压根就不存在。他不能理解，为什么我们从蜜月回到伦敦两个月后，他仍然与布林达·钱皮恩来往这件事会伤害到我。"

"当我发现塞莉娅不忠时，我很高兴，"我说，"感觉从此有了正当的理由不喜欢她。"

"她有吗？你是吗？我真高兴，我也不喜欢她。你为什么会娶她？"

"身体上的吸引，野心，因为每个人都认同，她是一个理想的画家妻子，还有孤独，想念塞巴斯蒂安。"

"你爱过他，对吗？"

"哦是的。他是我的初恋。"

朱莉娅懂的。

轮船吱吱叫着，战栗着，升起来，跌下去。我妻子在隔壁房间叫我："查尔斯，你在吗？"

"在。"

"我睡了好长时间啊，现在几点？"

"三点半。"

"天气还是没有好转，对吗？"

"更坏了。"

"我倒是感觉好一些了。如果打电话，你觉得他们会送些茶或者什么的来吗？"

我让值夜的乘务员送来了茶和饼干。

"你度过了一个有意思的夜晚吗？"

"每个人都在晕船。"

"可怜的查尔斯。本来以为会有一段美好旅途的，也许明天就好了。"

我关上灯，关上我们之间的门。

醒来，然后做梦，这一整个扭曲、喘息的长夜，我仰面躺着，把手臂和腿张开，以便感受那颠簸，眼睛在黑暗中睁着，躺在那里想朱莉娅。

"……我们以为妈妈去世后，爸爸会回到英国，或者他会再婚，可他的生活一点也没有变。雷克斯和我现在常常去看他，我已经变得十分喜欢他了。……塞巴斯蒂安彻底失踪了……寇蒂莉亚与一支医疗急救队在西班牙……布莱迪还过着他自己那独特的生活，妈妈死后他想把布莱兹赫德关了，可不知什么原因爸爸没有允许，于是雷克斯和我现在住在那儿，布莱迪在穹顶下面，霍金斯保姆旁边，也就是过去儿童房的一部分，留了两个房间。他就像契诃夫小说里的角色，你会忽然间看见他从书房里出来，或者在楼梯上出现——我从来不知道他什么时候在家——只不时地忽然像个鬼一样，毫无先兆地出现在晚餐桌边。

"……哦，雷克斯的那些聚会！政治和金钱。不说钱他们好像什么也干不了，连围着湖走一圈，也会打赌能看见几只天鹅……坐到凌晨两点，跟雷克斯的那些女孩儿们逗乐，听八卦，无休止的双陆棋盘嘎嘎作响间，男人们在玩纸牌，抽雪茄。那雪茄烟味儿，我早晨醒来时能在自己头发里闻到，晚上更衣时也能在我衣服里闻到。我现在身上有吗？你觉得那个揉了我半天的女的，会在我的皮肤里感觉到吗？

"………一开始我还常常与雷克斯一起外出，去他朋友的家里，后来他已经不再让我跟着了。当他发现我并没有成为他想要的那个角色时，他觉得我很丢人；又因为自己也被套进去了，而觉得自己也很丢人。我完全不是他讨价还价时所以为的货品。他看不见我身上有什么价值，而每次当他确认了自己的这一观点时，便开始感觉舒服一些。有时又会忽然吃一惊——某个男人，甚至某个女人，那种他很尊重的人，忽然迷上了我，他便会意识到，有整整一个世界的事，我们懂，他一点也不懂……我离开时他很难过。我回去一定会让他很开心。在最后这件事之前，我对他一直是忠诚的。没有什么能与好的教养相比。你知道吗，去年，当我想着就要有孩子的时候，我还决定了要将它按天主教的方式来养。那之前我完全没有想过宗教的事，那以后也再没有想过。但就是在那个时候，当我在等待生产时，我想：'那是我可以给予她的，它好像没有带给我什么好处，可我的孩子应该拥有。'这很奇怪，我想要把某种令自己迷失的东西再给予自己的孩子。然而，到最后，我连生命也不能给她。我从来没见到过她，我当时太虚弱，什么也不知道。事后，很长一段时间，一直到现在，我从来不愿意谈论她——她是个女儿，所以雷克斯也并没有多介意她死了。

"我为嫁给雷克斯这件事受到了惩罚。你看，我还是不能把那些东西从我脑子里除去，起码不能完全地——死亡、审判、天堂、地狱、霍金斯保姆，以及教义。如果一个人很早被灌输，它就会成为这个人的一部分。可我还是希望我的孩子拥有它……现在我猜想我会因为我最近的行为再一次受到惩罚，也许，这就是为什么你和我在这里像这样在一起的原因……都是命定的一部分。"

那几乎便是那天她最后对我说的话了——"命定的一部分"——在我们下去之前，我将她留在船舱门口。

第二天，风又减轻了一些，可再一次，我们又在汹涌巨浪中打滚。人们之间的话题，已经从晕船转为骨折；有人在黑夜里被抛起来，还有很多发生在卫生间地板上的可怕事故。

因为前一天说了太多的话，其实我们想要说的，只需要很少的几个词，因此那一天我们说得很少。两人都带了书，朱莉娅还找到一个她喜欢的游戏。长长的沉默之后，我们说了一些各自刚刚产生的想法，最后竟然发现我们这些肩并肩产生的念头，是如此一致。

一次我说："你一直坚守着你的忧伤。"

"那是我所获得的一切，你昨天也说了，那是我的酬劳。"

"一份来自生活的'我欠你'，一个按需支付的承诺。"

雨在正午时分停了，到了傍晚，云散去，太阳从船尾忽然穿破我们坐着的大厅，让所有的灯光都黯然失色。

"日落，"朱莉娅说，"我们的这一天到尽头了。"

她站起来，领着我走上甲板，尽管此时轮船的滚动和颠簸并没有减弱。她把手臂穿在我的手臂里，手放进我的大衣口袋里，我的手里。甲板上很干爽，空无一人，只有风，以与轮船相同的速度扫过空地。在费力的前行中，为避过烟囱里冒出的煤灰，我们停了一下脚。就这么交替着忽而被挤到一起，一转眼又被撕开，险些脱手，我紧抓着栏杆，朱莉娅拽着我，我们手臂手指交缠；被猛推到一起，又被拉开；然后，在比任何一次都剧烈的下沉中，我发现自己被甩到了她的身上，紧紧将她压在了栏杆上。我用双臂奋力撑住栏杆将自己从她身上移开，而她这时牢牢地困在我的两臂之间。在这一波下沉的终点，好像是为了给上升积聚能量，船一瞬间止住，我们就这样拥抱着站在那里，站在空旷的甲板上，脸颊相抵，她的头发拂过我的眼睛。黑沉沉的海平面上，波涛汹涌，此刻开始泛起金光，静静地出现在我们上方，随即这一道金色的光柱照射下来，直到我透过朱莉娅的黑发，看进那个广阔而金黄色的天空。她被推着向前，撞在我的心上，又被我用手抓住靠在栏杆上，她的脸，依然紧贴着我的脸。

那一分钟里，她的嘴唇就在我耳边，温暖的呼吸伴随着咸湿的海风。我没有开口，朱莉娅说："是的，现在。"于是就借着轮船将她调正身体，驶入平稳水面之机，朱莉娅领着我走下了甲板。

这不是谈论奢侈享受的地方，总有一天它们会降临，在合适的季节，和燕子以及青柠檬花一起降临。此时在这恶浪之巅，那些供人观赏的优雅礼仪，通通不存在了。就像获得了一份为她那修长的大腿所拟就并盖了章的转让文书，我第一次自由地进入了这个我将一直欣赏并享受的领地。

那夜，我们在轮船顶层的餐馆用餐，透过弧形窗户，看到星星出来，挂满一整个天幕。就像曾经有一次，我记得，看见它们挂满在牛津的高塔和山形墙上。乘务员许诺说，明天晚上乐队会重新开始演奏，这里又会变得热闹如常。最好现在就预定，他们说，如果我们想要一个好座位的话。

"哦天哪,"朱莉娅说,"晴朗的天气里我们又藏到哪里去呢,我们这两个风暴中的孤儿①?"

那天晚上我无法离开她。第二天凌晨,当我再一次沿着走廊回去的时候,我发现走路已经不再费劲了。轮船在平坦的海面上自如地航行,于是我知道,我们的孤独就此被打破了。

我妻子从她的舱房里欢悦地喊:"查尔斯,查尔斯,我感觉好极了,你猜我在吃什么早餐?"

我走过去一看,她正在吃一块牛排。

"我预订了一个理发师——可你知道吗,他们下午四点前都被订满了,怎么忽然间这么忙?按说晚餐前我本不应该露面,可上午会有很多人来看我们,我已经邀请迈尔斯和詹妮特在起居室一起用午餐了。恐怕过去这两天我是一个最没用的妻子了,你都做了些什么呢?"

"有一个晚上很好玩,"我说,"玩轮盘赌直到夜里两点,就在外面我们的起居室里,可派对主人昏睡了过去。"

"我的天,听着不怎么体面啊。你可有行为检点,查尔斯?没有去勾引海妖吧?"

"几乎见不到女人,我大部分时间都跟朱莉娅在一起。"

"哦,那就好。我过去还一直想介绍你们认识呢,她是我的朋友中我知道你会喜欢的一个;而我猜对她来说,你就像是天赐的一样。她近来的事情略微有些让人压抑,我知道她可能不会提,但是……"我妻子继续讲述了朱莉娅纽约之行的流传版本。"我今天上午会请她来喝鸡尾酒。"她最后说。

---

① 《风暴中的孤儿》,是一部 1921 年由格里菲斯执导的电影。

朱莉娅来了，混在所有人中间。这也足够让我快乐，哪怕只是离她近一些。

"我听说你替我照看我丈夫呢。"我妻子说。

"是，我们变成了很好的伙伴，他，我，还有一个我们不知道名字的人。"

"科兰姆先生，你的胳膊怎么了？"

"是那浴室地板。"科兰姆先生说，然后详细地解释了他滑倒的过程。

那天晚上，船长来到了他的桌上用餐，于是那个圈子总算齐了，主教右边的椅子有了主人，是两名对他的全球兄弟会事业表示浓厚兴趣的日本人。船长一直就朱莉娅对风暴的承受能力开玩笑，说要给她一个海员职位。长年的航海生涯练就了他在各种场合谈笑自如的本事。我妻子，带着刚从美容院出来的焕然一新，三天来的苦痛折磨在她身上一点印记也没有了，在很多人眼里，她的光芒肯定盖过了朱莉娅。而后者身上的忧伤已经没有了，取而代之的是一种难以言喻的满足和安宁。这种难以言喻，是留给我的。她和我，被人群隔开，一起在这个被紧紧包裹的圈子里孤单地坐着，感觉还像昨夜，躺在彼此的臂弯。

那天晚上，船上弥漫着盛会的气氛。尽管这意味着明天凌晨就得起床，收拾行李，可每个人都打定主意，这一晚要尽情享受被暴风雨耽误了的奢侈。无处可以孤独，船上的每一个角落都是人，舞曲高昂，谈话兴奋，乘务员端着一盘盘的酒杯四处穿梭，这是主持通博拉的船员的声音——"凯莉的眼睛——第一号；腿，十一；现在我们要摇盒子了。"——史蒂文森·奥格兰德夫人戴着一顶纸帽子，科兰姆先生和他的绷带，两个日本人很有礼貌地在扔彩纸条，嘴里发出鹅一般的嘶嘶声。

　　整个晚上，我都没有单独与朱莉娅谈话。

　　第二天当所有人都涌向码头那一侧，观看官员登船，或者凝望德文郡码头翠绿的海岸线时，我跟朱莉娅在右舷这一侧待了几分钟。

　　"你怎么计划的？"

　　"在伦敦小住几天。"她说。

　　"塞莉娅会直接回家，她急切地想要见到孩子们。"

　　"你呢，也是吗？"

　　"不。"

　　"那就伦敦吧。"

　　"查尔斯，那个红头发小个子男人——法恩纳福，你看见了吗？被两个便衣警察带走了。"

　　"没看见，这一侧好多人。"

　　"我查了列车，发了电报，我们晚餐前就能到家。孩子们应该已经睡了，但我们也许可以把江江叫醒，就这一次。"

　　"你下去，"我说，"我得待在伦敦。"

　　"哦，可是查尔斯，你必须得来啊。你还没见过卡洛琳呢。"

　　"她一两周的时间会变吗？"

　　"亲爱的，她每天都在变。"

　　"那为什么一定要现在见她呢？我很抱歉，亲爱的，可我必须得把画都开包了，看看有没有在旅途中受损。我需要把展览的事情都弄妥。"

　　"你真的一定要这样吗？"她说，我知道，一旦我用事业这个秘密武器来恳求，她的任何抵抗立刻就会瓦解，"这很令人失望，再说，我也不知道安德鲁和辛西娅会不会搬出去，他们要用这套公寓到月底。"

　　"我可以去住酒店。"

　　"可那太凄凉了。我可不能忍受你回家的头一个晚上独自一人，我也留下来明天再下去。"

"你可不能让孩子们失望。"

"是啊，我不能。"她的孩子们，我的艺术，是我和她之间的两桩秘密。

"你周末会来吗？"

"如果我能的话。"

"所有的英国护照，都请到吸烟室。"一位乘务员在喊。

"我跟我们桌上那位和蔼的外交官男士已经安排好了，帮我们跟他一起提前出去。"我妻子说。

第二章　预展——雷克斯·莫特拉姆在家

按我妻子的意思，把非公开预展放在了周五。

"我们这次一定要出手抓住那些评论家，"她说，"现在正是他们开始严肃看待你的高潮时机，他们知道。这是他们的机会。如果你放在周一，他们中的大多数刚从乡下回来，于是在晚餐前对付一段话了事——当然我也只关心那几份周报和周刊。如果我们给他们一整个周末来构思，让他们处于一种都市化的'乡村周日'气氛当中，他们会在一顿美好的午餐之后坐定，卷起袖子，写出完整篇幅的轻松妙文来，以后这些小文还可结集成一本精致的小书印行。这次少一点都不行。"

准备期间的这一个月，她往来于伦敦和老修道院之间，上上下下很多趟，修改邀请名单，协助画作的布置悬挂。

预展那天早上，我给朱莉娅打电话，说："我实在已经看够了这些画，再也不想见到它们。但我想，今天我应该得露面吧？"

"你希望我来吗？"

"真心希望你不会。"

"塞莉娅送了一张卡片来，上书'带上所有人'，这几个绿色墨水写成的字横跨了整张卡。我们什么时候见？"

"得到火车上了。你可以先来取我的行李。"

"如果你能很快打包好的话，我也可以一道接上你，把你送到画廊。我十二点在隔壁有个试衣。"

　　我到画廊时，妻子正透过玻璃窗在张望外面的大街。她身后有五六个我不认识的绘画爱好者，正从这一幅画布移到下一幅，手里拿着目录。他们曾经买过某幅木刻画，因而进入了画廊的主顾名单。

　　"还没人来，"我妻子说，"我十点就到了，一直很冷清。你坐谁的车来的？"

　　"朱莉娅的。"

　　"朱莉娅的？你为什么没带她进来呢？也够奇怪的，我刚刚还和一个滑稽的小个子男人谈起布莱兹赫德呢，他好像很了解我们。他说他叫山姆格拉斯先生，很显然他是考珀勋爵手下《每日野兽》①的几名青年评论家之一。我想要试着给他介绍一些情况，可他对你似乎知道的比我还多。他说他很多年以前在布莱兹赫德见过我，要是朱莉娅进来就好了，我们可以问问她这人怎么回事。"

　　"我很清楚地记得他。这人是个骗子。"

　　"是的，那倒是毫无疑问的。他一直在谈论被他叫作'布莱兹赫德派'的什么，显然雷克斯·莫特拉姆把那地方变成了一个叛党的老巢。你知道这事吗？真不知道特蕾莎·玛奇梅因会怎么想。"

　　"我今晚就去那儿。"

　　"今晚可不行，查尔斯。你今晚不能去那儿，家里等着你回去呢。你答应过一旦展览就绪你就回家的。江江和保姆还做了一个'欢迎'的横幅给你，而且你到现在都还没见过卡洛琳。"

　　"很抱歉，可已经定了。"

　　"再说，爸爸也会认为这事太奇怪，波艾这个星期日也会回来。你也还没见过你的新工作室。你今晚真的不能去。他们请我了吗？"

　　"当然请了，可我知道你去不了。"

---

　　① 每日野兽是伊夫林·沃小说《独家新闻》中的新闻机构，主人为考珀勋爵。近年成立的新闻网站"每日野兽"，灵感正是来自沃的这部小说。

"现在当然是不行了。但要是你早点让我知道，是可以的。我还想亲眼欣赏一下'布莱兹赫德派'的样子呢。我确实觉得你这么做太残忍，不过现在不是争论家庭纠纷的时候。克拉伦斯①一家答应了会在午餐前来，他们可能会在任何一刻出现。"

这时我们被打断了，不是被皇室贵宾，而是某日报的一位女记者，这一刻画廊经理正领着她向我们走来。她来不是为了看画，而是为了获得一段关于我旅途中种种危险的"人的故事"。我把她交给了我妻子，第二天从她的报上我读到："查尔斯'华宅'莱德踏出地图。丛林里的蟒蛇和吸血鬼蝙蝠与梅费尔毫无瓜葛，这是名士画家莱德的观点。他抛弃了华宅，转而将眼光投向赤道上的非洲废墟……"

房里的人渐渐多起来，我也很快开始忙于扮演文明。妻子正在四处奔忙，招呼客人，介绍朋友，娴熟地将一个人群转化为一场派对。只见她领着一组又一组的朋友前去登记预订《莱德的拉丁美洲》一书，我听见她在说："不，亲爱的，我一点也不意外，而且你也并没有以为我会意外吧，会吗？你看，查尔斯只为一件事而活着——美。我认为他厌倦了从这些英国成品中去寻找，他不得不自己走出去，自己去创造。他希望有新的世界可以征服。再说，关于乡村庄园，他已经把所有该表达的都说尽了，不是吗？我倒不是说，他彻底放弃了那个领域，我相信，需要的时候，为了朋友，他也会画一两幅的。"

一名摄影师让我们站到一起，灯光在我们脸上一闪，才让我们分开。

这时有一阵轻微的骚动，人群向两旁躲闪，挪出一条入口通道，皇室来了。我看见妻子行了屈膝礼，听见她说："哦，先生，您太客气了。"然后我被领到人群中的那一块空地中，克拉伦斯公爵说："我猜

① 克拉伦斯公爵，是赐予英国皇室成员的封号。

那儿一定够热吧？"

"是的，先生。"

"你在画里表现热的手法真是妙极了，立刻让我觉得身上这件大衣不对劲。"

"哈哈。"

他们走后，妻子说："我的天，我们的午餐要迟到了。玛戈为你举办了一个派对。"坐上出租车，她说："我刚刚想起一件事，你为什么不给克拉伦斯公爵夫人写信，请她允许你将《拉丁美洲》献给她呢？"

"我为什么要这么做呢？"

"这会让她很开心的。"

"我没想过把它献给任何人。"

"又来了，典型的你，查尔斯。为什么要放弃一个可以赠予他人愉快的机会呢？"

午餐大约有十来个人。尽管以我的名义邀请这些人，令女主人和我妻子都很开心，然而很显然，起码一半的人压根都不知道我这个画展。他们来，仅仅因为被邀请了，而且没有其他事情可以去。整个午餐，他们一直在谈论辛普森夫人①。然而午餐后他们全部，或者说几乎全部，都跟我们一起回到了画廊。

午餐后的那一个小时是最忙的。有泰特美术馆②和国家艺术收藏基金会来的代表，他们都答应会尽快带着同事再来，与此同时，预订了一些画回去考虑。最具影响力的一位评论家，过去曾用几句十分伤人的褒奖将我击倒过，这时他从宽边软呢帽和羊毛围巾中探出头来，抓住我的胳膊，说道："我就知道你有东西，我一直看见它们在那儿，

---

① 沃利斯·辛普森夫人，英王爱德华八世所娶的美国离婚女士。书中描述的这一段时间，应该正处于爱德华八世退位危机当中。

② 泰特美术馆，最初名为国立英国美术馆。

我一直在等。"

从时髦的和不太时髦的唇边，我听见相似的赞扬。"如果你们让我猜的话，"我不小心听见这么一段，"莱德会是最后一个我能想到的名字。它们如此阳刚，如此充满激情。"

他们都觉得自己在这儿找到了某种新的东西。在同样的这几间屋子里，前不久我离开伦敦去海外的上一次展览可不是这个情形。那一次，这里毫无疑问充斥着一股倦怠。那时，他们谈得更多的是画中的房屋，或者屋主的轶事，而不是我。同样一位女子，今天回来为我的阳刚和激情喝彩，而上一次她站在一幅费了大量心血的画布前说道："如此温顺浅显。"

我记得那一次展览，还因为就在同一周我发现了妻子的不忠。而现在，她是一个不知疲倦的女主人，我听见她说："无论什么时候，现在我只要看见一件美好的事物——一个建筑或者一片风景——我都会想'那是查尔斯的作品'。我已经习惯了透过他的眼睛去看一切。他就是我的英国。"

我听见她这么说，知道这些已经是她习惯说的话。在我们的整个婚姻生活中，一次又一次，每听她这么讲话，都会激起我一阵肠胃痉挛。可是那一天，在这个画廊，我再次听见她这么说，却无动于衷，于是我忽然意识到，她已经无力再对我造成任何伤害，我变成了一个自由的人。她那一次短暂、狡猾的过错赐予了我解放，那一顶绿帽子令我成为森林的主人。

这一天结束了，我妻子说："亲爱的，我得走了。这真是一次了不起的成功，不是吗？我会想想怎么跟家人说的，可我真希望事情没有完全像现在这个局面这样发生。"

"所以她都知道，"我想，"她是个聪明人。午餐起她开始有了嗅觉，拾起了一些零星的味道。"

我让她收拾了离开后，本来也想跟着走的——房间已经基本上空了——这时我听见转门处传来的一个声音，一个很多年没有听见过，却永远也不会忘掉的、自学的结巴声，说出一串尖锐但充满韵律的抗议。

"不，我没有带邀请卡，我甚至不知道我有否收到过这样的卡。我不是来参加什么社交活动的，也不打算来蹭塞莉娅夫人的社会资源，更不希望我的照片上《尚流》，我就不是来展览我自己的。我来，是看画的，也许你都不知道这里有画吧。我碰巧对这位艺术家个人有点兴趣，艺术家，如果这个词对你有任何意义的话。"

"昂托万，"我说，"快进来。"

"我亲爱的，这有一个女——女——女——女妖精认为我是来蹭——蹭——蹭——蹭派对的。我昨天才到伦敦，今天午餐时就非常碰巧地听说你在举办展览，所以我当然急不可待地就冲到神殿来表达敬意了。我变了吗？你能认出我吗？画在哪里呢？让我将它们解释给你听。"

安东尼·布兰奇与我最后一次见到他时的样子相比，没有变；事实上，与我第一次见到的他相比，都没有变。他轻快地穿过房间，来到最重要的一幅画布前——一幅丛林风景画——沉默了片刻，他点着头，像一个获悉了任务的小猎狗，然后问道："你这是在哪里，我亲爱的，找到的这一片华丽的绿色？是特——特——特伦特公园还是特——特——特灵公园的温室一角？是哪一个迷人的放高利贷的①养育了如此茂盛的厥草供你享乐？"

随后，他在两个房间里走了一圈，有一次或者两次他深深地叹了口气，其他时间都保持了沉默。到最后他再叹了一口气，比刚才那几

---

① 两个公园主人都是犹太人，因此安东尼用了"放高利贷的"来指代这两个公园的主人。

＊ 布园重访——查尔斯·莱德上尉的神圣和渎神回忆 ＊

次都更深地说："可它们告诉我，亲爱的，你在恋爱当中。这就是一切，或者说几乎是一切了，不是吗？"

"真的这么糟糕吗？"

安东尼压低嗓门，用一种带着穿透力的耳语在我耳边悄声道："亲爱的，我们别在这些单纯的好人面前揭穿你的骗局了吧？"——他一脸阴谋地扫了一眼屋子里还剩下的那些人——"让我们别败了他们纯洁的雅兴。我们知道，你和我，这些都是可——可——可——可怕的废——废——废——废话。走吧，趁我们还没有侵犯了这些鉴赏家。我知道这附近的一个下流小酒吧，我们去那儿谈谈你的其他征——征——征服吧。"

我需要这样一个声音来将我唤回。人群中一整天千篇一律的赞美之词最后到了我这里，成了一条长长的公路两旁的广告牌，一公里又一公里，挂在杨树之间，命令你去住某一间旅店。到了路的尽头，满身尘土疲惫不堪的你到达那个目的地时，似乎拐进这个起初让你厌烦，随后让你愤怒的名字的旅店，已经是一件不假思索、不可避免的事，终于，它已经成为你整个疲累的身心中不可分割的一部分。

安东尼领着我从画廊出来，走过几条僻静的侧街，来到一个门前，一边是一间名声极坏的报刊铺子，另一边是一间名声极坏的药剂店，门上写着："蓝岩洞俱乐部。只对会员开放。"

"这里可能不太是你的环境，我亲爱的，是我的，我向你保证。不过，你也已经在你的环境中待一整天了。"

他领着我走下台阶，先是一股子猫的味道，随后变成一股子杜松子酒和烟蒂的味道，传来无线电的声音。

"这个地址是屋顶上的公牛①里一个邋遢的老男人给我的，多亏了他，我离开英国这么久，这些合意的小去处变化太快了。我昨天晚上第一次出现在这儿，已经对它感到很舒服了。晚上好，西里尔。"

"嗨，托尼，又回来了？"吧台后的年轻人说。

"我们拿了喝的，去那边角上坐着。你一定要记住，亲爱的，在这里你显得很扎眼，而且，如果我可以这么说的话，很不寻常，我亲爱的，就像我在布——布——布拉特一样。"

这地方用钴涂过一遍，地上铺着钴油布。金银颜色的纸鱼胡乱随意地贴在天花板和墙上，五六个年轻人在喝酒或者玩老虎机；一个岁数大一些、穿戴时髦、看上去饮酒过量的男人似乎是这里管事的；水果口香糖售货机那边传来咯咯的笑声；然后一个年轻人向我们走来并且说："你的朋友想跳一支伦巴吗？"

"不，汤姆，他不想，而且我也不会给你买酒，至少现在还不。真是个不懂事的孩子，一个经常骗吃骗喝的小东西，亲爱的。"

"好，"我说，想表现出与我在这个小酒馆里严重不适的感觉恰恰相反的轻松来，"你这些年都在干什么？"

"亲爱的，你，这些年干了些什么，才是我们这时候要谈论的。我一直注意着你，我亲爱的。我是个忠诚的老伙计，视线从来没有离开过你。"他一开始说话，这个酒吧，这里的吧员，蓝色的藤制家具、赌博机，留声机，在油布上跳舞的年轻人，在老虎机边嬉笑的年轻人，在与我们相对的另一个角落里喝酒的紫色脸膛、穿着古板的老年男人，这整个阴暗而鬼鬼祟祟的小屋子都在我眼前渐渐隐去，我回到了牛津，通过一扇罗斯金－哥特窗户看向基督堂的草坪②。"你的第一次展览我就去了，"安东尼说，"我感到它——很有魅力。玛奇梅因公馆的室内画，

---

① 屋顶上的公牛，巴黎的一个夜总会酒吧加餐馆，1922年创办，是一个著名的爵士吧。
② 查尔斯想起了塞巴斯蒂安在牛津时，位于基督堂草坪的住处。

非常英国，十分准确，并且相当美味。'查尔斯作出一点成就了，'我说，'这不是他将要做的全部，他能够做的也不止这些，但是他开始了。'

"即便那时，我亲爱的，我也有一些疑虑。对我来说，你的画里仿佛总有一种绅士的东西。你一定要记住，我不是英国人，我也不能理解对于好出身的狂热和津津乐道。英国式的势利眼，对我来说，比英国式的道德观更可怕。可是我说：'查尔斯做了一点很有味道的事，下一步会是什么呢？'

"下一个我看见的，便是你那本漂亮的画册——《乡村及乡土建筑》，是这个名字吗？很像回事的一大册，我亲爱的，我在那里看到什么了呢？还是魅力。'不是很合我胃口，'我想，'这太英国了。'你知道我对口味重一些的东西更有兴趣，而不是柏树荫，黄瓜三明治，银奶缸，英国女孩儿打网球时穿的东西——不是这些，不是简·奥斯汀，不是米——米——米特福德小——小——小姐①。所以，坦白地说，我对你失望了。'我是一个已经衰退了的老迭——迭——迭戈，'我说，'可是查尔斯——我说的是你的画，亲爱的——是一个穿着印花纱裙的院长的女儿。'

"你可以想象今天午餐时我的兴奋。每个人都在谈论你。女主人是我母亲的朋友，一个什么史蒂文森·奥格兰德夫人，也是你的一个朋友，亲爱的。一个邋遢守旧的女人！我想象那完全不是你想要待的社会。但是，他们尽管都去过了你的展览，可是你这个人，才是他们谈论的话题，你怎么挣脱，亲爱的，逃到了热带，变成了高更②，变

---

① 米特福德小姐，英国小说家，主要被后人铭记的作品为《我们的村庄》，记录她的家乡伯克郡的乡村生活。安东尼·布兰奇此处借此指代这两位小说家代表了一种特定的恰当而准确的英国风格。

② 高更，法国画家。曾在马提尼克、大溪地、马克萨斯群岛生活，当地的土著生活对他作品的色彩和原始风格产生了极大的影响。

成了兰波。你就想象当时我那颗老心脏跳得有多厉害了。

"'可怜的塞莉娅,'他们说,'在她为他所做的一切之后。''他欠她所有的,真是太糟糕了。''还有,跟朱莉娅,'他们说,'就在她在美国做出那些事之后。''就在她正要回到雷克斯身边时。'

"'可是那些画呢,'我说,'请告诉我那些画怎么样?'

"'哦,画嘛,'他们说,'古怪之极。''根本不是他一贯的风格。''很有力。''相当野蛮。''我定义它们为彻头彻尾不健康。'史蒂文森·奥格兰德夫人说。

"亲爱的,我在椅子上就完全坐不住了。我想立即飞出房子,跳进出租车,然后说:'请送我到查尔斯那些不健康的画身边去。'好,我去了,可是午餐后的画廊,挤满了荒谬的女人,戴着那种应该拿来吃的帽子。所以我就来休息了一会儿——就在这儿,跟西里尔和汤姆还有那些俏皮的男孩儿一起。随后才在不太热闹的五点钟又迫不及待地回来。我看见了什么呢?我看见了,亲爱的,一个淘气又成功的恶作剧。它让我联想起塞巴斯蒂安当时热衷于戴上假胡须的事。再一次,还是魅力,我亲爱的,单纯、奶油味儿的英国魅力,嬉戏中的老虎。"

"你说得很对。"我说。

"亲爱的,我说得当然对。我很多年前就说对了——我很高兴地说,比我们俩所暴露出来的多得多的年以前——我警告过你。我请你出去吃晚餐,警告你要提防魅力。我还用很多细节警告过你提防弗莱特一家。魅力是一个可怕的英国病,在这潮湿岛国之外的任何地方都不存在的病,任何东西一碰到就会染上,被毁灭。它毁掉爱,毁掉艺术。我真的很担心,亲爱的查尔斯,它已经毁掉了你。"

那个叫汤姆的年轻人又来了。"别逗我了,托尼,给我买一杯酒吧。"我想起我还要乘火车,便把安东尼留给了他。

我站在餐车旁的月台上,看见我和朱莉娅的行李,由朱莉娅那苦着脸的女佣领着脚夫从我身旁推过。朱莉娅到来时，他们已经开始在关闭车厢的门，朱莉娅不慌不忙地在我前面上了车。我要了一个两人的桌子。这是一趟很方便的列车，晚餐前有半个小时，晚餐后再有半个小时，然后，不像从前玛奇梅因侯爵夫人年代时一样需要转乘支线。离开帕丁顿是九点，城市的光辉先是被市郊零星的灯光替代，随即便完全是原野的黑暗。

"好像很多天没见到你了。"我说。

"六个小时。而且昨天一整天我们都在一起。你看上去筋疲力尽。"

"经过了噩梦般的一天——人群，评论家，克拉伦斯，玛戈的午餐派对，最后在一个阴阳怪气的小酒馆里，以半小时对我的画十分有说服力的鞭挞而告终……我觉得塞莉娅知道我们的事了。"

"嗯，她肯定迟早是要知道的。"

"每个人好像都知道。我那阴阳怪气的朋友在伦敦还没有待上二十四小时，就已经听说了。"

"让每个人见鬼去吧。"

"那雷克斯呢？"

"雷克斯根本不是任何人，"朱莉娅说，"他就不存在。"

我们在黑暗中快速驰过，刀叉在桌上发出叮当的碰撞声。酒杯里杜松子酒和苦艾酒的圆圈被晃成了椭圆，在车厢的摇摆当中，碰到嘴唇，再放回去，没有洒出来一点。我把这一天就这样抛在了脑后。朱莉娅取下帽子，扔到头顶的架子上，摇了摇她夜晚一般的乌发，伴以轻轻的一声放松的叹息——那种适合于枕边的叹息，当炉火开始微弱，卧室的窗户向着星空和呢喃中的树敞开时。

"有你回到这里太好了，查尔斯，就像回到从前的日子。"

"从前的日子？"我想。

雷克斯，在他四十出头的年纪，已开始体态沉重，脸膛红亮。他已经丢掉了他的加拿大口音，改成了嘶哑大声的腔调，就是他的朋友中最常见的那种。就像他们的声音永远紧张地被拉伸着，以便能传到云霄之上；又好像因为年轻人的背叛，他们已经没有时间来等待说话的机会，没有时间倾听，没有时间回复；只有时间纵声一笑——来自喉咙的沉闷的笑声，用以表达友好的基本货币。

挂毯厅里有五六位这样的朋友：政客；四十出头的"年轻保守党"，头发稀疏，高血压；一位煤矿来的社会主义者，已经习得了他们的清晰口音，雪茄到他嘴里很快被咬成碎片，倒酒时手会颤抖；一位比其他所有人年纪都大些的金融家，从别人对他的态度来看，他也比其他人都更有钱；一个害相思病的专栏作家，独自沉默地坐着，忧郁地凝视着这一群人当中唯一的女子；一位被叫作"格拉泽尔"的女子，洞悉每个人的秘密，在他们心里，都对她有些害怕。

他们也都怕朱莉娅，包括格拉泽尔。她颇正式地跟所有人打了招呼，并为自己未能迎接他们而致歉，这使得场面安静了片刻。随即她过来跟我一起坐在炉火边，只听一阵交谈的风暴再次升起，萦绕在我们耳边。

"当然了，他明天就可以娶她，让她成为王后。"

"我们十月份本来有一次机会的。为什么没把意大利舰队送到玛勒诺斯特①海底去？为什么没有把拉斯佩齐亚②烧成火海？为什么没在潘泰莱里亚登陆③？"

---

① 玛勒诺斯特，罗马对地中海的称呼，意为"我们的海"。

伊夫林·沃于1930年在阿比西尼亚度过了一段时间，当时他去出席国王海尔·塞拉西的登基典礼。这一段经历激发了他创作小说《黑色恶作剧》的灵感。他于1935年作为《每日邮报》的驻外记者，于与意大利开战前夜再次返回阿比西尼亚。这一次使他写出了《沃在阿比西尼亚》以及《独家新闻》。

② 拉斯佩齐亚，意大利北部城市，其海港为意大利海军舰队基地。

③ 潘泰莱里亚，地中海上的意大利岛屿，位于西西里和突尼斯海岸线之间。

　　"弗朗哥其实就是个德国间谍。他们把他安插来筹备空军基地，用以轰炸法国。这个骗局总算还是被揭穿了。"

　　"这会令皇室比都铎以来的任何时候都更强大，人民都站在他这一边。"

　　"媒体也在他这一边。"

　　"我也在他这一边。"

　　"再说，谁现在还在意离不离婚的，除了几个嫁不出去的老处女以外？"

　　"如果他跟那一帮老家伙摊牌，他们只会消失得像，像……"

　　"我们为什么没有把运河①关掉？我们为什么没有去轰炸罗马？"

　　"那倒没有必要，只需要给出一个意味坚定的信号……"

　　"一个坚定的演讲。"

　　"一个摊牌。"

　　"不管怎么说，弗朗哥很快会溜回摩洛哥的。今天见的一个人就正好从巴塞罗那来……"

　　"……一个刚从贝尔维德城堡来的人②……"

　　"……一个刚从罗马威尼斯宫来的人③……"

　　"我们所想要的就是摊牌。"

---

　　①　这里的运河是指埃及的苏伊士运河，连接地中海和红海的人工水道，连接欧亚的重要水上通道。截至 1956 年，运河一直是在英国控制之下，运河危机后交由联合国维和部队控制。在阿比西尼亚危机中，关闭运河可以为意大利军队进入埃塞俄比亚造成困难。

　　②　这一句是关于爱德华八世退位危机的。贝尔维德城堡是爱德华八世的住宅之一，位于温莎大公园。那里是爱德华八世与弟弟约克公爵，首相史丹利·鲍德温于 1936 年 12 月 10 日最后见面签署退位文书的场所。

　　③　罗马威尼斯宫是意大利 1922 年至 1943 年间法西斯首领墨索里尼用作办公室的一座罗马宫殿。墨索里尼在这里的阳台上，向广场上的民众发表过多次演讲。

"向鲍德温①摊牌。"

"向希特勒摊牌。"

"向老帮派摊牌。"

"……这样我能活着见到我的国家，这块克莱夫和尼尔森的土地②……"

"……我的国家，霍金斯和德里克③。"

"……我的国家，帕默斯顿④……"

"你介意别再这样了吗？"格拉泽尔对专栏作家说，他一直带着非常感伤的情绪，在扭着她的手腕，"我碰巧并不享受这样。"

"我不知道哪一样更可怕，"我说，"塞莉娅的艺术与时尚，还是雷克斯的政治与钱。"

"想他们做什么？"

"哦，亲爱的，为什么爱让我恨这个世界？难道不应该是恰恰相反的效果吗？我感到似乎整个人类，还有神，都在密谋与我为敌。"

"他们是的，他们是的。"

"可任由他们怎样，我们有我们的快乐，现在，这里，我们拥有它。他们伤害不到我们，他们能吗？"

---

① 鲍德温，英国保守党政治家，曾三度担任英国首相。鲍德温曾试图劝说（没有成功）爱德华八世放弃与辛普森夫人的婚姻计划。

② 罗伯特·克莱夫，常被称为印度的克莱夫，是一位著名的英国战士。作为东印度公司职员，他对于在印度建立英国军事和管理力量起到了显著的作用。霍雷·尼尔森，英国海军军官，拿破仑战争期间功勋卓著。死于特拉法加海战，在那里留下了他对手下的英国舰队所说的最后一个信号：英格兰期盼人人恪尽其责。

③ 海军上将约翰·霍金斯爵士，伊丽莎白海军指挥官，造船官，奴隶贩子。在英西战争期间，他的海军策略对于1588年英国打败西班牙起到重要作用。弗朗西斯·德里克爵士，伊丽莎白海军少校，海盗，政治家，奴隶贩子。在他作为英国战舰副指挥官期间，也对击败西班牙起到重要作用。

④ 亨利·约翰·坦博尔，通常被称作帕默斯顿勋爵，英国托利党（保守党前身）政治家。于1855年起担任英国首相，直到1865年去世。

"今晚不能，现在不能。"

"还有多少个晚上他们不能伤害我们？"

第三章 喷泉

"你记得吗，"朱莉娅说，在一个宁静，空气里飘着青柠檬香的夜晚，"记得那场暴风雨吗？"

"那呼啸碰撞的青铜大门。"

"那赛璐珞包着的玫瑰。"

"那邀请我们参加'小聚会'，后来再没见过的男人。"

"你记得太阳是怎样忽然在我们最后那个傍晚出现，就像今天一样？"

那是个乌云低沉，夏风狂躁的下午，天色如此灰暗，我不得不停止工作，把朱莉娅从轻微的恍惚中唤醒，她在恍惚中坐着——她常常那样坐着，我从没有厌倦过画她，永远都能在她身上发现新的财富和巧思——直到我们终于提早离开去洗澡，换好晚装下楼时，在这一天的最后半小时天光中，发现世界一下子变了。太阳出现在天空中，狂风这时已经舒缓下来，轻柔地拂过盛开的青柠檬花，带着它被一场新雨所焕发出来的芬芳，徐徐地吹着，与树篱的呼吸，还有正被吹干的石头的气味融在了一起。方尖碑的阴影斜斜地占满了整个露台。

我从柱廊的亭子里拿了两个花园坐垫，放在喷泉池边。朱莉娅坐在那里，穿一件金色的紧身褂子，和一条白色的长裙，一只手在水里懒散地转着，好让一只祖母绿戒指正好反射出夕阳的火光。那些积满了深绿色青苔的石雕动物看过去刚好在她暗色的头顶上方，坐落在闪着光的石块上，投下浓密的阴影，水环绕在它们四周，波光灵动，冒着泡，随后又碎成散落的片段。

"……有这么多值得记住的，"她说，"那以后有多少天，我们没有见面？一百天？你说呢？"

"没有那么多。"

"两个圣诞节。"——那些萧瑟的，一年一度礼节性的团聚。博屯，我家人的老家，我堂兄贾斯珀的家。在我阴沉的童年记忆中，那里是油松的走廊和滴着水的墙！父亲和我，满腹牢骚地并肩坐在叔叔的霍博①里，渐渐驶近红杉大道，路的尽头有我的叔叔婶婶，菲利帕姑妈，堂兄贾斯珀，以及近年来新增加的贾斯珀的妻子和孩子；他们之外，还有也许已经到了，也许任何时刻都可能到来的我的妻子和孩子。这一年一度的奉献，把我们聚在一起。在冬青和槲寄生以及云杉枝中间，客厅游戏如常举行，白兰地黄油和喀斯巴德梅脯，村里的圣诞歌唱团在油松的表演台上演唱，金色的带子和枝叶图案的包装纸。无论什么丑恶的谣言在过去的一年间传得沸沸扬扬，她和我仍然当作夫妇被大家接纳。

"我们得坚持住，不管对我们有多难，看在孩子的分上。"我妻子说。

"是的，两个圣诞节……以及我尾随你去到卡普里②之前那三天的好滋味。"

"我们的第一个夏天。"

"你还记得我怎么在那不勒斯闲逛游荡，然后尾随你，我们怎么约定在那个山间小道上相见吗？那条小道多平坦啊。"

"我回到别墅说：'爸爸，你猜是谁也到酒店来了？'然后他说：'查尔斯·莱德，我觉得是。'我说：'你为什么会想到是他呢？'爸爸回答说：'卡拉从巴黎带回来消息，说你和他好像随时随地连在一

---

① 霍博，英国自行车、摩托车、汽车制造公司，并自1887年起在英国证券市场上市交易。
② 卡普里岛，位于意大利那不勒斯湾南部，是著名的旅游胜地。

起不可分。他好像对我的孩子有特别的嗜好。不过，你带他到这儿来吧，我们有空房间。'"

"还有一段时间你得了黄疸，不肯让我见你。"

"再有，我染上流感，你不敢来。"

"还有数不清次数的去与雷克斯的选民见面。"

"还有加冕周①，你逃离伦敦。你带着友好使命去拜访你岳父。去牛津画那幅他们不喜欢的画。哦，是的，真的有一百天。"

"两年多一点的时间里，浪费掉的一百天……没有一天的冷漠，或者不信任，或者失望。"

"永远不会的。"

我们陷入沉默。只有小鸟在青柠树丛中说着一连串小而清晰的音符，只有水在雕刻的石缝间细语。

朱莉娅拿起我胸前口袋里的手帕擦干了手，然后点燃了一支烟。我害怕打断那些记忆，可是这一次，我们的思绪没有保持一致。当朱莉娅终于开口时，她悲伤地说："还有多少个？再一个一百天吗？"

"一辈子。"

"我想和你结婚，查尔斯。"

"总有一天会的。为什么现在？"

"战争，"她说，"今年，明年，很快。我只希望能有一天或者两天，能真正平静地与你在一起。"

"现在这样还不算吗？"

这时，太阳已经沉到了山谷那边树林的边缘了，远处的山坡都浸在暮色中，只有身边的湖水在夕阳下燃烧。光线离最后的消失越近，便越发地有力而灿烂，在草地上拖下长长的影子，在华屋的石面上一

---

① 加冕周，1937 年 5 月 12 日乔治六世即位。

泻无遗，在窗格上燃烧，在飞檐、廊柱和穹顶上闪耀，在所有层层叠叠来自泥土、石头和树叶的颜色与芬芳中铺散，令我身边这位女子的头发和金色的肩膀一时华美无双。

"你说的'平静'指的是什么，如果现在这样都不算的话？"

"比这多多了，"随即她用一种冰冷、事实陈述的口气继续道，"当我们被冲动和激情所控制时，婚姻不是我们能够谈论的事。我们需要先离婚——两桩离婚，要制定计划了。"

"计划，离婚，战争——在这样的一个黄昏。"

"有时，"朱莉娅说，"我感到被过去和将来两头沉沉地挤压，几乎没有一点空间可以留给眼前。"

维尔考克斯这时从台阶上走下，来到夕阳中的我们面前，说晚餐已备好。

百叶窗已经合上，窗帘也已放下，蜡烛点好了，在那间绘厅里。

"嗨，摆了三个座位。"

"布莱兹赫德勋爵半小时前到的，小姐。他带信说，请你们晚餐不用等他，他可能会晚到一会儿。"

"自从他上一次在这儿，好像又是几个月了，"朱莉娅说，"他在伦敦都干些什么？"

这经常是我们俩之间在猜测的事——因此萌生了很多的幻想。因为布莱迪就是如此的一个谜，他是来自地下的生物，是有坚硬的口鼻，在地下打洞、冬眠的惧光性动物。他成年以后的所有这些年里，没有将任何一件事付诸过行动，说过参军，说过进议会，说过去修道院，最终都不了了之。他被人所知，确定做过的一件事——而且这还是因为有一阵新闻匮乏，这事成为一篇题为"贵族的不寻常爱好"的报道内容——是他收藏了可观的火柴盒。他把它们固定在板子上，做出索引卡片，该收藏在他位于威斯敏斯特的小房子里占据的空间逐年增加。最初他还因为报纸替他造成的这个恶名有些害羞，后来便十分欣慰起来，因为他发现，这成为他在全世界结交同道的一个好方法。如今他与那些通过这篇报道结识的同行们交流并且互换重复藏品。除此之外，人们不知道他还有任何其他兴趣。他一直担任着玛奇梅因领地联合主人的角色，每次他回去，会在那一周内出去狩猎两天，尽到自己的责任。他从不去附近的领地狩猎，那里的乡村其实好过他的领地。他对于运动并没有真正的热情，这一季出去了不过十次左右。他没有什么朋友，会定期去探望姨妈们，会去参与跟天主教话题相关的公共晚宴。在布莱兹赫德，他尽到了所有他不能避免的责任。他将自己身上那一层薄薄的不得体和清高，带到所有他出席的讲台、集会和事务会议中。

"一个女孩上星期在旺兹沃思发现被人用带钩的铁丝勒死。"我说，翻出一个老故事。

"那肯定是布莱迪，他就是这么淘气。"

我们坐下后，大约有十五分钟，他加入了我们。穿着那件玻璃瓶绿色的天鹅绒吸烟服，笨拙地走进来，这件衣服他一直放在布莱兹赫德，所以每次来都穿。他眼下三十八岁，已经略微发胖，开始谢顶，被看成四十五岁也不奇怪。

"啊，"他说，"哦，就你们俩，我还以为雷克斯也会在呢。"

我有时会想，他是怎么看待我，以及我持续出现这件事的呢？他似乎很接纳我作为家庭的一员，也不好奇。过去两年间，他令我吃惊地向我表示过两次好像是友谊的一种东西。一次是在一个圣诞节，他寄给我一张相片，是他穿着马耳他骑士袍[①]；那之后不久，他又请我

---

① 马耳他骑士团，是一个天主教组织，有各种叫法，包括圣约翰骑士团、慈善骑士团、罗得及马耳他骑士团等。最初于公元 11 世纪，由一组耶路撒冷圣约翰医院照看病患的僧侣所组建，后来演变为军事组织。十个世纪以来，该组织一直在演变中，如今依然存在。

跟他一起去一个晚餐俱乐部。两次行为最终都能找到解释：他这张肖像拷贝多了，多出来的不知道拿来做什么；他很为他所在的俱乐部自豪。这是个有些让人不可思议的协会，成员都是各行业的杰出人物，每月一次聚在一起，仪式般地插科打诨，扮扮小丑。每人都有一个绰号——布莱迪叫作大哥——还有一个特别设计的，就像骑士组织戴在身上用以象征的小首饰。他们的马甲上也都钉着统一的俱乐部扣子，此外，有一个很隆重的仪式介绍各自带来的客人。晚餐后，会有一篇文章被宣读，还有一个调侃某个时政话题的演讲。很显然，在每个人带来出席的客人的知名度这件事上，他们之间有一些暗中的较劲。布莱迪几乎没有什么朋友，而我还算略有虚名，因此就被邀请了。即便在那样一个欢快轻松的夜晚聚会上，我也感觉不到我的东道主身上有散发出任何轻松社交的磁场，他一直在制造一种总的来说令他自己尴尬的气氛，而他本人，像一块木头一样，平静地漂浮其中。

他在我对面坐下，一躬身时，稀疏、粉色的头顶展露在盘子上方。

"嗨，布莱迪，有什么新闻？"

"事实上，"他说，"我确实有个消息。不过这可以等。"

"现在就告诉我们。"

他的脸抽了一下——我理解为"不能在仆人面前说"——然后说："画进展得怎样，查尔斯？"

"哪幅画？"

"随便哪幅你正在进行的画。"

"我刚开始了一张朱莉娅的素描，可今天一整天光线都很棘手。"

"朱莉娅？我记得你过去已经画过她了。我猜这与建筑相比是一个转变，而且困难得多。"

他的谈话中随时会出现长长的停顿，这期间他的意识似乎也处于静止。于是过后他总能恰恰在他扔下话头的那个地方重新拾起来，再继续。这时，在他停顿了一分多钟以后，他说："这个世界充满了不同的事物。"

"非常正确，布莱迪。"

"如果我是个画家，"他说，"我每次都会选择一个完全不一样的对象，充满了动作的对象，比如……"又一次停顿。什么呢？我在想他接下来会说苏格兰飞人①？轻骑兵的冲锋②？亨利赛舟会③？然后出乎意料地，他说："……比如马克白④。"把布莱迪想象为一个绘制动作画的画家，是一件极度荒谬的事，他一向是荒唐的，却一定程度上，因为他的孤僻和看不出年龄等这些特征，成就了某种尊贵的感觉。他依然一半是个孩子，另一半已经是个老人，在他身上你看不出任何时代的痕迹。他有一种厚重不可侵蚀的正直，对整个现实世界的视若无睹，这些都迫使你不由得对他生出一些敬意。尽管我们常常取笑他，他其实从来没有彻头彻尾地蠢过，有时甚至很聪明。

我们谈论着来自中欧的新闻，忽然，布莱迪打断这不会有任何结果的话题，问道："妈妈的珠宝现在在哪里？"

"这是她的，"朱莉娅说，"还有这个。妈妈自己的，现在都在寇蒂莉亚和我这里；家族的珠宝都送去了银行。"

"我很久没有见过它们了——我不知道我有没有见过所有的。都有些什么？有没有什么还比较著名的红宝石，有人这么告诉过我？"

"是的，是一个项链。妈妈过去常常戴着，你不记得了？还有些

---

① 苏格兰飞人，连接伦敦和爱丁堡之间的一条铁路运输线的名称。
② 轻骑兵的冲锋，指在 1854 年 10 月 25 日的克里米亚战争巴拉克拉瓦战役中，由卡迪根勋爵带领英军轻骑兵向俄军发起的一次著名的冲锋。英军损失惨重。这场英勇的悲剧在阿尔弗雷德·丁尼生勋爵 1854 年的同名诗歌中获得永生。
③ 亨利赛舟会，亨利皇家赛舟会，是一场每年 7 月上旬在泰晤士河畔的亨利举行的为期五天的赛舟活动，是英国社交季的一个亮点。
④ 马克白，1040 年至 1057 年之间的苏格兰国王。也是莎士比亚一出戏剧的名字，尽管剧中角色基于真实历史人物马克白，但戏剧情节有大量虚构。

珍珠——这些都是她常常戴出来的。可是其他大部分都常年待在银行里，有些吓人的冠状钻石头饰我记得，还有一个维多利亚时期的钻石脖圈，现在都没法戴了，还有很多的好石头。为什么问这个？"

"什么时候我想看看。"

"我说，不会是爸爸又想卖了它们吧？他不会是又欠上债了？"

"不，不，完全没有这种事。"

布莱迪吃得很慢，而且食量很大，朱莉娅和我看着蜡烛之间的他。这时他说："如果我是雷克斯——他的脑子里好像一直充满着这样的假设：'如果我是威斯敏斯特大主教'，'如果我是大西部铁路线①的头'，'如果我是个女演员'，听起来好像仅仅是命运玩了一个小戏法，才使得他没有成为那些假设，而他极有可能在任何一个清晨醒来，发现都已经被纠正过来了——我会希望住在自己的选区。"

"雷克斯说不住这儿一个星期可以省下四天的工作量。"

"很遗憾他不在，我有件事要小小地宣布一下。"

"布莱迪，别这么神秘了。快说出来吧。"

他脸上又抽了一下，好像还是那个意思："不能当着仆人的面说。"

后来，波特上了桌，只剩我们三个的时候，朱莉娅说："在听到你宣布前我是不会走的。"

"好吧，"布莱迪说，向后靠在椅子上，眼睛死死地盯着他的酒杯，"其实你只需等到周一，就可以在报上看见白纸黑字。我订婚了。希望你们能为此感到高兴。"

"布莱迪，太……太令人兴奋了！跟谁？"

"哦，不是你认识的人。"

"她漂亮吗？"

---

① 大西部铁路线，连接伦敦与英格兰西南部，南西部英国和威尔士的铁路线。

"我不认为你可以用漂亮来恰当地形容她，'端庄'这个词我想更适合她。她是个大个子的女子。"

"胖？"

"不，大。她叫马斯普拉特太太，她的受洗名是贝柔。我认识她很久了，但是直到去年她都有丈夫，现在成了寡妇。你为什么笑？"

"对不起，这真没有一点好笑的地方。只是，完全没有料到。她……她跟你同龄吗？"

"差不多吧，我想。她有三个孩子，最大的一个男孩刚去了艾姆培尔福斯①。她一点也不富裕。"

"可是布莱迪，你是在哪儿碰到她的？"

"她的前夫，马斯普拉特海军上将，也收藏火柴盒。"他很严肃地说。

朱莉娅颤抖着，忍住爆笑，很快地，她控制住了自己，问道："你娶她不是为了她的火柴盒吧？"

"不，不，马斯普拉特上将全部的收藏已经捐给了法尔茅斯②市政图书馆。而我，对她怀着深厚的喜爱，即便面临她遭遇的所有这些困难，她都保持了做一名快乐的女子，还非常热爱表演，是天主教演员公会的成员。"

"爸爸知道吗？"

"我今天早上刚刚收到他的来信，他许可了这件事。他敦促我结婚已经有一段时间了。"

朱莉娅和我同时意识到，我们已经让好奇和吃惊主导了气氛。于是这时我们用很温和的语调向他表示了祝贺，没有任何取笑。

"谢谢，"他说，"谢谢。我认为我很幸运。"

———————————

① 艾姆培尔福斯，一所含走读和寄宿的公学。

② 法尔茅斯，英国一个港口城市。

"可我们什么时候才能见到她啊？我真觉得你应该带她一起下来的。"

他什么也没说，啜了一口酒，瞪着眼睛。

"布莱迪，"朱莉娅说，"你这狡猾、得意扬扬的蛮人，你为什么没带着她一起来？"

"哦，我不能那么做，你知道。"

"为什么不能？我想见她想得要死。我们给她打电话请她来吧，她会觉得我们太古怪了，在这种时候把她一个人扔下。"

"她有孩子，"布莱兹赫德说，"而且，你确实是很古怪，不是吗？"

"你什么意思啊？"

布莱兹赫德抬起头，郑重地看着他妹妹，继续以他那种简单直接的方式，好像接下来要说的，跟刚才在谈的事情无甚区别。"现在这种情况，我不能请她来这里。这不合适。再说了，我现在也是这里的一个旅客，目前如果说它是谁的家的话，它应该算是雷克斯的。这里发生什么都是他的事，但我不可能把贝柔带到这儿来。"

"我一点也不懂，"朱莉娅有点警惕地说。我看了看她，刚才那些温和的调侃全都不见了，她看上去似乎很紧张，甚至害怕。"雷克斯和我当然都希望她来啊。"

"哦，是的，这我不怀疑。难处也不在这里。"他把波特喝完了，又给自己的杯子斟上，把酒瓶推到我面前，"你得明白，贝柔是一个有着严格天主教原则的女子，又经过了中产阶级偏见的包装，我根本不可能带她到这里来。我并不关心你是否自己选择在罪恶中生活，是与雷克斯还是查尔斯还是二者同时——我一直避免对你们这种三角关系的细节进行询问——只是贝柔绝对不会同意来做你的客人。"

朱莉娅站了起来。"你竟然……你这自以为是的混蛋……"她说，停了一下，转身向门口走去。

　　起初我还以为她仍然被大笑所控制，可当我替她开门时，却惊愕地发现她流着眼泪。我犹豫了一下，她看也没看我一眼，就从我身边滑过。

　　"也许我给你们留下了一个印象，以为这是一个为双方便利起见而达成的婚姻，"布莱兹赫德平静地继续说，"当然我代表不了贝柔的意思，无疑我的身份所带来的安全感，对她是有一定影响的，确实她自己也这么说了。可对我而言，让我再强调一下，我热烈地迷上了她。"

　　"布莱迪，你跟朱莉娅说的那些，是多残酷无礼啊！"

　　"没什么她不会同意的吧？我仅仅说出了她自己也熟知的事实罢了。"

　　她不在书房，我上楼去到她的房间，也不在。我在她琳琅满目的梳妆台前停了一会儿，正在想她会不会回来。这时通过窗户，就着穿过露台流淌到暮色深处那座喷泉的光线，在那座永远会在我们需要安抚和恢复活力时将我们引到它身边的喷泉边，我捕捉到石头背景上一角白色的裙裾。天已经几乎全黑了。我在喷泉池四周一湾修剪整齐的树篱中最暗的一个凹形环抱的木头长椅上找到她，将她揽进我的臂弯，她把脸贴在我的胸前。

　　"这儿不冷吗？"

　　她没有回答我，只是贴得更紧了些，一边在抽泣中颤抖。

　　"亲爱的，这是怎么了？你为什么会在意？那老蠢货怎么说有什么要紧？"

　　"我不在意，也没什么要紧。就是被镇住了。别笑话我。"

　　我们相爱的这两年，就好像一辈子的时间里，我从来没有见她被如此地震动过，也从来没有感到自己如此爱莫能助过。

　　"他怎么敢跟你说出那样的话？"我说，"那冷血的伪君子……"可我的这些同情并没有起到安慰她的作用。

"不，"她说，"不是那样的。他说得很对。他们都知道，布莱迪和他的寡妇，他们有白纸黑字，他们花了一便士在教堂门口买下的。你可以花一便士在那儿买到一切，白纸黑字，没人看得见你是买来的，只有走廊另一端，一个拿着扫帚的老妇人，在忏悔室周围窸窸窣窣，和一个年轻女人在七伤图附近点蜡烛。你就在盒子里扔下一个便士，或者不用，看你愿意，然后取走你的小册子。你就有了，白纸黑字。

"所有的也都在那一个字里，一个小小的、扁平的①、致命的字里，足以笼罩一个人的一生。

"'活在原罪里'，还不仅仅是做错事，就像我跑去美国时那样；做错，知道它错，然后停止做，再忘掉。这不是他们所指的，也不是布莱迪那一便士的价值。他所指的，是在那白纸黑字上写着的。

"活在原罪里，与原罪相伴，总是这样，就像一个被悉心养大的白痴孩子，护着不让全世界靠近他。'可怜的朱莉娅，'他们说，'她不能出去，她得看好自己的罪。哎，她活着真是太不幸了，'他们说，'可她还这么强壮，这种孩子通常就是这样的。朱莉娅对她那疯狂的小罪恶可真好啊。'"

"一小时前，"我想，"在夕阳下，她坐在这里，在水中转动她的戒指，数着快乐的日子；如今在刚升起的星空下，还伴着日光最后一声灰色的耳语，却只剩下这些神秘的悲伤心绪！刚才在绘厅里都发生了什么？是什么阴影罩住了烛光？几句莽撞的话，和一个老生常谈的短句。"她似乎从自己身体里脱离开来，待在一旁；她的声音，这会儿在我胸前模糊起来，一下子又变得清晰而痛苦万分，传到我耳朵里的，只是一个个跳跃的词和一些不连贯的句子。

---

① 这个字是指罪恶：sin，没有字母"t"和"l"这种超出老式书写本边线的字母，是为扁平字。

"过去和将来，在我试着想做一个好妻子的那些年里，在雪茄烟雾中，桌面上响着双陆棋盘的碰击声，桌上的"明手"①给其他人的杯子里斟酒。在我怀着他的孩子的时候，其实是被一个已经死去了的东西撕成碎片；随后我把他放到一边，忘掉他，再找到你，过去的两年里与你在一起，以后的岁月里都与你在一起。再以后的岁月里有你或者没有你，战争到来，世界结束——原罪。

"一个来自很久很久以前的字，当霍金斯保姆在壁炉旁做着针线，夜灯在圣心像前燃着；寇蒂莉亚和我，星期天的午餐前在妈妈的房间里读教义问答。妈妈带着我的罪去教堂，她弯腰祈祷时，压在她头上的除了黑面纱，还有我的罪；在伦敦，她总是趁着街灯还没点亮时溜出去；当送奶工的小马前蹄站在街沿上时，带着我的罪走在空旷的大街上；妈妈带着我的罪，被它吞噬着死去，那比她身上那些可怕的疾病还要凶残。

"妈妈就是带着我的罪死去的。耶稣带着罪死去，手脚被钉住，挂在儿童房的床头，一年又一年挂在农场大街那间阴暗的小书房里发亮的幕布前，挂在昏暗的老教堂里，只有清洁女工在的时候扇起一丝尘土，点燃一根蜡烛。他在正午时被钉住悬挂起来，在人群和士兵中间，没有人安慰他，只有一个浸过了醋的海绵和那贼温厚的话语②。他们就那么一直把他挂着，没有清凉的墓穴和盖在石板上的裹尸布③，

---

① 桥牌、惠斯勒等几种纸牌游戏术语，在不同游戏中对明手角色的规定略有差异，都叫作 dummy。

② 耶稣被绑在十字架上受苦时，说渴了，罗马士兵拿一块海绵蘸了醋，递给他；据《路加福音》，有两名囚犯与耶稣同钉十字架上，一个在左，一个在右，左贼羞辱他，而右贼却感激他，颂扬他。

③ 此处的"清凉的墓穴"典出圣墓，是耶稣被钉死在十字架上以后身体被存放，随后又消失的坟墓。"裹尸布"是用于包裹他身体所用的布，然而他消失后，被发现留在了墓穴的石板上，这被认为是他复活的证据。朱莉娅此处似乎是在暗示，她对于基督教所带来的折磨的理解和体会远胜于对它所带来的安抚，从她的描述中，也就是说，她对于耶稣所受的苦体会深过耶稣的复活。

一直是正午的阳光，和身下为了那件无缝袍的骰子投掷声①。

"无路可回，门都上了闩，所有的圣徒和天使都在墙上。被丢弃的，和正在腐烂的残羹剩饭，长着狼疮的老人拿着带叉的棍子，夜色初露时瘸着走了出来，翻拣着垃圾，希望能找到什么东西可以装进他的口袋，可以拿去卖，最后连他也一脸厌恶地转身离开。

"无名的和死去的，就像那个婴儿，在我见到之前就被他们卷好带走了。"

在流泪的间隙，她将自己说进了沉默之中。我无能为力，什么也做不了，就像漂浮在陌生的大海上，手摸到的是她裙子上的金线，冰凉僵硬。我双眼干涩。在精神上，我与她之间的距离，就像她黑暗中贴在我身上，又像多年前从火车站回家的路上我替她点燃那支香烟，也像在那些干涸、空洞的年月里，在老修道院里，在丛林中，她完全不存在于我的思想中。

眼泪总是从语言中奔流而出。这时，沉默片刻，她止住了抽泣，将身子坐直，从我身上移开，拿了我的手帕，身体颤抖了一下，站了起来。

"哎，"她说，声音已经恢复了正常，"布莱迪就是个丢炸弹的，是吧？"

我跟在她后面，来到她的房间。她面对镜子坐着。"考虑到我才刚从一阵歇斯底里中恢复过来，"她说，"我实在觉得这很不错了。"她的眼睛显得十分不自然地又大又亮，脸颊苍白，点缀着两点亮色，那个位置，在过去她还是个女孩儿时，常常会抹些胭脂。她接着说："所有歇斯底里的女人看上去都像患了重感冒。你最好换件衬衣再下去，上面都是眼泪和口红。"

---

① 无缝袍是耶稣在正午赴刑时穿着的衣服。

"我们还下去？"

"当然了，我们不能在他订婚的夜晚扔下可怜的布莱迪一个人在那儿吧。"

等我再回去时，她说："很抱歉，刚才那丑恶可怕的一幕，查尔斯。可我无法解释。"

布莱兹赫德在书房里，抽着烟斗，平静地读一本侦探小说。

"外面天气不错？要是我知道你们要出去的话，我也想去的。"

"有点冷。"

"我希望不会太麻烦雷克斯，让他搬出去。你看，巴顿街对我们和三个孩子来说有点太小了。再说，贝柔很喜欢乡村。爸爸在信中也提议立即办理房产移交。"

我一下想起第一次作为朱莉娅的客人来到布莱兹赫德时，雷克斯迎接我的情形。"眼下这个安排，皆大欢喜，"他这么说的，"对我来说不能再合适了。老小子负责维系这所房子，布莱迪负责领地租客那些事，我不付租金用这房子。我的所有花销就是食物和用人。你不能要求比这更公平的交易了吧，能吗？"

"我想他对于离开这里可能会感到很遗憾。"我说。

"哦，他会在别的地方找到便宜占的，"朱莉娅说，"相信他。"

"贝柔自己有些老家具，很有些感情，我不太确定它们是否适合这里。你知道，那种橡木抽屉柜，条凳什么的，我在想是不是可以把它们放到过去妈妈那间屋子里。"

"对，那里合适。"

于是兄妹俩谈论起这所房子的安排来，直到睡觉的时间。"一个小时前，"我想，"在树篱环绕的黑暗中，她为了她的主的死去伤心都哭了出来；这会儿她在讨论贝柔的孩子们是该用那间老吸烟室呢，还是他们自己过去用过的教室。"我迷失在大海中。

"朱莉娅，"我后来说，当布莱兹赫德上楼以后，"你见过霍尔曼·亨特的一幅画吗，叫作《良心觉醒》？[1]"

"没有。"

"我几天前在书房里见到一本《前拉斐尔派》[2]，在那里再次看到这幅画以及罗斯金的阐述。"

她很开心地笑起来："你说的完全正确，那正是我的感觉。"

"可是，亲爱的，我不会相信那么汹涌的眼泪都是因为布莱迪的几句话，你过去一定想过。"

"很少。偶尔会。最近多起来，随着最后的号角[3]越来越近。"

"当然这种事心理学家会有他们的解释，来自童年的心理暗示，从儿童房保姆的无稽之谈教诲中激起的负罪感。可是你内心里肯定知道，那都是胡说八道，对吗？"

"我多希望你说的是对的！"

"塞巴斯蒂安有次对我说过几乎一样的话。"

"他又重归教堂了，你知道。当然，他从来也并没有像我这么彻底地离开过。我走得太远，现在已经回不去了。这我知道，如果这就是你说的胡说八道的话。我现在只希望，在所有人类的秩序走向灭亡之前，把我的生活按人应该有的方式整理得有序一些。这就是为什么我想和你结婚的理由，我会想要一个孩子。这是我可以做到的一件事……我们再出去走走吧，月亮应该出来了。"

---

① 威廉·霍尔曼·亨特，英国画家，属于前拉斐尔派艺术家团体。他 1853 年的作品《良心觉醒》，充满了象征，描绘了一个青年女子从男子的膝上站起来，似乎开始从道德层面怀疑自己的行为（就像朱莉娅开始从道德范畴质疑自己与查尔斯的关系）。

② 《前拉斐尔派》，是约翰·罗斯金的一部艺术评论著作，于 1851 年首次出版。但是 20 世纪初盛行的 1865 年版里，并没有关于亨特这幅画的讨论。

③ 最后的号角，出现在《圣经·哥林多前书》15:52："就在一刹那，眨眼之间，在那最后的号角声中。的确，号角要吹响，死人要复活成为不朽，我们也要被改变。"

月亮又圆又高。我们绕着房子走，在青柠树下，朱莉娅停了下来，懒洋洋地"啪"一声折断一根枝条，那是去年长了一年的那些新芽中的一枝，如今装饰着它们的主干。她一边走一边剥，像小孩一样把它做成了一根鞭子，唯独那种任性的举动不是孩子式的，神经质地扯着树叶，在指间将它们揉碎。这时又开始用指甲抠着剥树皮。

再一次我们在喷泉边停了下来。

"好像喜剧设置，"我说，"场景：贵族家大院，一座巴洛克式喷泉。第一场，日落；第二场，黄昏；第三场，月光。角色聚集在喷泉边，原因不明。"

"喜剧？"

"戏剧。悲剧，闹剧，都无妨。这是和解的一幕。"

"有过争吵吗？"

"第二场里有疏远和误会。"

"哦，别再像个讨厌的无赖一样说话了。为什么所有的事你都非得要二手地去看？为什么这一定要是一出戏？为什么我的良心非得是一幅前拉斐尔的画？"

"这就是我的方式。"

"可我恨它。"

她出乎意料的愤怒就像这个晚上所有来去无踪的情绪变化一样，忽然，她用手里的鞭子在我脸上抽了一下，她用尽全力抽出了这凶狠、刺痛的一记。

"现在你知道我有多恨了？"

她又抽了一下。

"好吧，"我说，"再来。"

这时，尽管手已经举起，可她停住了，把那枝树皮已经被剥掉一半的魔杖扔到了水里，浮在月光下的水面上，黑白交替。

"痛吗？"

"是的。"

"是吗？……是我吗？"

一瞬间，她的狂怒已经远去。眼泪，又流淌下来，流在我的脸上。我用手臂搂着她，她把头搁在我身上，用她的脸碰着我放在她肩头的手，像一只猫，可是猫不会在那儿留下泪痕。

"屋顶上的猫。"我说。

"野兽！"

她咬我的手，可发现我并不躲闪时，她的牙齿碰了碰我，然后咬变成了吻，吻又变成了用舌尖舔。

"月光下的猫。"

这是我熟悉的情绪。我们向屋子里走去。当我们走进亮堂的大厅时她说："你可怜的脸。"我用手指抚摸着红肿处。她又问："明天会有印记吗？"

"我想会很多。"

"查尔斯，我会发疯吗？今晚怎么了？我太累了。"

她打了个呵欠，一连串的呵欠占据了她。她坐在梳妆台前，埋下头，头发盖在脸上，又无力地打了个呵欠。当她再抬起头来时，我从她肩头看过去，镜子里是一张茫然的脸，带着撤退时的士兵一样的疲惫，旁边是我自己的脸，挂着两道血痕。

"太累了，"她重复道，脱掉金色的褂子，任其掉在地上，"累了，疯了，都无济于事。"

我看着她上了床，蓝色的眼帘合在了眼睛上，苍白的嘴唇在枕头上动了动，不知道是祝我晚安还是默念祷词——童年时的短歌，这时降临到这个介于悲伤和沉睡之间的世界：古老而虔诚的儿歌经过多少个世纪的睡前低语，从我所不知道的朝圣者道路上，从那驮马的时代，经过语言的变迁，传到了霍金斯保姆那里。

第二天晚上，雷克斯和他的政治伙伴们来了。

"他们不会打起来。"

"他们没法打，没有钱，没有油。"

"他们没有钨，也没有人。"

"他们没那胆子。"

"怕法国人，怕捷克人，怕斯洛伐克人，怕我们。"

"只是虚张声势。"

"当然只是虚张声势，他们哪里去搞到钨，哪里去搞到锰？"

"哪里去找铬？"

"我告诉你们一件事……"

"听着，会很好，雷克斯跟你们说一件事。"

"……我的一个朋友，就在前几天，开车经过黑森林。回来后打高尔夫球时他告诉我，是这样，这位朋友开着开着，在一条路上刚拐弯准备上大路，你猜他迎面看见了什么？一辆军用装甲车，刹车已经来不及，就撞了上去，猛烈地撞上了一辆坦克。他万念俱灰，死定了……可是等等，好玩的来了。"

"好玩的在这儿。"

"他开着车穿了过去，连漆都没蹭掉。你们觉得是什么？那是帆布做的——竹框里的油画布。"

"他们没有钢材。"

"他们没有工具。他们也没有人工。人都已经饿得半死了，没有油，孩子们都得了佝偻病。"

"妇女不孕。"

"男人不举。"

"没有医生。"

"医生都是犹太人。"

"如今又增添了痨病。"

"还有梅毒。"

"戈林①对我的一个朋友说……"

"戈培尔②告诉我的一个朋友……"

"里宾特洛甫③告诉我说，军队现在只要希特勒能替他们免费获取所需要的资源，他们就维持希特勒的权力。一旦有任何人站出来对付他，他就完了。军队会射死他。"

"自由党会绞死他。"

"共产党会把他四肢都给卸了。"

"他自己就先去淹死了。"

"要不是因为张伯伦④，他现在已经这样了。"

"如果没有哈利法克斯⑤。"

"要不是有塞缪尔·霍尔爵士⑥。"

"还有 1922 委员会⑦。"

"誓言和平联盟⑧。"

"外事办公室。"

---

① 戈林，纳粹重要领袖人物。二战后接受纽伦堡审判，以战争罪和反人类罪被判处死刑。

② 戈培尔，1933 年至 1945 年间纳粹德国宣传部长。

③ 里宾特洛甫，1938 年至 1945 年间德国外交部长，1936—1937 年德国驻英国大使。战后纽伦堡审判中以战争罪被判处绞刑。

④ 张伯伦，英国保守党政治家，1937 年至 1940 年间任英国首相。他以对纳粹德国的绥靖政策而闻名，体现在 1938 年签署的《慕尼黑协定》。

⑤ 哈利法克斯，英国保守党政治家。与张伯伦一样，他的名字也与对希特勒和纳粹德国的绥靖政策联系在一起。二战期间，他任英国驻华盛顿大使。

⑥ 塞缪尔·霍尔爵士，英国保守党政治家。

⑦ 1922 委员会，是一个议会委员会，直到 2010 年，它的成员都限制为必须是非部长级的保守党议会成员。

⑧ 誓言和平联盟，1934 年创建于伦敦圣保罗大教堂的和平运动组织，至今存在。

"纽约大银行。"

"所希望的这一切就是一段很好的演讲。"

"一段雷克斯的演讲。"

"也是我的。"

"我们要对欧洲发表一段强大的漂亮演讲，整个欧洲都在等着雷克斯的讲话。"

"还有我的。"

"还有我的。联合全世界所有热爱自由的人民。德国会崛起，奥地利会崛起，捷克和斯洛伐克也注定会崛起。"

"为雷克斯和我的讲话干杯。"

"再来一局如何？再来杯威士忌？你们谁要来一支大雪茄？嗨，你们俩要出去吗？"

"是的，雷克斯，"朱莉娅说，"查尔斯和我到月亮下面去。"

我们关上身后的窗，声音消失了，月亮洒在露台上，好像蒙了一层霜，喷泉的乐声潜入我们的耳朵。露台的石头栏杆也许便是特洛伊的城墙，而寂静的院子里可能就竖着希腊人的帐篷，克瑞西达①躺在其中。

"几天，几个月。"

"没有时间可以失去了。"

"在月亮升起和落下之间的一辈子，剩下的便是黑暗。"

---

① 克瑞西达，最初出现于 12 世纪的诗人圣莫尔的作品中。一个年轻的特洛伊妇女在特洛伊围城中，爱上了国王的小儿子特洛伊罗斯，但在被希腊人控为人质期间，被希腊武士狄俄墨得斯引诱。这个故事后来又被乔叟以及莎士比亚分别在《特洛伊罗斯与克瑞西达》的作品中重新讲述。

第四章　塞巴斯蒂安与世为敌

"对了，塞莉娅肯定会获得孩子的监护权吧。"

"当然。"

"另外，老修道院呢？我想你和朱莉娅一定不会跑我们门口来安顿下来吧，孩子们一直把那里当成他们的家，你知道。罗宾在他叔叔去世前不会有自己的地方。再说，你也从来没用过那工作室，对吗？前两天罗宾还在说，那是多好的一间游戏室啊——都可以打羽毛球了。"

"罗宾可以留下那老修道院。"

"关于钱呢，塞莉娅和罗宾自然都没有想要替他们自己要求什么，只是需要考虑孩子们的教育。"

"那也不用担心，我会去跟律师谈这件事。"

"哎，我想就这些了，"茂卡斯特说，"你知道，我这些年也见过一些离婚，从来没听说过任何一桩能够像这样，让有牵连的所有人都这么开心的。无论一开始互相之间有多和气，几乎从不例外地，一等说到细节，敌意立刻就起来了。其实，我也不介意告诉你，过去这两年里好几次我觉得你对塞莉娅有点太无情了。当然那是自己的妹妹，这也不太好说，我一直觉得她是个招人喜欢的，迷人的姑娘，那种任何男人都想要的——而且也很艺术，你那条道上的。当然了，话说回来，我还得承认你会选，我心里对朱莉娅也一直有一块柔软的角落。不管怎样，事情到今天这样，每个人也都满意了。罗宾疯狂地喜欢塞莉娅有一年多了。你认识他吗？"

"依稀有点印象。半生不熟，满脸疙瘩的年轻人，我记得是这样。"

"哦，这我倒不完全同意。确实，他是比较年轻，可最好的是江江和卡洛琳都特别喜欢他。查尔斯，你真的有两个棒极了的孩子。记得替我问候朱莉娅，看在旧时光的分上，希望她一切都好。"

"所以你正在离婚，"我父亲说，"这难道不是很没有必要吗，经过了这么些年快乐地在一起？"

"我们并不是特别快乐啊，你知道。"

"是吗？不快乐啊你们？我清楚地记得上一个圣诞节，看见你们在一起时，看上去很是幸福，我还在想为什么啊。你会发现，一切从头开始，很让人心烦的。你多大了？——三十四？这不是从头开始的年纪。你应该开始安顿下来，有什么计划吗？"

"是的，一待离婚程序完毕，我就立即再次结婚。"

"嗯，这我真想叫它一派胡言了。我可以理解一个男人希望自己从来也没结婚，只想赶紧逃离——尽管我自己从来没有类似的感觉——可刚刚才除掉一个妻子，赶紧又添上另一个，这完全不可理喻嘛。我始终认为塞莉娅相当文雅有礼，我对她向来很有好感。如果你跟她在一起也不能快乐，你怎么就知道跟别的人在一起还能快乐？听我的建议吧，亲爱的儿子，放弃那一整个念头吧。"

"为什么把朱莉娅和我也牵扯进来？"雷克斯问道，"如果塞莉娅想再婚，很好，让她去呗。那是你和她的事。可我觉得朱莉娅和我现在这样很好。你总不会觉得我不好相处吧，随便换了别的伙计会把事情搞得很难堪的。我希望我是一个属于全世界的人，我也有我自己的鱼要炒。可离婚完全是另一码事了，我从来没听说离婚会对任何人有好处。"

"那是你跟朱莉娅的事。"

"哦，朱莉娅是铁了心的。我希望的是，你也许能说动她。我尽了最大可能不碍你们的事，如果我出现得太频繁，你尽管告诉我，我不会介意的。可现在事情都堆到一起了，再加一个布莱迪让我清理房子，这个干扰也很大，我本来脑子里已经有不少事了。"

雷克斯的政治生涯正在走近一个转折点，事情并没有如他计划中那样顺利地进展。我对财经一无所知，可我听说他的交易方式被正统的保守党十分不看好，连他的友善和激进这些好品质如今也被用作反对他的理由，他的布莱兹赫德派成了公众议论对象。报纸上关于他的消息太多了，他总是新闻大亨以及他们身边那些眼神焦虑却面带微笑的报人所关注的焦点，他的演讲中总有能让弗里特街①制造"故事"的题材，可这恰恰令他党派的领袖们对他十分不满。只有战争能够把雷克斯的运气带回来，护送他走向权力。一个离婚对他来说，也许无伤大雅，但他手里有大牌在玩，根本不能分心。

"如果朱莉娅坚持要离婚，我猜她是必须要办到的，"他说，"但她真挑了一个不可能更糟的时间啊，告诉她再坚持一下，查尔斯，我知道你是好兄弟。"

"布莱迪的寡妇说：'这么说你是要离掉一个离过婚的人，然后再去嫁给另一个也是离过婚的人。听着很复杂，可是亲爱的——她叫了我差不多二十次'亲爱的'——我总是发现每一个天主教家庭都有一个背叛的成员，还往往是最可爱的那一个。'"

朱莉娅刚从罗斯康姆夫人为布莱兹赫德订婚所举办的午宴回来。

---

①　弗里特街，伦敦市内一条著名街道，以邻近弗利特河而得名。直到 20 世纪 80 年代，弗利特街都是传统上英国媒体的总部，如今依旧是英国媒体的代名词。

"她什么样？"

"雄伟，丰满，当然，也很平常。哈士奇嗓音，大嘴，小眼，头发染过——我告诉你一件事，她关于自己的年龄肯定对布莱迪撒谎了，她至少四十五了。我想不出她怎么能给我们家提供继承人。布莱迪的眼睛一直在她身上，根本离不开。整个午宴，他一直用一种最令人作呕的方式为她而扬扬得意。"

"人友好吗？"

"哦天，是的，带着居高临下优越感的友好。你看，我猜她过去在海军圈子里可能颐指气使惯了，有副官们围着她转，还有一心想往上爬的年轻军官向她讨好献媚。嗯，她显然不能在梵妮姨妈那儿使唤太多的人，所以有我在那儿充当黑羊，才算让她舒服了些。事实上，她基本上把注意力集中在我身上，向我打听商店什么的，说，显然有点故意地，希望经常在伦敦见到我。我想布莱迪的顾虑仅仅在于，不愿意我跟她在同一个屋顶下睡觉，很显然只是去去帽子店或理发店或去丽兹吃个午饭之类的，是不会严重带坏她的。再说，这些顾虑都是布莱迪的，那寡妇相当厉害。"

"她使唤他吗？"

"暂时还没有太多。他眼下被爱情迷昏了头，可怜的畜生，根本不知道自己在哪里。她只是一个善心的女人，想给自己的孩子一个好的家，决不允许任何东西挡在她的路上。现在她正全力地在玩宗教信仰那些东西，无论好坏，我敢说等一切都落定，她肯定就不会这么起劲了。"

离婚的事件在朋友中传得沸沸扬扬，即便在那个局势紧张的夏天，也总有些角落可以让这些私人事件占据主要视线。我妻子有本事让所有人相信，整个这件事错都在我，她是值得称道的，一直表现得十分漂亮，换任何一个人也不能忍受她这么长的时间。罗宾比她小七岁，对于他的年纪来说也很不成熟，人们这么悄声议论着，可他绝对忠诚于可怜的塞莉娅，在经受了那么多之后，她确实也值得被这样对待。对于朱莉娅和我，还是那句话。"坦率地说，"我堂兄贾斯珀说，好像他这一生还曾经不坦率地说过什么似的，"我实在不明白你为什么还要费事再结婚呢。"

夏天过去了。癫狂的人群欢呼着内维尔·张伯伦从慕尼黑归来；雷克斯在下议院发表了一次狂热演讲，这将他的命运封死在了某一条路上。封死，就像有时发出的海军命令，只能到了海上才能打开。朱莉娅的家庭律师们开始了她缓慢的离婚程序，那些标记着"玛奇梅因侯爵"的黑色铁皮盒子好像塞满了一整间屋子。而我的，是一个比较灵活的小事务所，在同一条街上，走下去两个门，把我的事情处理得领先了好几个星期。雷克斯和朱莉娅必须先正式分居，而且，由于当时布莱兹赫德庄园暂时还是她的家，于是她留在了那里，雷克斯把他的家当和管家都带回了伦敦的房子里。针对朱莉娅和我的一些证据，已在我的公寓里获取。布莱兹赫德的婚期选定了圣诞假期开头的某一天，这样他未来的继子们可以参加。

十一月的一个下午，朱莉娅和我站在会客厅的一扇窗户边，看风拼命地撕打着青柠树，将黄叶一片一片扫落，再将它们卷起来，在露台和草坪上方的空中打旋，在地上的积水和潮湿的青草上拖拽，将它们贴在墙壁上，窗户上，最后湿湿的一沓一沓地堆在石头上。

"我们将不能在春天里再见到它们了，"朱莉娅说，"也许永远也见不到了。"

"过去有一次，"我说，"我离开时想，我也许再也不会回来了。"

"也许很多年以后，看看这里还有什么剩下的，我们自己还有什么剩下的时候……"

身后，黑暗中，一扇门推开，又关上。维尔考克斯通过壁炉的前方，向着长窗户这边的暮色中走来。

"有一条电话消息，小姐，来自寇蒂莉亚小姐的。"

"寇蒂莉亚小姐！她在哪里？"

"在伦敦，小姐。"

"维克考克斯，这太好了！她这就回家来吗？"

"她当时正要离开去火车站，晚餐后就应该到了。"

"我有十二年没见她了，"我说——自从那个晚上跟她一起吃饭，她说起要做修女以后，那天晚上我画完了玛奇梅因公馆的会客厅，"她曾经是那样迷人的一个孩子。"

"她这些年的生活古怪而不寻常。一开始是修道院，然后是西班牙的战争①。那时起我就没有见过她了。跟着救护车一起去的其他女孩儿战争一结束就回来了，她待了下去，帮助人们回家，在战俘营里帮忙。她是个古怪的姑娘。长大后模样也相当平凡，你知道。"

"她知道我们的事吗？"

"知道，她给我写了一封特别甜蜜的信。"

想到寇蒂莉亚长大了变得"相当平凡"，想到那些火热的激情全都奉献给了注射血清和灭虱粉，这刺痛了我的心。她到了，旅途让她十分疲惫，看上去甚至显得衣衫褴褛。从她的行动中可以看得出，她已经毫无取悦任何人的兴趣，我认为她成了一个丑陋的妇女。这太奇怪了，我想，相同的原料，经过不同的分配以后，怎么就制造出布莱兹赫德、塞巴斯蒂安、朱莉娅和她呢？绝不会错，她是他们的妹妹，只是没有任何朱莉娅和塞巴斯蒂安的优雅，也没有布莱兹赫德的威严。她此刻看上去干脆爽快，而且只想就事论事的感觉，沉浸在救护

---

① 指西班牙1936年至1939年间的内战。

营、伤口绷带的气氛中，习惯了忍受如此巨大的痛苦，以至于丧失了对精致和微妙的享受能力。她看上去不止她实际年龄的二十六岁，粗糙的生活磨砺了她，长年交织在各种外语和方言之中也把口音和交谈里的精妙抹掉了。坐在炉火边，她微微交叉着腿，说出一句"回家可真好啊"，在我耳朵里听起来就像动物回笼时发出的咕哝。

那些是最初半小时的印象，在朱莉娅白皙的皮肤、丝绸衣服、戴着精美饰物的头发以及我脑子里来自她孩童时代的记忆的犀利对比下。

"我在西班牙的工作结束了，"她说，"那些官员特别客气，对我所做的一切表示了感谢，给我一枚奖章，然后让我去收拾行李。看起来这里很快也会有很多类似的工作要做了啊。"

然后她说："现在去看保姆会不会太晚？"

"不，她开着无线电一直坐着。"

我们上去了，三个一起，去到过去的育儿房。朱莉娅和我平时总会在这里度过我们一天中的一段时间。霍金斯保姆和我父亲似乎是两个免于变化侵蚀的人，两人都不比我认识他们的时候老出了一个小时。如今一台无线电被加入了霍金斯保姆那一组小小的乐趣之中——念珠，一本《贵族年鉴》①，用整洁的棕色纸包着以保护那红色和金色的封面、相片、度假纪念品——都摆在她的桌上。当我们把朱莉娅和我就要结婚了这个消息告诉她时，她说："唉，宝贝，我希望结果最好就行。"因为质疑朱莉娅的言行是否得当，不是她应该做和习惯做的。

布莱兹赫德从来就不是她最喜欢的一个孩子，她是这么祝贺他订婚这一消息的："他还真是花了长时间做出的决定啊。"然而，在查遍了德倍礼没有找到任何与马斯普拉特夫人相关的信息后，她说："是她把他抓住了，我敢说。"

---

① 《贵族年鉴》，是一部按等级高低完整记载英国皇室授予贵族头衔的全书，年代追述至中世纪。贵族是指拥有如下头衔的人（按等级高低排序）：公爵，侯爵，伯爵，子爵，男爵。

　　我们走进去时，见她跟每一个晚上一样，坐在炉火边，就着一壶茶，在织一张羊毛毯子。

　　"我就知道你会上来，"她说，"维尔考克斯先生派人带信给我了，说你要来。"

　　"我带了些蕾丝给您。"

　　"哦，宝贝，这太好了。就像可怜的夫人过去做弥撒时戴的那种。尽管我从来也没弄明白他们为什么要把它做成黑的，蕾丝天然不是白的吗，但我还是很喜欢，这是肯定的。"

　　"我能把这无线电关了吗，奶奶？"

　　"哦当然了。见到你太高兴了，我都没注意到它还开着。你的头发怎么弄的？"

　　"我知道，太难看了。现在我回来了，一定会把一切都重新归置妥当的，亲爱的奶奶。"

　　我们坐在那里说着话，我注意到寇蒂莉亚看我们每一个人时那欢喜的眼神，开始意识到，她，也有自己的美。

　　"我上个月见到塞巴斯蒂安了。"

　　"他走得太久了！他很好吗？"

　　"不是很好。那也正是我去的原因。你知道从西班牙到突尼斯市挺近的，他跟当地的僧人住在一起。"

　　"但愿他们会妥善照顾他，我料到他们会发现他没那么好对付。他每个圣诞节都写信给我，可那跟他亲自回家来是不一样的。我一直也不懂，你们为什么都总是要去国外，比如老爷。当说起要跟慕尼黑打仗的事情时，我对自己说：'寇蒂莉亚、塞巴斯蒂安还有老爷都在国外，这让他们太不方便了。'"

　　"我想让他跟我一起回家，可他不肯。他现在留着胡子，你知道，而且对宗教很热诚了。"

"这我可不会相信，就算亲眼见到也不信。他向来就是个小异教。布莱兹赫德才是教会的人，不是塞巴斯蒂安。哈，还有胡子，我得好好想想那是什么样子。他的皮肤多白净啊，哪怕在水塘边玩一天看上去也是干净的，可布莱兹赫德待着什么也不干，你也想去替他洗洗刷刷。"

"真可怕，"朱莉娅有次说，"想到你就这样把塞巴斯蒂安忘得干干净净。"

"他是我的初恋。"

"你在那场风暴中这么说过。那以后我就想，也许我也只是一段过去的爱。"

"也许，"我想，当她的话像一缕淡巴菰的烟雾还盘旋在我俩之间的这层空气中时——就像随着青烟散去，不留一点痕迹的念头——"也许我们所有这些爱，都只不过是一些暗示和象征，像流浪汉刻在门柱上、门前石板路上的暗语，在这条令人疲惫，无数人在我们前面被绊倒的道路上。也许你和我都只是其中的一类，有时，来自寻找过程中的失望的忧伤，会降临在我们之间。我们每挣扎着走过一步，又总是越过了对方的限度，不时地瞥见拐角处一个影子，一直在我们前方一两步。"

我没有忘掉塞巴斯蒂安。他每天都在朱莉娅的身上与我在一起，或者说，每天与我在一起的朱莉娅，正是我从那遥远的阿卡狄亚年代所了解到的塞巴斯蒂安。

"对一个女孩儿来说，那是个没有用的安慰，"当我试图解释时她说，"我怎么知道自己会不会忽然之间变成别人？这是最容易被抛弃的。"

我没有忘掉塞巴斯蒂安。这所房子里的每一块石头上都有他的记忆，而听他被寇蒂莉亚说起，被一个一个月前才见过他的人说起，这位我失去了的朋友一瞬间充满了我的意念。离开育儿房时，我说："我想知道塞巴斯蒂安的一切。"

"明天，说来话长。"

第二天，我们在刮着风的园子里散步，她告诉我：

"我听说他快要死了，布尔戈斯①的一名刚从北非来的记者告诉我。一个穷困潦倒的叫弗莱特的人，听说是位英国勋爵，神父们发现他时，已经饿得半死，把他带进了迦太基②附近的一家修道院。这便是他的事怎么传到我这里。我知道这不可能全是真的——我们尽管对塞巴斯蒂安做得太少，但起码保证给他寄了钱的——可我还是立即就启程了。

"都很容易。我先去了领事馆，他们对他的一切都了解，他那时已经被送去传教士主持的医院了。据领事说，他有一天乘坐阿尔及尔开来的巴士出现在当地，要求成为一名俗家传教助手。神父们看了看他，没有收留。于是他开始喝酒。住在阿拉伯区边缘的一个小酒店里。后来我去看了那个地方，是一个希腊人经营的酒吧，楼上有几间屋子，一股子滚油、大蒜、过期的酒和着旧衣服的味道，是过往希腊小贩歇脚、玩跳棋、听听无线电广播的地方。他在那儿待了一个月，喝希腊苦艾酒，有时出去转悠晃荡一圈，他们也不知他去了哪里，回来又开始喝。他们担心他会给自己闯祸，有时便跟着他，但他每每只是去了教堂，或者找辆车带他去郊外的修道院。那儿的人都爱他。你看，他还是被人爱着，无论去哪里，无论在什么情况下。这是他与生俱来的，永远也不会失去。你真应该听听那酒店主人和家里人怎么说他的，一边说，一边眼泪从他们脸颊上淌下。他们完全可以把他偷得

---

① 布尔戈斯，西班牙北部城市。内战期间，它是弗朗哥政权的基地。

② 迦太基，位于北非突尼斯海湾的一个古老城邦国。最著名的人物之一汉尼拔，一位迦太基军事领袖，率领士兵和大象，翻越阿尔卑斯山征战罗马。

精光，可相反，他们照顾他，想办法让他吃东西。这是最让他们震惊和难过的地方，就是他不肯吃，他有那么多钱，还那么瘦。就在我们用那奇怪的法语谈话过程中，还有些其他客人走进来，他们说的都一样，多好的一个人啊，他们说，看见他那么消沉让他们都很难过。他们也觉得他的家人太邪恶，任由他那样；这种事绝不可能在他们的人身上发生，他们说。而我想他们说的是对的。

"那是后来的事了。从领事馆出来，我直接去了修道院，见到院长。他是个严肃的，上了年纪的荷兰人，曾经在中非待了五十年。他跟我讲了他所知道的这一部分，塞巴斯蒂安怎么出现的，就如领事所说，留着胡子，带着一个行李箱，希望他们收留他做一个俗家助手。'他非常诚挚，'院长说，——寇蒂莉亚学着他的喉音说话，她有模仿的天赋，我记得，还在上学时就这样——'请不要对这点有任何怀疑——他是理智的，也有诚意。'他想到丛林中去，越远越好，去到最简单的人中间，食人族中间。院长说：'在我们的传教区里没有食人族。'他说，好吧，俾格米人①也行，或者是沿河什么地方的一个原始村落，要不麻风病人，麻风病人最好。院长说：'我们有很多麻风病人，可他们都被安顿了下来，跟医生和修女们住在一起，很有秩序。'他又想了想，说也许麻风病人并不是他想要的，有没有什么河上的小教堂——你看他总是想要一条河——可以在传教士走了以后由他去照看。于是院长说：'是的，有一些教堂。现在请你跟我说说你自己吧。''哦，我什么也不是。'他说。'我们觉得他是条怪鱼儿。'寇蒂莉亚又开始模仿。'他是条怪鱼儿，可他的确很真诚。'院长跟他说了说见习修士的事，以及相应的培训等等，然后说：'你不是个年轻人了，我看你也并不强壮。'他说：'不，我不希望受培训，我不想做任何需

---

① 俾格米人，主要居住在非洲丛林中的一类个子矮小的人种。

要培训的事。'院长说：'朋友，你自己本身就需要一个传教士啊。'然后他说：'是的，这是肯定的。'他们便让他走了。

"第二天他又回来了。喝了酒，他说他决定要做一个见习修士，要接受培训。'很好，'那院长说，'丛林里的人，有些事对他来说，就成为不可能了。其中一件就是喝酒。这不是最糟糕的，可它恰恰很致命。我又让他走了。'就这样，他不断地回来，一个星期两三次，每次都喝醉了，直到院长命令看门人不许他进去。我说：'哦天哪，恐怕他真给您添了大麻烦。'可这样的事当然是那种地方的人所不能理解的。院长只说：'除了祈祷，我不知道还能怎样帮他。'他是一个很神圣的老人，并且能够从其他人身上辨别出来相同的品质。"

"神圣？"

"是的，查尔斯，要明白塞巴斯蒂安，你必须要懂得这个。

"后来，终于有一天他们发现塞巴斯蒂安躺在大门外，昏迷不醒，他走路来的——过去常常是找辆车——摔倒在那儿，躺了一夜。最初他们觉得他仅仅是又喝醉了而已，随即他们便意识到他病得很重，于是把他送进了医院，自那以后，他就一直在那儿。

"我陪了他两个星期，直到他度过了最危险的阶段。他看上去简直糟透了，不管对哪个年龄的人来说都是。头开始秃了，胡子拉碴，可他还保持着过去的甜蜜态度。他们给了他一间单人房，比一个僧人的禅房没有多出什么东西，一张床，一个十字架，白墙。一开始他不能多说话，见到我也一点不吃惊；接着他显得吃惊了，又不愿意多说，一直到我快要离开，他才告诉了我发生在他身上的一切。基本上全都与科尔特——他那个德国朋友——相关。嗯，你见过他，所以这事你知道。那人听起来极其可怕，可是塞巴斯蒂安只要有他照顾，就很开心。他告诉我，一度当他和科尔特一起生活时，他基本上已经戒酒了。科尔特一直有病，还有一个老也不能愈合的旧伤。塞巴斯蒂安陪着他经过了所有的那一切。然后他们去了希腊，这时科尔特开始好转。你知道，当德国人来到一个经典古雅的国家，有时会忽然间在自己身上发现某种正义感的存在，这一点好像在科尔特身上起了作用。塞巴斯蒂安说，他在雅典忽然间变得充满了人性。可接着他被送进监狱，我没能搞清楚究竟是为什么，很显然并不完全是他的错——据说跟一个官员发生了什么争执。他一被关起来，德国官方就把科尔特带走了。那时正是他们全世界搜罗本国人，把他们带回去加入纳粹的时候。科尔特不想离开希腊，可希腊人不想留他，他跟其他很多壮汉子一起直接被押上德国船，运回了家。

"塞巴斯蒂安跟着也去了，有一年的时间一点线索也没有。他几乎追到了世界的尽头，终于找到了他。在一个乡村小镇上，一副冲锋队员的打扮。一开始他假装不认识塞巴斯蒂安，根本不搭理他，滔滔不绝地大段说着官方宣传口号，关于他祖国的重生，以及他属于自己的祖国，在生命的这场竞赛中实现了自我什么的。可这只是他的表面，塞巴斯蒂安六年教会他的东西，胜过了希特勒这一年，后来他终于抛弃了那一套，承认他恨德国，想要出走。我不知道那有多大的成分是因为安逸生活的召唤，可以一直靠着塞巴斯蒂安生活，在地中海沐浴，闲坐咖啡馆，有人替他擦亮皮鞋。塞巴斯蒂安说，不完全是因为这些，科尔特在雅典时才刚刚开始长大。也许他是对的。无论怎样，他觉得可以试试逃跑。可没有成功。不管他干什么，最后总会把自己陷进麻烦，塞巴斯蒂安说。他们抓住了科尔特，把他关进了集中营。塞巴斯蒂安再无法接近他，也没有任何他的消息，连他关在哪个集中营都不知道。就这样在德国游荡了将近一年，又开始喝酒。直到有一天正一杯接一杯喝着的时候，遇到一个刚刚从科尔特所在的集中营里逃出来的人，才知道他进去以后的头一个星期就上吊死了。

"这就是塞巴斯蒂安跟欧洲的最后一丝瓜葛了。他回到摩洛哥，在那儿他快乐过。渐渐地，顺着海岸漂流，从一个地方到另一个地方，直到有一天，他从酒醉中清醒过来——他现在喝酒已经形成一个很有规律的间歇——有了这个念头，要逃到野蛮人中去。于是就到了刚才我告诉你的那地方。

"我并没有建议他跟我一起回来，我知道他不会，而且他也没有精力跟我争论。我离开时，他看上去还挺快乐的。他永远也不能去丛林里，当然，也不会加入传教队伍，但是神父院长会照顾他。他们打算让他帮着干些杂活。通常在那些宗教机构里都会有几个稀奇古怪的人待着，你知道的，那种既不能适应外面世界的生活，又不能遵从修道戒律的人。我觉得我自己也有一点像那样，可我偏偏不喝酒，所以我比他要好教一些。"

我们走到了一个拐弯处，最后也是最小一个湖边的石桥上，桥下汹涌的水汇成一个瀑布，流进低处的溪流。过了桥，便是一条两倍宽的小径，向房子的方向延伸过去。我们在桥栏边停了下米，看着下面黑沉沉的水。

"我过去有个家庭教师从这桥上跳下去，把自己淹死了。"

"是的，我知道。"

"你怎么知道？"

"那是我听说的关于你的第一件事——甚至在我见到你之前。"

"怎么这么奇怪……"

"你对朱莉娅讲过这些关于塞巴斯蒂安的事了吗？"

"拣重要的说了些，不像我对你说的这么多。她从没爱过他，你知道，像我们这样。"

"这样。"这个词让我深思。在寇蒂莉亚那里，"爱"这个词没有过去时态。

"可怜的塞巴斯蒂安！"我说，"太可怜了。结局会是什么呢？"

"我觉得我现在就能准确地告诉你，查尔斯。我见过像他一样的人，而且我相信他们跟神靠得更近，神也格外眷顾他们。他会活下去，一半在社会里，一半在社会外，一个大伙都觉得亲切而熟悉的形象，拿着扫帚和一串钥匙闲逛。他会是那些老神父最喜欢的见习修士中的一个有趣角色。每个人都知道他喝酒，每个月什么的他会失踪两三天，然后大伙都会点着头，笑着，用各种各样的口音说：'老塞巴斯蒂安又狂欢去了。'然后他衣衫不整地回来，满脸愧疚，有一两天在教堂里特别虔诚。他很可能在花园的什么地方，还有个秘密所在，在那儿也藏了一瓶，不时狡猾地去喝一大口。每次有讲英语的访客来时，他们就会让他去当向导，于是在访客离开之前这一段时间里，他又会彻底地释放他的魅力。那些人可能会因为好奇而打听他，也许有人还会透露一点暗示，他在英国有很上流的出身和圈子。如果他活得够长，一代又一代去往了各种遥远教区的传教士，可能会将他当作自己学生时代老家的一部分而想起，那个古怪的老家伙，然后在他们做弥撒时会记得他。他也会形成一套他自己在崇拜方面的怪癖，以及他个人的强烈好恶。人们会在奇怪的时间看见他去教堂，而当你以为他会出现时，却不见他露面。然后一天早上，在他又喝了一轮之后，人们在门口扶起他，知道他就要死了，当他们给他做最后的圣事时，他只有眼皮轻轻地一闪，让人们知道他是清醒的。这样过完一生，一点也不坏啊。"

我想起了那个开满花的栗子树下抱着泰迪熊的青年。"这不是一个人可以预知的，"我说，"我猜他并不痛苦。"

"哦，是的，我想他很痛苦。别人很难想象那是怎样的一种痛苦，像他那样终生残废——没有尊贵，没有意志力。没有人可以不经过痛苦就能变得神圣。在他那里，是这种形式……在过去的几年中我目睹了太多的承受痛苦，很快将会有太多的事降临到每个人头上。这是爱的春天……"带着一种对我这个异教徒的优越感，她又加了几句："他在一个很美的地方，你知道，海边——白色的回廊，钟楼，一排排的菜园，当太阳落下去时，一个僧人在给菜园浇水。"

我笑了起来。"你怎么知道我不会懂呢？"

接着，我们踱步向房子走去。"你和朱莉娅……"她说，"你昨晚见到我时，你有没有想：'可怜的寇蒂莉亚，多么讨人喜欢的一个孩子，长成了这么平凡而虔诚的老处女，就知道做善事？'你有没有想'受了挫'？"

这不是搪塞的时候。"是的，"我说，"我是那么想了，这会儿已经不了，不那么严重了。"

"很有趣，"她说，"那正是我想到你和朱莉娅时用的词。当我们在儿童房跟保姆在一起时，'受挫的激情'，我当时想。"

她说这些话的时候，腔调温婉，带着一丝从她母亲那里继承来的细微到几乎不可察觉的嘲弄口吻，可那天夜里晚一些时候，这些话再回到我脑子里来的时候，却令人感到酸楚。

朱莉娅穿着中式刺绣长袍，我们单独在布莱兹赫德用餐时她常穿的那件，正是这件长袍的分量和僵硬的褶子，将她原本镇静自若的姿态绷得紧紧的。她的头优雅地从脖子那一圈素净的金色圆环中升起来，双手安静地搁在膝盖上那些龙的上面。无数个夜晚，我就是欢欣地看见她这般模样。那天夜晚，看着她坐在炉火和灯罩下的光线之间，因为对她这份美好的爱恋而无法移开我的视线，我忽然间想："我何时还见过她像这样？为什么想起了另一个视觉的瞬间？"我回想起来，是那场风暴前，她也是这样地坐在那艘邮轮上，这正是她当时看上去的模样。于是我意识到，她找回了那些我以为她永远丢失了的，神奇的，将我吸引到她身边的忧伤，那受挫的神色仿佛在说："我当然是为了其他目的而存在的？"

那一夜，我在黑暗中醒来，翻来覆去地想白天与寇蒂莉亚的交谈，想我是怎么说的。"你知道我不会懂。"经常，我感觉自己好像忽然被打断，就像一匹全速疾驰的马，忽然间拒绝跃过一个障碍，顶着马刺只想后退，连把鼻子放在障碍上闻一闻的勇气也没有。

另一个景象也来到我的头脑中，那是北极的一幢小木屋，屋里是一个捕兽者独自与他的兽皮、油灯和柴火一起，船形的小屋里干爽、温暖，屋外是狂怒的冬天里最后的一场雪暴，雪堆积起来堵上了门。非常安静，巨大的重量开始堆积挤压在原木上，插销开始在插槽内挣扎，一分钟，一分钟，黑沉沉的屋外，雪白的一座小山已经把门封死了，直到忽然间一阵风刮过，太阳出来了，照在积冰的斜坡上。融化一旦开始，一个冰块便开始松动，下滑，动摇，在高处聚集能量，直到那整个山坡好像顷刻间就要垮掉。于是那个小小的点着油灯的屋子，可以开门了，冰碎成片，然后消失，随着雪崩一起滚进山谷。

第五章 玛奇梅因侯爵回家——在中国厅的离世——目的昭示

　　我的离婚案，或者更应该说我妻子的离婚案，将会在布莱兹赫德举行婚礼的差不多同一时间进行审理。朱莉娅的离婚则要等到下一季。与此同时，邮政总局的游戏①玩得轰轰烈烈——我的东西从老修道院搬到我的公寓，我妻子的从我的公寓搬回老修道院，朱莉娅的从雷克斯家以及布莱兹赫德搬到我的公寓，雷克斯的从布莱兹赫德搬回他自己家，马斯普拉特太太的从法恩茅斯搬来布莱兹赫德——我们所有人，都在一定程度上，无家可归。正在这时，传来一声叫停。玛奇梅因侯爵，用戏剧性的不合时宜，这显然是他大儿子身上这一风格的源头，宣告了他的打算。出于对当下国际局势的考虑，他准备回到英国，在祖屋颐养天年。

　　唯一可能从这个变化中看到益处的家庭成员是寇蒂利亚，这个在动荡中被悲惨地遗弃的孩子。当然，布莱兹赫德曾正式向她提出邀请，希望她考虑，在任何她合适的时候，把他的房子当成自己的家。可当她听说她的嫂嫂将要在婚礼后的假期里立即将孩子们安置进

---

　　① 邮政总局游戏，是一种古老的游戏。游戏参与者坐在两组相对摆放或排成圆圈的椅子上，每人代表一个邮局，中间一个眼睛被蒙住的人，另一个人代表总局，宣布有邮件在某两个邮局间交换，代表这两个邮局的便须起身迅速交换座位，且不能被总局抓住。通常局面热烈欢乐混乱，与此处情形相似。

来，并且由她自己的妹妹以及妹妹的一个朋友来负责孩子们事务的时候，寇蒂利亚便决定也要搬走，听说要独自在伦敦安顿下来。这时，她发现自己，灰姑娘忽然摇身一变，成为城堡主人；而她哥哥及其妻子，在这一刻之前还坚信自己在论天计的时间内，将会成为本宅的绝对主人的，如今忽然无片瓦蔽体。房产转让程序，经过一段时间集中精力的进展，全都已准备好只待签署；如今又被卷好，捆扎起来，放进了林肯会所①里那些黑色铁皮盒中的一个。这对于马斯普拉特太太来说，实在太苦涩了些。她不是那种特别有野心的女人，一个远没有布莱兹赫德这种宏伟排场的地方已经足够让她满心欢喜，但她确实渴望能为她孩子的圣诞假期找到去处。法恩茅斯的房子已经搬空，标注了出售；而且，马斯普拉特太太在当地告别时，也十分合情合理地对她未来的新生活大肆渲染了一番，他们不可能再回去。她必须立即把她的家具从玛奇梅因侯爵夫人的房间里搬出来，放进一个已经废弃了的停车房内，而她自己，去拖基租了一间有家具的别墅住了下来。她并不是，就像我刚才已经说过的，一个有很大野心的女人；然而，希望被升得太高，这么突然地又被降得这么低，确实是一件相当扰人的事。村子里，一直在忙着装饰准备迎接新人入住庆典，这时把所有的B开头的字从彩旗上摘下来，以 M 字头的取代，盖住伯爵纹章小皇冠上的圆球、尖点以及草莓叶，准备迎接玛奇梅因侯爵的归来。

他打算回来的消息，以一连串互相矛盾的电报的形式，首先抵达律师，然后是寇蒂莉亚，接着是朱莉娅和我。玛奇梅因侯爵会赶回来参加婚礼，他会在婚礼之后到达，已经在布莱兹赫德伯爵和夫人途经巴黎时见到了他们，他会在罗马见到他们。他的身体状况完全不允许他旅行，可他已经动身了。他对布莱兹赫德的冬天有十分不愉快的记

① 林肯会所，又称林肯律师学院，负责向英格兰和威尔士的大律师授予执业资格。这一带也是众多律师事务所所在地。此处应为后者所指的意义。

忆，所以在一片春色降临之前他不会出发。他会独自回来，他会带上在意大利的全班人马，他希望他的归来不要公之于众，从而可以过上隐居的生活。他会举办一个舞会。终于，一月的一个日子被论证为恰当选择，因而被选定了。

布伦德尔先他一步到达，这下有了点麻烦。布伦德尔最初不是布莱兹赫德庄园的成员，他是玛奇梅因侯爵在骑兵队里的随从，也只在一个很痛苦的情形下见过维尔考克斯一次，那是他的主人战争结束后决定不再返家时，他去搬行李。那以后布伦德尔便成为贴身男仆，理论上说，他至今仍然是。只是几年前，给他添了一个副手，一个瑞士护工，负责衣橱，此外也在需要的时候，给家里其他不那么体面的工作帮一把手，因而已经成为这个动荡的家里事实上的管家；有时他甚至在电话里称自己为"秘书"。在他和维尔考克斯之间，便有了一亩地那么大一片的薄冰。

幸运的是，两个人对彼此都产生了好感，所有问题在一系列有寇蒂莉亚参与的三方讨论后全部得到了解决。布伦德尔和维尔考克斯作为联合大总管，就像"蓝军"和"近卫骑兵团"一样，同时具有最高职位，布伦德尔主管他老爷的卧室内外，而维尔考克斯则更多在公共区域发挥影响，高级门房穿上黑制服，提升为管家，那位无特征的瑞士人，到达后将穿便服，彻底享有贴身男仆的地位。薪资全面提升，以适应新的尊贵排场，于是上下皆大欢喜。

朱莉娅和我，一个月前已经离开了布莱兹赫德，想着再也不会回来了，这时为了这场迎接也搬了回来。当那一天到来时，寇蒂莉亚去了车站，我们留下来在家迎候。那是阴冷的一天，风一阵一阵地刮着。村舍房屋都装饰一新，原计划当晚在露台上点篝火，让村里的乐队来演奏的计划也被搁置下来，只有那面已经有二十五年没有飘起过的家族旗帜，被升起在山形墙上，在风中犀利地拍打着铅灰色的天空。无论中欧大地上的麦克风里叫嚣着怎样粗糙刺耳的声音，无论军工厂里有什么样的车床在转动，玛奇梅因侯爵的归来，是他领地上的头等大事。

他预计三点到。朱莉娅和我一直在客厅里等候，直到事先安排了车站站长随时向他更新抵达情况的维尔考克斯前来通报："火车已经传来信号了。"一分钟后："火车已到站，老爷在回家的路上了。"于是我们来到前廊，与上等用人一起，站在那里等候。很快，劳斯莱斯在车道的拐角处出现，两辆运输车在不远处跟随。它停稳了，寇蒂莉亚先下来，接着是卡拉，随后是一小段停顿，一张毯子递给了司机，一根拐棍递给了门房，接着一条腿小心翼翼地朝前伸出来。这时，布伦德尔已经等在了车门前，另一名用人——那个瑞士贴身男仆——从后面运输车里的一辆出现，他们一起将玛奇梅因侯爵抬出了车，扶着他站稳。他试了试拐棍，抓紧了，站了一分钟，为面前那几步通往前门的低矮台阶积聚起力量。

朱莉娅轻轻叹息了一声，有些吃惊，同时碰了碰我的手。九个月前我们在蒙地卡罗见过他，那时他尚笔直挺拔，跟我第一次在威尼斯见到他时相比没有什么变化。这时他却是个老人了。布伦德尔已经告诉过我们，他的主人近来身体不太好。但他没有让我们做足准备。

玛奇梅因侯爵弓身站着，好像萎缩了，被大衣压着，一条白色的围巾在他喉部慌乱地扑闪拍打着，一顶布帽低低地压在前额，脸色苍白，布满皱纹，鼻尖冻得通红；眼里聚集的眼泪，也并非情绪所致，而是因为东来的风；他大声地喘着气。卡拉把他围巾的一端整理好，在他耳边悄悄说了几句话。他抬起戴着手套的手——一只灰色羊毛的公学男生手套——向门前欢迎他的人群表达了一个细微而疲惫的致意，随后，非常缓慢地，双眼紧盯着眼前的地面，向房里走来。

他们替他脱去大衣、帽子、围巾以及大衣下面的皮马甲。这么层层剥掉之后，他比之前看上去更加衰弱，但是优雅了起来，除掉了因格外疲惫而带来的那一丝褴褛。卡拉正了正他的领带，他用一张印花丝手帕揩了揩眼睛，拄着拐棍向大厅里的炉火拖着步子挪过去。

壁炉边有一把印着家徽的小椅子，那是一套中的一把，倚墙放着，一个小而不舒适的平板家伙，它的存在仅仅是为了给椅背上那枚讲究的纹章一个小借口。可能从它被制造出来那一天起，就没人在上面坐过，甚至累坏了的门房都不曾去坐过。玛奇梅因侯爵这时坐在上面，揩眼睛。

"都是这冷，"他说，"我已经忘了英国有多冷了，简直把我击倒了。"

"您需要点什么吗，老爷？"

"不用，谢谢你。卡拉，那些该死的药片在哪儿？"

"埃里克斯，医生说，不能超过一天三次。"

"让医生见鬼去。我感觉真的被击倒了。"

卡拉从她包里拿出一个蓝色的小瓶子，玛奇梅因侯爵取了一片。那片不知道是什么的东西，好像助他恢复了元气。他继续坐着，长腿在面前伸出来，拐棍夹在两腿之间，下巴搁在拐棍的象牙把手上。这时他开始留心起所有我们这些人来，跟我们打招呼，也开始下达命令。

"恐怕我今天完全不成样子，这趟旅行把什么都从我身上抽走了。应该在多佛停留一晚的。维尔考克斯，你给我备的哪个房间？"

"您过去的房间，老爷。"

"那不行，起码我体力恢复前不行。太多台阶了，一定得在地面这层。布伦德尔，在楼下给我布置一张床。"

布伦德尔和维尔考克斯交换了一道紧张的眼色。

"好的，老爷。放在哪个房间呢？"

玛奇梅因侯爵想了想，说："中国厅，还有，维尔考克斯，那张

'女王床'①。"

"中国厅，老爷，'女王床'？"

"是的，是的，接下来的几个星期我可能会主要在那里度过。"

中国厅是我从没见有人用过的一个房间。事实上，一般情况下任何人也不能走近，那是一个用绳子圈起来的小区域，在房子向公众开放的日子里，观光者被拦在外面。这是一个辉煌的不宜居住的小型博物馆，陈列着奇彭代尔雕刻、瓷器、漆器以及绘品。女王床本身，也像一件展品，一个巨大的天鹅绒帐，就像圣彼得大教堂里的华盖。玛奇梅因侯爵不知是否原本就为自己计划过这种公开的吊唁仪式，我寻思，在他离开阳光普照的意大利之前，在他冗长烦闷旅途上的急雨中，他有这样想过吗？那一刻，是不是有一个童年的记忆忽然回到他脑子里，一个育儿房里的梦想——"等我长大了，我要在中国厅里，睡在女王床上。"——对成年人壮丽辉煌的最完美想象。

在这座房子里极少有什么事能引起这么大的动静。原本以为将会是充满正式仪式感的一天，没想到变成了一场让人疲惫的混乱。女佣们先给那屋里的壁炉点上火，去掉家具上的盖布，铺开各样细软；男丁们极少见地系上围裙，开始搬家具；领地上的木匠都聚拢了来拆那张床。到了下午，它开始分散着一件一件地从主楼梯运了下来，那些巨大的洛可可组件，包着天鹅绒的帐顶，扭花鎏金也装饰着天鹅绒的柱子，负责在布幔下行使功能的、放在不可见的部位、因而没有抛光的床梁。染过的羽毛，从装置在金色底座的鸵鸟蛋上伸展出去，形成帐幔的冠。终于，四个辛劳的工人拖来了床垫。玛奇梅因侯爵似乎从他这突发的奇思怪想中获得了某种安慰，他坐在炉火边，饶有兴致地

---

① 这里的女王床，不是如今美国床品尺寸标准中的一个类别。旧时英国皇族出行，会选择下榻于贵族的城堡，因此每个领地世家通常会准备一些符合皇室标准的寝具，例如女王用的床，很多时候也许永远也不会用到。

观看着一群人忙得团团转，我们其他人站成一个半圆——卡拉、寇蒂莉亚、朱莉娅加上我——陪他说话。

他脸上恢复了一点颜色，眼睛也有神了一些。"布莱兹赫德和他妻子跟我一起在罗马吃饭，"他说，"既然这里都是家里人，"——这时他的眼睛调皮地转到了卡拉和我的身上——"我就放开说了。我的感觉是，她相当可悲。她过去的配偶，就我理解，是个海员，于是可以想象，并不会太讲究挑剔；可我的儿子怎么会，在三十八岁这样一个成熟的年龄，全英国妇女可以任由他挑的情况下，会最终安顿在——我猜我必须得叫她贝柔——身上……"他以心领神会的口气，留下这个句子没有说完。

玛奇梅因侯爵没有要动的意思，于是我们便都搬来了椅子——那些小小的，印着纹章的椅子，因为这大厅里任何其他东西都沉重无比——围着他坐下。

"我想夏天之前我可能不会好起来，"他说，"我就指望着你们四个陪我玩了。"

看起来我们没什么可以让这沉闷的气氛轻快起来的办法。事实上，他是我们中间最活跃的一个。"告诉我，"他说，"布莱兹赫德的恋爱是怎么一回事。"

我们把知道的跟他讲了。

"火柴盒，"他说，"火柴盒。我觉得她已经过了生育年龄。"

茶杯送到了大厅的炉火边我们每一个人的手上。

"在意大利，"他说，"没人相信会爆发战争。他们觉得都会被'安排好'的。我猜，朱莉娅，你现在也没有政治消息的渠道了。卡拉，在这儿，很幸运地通过婚姻成了英国人。这不是她习惯跟人提起的事，不过可能会有用。法律上她是希克斯太太，你不是吗，亲爱的？我们对希克斯了解很少，可我们无论如何应该感激他，尤其是如果打起来的话。还有你，"他说，开始把目标对准我，"你毫无疑问会成为一名职业画家。"

"不，事实上，我正在申请加入后备役，做一名军官。"

"哦，可是你应该做艺术家。在上一次战争中，我的骑兵中队里就有几个，他们和我们待了几个星期——直到我们上了前线。"

他这种尖刻很新鲜。他儒雅外表下封装着的刻毒，我过去是有所知的，现在好像又从那凹陷的皮肤下如尖利的骨头般凸了出来。

床装好时天已经黑了，我们都进去看。玛奇梅因侯爵此刻脚步轻快地通过外屋走了进去。

"我为你骄傲，这看上去真的不同凡响，维尔考克斯。我好像记得有一个银盆和一只敞口水壶——放在一间我们叫作'红衣主教更衣室'的屋子里，我想——是不是可以把它们拿来放在那张条桌上。然后请布伦德尔和加斯东进来，行李等明天收拾也不迟——只要衣服箱子，我今晚上要用的物品就行。布伦德尔都知道。这里只需要他们俩，我准备上床了。我们一会儿见，就在这里用餐，你们要负责娱乐我。"

我们转身离开，就在我出门时他叫住了我。

"这看上去很不错，对吗？"

"非常好。"

"你可以给它画一幅画，呃——就叫作《弥留之际》？"

"是的，"卡拉说，"他就是准备回家来辞世的。"

"可是他刚到的时候，说起来似乎信心十足会恢复呢。"

"那是因为他病得很厉害。当他清醒时，他知道自己将要死了，也接受这个事实。病情忽好忽坏，一天，有时好几天，他强壮而充满活力，那时他便能接受并做好准备离开；接着身体急转直下，他又开始害怕。我不知道，当他的身体越来越糟时会怎样，不过总还有一段时间吧。罗马的医生说不会超过一年。明天会有人从伦敦来，我记得是明天，他会告诉我们更多的情况。"

"究竟是什么病？"

"心脏病，一个关于心脏的很长的词。他将死于这个很长的词。"

那天晚上，玛奇梅因侯爵精神很好，房间里弥漫着一层贺加斯的味道，用人替我们准备的一张四人晚餐桌布置在模样怪诞的中式壁炉边，老头在一堆枕头靠垫当中坐着，啜香槟，品尝，赞叹，却并没能吃下多少那特意为他的归来准备的一道又一道菜。维尔考克斯为此特意拿出了我从未见他们用过的金餐具，这，加上鎏金的镜子、屋里的漆器，那张大床上的布艺流苏，以及朱莉娅的中式上衣，给这个场景赋予了圣诞童话剧的气息，好像阿拉丁的洞穴。

临到结束，就在我们正要离开时，他的精神忽然委顿了。

"我会睡不着的，"他说，"谁坐这儿陪我？卡拉，最亲爱的，你很累了。寇蒂莉亚，你愿意在这客西马尼园①里待一个小时吗？"

第二天早上，我向她问起头天晚上的情况。

"他几乎立即就睡了。我两点钟再来看他，给壁炉加火时，发现灯亮着，可他已经又睡着了。他应该是中途醒来把灯打开的，他必须得下床才开得了，我想他可能怕黑。"

因为她的医院经验，很自然寇蒂莉亚应该负责照看她父亲。那天医生们来的时候，他们很本能地把注意事项都交代给了她。

"在情况变得更糟之前，"她说，"我和贴身男仆就可以照顾他了，在不是特别需要的时候，暂时不想用护士。"

在这个阶段，除了确保他舒适，以及发作时用药之外，医生也没有什么建议。

---

① 客西马尼园，位于耶路撒冷橄榄山脚下，是耶稣及其门徒祷告的地方，也是他的门徒在他受难前夜睡觉的地方。

"还有多久？"

"寇蒂莉亚小姐，有的人医生判断还有一周的时间好活，然而他们一直健壮开心地走来走去，直到很老的年纪。在行医过程中，我学会了一件事，那就是永远不要预测。"

这两个人这么远来，就为了给她说这句话。一名本地医生也在场，聆听了用技术术语给出的同样忠告。

这天晚上玛奇梅因侯爵又回到他的新儿媳这个话题上，看样子这事一直没有从他意识里走远过。他从白天的各种蛛丝马迹中发现了更多的表达方式，这时他靠在他那一堆枕头中间，又开始慢慢说起她来。

"我过去从来没有为家庭忠诚什么的当回事过，直到最近，"他说，"我坦白地说，被……被——贝柔要把曾经是我母亲的地方留给她自己这一展望给镇住了。为什么那么粗鲁的一对要盘踞在这里，还不能有孩子，任由这地方在他们耳边碎掉？我不会在你们面前假装的，我就是不喜欢贝柔。

"也许是我们不幸吧，第一次在罗马见面，任何其他地方都可能会好些。可是再一想，我在哪里见她又不会憎恶呢？我们在拉涅利用餐，那是我这些年经常去的一个安静的小餐馆——你们肯定都知道这地方。贝柔好像把那儿一下子填满了。当然是我做东，可你要是听见贝柔一直敦促我儿子吃这吃那，可能完全会以为恰恰相反。布莱兹赫德一直是个贪心的孩子，一个令他全心全意折服的妻子应该寻思着约束他才对。当然，这并不是什么大事。

"她无疑听说过，我不是一个有着寻常生活经历的人。我只能用无赖来形容她对我的态度。一个不守规矩的老头儿，她是这么想我的。我猜她过去一定结识过不少不守规矩的老海军上将，知道他们都怎么开玩笑……我不可能重复她的谈话，只举一个例子。

"他们当天上午在梵蒂冈受到接见，接受给予他们婚礼的一个祝福什么的——我没有太专心听——我听出应该是她过去经历过的一件事，跟什么上一任丈夫，去见什么上一任教皇。她形容说，很生动地，她怎么以新婚之躯经历了上一次的这件事，那里都是各个阶层的意大利人，那些穿着婚纱的单纯的意大利女孩儿，怎么彼此恭维，新郎们打量着这些新娘，把自己的和人家的比了又比，等等。然后她说：'这一次，当然了，我们接受了单独的会见，可您知道，玛奇梅因侯爵，我感觉好像是我，在领着一个新娘。'

"说的口气极其下流，我一直没有真正明白她的意思。她是用我儿子的名字在玩文字游戏呢，还是，你们认为，是暗指他毋庸置疑的童贞？我猜是后者。无论怎样，那个晚上就是在这一类的寒暄中度过的。

"我不认为她会成为一个很适合这里的元素，你们觉得呢？我应该把这个地方留给谁呢？限嗣继承到我这儿就终止了[①]。塞巴斯蒂安，唉，那是不可能的了。谁想要呢？谁呢？你愿意要吗，卡拉？不，你当然不会愿意。寇蒂莉亚？我想我应该把它留给朱莉娅和查尔斯。"

"当然不了，爸爸，它是布莱迪的。"

"还有呢……贝柔的？最近哪天我会让格莱格森来一趟，跟我把这些事情过一遍。是时间更新我的遗嘱了，现在那上面好多都不对而且过时了……我宁愿想象把朱莉娅安置在这里。今晚上真美丽啊，宝贝，总是这么美，她比谁都更适合在这里。"

不久他就差人去伦敦让他的律师赶了过来，不巧律师来的那天正赶上玛奇梅因侯爵处于身体状况的低谷，不能会面。"还有的是时间，"他说，在两次痛苦沉重的呼吸间隙，"换一天吧，等我好一些。"可继承人的选择一直盘桓在他脑子里，而且常常把我和朱莉娅结婚的时间

---

① 遵照《英国普通法》，限嗣继承是一种信托形式，对有继承属性的房产出售或遗嘱转让进行限制，相反须遵照法律条例自动由继承人继承。于1925年在英国废止。故玛奇梅因侯爵有此一说。

与转让所有权联系起来。

"你觉得他是真的想把它留给我们吗？"我问朱莉娅。

"是的，我想他是真的。"

"可这对布莱迪太残酷了。"

"是吗？我不觉得他有这么在乎这地方。可我在乎，你知道。他和贝柔在别的什么地方住一个小房子，会满足得多。"

"你的意思是我们要接受？"

"当然了。是爸爸的，他喜欢留给谁，是他的事。我觉得你和我在这里会非常快乐。"

这在我眼前展开了一个场景。在大路上忽然拐了一个弯之后出现在眼前的场景，就像第一次跟塞巴斯蒂安一起见到它时那样，那个与世隔绝的山谷，几个湖层叠相接，画面中间是这一幢古宅，整个世界都被遗弃在身后，被忘掉。这是一个世外的世界，遗世独立，把持着自己的安宁、爱和美。是士兵在外征战时的梦，也许就像经历了沙漠中的饥饿和豺狼出没的夜晚之后，眼前出现一座神庙一样的画卷。如果一个人偶尔沉浸在对海市蜃楼的幻象之中，他应当受到谴责吗？

这几周侯爵的病情持续着，家里一切的节奏和步调都调整了来适应病人正在衰退的精力。有些天里，玛奇梅因侯爵会穿戴整齐，站在窗前，或者扶着贴身男仆的胳膊在一楼的各个房间，从这一个炉火移到下一个炉火，当来访者来了又走了——邻居们和领地上的人们，因各种事务来自伦敦的人们——装着账本的新包裹一件件拆开，讨论，一架钢琴被移到了那间中国厅。二月底的一天，罕见地出现了灿烂艳阳，他叫了车，已经走到大厅，穿着皮大衣，走到大门边。忽然间对出门兜风这个念头失掉了兴趣，说："先不去了，以后吧，等夏天。"又搀着他身边的人，回到椅子里坐下。又有一次他起了兴致，要让人把他的房间挪去绘厅；那些中国人偶，他说，搅扰得他日夜不宁——

他总是整宿让灯亮着——可又一次，这份心也散了，全部撤销，原来的屋子不动。

其他的日子里，当他高高地坐在床上，被一堆枕头撑着时，整栋屋子便静悄悄地，只能听见他费力的呼吸声。即便那时，他也希望我们在他房间围着他，不分日夜，他就是不能忍受独自一人。当他说不出话的时候，眼睛就随着我们转，一旦有任何人离开，他立即一副难过的样子。这时卡拉，总是在他身边，靠着枕头，一只胳膊圈着他，一坐就是几个小时，便说："没关系的，埃里克斯，她马上就回来。"

布莱兹赫德和他妻子从蜜月中回来，在这里住了几个晚上。正好赶上情况糟糕的时候，玛奇梅因侯爵不肯让他们靠近。这是贝柔第一次来访，如果她对这所曾经几乎就要成为，如今又一次铁定了很快就会成为她的家的地方一点也不好奇的话，是很不自然的。而贝柔足够自然，她利用在这里的几天时间，把这个地方还算透彻地考察了一遍。眼下由玛奇梅因侯爵的病而引起的一些奇怪的布置，看上去是可以通过调整来改善的，她举了一两个过去访问过的类似规模的官邸为例来作为参照。白天布莱兹赫德领着她去走访领地上的租户，到了晚上，她就找我谈绘画，找寇蒂莉亚谈医院，或者找朱莉娅谈服装，总是带着欢快的自信。背叛的阴影，以及对他们现时期待的不稳结局的知悉，都只是单方面的。我与他们不合，这对布莱兹赫德来说不是什么新鲜事，在他自己已经习惯了的小小的羞涩中间，我的愧疚感不知不觉就混过去了。

终于很明显地玛奇梅因侯爵不再希望见到他们，布莱兹赫德被允许了一分钟的单独告别，随后他们告辞走了。

"我们在这里没什么可做的，"布莱兹赫德说，"这让贝柔感到很苦恼。如果情况变糟了我们再来吧。"

现在每一次恶化期持续的时间越来越长，发生得也越来越频繁，一个护士被安置了进来。"我从来没见过这样的房间,"她说,"在哪儿都没见过像这样的,没有一点方便可言。"她努力想要说服把她的病人挪到楼上去,那儿有自来水,她也有独立更衣室,还有一个"可理喻的"窄床,以方便她"走动"——那是她所习惯的工作方式——可玛奇梅因侯爵不肯动。很快,随着昼夜对他变得没有分别,第二个护士又被安置了进来。专家也从伦敦再次赶来,他们建议了一个新的也更大胆的治疗方案,可是那身体似乎已经对所有的药物都疲惫了,没有对这所谓的大胆做出任何反应。眼下已经再也没有好转期的出现,仅仅只是在衰亡的不同速度之间短暂波动。

布莱兹赫德被叫了回来。那是复活节假期,贝柔忙着和她的孩子在一起。他一个人来,在他父亲身边沉默地站了几分钟,父亲默默地坐着,看着他。随后他离开房间,加入到正在书房里的我们几个中间来,说:"爸爸必须要见牧师了。"

这个话题不是第一次被提起。早些时候,玛奇梅因侯爵刚回来那一阵,教区的牧师——由于家里的小教堂已经关闭,而在默尔斯德建了一个新的教堂和长老会——出于礼节来过一次。被寇蒂莉亚用各种理由委婉地打发走了,可牧师离开后她说:"现在还不,爸爸现在还不想见他。"

朱莉娅、卡拉和我当时在场。我们每个人本来都有话说,一开口又都忍住了。这在我们四个人中间从来没有被提及过,可朱莉娅单独和我在一起时,她说:"查尔斯,我可以预见关于教堂的大波折在等着我们。"

"难道他们就不能任由他安宁地死去吗?"

"他们的'安宁'有完全不一样的意思。"

"这对他是极大的冒犯。他终其一生对宗教是什么样的态度,这件事他不可能说得更清楚了吧。他们现在要来,趁他神志恍惚,没有力气拒绝，来宣称他是一名临终的忏悔者。我对他们这教堂一直还抱有一定的尊敬，可到此为止了。如果做出这种事，我便知道那些蠢人所说的关于他们的一切原来都是真的——全是迷信和花招。"

"难道你不同意吗？"

朱莉娅还是什么也没说。

"你难道不同意吗？"我仍问她。

"我不知道，查尔斯。我就是不知道。"

然后，尽管我们都没有再提起，可我能感觉得到，这个问题一直存在，随着玛奇梅因侯爵病情的加重，几个星期以来它也越来越不可避免。我能在寇蒂莉亚一大清早乘车出发去做弥撒时看到，也能在卡拉随她前往这一行动中看到。这小小的一团云，像一个人的手掌那么大，将要在我们中间膨胀出一场暴风雨。

现在布莱兹赫德，以他沉重、无情的惯有方式，把这个问题扔在了我们面前。

"哦，布莱迪，你觉得他会答应吗？"寇蒂莉亚问道。

"我看他会的，"布莱兹赫德说，"明天我就领着麦凯神父去见他。"

那云团还在积聚，没有散开，我们谁也没说话。卡拉和寇蒂莉亚回病房了，布莱兹赫德在找一本书，找到以后也离开了。

"朱莉娅，"我说，"我们怎么才能制止这傻事？"

她好一阵没有回答我，然后说："我们为什么要那样做？"

"你跟我一样很清楚。这就是——就是一个不得体的枝节。"

"我有什么权利去反对这个不得体的枝节？"她伤心地问，"再说，那会有什么害处呢？我们问问医生吧。"

我们问了医生，他说："这很难说。当然，可能会引起他恐慌；另一方面，我也见过案例，这给了病人意想不到的绝妙的安抚效果；我甚至还见过病例，这充当了积极的兴奋剂。肯定的，它通常更是对家人的极大安慰。真的，我觉得这是应当由布莱兹赫德伯爵来决定的事。不瞒您说，现在还不需要马上开始紧张，玛奇梅因侯爵今天很虚弱，可明天他也许又会强壮起来。稍微等一下会很不正常吗？"

"唉，他没什么帮助。"离开时，我对朱莉娅说。

"帮助？我真的看不明白你为什么会这么热衷于让我父亲不要接受他最后的圣餐。"

"那都是巫术和伪善。"

"是吗？无论如何，它持续了将近两千年。我不明白你怎么忽然现在才对它愤怒起来。"她提高了声音，近几个月来她很容易发怒，"看在基督的分上，去给《泰晤士报》写文章，站起来去海德公园①演讲，发起'反教皇'运动，怎么都行，别拿这事来烦我了。我父亲要不要见他的教区牧师，跟你跟我有什么关系啊？"

我知道朱莉娅的这些狂躁情绪，正如那天在月光下的喷泉边完全控制了她一般，而且我依稀猜到了这一切的源泉。我知道这不能通过语言得到缓解。何况我也无话可说，因为她那些问题的答案根本没有成型。我只感到眼下所面临的不只是一个，而是更多个灵魂的命运。雪顺着高坡开始下滑崩塌。

第二天早上，布莱兹赫德和我以及刚值了夜班的护士一起吃早餐。

"他今天清醒多了，"她说，"昨夜美美地睡了三个小时，当加斯东进来给他修面时，他话很多。"

"好，"布莱兹赫德说，"寇蒂莉亚去做弥撒了，会带着麦凯神父一起回来吃早餐。"

我见过麦凯神父几次。他是个矮壮、友好的中年格拉斯哥爱尔兰人。我们一见，他便很娴熟地问我比如这样的问题："莱德先生，您

---

① 海德公园，位于伦敦中心的西敏寺地区，伦敦最大的皇家庭园。海德公园也是人们举行各种政治集会和群众活动的场所，有着名的"演讲者之角"。

是不是可以说，画家提香要比画家拉斐尔更能称为一名真正的艺术家？"而且，尤其令人尴尬的是，他记住了我的回答："回到那个问题，莱德先生，当我上次荣幸地见到您时您所说的，也就是，现在可以这么说，画家提香……"最后常常会以这样的说法结束："啊，一个人能有您这样的才华真是一笔巨大的财富，莱德先生，何况您还有时间去尽情享受。"寇蒂莉亚可以模仿他说话的样子。

这天早上他犒劳了自己一份丰盛的早餐，扫了一眼晨报的标题，然后用很职业的流利语速开始说话："现在，布莱兹赫德伯爵，那可怜的灵魂应该准备好见我了吧，您认为呢？"

布莱兹赫德领着他出去了。寇蒂莉亚跟在他们后面，剩下我一个人，埋首在一堆早餐食品中间。不到一分钟我听见门外传来三个声音。

"……我只能向你道歉。"

"……可怜的灵魂。我告诉您，那只是因为这张陌生的脸，再深入一步，就是说，一个意想不到的陌生人。我很理解。"

"……神父，很对不起……这么远把您带来……"

"千万别这么想，寇蒂莉亚小姐。为什么，我在戈博尔①还被扔瓶子砸过呢……给他一些时间吧。我知道很多比他糟糕得多的例子，最后都能完美地离世。让我们为他祈祷……我会再来的……现在请原谅我告辞，我要去看看霍金斯太太。哦是的，我很熟悉怎么去。"

随后寇蒂莉亚和布莱兹赫德走进房间。

"我猜这一次探访不太成功。"

"对，不成功。寇蒂莉亚，一会儿麦凯神父从保姆那儿下来，你能送他回家吗？我得去给贝柔打个电话，问她希望我什么时候回去。"

---

① 戈博尔，苏格兰西南部格拉斯哥的一个地区，居住着大量的爱尔兰天主教人口。传统上一直被看作贫穷、粗鲁、暴力事件多发的地区。

"布莱迪，这太糟了，我们怎么办啊？"

"眼下我们能做的都做了。"他便离开了房间。

寇蒂莉亚脸色沉重，将一块培根放进芥末酱里蘸了蘸送进嘴里。"该死的布莱迪，"她说，"我就知道这不行。"

"怎么回事？"

"你想知道？我们排成一队走进去，卡拉正在大声给爸爸读报。布莱迪说：'我带麦凯神父来看您。'爸爸说：'麦凯神父，恐怕您被带到这里来是个误会。我没有处于弥留之际，而且我不是贵教会的活动成员已经有二十五年了。布莱兹赫德，请你送一送麦凯神父。'于是我们只好转身出来，我听见卡拉立即又开始给爸爸读报。就是这样，查尔斯，就这个经过。"

我去把这个消息告诉朱莉娅。她躺着，面前的床几上摊着一堆报纸和信封。"疯言疯语终于打住了，"我说，"那神汉走了。"

"可怜的爸爸。"

"布莱迪这会儿感觉糟透了。"

我感觉大获全胜。我一直都是对的，而他们都错了，真相占了上风。自从喷泉那一夜起，就悬挂在朱莉娅和我头上的威胁，现在也被移开了，也许已经被永远驱散。还有——我现在可以承认——另一层没有表达的，也无法表达的，是不太光彩的胜利喜悦，我正偷偷地在心里庆祝。我猜这天早上的事，把布莱兹赫德与他的合法继承权之间又拉远了不小的一段距离。

这一点我倒是猜对了。伦敦的律师行指派了一个人，一两天之内这人就来了，全家上下因此都知晓玛奇梅因侯爵拟定了一份新的遗嘱。可我在以为宗教争议已经平息这一点上却错了，在布莱兹赫德临走前最后一夜的晚餐后，火又燃了起来。

"……爸爸说的是，'我没有处于弥留之际，我不是教会的活动成员已经有二十五年'。"

"不是'教会'，是'贵教会'。"

"我看不出区别。"

"区别很明显。"

"布莱迪，他的意思很明白。"

"我可以判断，他的意思就是他说出来的。他说，他过去没有常规性地领受圣餐，而且他还没到马上就要死的那一刻，他因此并没有打算改变他现有的方式——暂时没有。"

"这纯粹是狡辩。"

"为什么当一个人想要把事情解释得更精确时，别人总认为他在狡辩呢？他明明就是说，他在那一天不想见任何牧师，但是到了他在'弥留之际'时，他会愿意。"

"我希望能有人帮我解释一下，"我说，"究竟那些圣餐的重要性是什么。你们的意思是，如果他自己死去，就会下地狱，而如果一个牧师把油给他抹上——"

"哦，不是那油，"寇蒂莉亚说，"那是用来治愈他的。"

"那就更奇怪了——好吧，无论这牧师做的是什么——那样他就会去天堂。就是这个吗，你们相信的？"

卡拉这时插嘴道："我记得我的保姆告诉我，反正是有人对我说过，如果牧师在病人身体变冷之前出现就行。是这样的，对吗？"

其他人开始纠正她。

"不，卡拉，不是这样的。"

"当然不是。"

"你完全弄错了，卡拉。"

"哦，我记得阿方斯·德·格雷内特去世是，德·格雷内特夫人在门口藏了一个牧师——眼里看见一个牧师他都不能忍受——然后趁身体还没冷把他领了进来。她自己亲口告诉我的，他们为他做了一整套安魂弥撒，我也去了。"

"做过了安魂弥撒不一定意味着你能去天堂。"

"德·格雷内特夫人认为那可以。"

"哦，那她错了。"

"你们天主教的人中，究竟有没有人准确地知道，这牧师确实能带来什么好处？"我问，"你们这么安排，只是为了你们的父亲可以得到基督徒的安葬？还是希望他不被送进地狱？我只希望有人能告诉我。"

布莱兹赫德长篇大论给我讲了一通，等他说完时，卡拉很小声的一句困惑，把他对天主教的统一又给打破了："这我从来没听说过。"

"我们理一下，"我说，"他必须要表达某种心愿，必须表示忏悔，以及希望与神和解。是这样吧？可只有神才能知道他是否真正有这个心愿，而牧师无从知晓；那么如果没有牧师在场，他独自表达了，这效果和有牧师在场其实是一样的。而且极其可能，当一个人非常虚弱不能做出任何外人可见的表达迹象时，这个心愿也一样够实现，对吗？他可能躺着不动，本来就是要死了嘛，可是心里一直在许愿，而且被原谅了，因为神懂得。是这样吗？"

"或多或少对。"布莱兹赫德说。

"那好，看在上天的分上，"我说，"那非要牧师在那儿做什么？"

中断了片刻，其间朱莉娅叹息了一声，布莱兹赫德吸了口气，好像要开始进一步剖析这个主张。沉默中，卡拉说："我只知道，我要尽最大努力保证一个牧师在场。"

"保佑你，"寇蒂莉亚说，"我相信这才是最好的答案。"

我们放弃了争论，各有各的原因，都认为这没有答案。

后来朱莉娅说："我真希望你没有挑起这种宗教争论。"

"不是我挑起的。"

"你说服不了任何人，你甚至连你自己也不能说服。"

"我仅仅是想知道这些人究竟相信什么。他们说一切都是基于逻辑的。"

"如果你能让布莱迪说完，他会把前后逻辑帮你理得很清楚。"

"你们有四个人，"我说，"卡拉连基本的都不知道，并且可能相信，也有可能不相信；你知道一点，可一个字也不相信；寇蒂莉亚知道不少，疯狂地相信；只有可怜的布莱迪都知道，并且相信，可我觉得他解释起来却表现得很差。然而人们反反复复地总是说'起码天主教徒们知道他们相信什么'。我们今夜倒是把各种类型基本上都收全了——"

"哦，查尔斯，别嚷嚷了。我开始觉得你在怀疑自己了。"

一周一周地过去，玛奇梅因侯爵还活着。六月份，我的离婚案完结，前妻再嫁。朱莉娅将在九月份获得自由。离我们的婚姻靠得越近，我注意到，朱莉娅谈话时显得越伤感。战争也在靠近——我们俩都不怀疑这一点——可是朱莉娅的脆弱和恍惚，甚至有时看上去近乎绝望的向往，却并不来自任何她自己以外的不确定性。当她面临某种束缚她对我的爱的力量时，她在抗争中，就像笼中的困兽面对栏杆一样，会升起一阵短暂而阴暗的恨。

我被叫去了作战办公室，接受了面试，被列入了紧急状况人员名单。寇蒂莉亚也上了另一份名单。名单再一次成为我们生活中的一部分，就像过去在学校一样。一切都做好了为"紧急状况"降临时的准备。在那间黑黢黢的办公室里，没人提"战争"这个字眼，那是禁忌，如果有"紧急状况"出现，我们将被召唤——不是冲突，不是来自人类的某种心愿，没有什么像盛怒或者惩罚那样清晰简单。紧急状态。就像从水里出来的什么东西，一个看不见脸的妖怪，从水的深处扑打巨尾。

玛奇梅因侯爵对他房间外的事情一概没有兴趣。我们每天会拿报纸进去，也会尝试着读给他听，但他只在枕头上转动着头，目光追随着他身旁呈现出的复杂图案。"我继续吗？""如果你不厌烦，请你继续吧。"可他没有在听；偶尔一个熟悉的名字出现时，他会喃喃自语："欧文，我认识他———一个平庸的家伙。"有时也会发出一些不着边际的评论："捷克人里边就出好马车夫，没有别的。"他的意识与这个世界已经相隔遥远，只在那里，那一个点上，在他自己身上转。他在孤独地为活下去而挣扎，没有多余的一丝力气留给身外的那一场战争。

我对现在每天都在场的医生说："他真是有着强大的意志要活下去啊，对吗？"

"你这样认为吗？我可能会看作是他对死亡的巨大恐惧。"

"有区别吗？"

"哦天，当然有。从恐惧中，他无法获得力量，你知道，那只能将他耗尽。"

在死亡的边缘，他害怕黑暗和孤独，也许因为这二者跟死亡相似的缘故吧。他喜欢我们待在他屋里，也喜欢让灯在那一群鎏金的玩偶中整宿亮着。他并不希望我们多说话，他自己对自己说，声音很轻很低，以至于我们常常并不知道他在说话。他说话，我想，因为那是他唯一可以信赖的声音，这让他知道自己还活着。他所说的，也没有什么是真要让我们听见的，那只是说给他自己的耳朵听的。

"今天好一些，今天好一些，我可以看见了，壁炉角上，那个汉人举着他的金铃铛，还有他脚下那株歪脖树开着花，而昨天我却很迷糊，把那座小塔看成了另一个人。很快我应该能看到那桥和那三只鹳了，还能看见那延伸到山顶的小路要去哪里。

"明天会更好些。我们家里的人都活得很长，结婚很晚。七十三

岁不是很大的岁数，朱莉娅姑婆，我父亲的姑妈，活了八十八岁，从
出生到死去都在这里，一辈子没有结婚，她曾经看见烽火山上为特拉
法加海战升起的火焰①，她总是管这里叫'新房子'，这是育儿房里以
及田野里那些不识字又有古老记忆的人的叫法。可以看见村里的教堂
边上，就是过去矗立着老房子的地方。他们管那片地叫'城堡山'，赫
里克那块地，地面不平，一半都是荒地、荨麻和野蔷薇，凹地太深，
没法耕种。他们挖出地基里的石头，运到这里，建起了这座新房子。
朱莉娅姑婆出生时，这座房子已经有一个世纪的年龄了。我们的根就
在城堡山那凹陷的荒原里，在野蔷薇和荨麻中间，在老教堂的坟墓中
间，在没有牧师吟唱的小教堂里。

　　"朱莉娅姑婆知道那些坟墓，双腿交叠的骑士②和穿着紧身背心的
伯爵、侯爵，就像罗马时代的议员，石灰岩、云石、意大利大理石，
她用她的乌木拐棍敲一敲墓碑上的盾牌，就会让老罗杰爵士的头盔叮
当作响。我们那时还是骑士，从阿金库尔起获封男爵，更大的荣誉在
乔治时代才到来。③这最后到来的，却将最先离去，只有男爵勋位将
延续下去。当你们所有人都死后，朱莉娅的儿子会被人用他父辈在最
辉煌年代之前的头衔来称呼④，那些剪羊毛的年代，那些一望无际的
玉米地的年代，那些壮大和兴旺起来的年代，沼泽地被排干，荒原变

---

　　① 特拉法加战役，1805年拿破仑战争期间发生的一场海战，以英国得胜结束。此处的
烽火如中国古代的烽火同样功能，是传递紧急信息的工具。
　　② 死去的骑士以双腿交叉的姿势被埋葬的话题一直有讨论，普遍的解释为，以这个姿势
被埋葬的骑士是具有基督教信仰的，因为这是从东征的十字军开始的规矩。
　　③ 骑士，在中世纪属于士兵阶层，遵循一套被称作"骑士制度"的行为规范。男爵是贵族
封号中最低的一等，为世袭头衔。阿金库尔战役发生于1415年，是百年战争中最重要的战役之
一。玛奇梅因侯爵所说"更大的荣誉"是指他现在是从父辈世袭的侯爵，仅低于公爵的第二等爵
位。乔治年代，是指由几任乔治国王统治的年代。
　　④ 侯爵和伯爵，只传男性继承人，因布莱兹赫德新婚妻子年纪已大，所以她不能生育继
承人，玛奇梅因侯爵有意取消其继承权；塞巴斯蒂安已脱离尘世，归隐；所以只有朱莉娅的后
代，女性一支的后代继承男爵，所以此处玛奇梅因侯爵有此一说。

成耕地，一个人建起了屋宇，他的儿子加盖穹顶，儿子的儿子再扩展出两翼，在河上筑起了水坝。朱莉娅姑婆亲眼见他们建成喷泉，它来到这里之前就很老了，经历了两百年那不勒斯的阳光，由尼尔森时代的战舰运来。喷泉很快干掉，直到雨水再把它填满，落叶飘在池里的水面上。湖上的芦苇蔓延，最后连成一片。今天好些了。

"今天好些了。我一直很小心地生活，不吹冷风，饮食适量，吃当季食物，饮上好的红酒，睡我自己的床单，我应该活得长久。我五十岁的时候，按要求从马背上下来，被送回去待在战壕里，老人待在后方，命令里是这么说的，可华特·维纳布尔斯，我的指挥官，也是我的邻居，他说：'你跟他们中最年轻的一样强健，埃里克斯。'我是那样的，我现在也是，只要我能呼吸。"

"没有空气，这天鹅绒帐幔下没有一点空气流动。等夏天到来时，"玛奇梅因侯爵说，没有察觉那一望无际的玉米地，那胀鼓鼓的水果，那贪吃的蜜蜂都在沉沉的午后阳光下，已经在他的窗外了，"当夏天到来时，我就可以下床，坐到外面的空气下，更畅快地呼吸。"

"谁会想到这些小金人，他们国度里的绅士们，可以不呼吸而活得这样长呢？就像地下矿井里的蟾蜍，在深深的井底，无忧无虑。为什么给我也挖这么个洞呢？人一定要在自己的地窖里窒息死去吗？布伦德尔，加斯东，把窗户打开。"

"窗户全都大敞开着，老爷。"

他床边安置了一个氧气罐，一根长管子，一件罩脸上的东西，还有一个小开关供他自己控制。他总是说："空了，你看看护士，没有什么东西出来。"

"不，玛奇梅因侯爵，还很满呢，玻璃管里这个气泡显示着，压力是满的。听，您听不见它的嘶嘶声吗？试试，慢慢呼吸，玛奇梅因侯爵，轻轻地，然后你就能感觉到舒服了。"

"像空气一样自由，这是他们常说的——'像空气般自由'。现在他们把我的空气装铁罐子里给我。"

有一次他说："寇蒂莉亚，那小教堂变成什么了？"

"爸爸，他们把它锁上了，自从妈妈去世后。"

"那是她的，我给她的。我们这个家的人都是建造者。我建来送给她的，在亭子的荫蔽处，用老墙后面的老石头筑就，那是这座新房子最后建成的一部分，可最先离去。打仗之前那一直有个牧师，你记得他吗？"

"我那时太小了。"

"然后我就走了——留下她在教堂里祈祷。那是她的。她是属于那个地方的。我再也没有回来打扰她的祈祷。他们说我们在为自由而战，我也获得了我自己的自由。那是罪恶吗？"

"我想是的，爸爸。"

"呼吁上天的惩罚[①]？这就是为什么他们把我关在这个洞里，你觉得是吗？拿一条黑管子给我空气，还跟墙上那些小黄人做伴，不用呼吸也能活着的小黄人？你觉得是这样吗，孩子？可是风很快就会吹来的，也许明天，我们就又能呼吸了。可恶的风会把我吹好。明天会更好的。"

就这样，直到七月中旬，玛奇梅因侯爵躺在那里，奄奄一息，在求生的挣扎中慢慢地将自己耗尽。于是，既然看不出来会有什么立刻的变化，寇蒂莉亚便去伦敦看看她所在的妇女组织，有关即将到来的"紧急状况"的事。这天玛奇梅因侯爵的情况急转直下。他无声地躺着，一动不动，很费力地呼吸，只有睁开着的眼睛，有时转动着看看房间，显示出他是清醒的。

---

①　呼吁上天的惩罚，是天主教道德神学中的说法，指四宗大罪需要主来审判的。

"这是到头了吗？"朱莉娅问。

"可以说，"医生答道，"等到他死的时候，大约就是这个样子。也许他会从这一轮袭击中恢复过来。只有一点，那就是不要惊扰他，任何一点刺激都将是致命的。"

"我去请麦凯神父。"她说。

我并不吃惊。一整个夏天我都能在她的意识里看见。她离开后我对医生说："我们必须要阻止这场胡闹。"

他说："我的工作是负责身体。争论人是活着好还是死了好，或者他们死了以后会怎样，都不是我的事。我仅仅是尽力让他们活着。"

"但是你刚才说了，任何一点刺激都有可能害死他。还有什么对一个如他一样怕死的人，看见有人把牧师带来见他更糟糕的呢——一个当他有力气时拒绝过的牧师？"

"我觉得有可能会害死他。"

"那么你会禁止这件事吗？"

"我没有权利禁止任何事。我只能给予我的看法。"

"卡拉，你怎么想？"

"我不想让他不高兴。这是现在唯一我能希望的事，也就是他能在不知不觉中死去。可我又同样希望牧师在那里。"

"你能试着劝说朱莉娅让牧师先待在一边——直到真的结束吗？那之后他便什么也伤害不到了。"

"好的，我会请她让埃里克斯快乐。"

半小时后朱莉娅回来了，带着麦凯神父。我们全部在书房里碰了头。

"我给布莱迪和寇蒂莉亚发了电报，"我说，"我希望你能同意，在他们到达前什么也不做。"

"我希望他们就在这儿。"朱莉娅说。

"你不能一个人承担这责任，"我说，"这里所有其他人都反对你。格兰特医生，请告诉她您刚才跟我说的话。"

"我说，见到牧师带给他的刺激，可能会杀了他；没有这个刺激，他有可能活过这一波袭击。作为他的医疗人员我必须抗议任何会惊扰到他的事。"

"卡拉？"

"朱莉娅，亲爱的，我知道你想把事情做到最好，但是，你知道，埃里克斯不是一个迷恋宗教的人，他一向是嘲弄的态度。我们一定不能趁他虚弱时，利用他来安抚我们的良心。如果等他没有知觉时，麦凯神父再走近他，这样他也能得到妥善安葬，能吗，神父？"

"我去看看他现在怎样。"医生说着便起身离开。

"麦凯神父，"我说，"你也知道上次你来的时候，玛奇梅因侯爵是怎么招呼你的，你觉得他有可能现在就改变了吗？"

"感谢主，在他的神恩下，这是可能的。"

"也许，"卡拉说，"你可以趁他睡着的时候溜进去，在他身边诵祷那些赎罪的词，这样他就永远不会知道。"

"我见过如此多的男女死去，"牧师说，"从来不知道有任何人会因为临终时有我在场而不安。"

"可他们都是天主教徒。玛奇梅因侯爵除了名义上之外，从来就不是——最起码，很多年都不是。他是个讯诮者①，卡拉说的。"

"耶稣说，我来本不是召唤义人悔改，乃是召唤罪人悔改。"②

医生返回来。"没有什么变化。"他说。

"现在医生，"牧师说，"我怎么会造成对任何人的刺激？"他将

① 《圣经》中提到的一类人，即末世的讯诮者。
② 这是麦凯神父引用《圣经》里的话。引用这句话，是指玛奇梅因侯爵对天主教信仰的拒绝使他尤其需要赦罪。

他木然乏味的，无辜的，就事论事的脸先转向医生，然后转向我们众人。"你们知道我想做什么吗？是很轻微的一点点，不会有任何大的动静。我不穿特别的服装，你知道。我就这么去。他现在也已经知道我的样子。没有什么会惊动他。我只是想去问，他是否对他的罪感到有悔意。我希望他能给出一丁点同意的表示，我希望他，无论怎样，不要拒绝我，然后我想给他神的谅解。然后，尽管那并不关键，我还是想给他涂油。那没什么的，只是手指一点，就是这个小盒子里的油，看这不会对他有什么伤害。"

"哦，朱莉娅，"卡拉说，"我们该怎么说？让我进去跟他说。"

她走进那间中国厅，我们在沉默中等待着，在我和朱莉娅之间有一道火墙。这时卡拉回来了。

"我觉得他听不见我说话了，"她说，"我原本以为我知道怎么让他接受的。我说：'埃里克斯，你记得那位默尔斯德的神父吗？上次他来看你的时候，你很调皮，很深地伤了他的感情。现在他又来了，我想让你再见见他，就算为了我，跟他交个朋友。'可他没有答话。如果他现在没有知觉，让一个神父去见他就不可能让他不开心，会吗，医生？"

朱莉娅，一直一动不动沉默地站在那儿，这时忽然动了。

"谢谢您的忠告，医生，"她说，"不管发生什么，我负全部责任。麦凯神父，请您现在随我去见我父亲。"没有看我一眼，她领着他走进了房间。

我们都跟了进去。玛奇梅因侯爵就像我当天早上见到他时一样躺着，只是现在眼睛闭上了，双手平放，掌心向上，搁在床单上。护士的手指放在他的脉搏上。"进来吧，"她明确地说，"你现在打搅不到他了。"

"你的意思是？……"

"不，不，可他已经感觉不到什么了。"

她持着那氧气设备靠近他的脸，这时从那东西里漏出来的一点嘶嘶声是床边唯一的声响。

牧师弯腰靠近玛奇梅因侯爵，祝福了他。朱莉娅和卡拉于是在床脚跪下，医生、护士和我站在她们身后。

"现在，"牧师说，"我知道你对自己一生中所有的罪都有了悔意，是吗？请给我一个手势，如果你能够的话。你感到后悔了，是吗？"没有任何手势。"试着想一想你的罪，告诉主你想忏悔。我将给你赦罪。当我给予的时候，请你告诉主，你后悔曾经冒犯了他。"他开始说拉丁文。我听出来一句："ego te absolvo in nomine Patris…"①然后看见牧师画了一个十字。这时我也跪下了，开始祈祷："哦主啊，如果有这么一个主，请原谅他的罪吧，如果有这么一个东西叫作罪。"这时躺在床上的那个人，睁开眼睛，叹息了一声，那种我一直想象人们在死去那一刻会发出的叹息，可他的眼睛还在动，于是我们知道，在他的体内尚有生命。

我忽然对这样一个手势感到那么强烈的渴望，哪怕仅仅出于礼貌，仅仅为了我爱的那个女人，她就跪在我的前面，在祈祷，我知道，是为了这样一个手势。这似乎是多小的一个请求啊，仅仅是一个我在场的告知，一个在人群中的点头示意。我更简单地祈祷起来："主请您原谅他的罪恶"，以及"主啊，请您让他接受您的原谅"。

就这么小一个请求。

牧师从他口袋里摸出一个银盒子，又开始用拉丁文说话，用蘸了油的软棉花去触碰那正在死去的人。他做完了一切他应该做的事，将

---

① 最后的仪式，是牧师在一个人死之前对他念诵的最后祷告词。通常会赐予他赦罪（原谅他一生的罪过），给他涂油以示这个结果已经达成。此处这一句拉丁文大意为：我以天父的名义赦免你的罪孽。

盒子收起来，又给予了最后的祝福。忽然，玛奇梅因侯爵将他的手移向额头，我以为是他感到了那圣油，要把它抹掉。"哦主啊，"我祈祷着，"请别让他那样做。"但是并不需要担心。那只手缓缓下移到胸前，然后到肩膀，最后玛奇梅因侯爵完成了一个十字手势。这时我才明白，我所请求的那个手势，它不是一件小事，不是经过时打招呼地点一下头。我童年时听见过的一句话轰然回到我脑子里：圣所里的幔子从上到下裂成两半[①]。

结束了，我们站了起来，护士又回到氧气罐旁边，医生躬身下去看他的病人。朱莉娅在我耳边说："请你送一下麦凯神父好吗？我在这里待一会儿。"

到了门外，麦凯神父又变回那个我认识的简单、友好的人。"好了现在，哎，那真是你能见到的一件美好的事啊。我一直知道最后肯定是这样，一次又一次。魔鬼一直会抵抗到最后那一刻，直至神恩终于难以抵御。您不是一名天主教徒我想，莱德先生，可至少您会很高兴见到女士们从中得到抚慰吧。"

在等司机的时候，我想起麦凯神父应该为他所提供的服务获得酬劳。我笨拙地问了问他。"怎么了，别想这个了，莱德先生，是我的荣幸，"他说，"不过随便多少您愿意给，都对我们这样的教区是有帮助的。"我在钞票夹里找到三英镑，便尽数给了他。"哦，您太慷慨了。愿主保佑您，莱德先生。我会再来的，不过我不认为那个可怜的灵魂将会在这个世上弥留太久了。"

---

① 此处兴许可视作整部小说的高潮，查尔斯在情感上实现了对天主教信仰的接受。需要指出的是，这与作者本人的经历是有极大区别的。沃曾经说过，他接受天主教是基于坚定的智识层面的信念和理解，极少的情感体验和认同。

书中这句话典出《马太福音》《马克福音》《路加福音》，它描述耶稣死于十字架上那一瞬间的情形，马太版如下：忽然，圣所里的幔子从上到下裂成两半。大地震动，岩石裂开。玛奇梅因侯爵临终这一幕对查尔斯因而意义重大。

朱莉娅一直留在那间中国厅里，直到下午五点，她父亲去世，这验证了争议的双方都是正确的，牧师和医生。

然后我进入了那场分别的对话，朱莉娅和我之间最后的话，最后的记忆。

她父亲死去之后，朱莉娅在他躯体旁边停留了几分钟，护士出来宣告了这个消息，我透过打开的门瞥见了她跪在床尾，卡拉站在她身边。这时，这两位女子一起走了出来，朱莉娅对我说："现在不行，我先把卡拉送去她房间，一会儿。"

她还在楼上时，布莱兹赫德和寇蒂莉亚从伦敦赶了回来。等我们终于单独在一起时，竟然偷偷摸摸地像一对小情侣。

朱莉娅说："在这阴影下，楼梯角上——用一分钟来说再见。"

"这么长久，只剩无言。"

"你都知道？"

"自从今天早上，自从今天早上以前，整个这一年。"

"直到今天之前我都不知道。哦，亲爱的，我真希望你能明白。这样我还可以忍受分别，或者稍微能忍受。我得说，我的心正在碎成一片片，如果我相信有心碎这回事的话。我不能跟你结婚，查尔斯，我不能再与你在一起。"

"我知道。"

"你怎么能知道？"

"你会做什么呢？"

"就这么走下去——一个人。我该怎么告诉你我会去做什么呢？我的一切你都知道，你知道我不是一个会终生服丧的人。我一直都很坏，也许我会再次变坏，再次被惩罚。可越坏，我越需要主。我不能将自己关在他的仁慈之外。这就是这件事的意义，与你开启一段生活，我便没有了他。一个人只能看见前面的一步吧，可今天我看见了一件不可原谅的事——就像从前学校教室里的事，这样的事不能受到惩罚真是太糟糕了，只有妈妈才能去处理——一件我眼看着要去做的坏事，而我还没有坏到会真的去做，去与神的意志对抗。为什么要允许我，而不是你去懂得这些啊，查尔斯？也许因为妈妈，保姆，寇蒂莉亚，塞巴斯蒂安——或者还有布莱迪和马斯普拉特太太——把我的名字一直留在他们的祈祷中，或者是我跟主之间一个私下的交易，如果我放弃那件我最渴望的事，无论我多坏，他最终都不会抛弃我。现在我们都应该独自一人，而我也没有办法能让你明白。"

"我不是为了想让你好受一些，"我说，"我愿你能够心碎，但我确实明白。"

雪崩终于下来了，山坡被荡平，覆盖在它下面。最后的回声在这雪白的坡上隐去，新起的山丘熠熠生辉，安静地躺在寂寥无声的山谷里。

尾声　重访布莱兹赫德庄园

"这是我们到目前为止碰到的最糟糕的地方了，"指挥官说，"没有功能场所，没有便利设施，旅部就直接在我们头顶。弗莱特·圣玛利有个小酒馆，大约能容纳二十人——这，当然，军官是禁止去的，营区有个三军合作社①。我希望能开通一周一次到默尔斯德·卡伯里的通勤。玛奇梅因②在十英里外，而且去了什么也没有。所以第一件事要考虑的，就是连队军官怎么给大家组织娱乐消遣。勤务官，我希望你去查看一下那几个湖，看它们是否可以用来洗澡。"

"遵命，长官。"

"旅部希望我们把那所房子替他们整理出来。我本来以为我在总部看见那些横七竖八躺着，不修边幅的玩忽职守者可以帮我们把这件事料理了，但是……莱德，你会在那儿见到大约五十人的疲惫的队伍，请于十点四十五分到设在那房子里的营地指挥官处报到，他会一一指给你看，我们将要接手些什么任务。"

"遵命，长官。"

"我们的前任似乎没有什么创新想法，这个山谷非常有潜力，可以用来突击训练，以及迫击炮射击。武器训练官，今天上午侦察一

---

①　三军合作社，代表海军、陆军和空军合作机构。

②　庄园附近的地名，因这一带是玛奇梅因侯爵家的领地，所以地名大多跟从他家的姓氏或封号。

下，争取在旅部到达前做好一些安置。"

"遵命，长官。"

"我自己与副官出去侦察训练场地，有人碰巧了解这一带吗？"

我没有说话。

"那就这样了，立即行动。"

"依它自己的样子，真是个漂亮的老地方，"营地指挥官说，"真可惜了这么敲打。"

他是一个退了休又被重新启用的老中校，就是几英里以外的本地人。我们在正门前的一个地方碰面，我带着半个连的人来，听候命令。"进来，我带你看一遍。这里像一个野兔洞一样错综复杂，不过我们只征用了地面这一层和五六间卧室，其余楼上的地方都仍然是私产，基本上塞满了家具。你从来没见过这样的东西，有些简直是无价之宝。

"有个看门人，还有几个老仆人住在最顶上——他们不会给你带来任何麻烦——还有一个烂醉的罗马天主教随军老牧师，朱莉娅女爵在这里给他安了家——战战兢兢的老鸟儿，不过也不惹麻烦。他开着那小教堂，也是给部队的，想不到真有那么多的人去用呢。

"这地方属于朱莉娅·弗莱特女爵，她现在这么称呼自己。她过去嫁给过莫特拉姆，一个什么大臣。如今她在海外，一个妇女援助组织里工作，我尽量替她照看着这些东西。真是奇怪，那老侯爵把一切都留给了她——对男孩儿们够狠的。

"现在，这里是最后一个安置文员的地方，总的来说，空间是足够了。我把墙和壁炉都用板子盖上了，你看——下面都是很有价值的老工艺。嘿，有人好像在这里干过畜生的事啊，尽搞破坏的混蛋，说的就是士兵！幸好被我们看见了，要不然就会算在你们头上了。

"这间屋子的大小也不错，过去堆满了挂毯，我建议你用来开会。"

"我只是来这里做清理的，长官。旅部来的人会分配房间。"

"哦，好吧，你的任务不重。上一批住这儿的家伙还不错，只是不该对那壁炉干那样的事。他们怎么弄的？看起来挺坚硬的，我不知道能不能修好。

"我猜旅部的人会拿这个做办公室，上一拨人就这样。这儿有很多画，搬不走，画在墙上的。你看见了，我尽力盖上了一些，可士兵们总能把每样东西都找到、打开——就像那边角上一样。还有一个画过的房间，外面柱子底下——不过比较现代，要是你问我，我说那才是这里最漂亮的。过去是信号办公室，被弄得一团糟，真让人替他们害臊的。

"这一团乱七八糟的东西是他们堆的杂物，所以我没有盖起来，就算搞坏了也关系不大。总让我想起昂贵的妓院，你知道——'日式公馆'……这是接待室……"

没花多少时间我们就巡查完了这些带着回声的房间。然后我们走出来，到了露台上。

"那里是另一个部队的厕所和水房，不能理解为什么要建在那儿。那是在我接手这个工作之前就建好的。从前，这里跟前面都是隔开的，我们在树中间开了路把它们与主车道连接起来，很不好看，不过很实用，每天有很多运输往来，也就把这地方劈开了。看看那边，哪个冒失的家伙压坏了树篱，还拆走了所有的栏杆，还就用一辆三吨重的卡车干的，你还以为他是不是总得有一辆丘吉尔的坦克吧。

"那个喷水池是我们女主人比较关心的，过去年轻军官临时在这儿住宿时，总是喜欢跳进去嬉戏，看上去有点被糟蹋了，所以我用铁丝网把它圈了起来，把水断了。现在看上去很不整洁，司机们都把烟蒂或者剩下的三明治往里边扔，但因为我加了铁丝网，又不太好清理。华丽的好东西啊，是吧？

"嗨，我要交代的你都看过了。祝你今天愉快。"

他的司机扔了一枚烟蒂到那干水池里，敬了个礼然后打开车门。我行过礼之后，营地指挥官的车便顺着青柠树之间新开辟的用铁皮铺成的一条凹道开了出去。

"胡珀，"我说，当我的人开始动手时，"你觉得我能放心地让你盯着这件工作半个小时吗？"

"我正在想我们可以上哪儿弄些免费的茶呢。"

"看在基督的分上，"我说，"他们才刚开始工作。"

"他们已经厌烦死了。"

"让他们继续烦好了。"

"得嘞。"

我没有在一楼那些荒凉的屋子里逗留。我来到楼上，在熟悉的走廊里游荡，试了试那些锁上的门，又推开门走进那些家具一直摆到天花板的房间。好一会儿，终于见到一个老女佣，正端着一壶茶。"天哪，"她说，"这不是莱德先生吗？"

"是的，我正在想什么时候会碰见一个我认识的人呢。"

"霍金斯太太在上面，她从前的房间里，我正给她送茶去。"

"我替你送去。"我说，穿过包了粗呢毡的门，走上没有地毯的楼梯，来到育儿房。

在我开口说话前，霍金斯保姆没有认出我，而且我的到来还带给她一阵迷惑。直到我在她炉火边坐下好一阵，她才恢复了往日惯有的镇定和平静。在我认识她的那些年里几乎没有任何变化的她，近来明显地衰老了。最近几年的这些变化，在她生命中来得太迟，已经很难被她接受和理解。她的视力正在衰退，她告诉我，现在只看得见最粗的针脚；而她的言谈，多年来被优雅柔和的交流所熏陶出来的清晰干脆，如今又回到了她最初发源的绵软拖沓的乡下人口音。

"……这里只有我自己和两个女孩儿，还有可怜的孟布林神父，轰炸后他变得上无片瓦，家当也毫发不剩，直到朱莉娅用她的善心收留了他，他的神经还是什么的被震坏了……布莱兹赫德夫人也一样，哦，现在应该是玛奇梅因了，论理我该直接叫她夫人，只是总来得不那么自然。她好像也同样遭遇，一开始，朱莉娅和寇蒂莉亚离开去参加战争后，她带着她两个男孩儿来到这里，部队让他们搬出去了，于是他们去了伦敦，在那儿，他们自己家里，也没待上一个月，他们家也被轰炸得什么也不剩，布莱迪带着他的志愿骑兵团正在出征，就像可怜的老爷那样，于是她又在伦敦城外另外找了个房子，军队又把那个房子也征用了。她现在呢，我上一次听说的是，在海边的一个酒店里住了下来。这跟自己家总不一样吧，是吗？总觉得哪里不对。

"……你昨天晚上听到有关莫特拉姆先生的消息了吗？他对希特勒可真不客气。我对艾菲，那个照看我的女孩儿说：'如果希特勒听见，而且如果他懂英语，这一点我很怀疑，他一定感觉自己很渺小吧。'谁会想到莫特拉姆先生这样能干呢？还有那么多他的那些朋友，过去也都是常在这儿的？维尔考克斯先生现在每个月两次从墨尔斯德坐巴士来看我，他这么做真是很好心，让我感激不尽。我对他说：'我们过去招待的不知不觉可都是天使啊。'因为维尔考克斯先生从来没喜欢过莫特拉姆先生那些朋友。我倒从来没见过，只是过去常听你们每个人说起。朱莉娅也不喜欢他们，可他们现在干得多好啊，不是吗？"

最后我问她："有朱莉娅的消息吗？"

"上一周还收到寇蒂莉亚的来信，她们还是在一起，一直都这样。朱莉娅在信的最后给我送上了爱。她们俩都很好，尽管她们没能说是在哪里，可孟布林神父说，从字里行间看，应该是在巴勒斯坦，布莱迪的骑兵团也在那儿，所以这样他们都很好。寇蒂莉亚说他们都盼着战争结束回家，这我肯定我们所有人都一样，尽管我能不能活着看见那一天到来，又是另外一个故事了。"

我陪她坐了半个小时，离开时答应会经常去看她。回到大厅时，看不见有任何工作的迹象，胡珀一副内疚的样子。

"他们非要去抽铺床的干草，我本来一点也不知道，直到布劳克中士来告诉我。我也不知道他们还会不会回来。"

"不知道？你给的是什么命令呢？"

"哦，我吩咐布劳克中士，如果还值得回一趟的话，把他们领回来。我的意思是，如果晚餐前还有点时间的话。"

这时还不到十二点。"胡珀，你又被他们戏弄了。那草六点前任何时候都可以抽。"

"哦天，对不起莱德，布劳克中士——"

"是我的错，不该走开……晚饭后立刻集合同一队人马，带回来这里工作，直到干完。"

"得嘞。我说，你说你过去知道这个地方？"

"是，很熟悉。它是我朋友的。"当我说出这句话时，听起来说不出的古怪，犹如塞巴斯蒂安那一次，他不说"它是我家"，而是说"那是我家人住的地方"。

"我好像完全不能理解——一家人要这么大的地方，用来做什么呢？"

"哼，我猜旅部会觉得它有用。"

"可这不是它本来的用途嘛，对吧？"

"对，不是，"我说，"不是用来做这个的。也许那正是盖房子时的乐趣之一，就像生了一个儿子，不知道他将来长大了会是什么样。我不知道，我从来没建造过任何东西，而我也放弃了看着我儿子长大的权利。我没有家，没有孩子，人到中年，也没有爱，胡珀。"他看了看我，想弄明白我是否在逗乐，等他确定我是在逗乐之后，才笑了起来。

"现在回营去，不要让 C.O. 撞见。如果他侦察回来，不要让任何人透露出来，我们混了一上午，什么也没干。"

"好的，莱德。"

这所房子里还有一部分，我尚未造访。这就去。教堂没有显现出一点长期被忽视的衰败迹象。新艺术派的画，新鲜明亮，一如既往，新艺术派的灯再一次在神坛上被点亮。我念了一段祈祷词，一段古老的我新学到的词。随即离开，向营地方向走去。在我往回走时，伙房的号角在我头顶上方响起，我想：

"建造者从不知道他们的作品会变成什么。他们用老城堡的石头建造了这所新宅，一年又一年，一代又一代，充实它，扩展它。一年又一年，园子里的木材成熟、丰收；直到，忽如其来的一场霜降，迎来了胡珀时代。这个地方从此凄惶，过往的一切奋斗尽付东流。Quomodo sedet sola civitas。虚空的虚空，凡事都是虚空[①]。

"不过，"我想，更加轻快地迈出步子，向营地方向走去。号角声短暂停顿之后，响起了第二轮，这一次是"拾起来，拾起来，把那些热土豆拾起来"[②]，"可那并不是最后的结语，连恰当都算不上，那只是十年前已经死去了的一个词。有一些东西，距离建造者的初衷十分遥远，从作品中走了出来，从我参演的一场惨烈的小悲剧中走了出来。一些在行进过程中我们谁也没有想到过的东西：一束小小的红色火苗——一盏设计粗陋的手工铜灯在圣体盒的铜门前重新点燃。这是古老的骑士从他们墓穴里所看到的，他们见到它被扑灭，又再一次被

---

①　这一句典出《旧约》《传道书》，其中第二节写道：传道者说，虚空的虚空，虚空的虚空。凡事都是虚空。意指人类的所有行为都是虚妄无意义的，再一次回到本书第一部标题和文眼：我，也曾经住在阿卡狄亚（Et in Arcadia Ego）。

②　军队号角音乐的歌词。

点燃，为了另一批远离家园的战士，那么远，在他们心里，比耶路撒冷的阿卡①还要远。若不是为了建造者和其中的悲剧演员，它不会被点燃。这个上午，我在那里见到了，在古老的石头中，重新在燃烧。"

我加快步伐，赶到了作为接待室的帐篷。

"你今天看上去不同寻常地愉快。"副指挥官说。

---

① 圣坛上的灯在布莱兹赫德庄园的小教堂里重新点燃，象征了天主教精神的凯旋和回归。信仰不仅仅在弗莱特家族成员心中被重塑，以及查尔斯第一次有了如此体验，更是在此地临时扎营的士兵们日常生活的一个特点。布莱兹赫德庄园里信仰和虔诚的重建，令查尔斯联想起第一次十字军东征时，当东征军击退圣城里伊斯兰入侵者后，基督精神在阿卡和耶路撒冷的重振。这一对耶路撒冷的联想，也呼应了寇蒂莉亚如今再也不用伤感于小教堂的关闭，而那段吟唱悲歌指代的正是公元前 586 年耶路撒冷的坠落。

附　录

作者年表

时间	作者生平	文学界大事	历史事件
1903	伊夫林·沃出生于英国汉普斯特德 父母分别为亚瑟·沃和凯瑟琳·沃	詹姆斯:《奉使记》 萧伯纳:《人与超人》	艾米琳·潘克斯特创立妇女社会政治联盟
1904		詹姆斯:《金碗》 康拉德:《诺斯托罗莫》	日俄战争爆发
1907		康拉德:《间谍》	
1908		福斯特:《看得见风景的房间》 贝内特:《老妇人的故事》	阿斯奎斯就任首相
1910	进入西斯·蒙特预备学校 《赛马的诅咒》(未发表)	福斯特:《霍华德庄园》	爱德华七世离世
1911		劳伦斯:《白孔雀》	乔治五世加冕 阿加迪尔危机 妇女参政运动
1913		劳伦斯:《儿子与情人》 普鲁斯特:《追忆似水年华》	
1914		康拉德:《机会》 乔伊斯:《都柏林人》	第一次世界大战爆发
1915		麦多克斯·福特:《好兵》 康拉德:《胜利》 巴肯:《三十九级台阶》 伍尔芙:《远航》 布鲁克:《诗选》	阿斯奎斯与贝尔福组建联合内阁

时间	作者生平	文学界大事	历史事件
1916	进入蓝星公学开始写日记,这一习惯终其一生	乔伊斯:《一个青年艺术家的肖像》 萧伯纳:《卖花女》,又译作《皮格马利翁》	第一场索姆河战役 劳合·乔治就任首相
1917		叶芝:《库利的野天鹅》 艾略特:《普鲁弗洛克及其他》	俄国革命 美国参战 第三次伊普尔战役
1918			休战 三十岁以上妇女获选举权
1919		萧伯纳:《伤心之家》	巴黎和会
1920		庞德:《休·塞尔温·莫伯利》	国际联盟成立 美国执行禁酒令
1921	进入牛津大学赫特福德学院,同时在罗斯金艺术学校学习	皮兰德娄:《六个寻找剧作家的角色》 赫胥黎:《克罗姆庄园的铬黄》	
1922		乔伊斯:《尤利西斯》 艾略特:《荒原》 豪斯曼:《最后的诗》 菲茨杰拉德:《美丽与诅咒》	墨索里尼进军罗马 联合内阁瓦解,博纳·劳组建保守党政府
1923	《安东尼,一个寻找过去的人》	e.e.库敏思:《巨大的房间》 赫胥黎:《滑稽的环舞》 萧伯纳:《圣女贞德》	鲍德温就任首相 希特勒在慕尼黑政变失败 妇女在离婚案件中获平等法律权利
1924	以三等荣誉学位离开牛津 在一所预备学校担任教职 《茅草屋顶的神殿》(未发表)	福斯特:《印度之旅》	拉姆齐·麦克唐纳组建首个工党政府 希特勒入狱 列宁去世 鲍德温继续担任首相

时间	作者生平	文学界大事	历史事件
1925		菲茨杰拉德：《了不起的盖茨比》 卡夫卡：《审判》	洛迦诺会议
1926	接受木工培训 《一篇关于前拉斐尔兄弟会的散文》（自印） 《平衡》——收入他哥哥埃里克·沃编辑整理出版的《乔治亚短篇小说集》	福克纳：《士兵的报酬》 纳博科夫：《玛利》 亨利·格林：《失明》	英国大罢工 第一台电视机问世
1927	与伊芙琳·加德纳相识并订婚 第一本书《但丁·加百利·罗塞蒂传记》出版 因为他的名字，这部传记作品的作者被报纸误称为"沃小姐"	伍尔芙：《到灯塔去》 海明威：《没有女人的男人》 邓恩：《时间实验》	德国经济崩溃
1928	与伊芙琳·加德纳结婚 《衰亡》距离被误称为"沃小姐"不到一年时间，伊夫林·沃凭借这本《衰亡》引起轰动，成为英国家喻户晓的名字	劳伦斯：《查泰莱夫人的情人》 伍尔芙：《奥兰多》 叶芝：《钟楼》 纳博科夫：《王,后,杰克》	胡佛当选美国总统
1929	与妻子伊芙琳离婚	福克纳：《喧哗与骚动》 考克多：《可怕的孩子们》 海明威：《永别了,武器》 普里斯特利：《好伙伴》 雷马克：《西线无战事》	华尔街崩盘

续表

时间	作者生平	文学界大事	历史事件
1930	皈依罗马天主教 《邪恶的躯体》 《标签》	艾略特：《灰烬星期三》 福克纳：《我弥留之际》 纳博科夫：《防守》	甘地在印度发起非暴力不合作运动 纳粹在大选中赢得多数议席
1931	在非洲和南美洲旅行 《遥远的人》	福克纳：《圣殿》	
1932	《黑色恶作剧》 《游船》 《贝拉·弗里斯举办派对》 《阿桑尼亚事件》	赫胥黎：《美丽新世界》 福克纳：《八月之光》 纳博科夫：《荣耀》	英国爆发反饥饿大游行
1933	《力所不及》	马尔洛：《人的境遇》 斯坦因：《爱丽丝·B.托克拉斯自传》	希特勒就任德国总理 纳粹对犹太人的镇压开始
1934	《一抔尘土》 《勒弗戴先生的短暂外出》 《戒备》 《九十二天》		巴黎暴动
1935	《胜者为王》	伊舍伍德：《诺里斯先生换火车》 艾略特：《大教堂中的谋杀》 奥德茨：《等待左派》 格雷厄姆·格林：《英国造就了我》	意大利入侵阿比西尼亚
1936	《怀旧品》 《在现实中跋涉》 《沃在阿比西尼亚》 《爱在低潮期》	福克纳：《押沙龙，押沙龙！》 纳博科夫：《绝望》	西班牙内战开始 英国退位危机

续表

时间	作者生平	文学界大事	历史事件
1937	与劳拉·郝伯特结婚	海明威:《虽有犹无》 奥威尔:《通往威根码头之路》 斯坦贝克:《人鼠之间》	巴黎发现法西斯密谋 鲍德温离任,内维尔·张伯伦就任首相
1938	女儿特蕾莎出生 《独家新闻》	萨特:《恶心》 格雷厄姆·格林:《布莱顿硬糖》 贝克特:《墨菲》 奥威尔:《向加泰罗尼亚致敬》	德国吞并奥地利 慕尼黑危机
1939	儿子奥伯龙出生 加入英国皇家海军陆战队,随后加入突击队,战争中一直服役 《一个英国人的家》 《合法抢劫》	乔伊斯:《芬尼根的守灵夜》 艾略特:《家庭团聚》 斯坦贝克:《愤怒的葡萄》 亨利·格林:《结伴出游》 奥登:《战争之旅》 伊舍伍德:《再见柏林》	德国入侵捷克斯洛伐克和波兰 英国、法国宣战
1940		海明威:《丧钟为谁而鸣》 格雷厄姆·格林:《权力与荣耀》 迪伦·托马斯:《艺术家作为一条小狗的画像》 福克纳:《村子》 亨利·格林:《收起包裹:一幅自画像》	丘吉尔出任首相 法国沦陷,意大利加入德国一方参战
1941		阿克顿:《牡丹花与马驹》 菲茨杰拉德:《最后的大亨》	苏联遭入侵 日本袭击珍珠港 美国参战
1942	女儿玛格丽特出生 《打出更多的旗帜》——《黑色恶作剧》续集 《工作暂停》	加缪:《陌生人》 加缪:《西西弗斯神话》	

时间	作者生平	文学界大事	历史事件
1943		萨特：《苍蝇》 戴维斯：《诗选》 亨利·格林：《着火》	德军撤离俄国，非洲和意大利
1944	女儿哈里耶特出生	艾略特：《四个四重奏》 加缪：《卡利古拉》 萨特：《密室》	德国被围
1945	《布园重访——查尔斯·莱德上尉的神圣和渎神回忆》 《查尔斯·莱德的校园生活》	布洛赫：《维吉尔之死》 奥威尔：《动物农场》 亨利·格林：《爱着》	希特勒自杀 美国在广岛、长崎投放原子弹，二次世界大战结束
1946	儿子詹姆士出生 《司各特·金的现代欧洲》 《当时一切顺利》	拉提根：《温斯洛男孩》 考克多：《双头鹰》 亨利·格林：《后面》 迪伦·托马斯：《死亡与入场》	丘吉尔铁幕演说
1947	《和平与战争中的酒》	曼：《浮士德博士》 加缪：《鼠疫》 安妮·弗兰克：《安妮日记》	德国青年作家组成47社 死海古卷发现
1948	《亲者》	艾略特：《文化定义之论》 格雷厄姆·格林：《问题的核心》 福克纳：《坟墓的闯入者》 亨利·格林：《虚无》	艾哈德发行德国马克
1949		奥威尔：《一九八四》 德·波伏娃：《第二性》 格雷厄姆·格林：《第三个人》 米勒：《推销员之死》	德国被一分为二，阿登纳任西德总理，乌尔布里希特统治东部

续表

时间	作者生平	文学界大事	历史事件
1950	儿子塞普蒂默斯出生 《海伦娜》	劳伦斯·德雷尔：《萨福》 海明威：《渡河入林》 艾略特：《鸡尾酒会》 亨利·格林：《溺爱》	麦卡锡"猎杀女巫"行动
1951		塞林格：《麦田里的守望者》 鲍威尔：《教养问题》 福克纳：《修女安魂曲》	
1952	《军人》——《荣誉之剑》三部曲的第一部 《神圣的地方》	贝克特：《等待戈多》 米勒：《萨勒姆的女巫》	伯吉斯和麦克莱恩叛逃苏联
1953	《废墟中的爱情》	哈特利：《送信人》	斯大林去世
1955	全家迁入萨默塞特郡的一座乡村大庄园。 《军官与绅士》——《荣誉之剑》三部曲的第二部	纳博科夫：《洛莉塔》 米勒：《桥上风景》 格雷厄姆·格林：《输家全拿》《文静的美国人》 默多克：《在网下》	西德加入北约
1956		加缪：《堕落》	苏伊士危机
1957	《吉尔伯特·平福尔德的折磨》	加缪：《放逐和王国》 帕斯捷尔纳克：《日瓦戈医生》 品特：《生日派对》 纳博科夫：《普宁》 斯帕克：《安慰者》	麦克米伦就任英国首相 阿登纳在德国大选中获绝对多数票 苏伊士运河重开

时间	作者生平	文学界大事	历史事件
1959	发表一部关于罗纳德·纳科斯的传记	斯帕克：《死亡警告》 艾略特：《政界元老》 格雷厄姆·格林：《彬彬有礼的情人》 贝克特：《剧终》	戴高乐就任法国总统 卡斯特罗成为古巴领袖
1960	《在非洲的旅游者》	斯帕克：《派克莱姆之歌》 厄普代克：《兔子，快跑》 品特：《看门人》	J.F.肯尼迪当选美国总统
1961	《无条件投降》——《荣誉之剑》三部曲的第三部	格雷厄姆·格林：《一个自行发完病毒的病例》 阿尔比：《美国梦》 赫胥黎：《无启示的宗教》 斯帕克：《布罗迪小姐的盛年》	赫鲁晓夫在联大会议上留下政治笑柄 柏林墙的建立 英国申请加入共同市场
1962	《战术练习》	阿尔比：《谁怕弗吉尼亚·伍尔芙》 伊舍伍德：《在那儿进行访问》	《明镜周刊》丑闻 英法就联合研制"协和"飞机签署政府合作协议
1963	《巴塞尔·希奥又上马了》	斯托帕德：《水上行走》 品特：《情人》 斯帕克：《窈窕淑女》	肯尼迪总统遇刺 普罗富莫事件 道格拉斯－休姆就任英国首相
1964	《一知半解：一份自传》	萨特：《文字生涯》 伊舍伍德：《单身男人》 阿尔比：《小爱丽丝》	马丁·路德·金获诺贝尔和平奖
1965		品特：《回家》	
1966	复活节弥撒后，沃在家中去世	阿尔比：《优美的平衡》	

图书在版编目(CIP)数据

布园重访：查尔斯·莱德上尉的神圣和渎神回忆 /
(英)伊夫林·沃(Evelyn Waugh)著；黑爪译.
— 桂林：漓江出版社, 2017.9
（外国名作家文集·伊夫林·沃卷）
ISBN 978-7-5407-8110-1

Ⅰ.①布… Ⅱ.①伊… ②黑… Ⅲ.①长篇小说－英国－现代
Ⅳ.①I561.45

中国版本图书馆CIP数据核字(2017)第121961号

BUYUAN CHONGFANG
布园重访
——查尔斯·莱德上尉的神圣和渎神回忆

[英]伊夫林·沃　著

黑爪　译

责任编辑：张谦
助理编辑：孙精精
书籍设计：石绍康
责任监印：杨东

出版人：刘迪才
漓江出版社有限公司出版发行
广西桂林市南环路22号　邮政编码：541002
网址：http://www.lijiangbook.com
全国新华书店经销
销售热线：0773-2583322　010-85893190
北京大运河印刷有限责任公司印刷
[北京市通州区潞城镇大营工业区　邮政编码：101117]
开本：880mm×1230mm　1/32
印张:13.25　字数：317千字
2017年9月第1版　2017年9月第1次印刷
定价：43.00元

如发现印装质量问题，影响阅读，请与承印单位联系调换
[电话：010-80584262]